Né en 1925, Jean d'Ormesson est ancien élève de l'Ecole normale supérieure et agrégé de philosophie. Secrétaire général du Conseil international de la philosophie et des sciences humaines à l'Unesco. Ecrivain et journaliste. De l'Académie française depuis 1973.

Le second volet du *Vent du soir, Tous les hommes en sont fous,* raconte les aventures et les destins croisés de deux familles dont les parents, les grands-parents, les arrière-grands-parents ont été présentés dans le premier volume : les Romero et les O'Shaughnessy.

Les quatre sœurs O'Shaughnessy — Pandora, Atalanta, Vanessa, Jessica — commencent à devenir légendaires par leur charme et leur beauté entre la crise économique de 1929 et la prise du pouvoir par Hitler en 1933. C'est l'époque de toutes les audaces et de tous les bouleversements. Avec l'automobile et le cinéma, le monde change plus vite en vingt ans que pendant les vingt siècles précédents. Les Années Folles succèdent à la Belle Epoque et les premiers symptômes de la fureur de vivre font leur apparition. Entre Hollywood et Paris, entre Londres et Rome, les quatre sœurs O'Shaughnessy, chacune à sa façon, sont des stars de ce monde moderne en train de percer sous l'ancien.

Les quatre frères Romero, argentins de naissance, européens d'éducation, suivent des chemins différents. L'un est un intellectuel de gauche qui enseigne à Oxford. L'autre est un coureur automobile de renommée internationale. Nonchalants et rêveurs, les deux autres — des jumeaux — sont surtout préoccupés par le plaisir et l'amour.

D'une conférence à Moscou à des soirées hollywoodiennes, d'une croisière en Grèce aux Brigades Internationales, d'un bal à Venise à la Nuit des Longs Couteaux, nous suivons nos héros. Superbe témoignage sur les années 30, ce roman nous mène à un train d'enfer. C'est une fresque colorée, violente, nostalgique et passionnée où la marche du temps apparaît dramatique et inéluctable.

Paru dans Le Livre de Poche :

MON DERNIER RÊVE SERA POUR VOUS.
LE VENT DU SOIR.

JEAN D'ORMESSON
de l'Académie française

Tous les hommes en sont fous

ROMAN

JEAN-CLAUDE LATTÈS

Pour qui j'aime

Les femmes disent qu'elle est laide
Mais tous les hommes en sont fous
Et l'archevêque de Tolède
Chante la messe à ses genoux.

THÉOPHILE GAUTIER.

OÙ EN SOMMES-NOUS ?

Depuis le milieu du XIXe siècle, en Europe, en Asie, en Afrique, en Amérique du Nord et du Sud, des aventures innombrables ont agité les O'Shaughnessy et les Wronski, les Finkelstein et les Romero. Pour suivre les péripéties de tout ce petit monde, le mieux serait évidemment de se reporter au *Vent du soir* dont le présent volume est la suite.

Les grandes lignes des itinéraires géographiques de quelques-uns de nos héros figurent sur les cartes ci-contre. Elles suffiront peut-être à rafraîchir les idées.

Ceux que tenaille l'impatience et qui piétinent sur le quai pour prendre le train en marche doivent au moins savoir que nos quatre familles se sont unies deux par deux : Aureliano Romero a épousé la fille de Jérémie Finkelstein; Brian O'Shaughnessy a épousé une Wronski.

Au moment où s'ouvrent ces pages, la Première Guerre mondiale s'achève. Aureliano Romero vient d'être nommé ambassadeur d'Argentine en Angleterre. Brian O'Shaughnessy habite, au fond de l'Ecosse, le château de Glangowness. Raconté par un narrateur qui ne quitte plus guère la terrasse de sa maison de San Miniato, en Toscane, le passé pèse assez lourd, avec ses drames et ses secrets. Le présent prend l'aspect de quatre garçons et de quatre filles : les quatre frères Romero, les quatre sœurs O'Shaughnessy.

Une gouvernante anglaise qui porte le nom harmonieux de miss Evangeline Prism fait le lien entre les Romero et les O'Shaughnessy, qui se connaissent encore à peine.

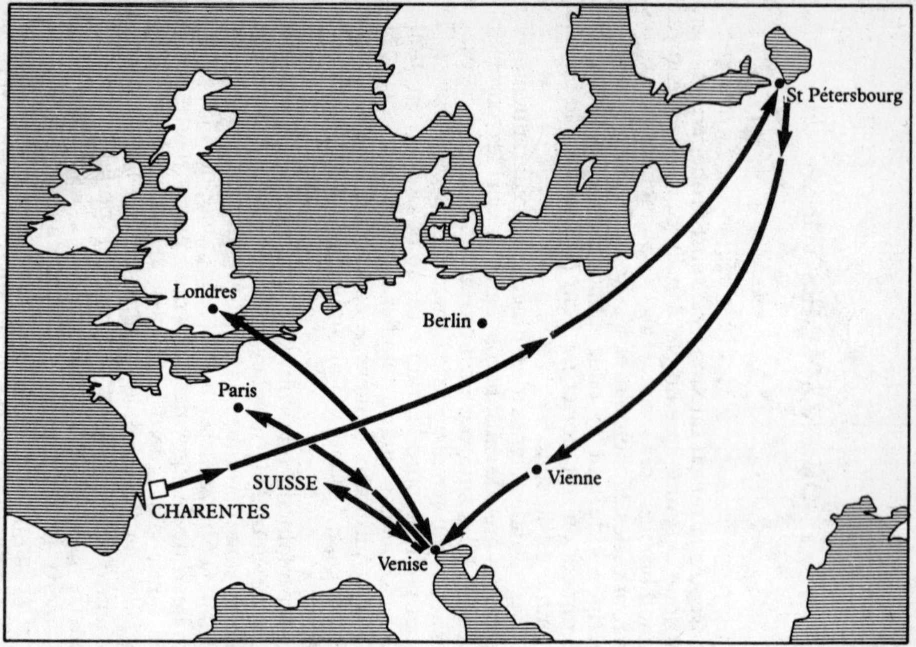

Itinéraire de Marie Wronski

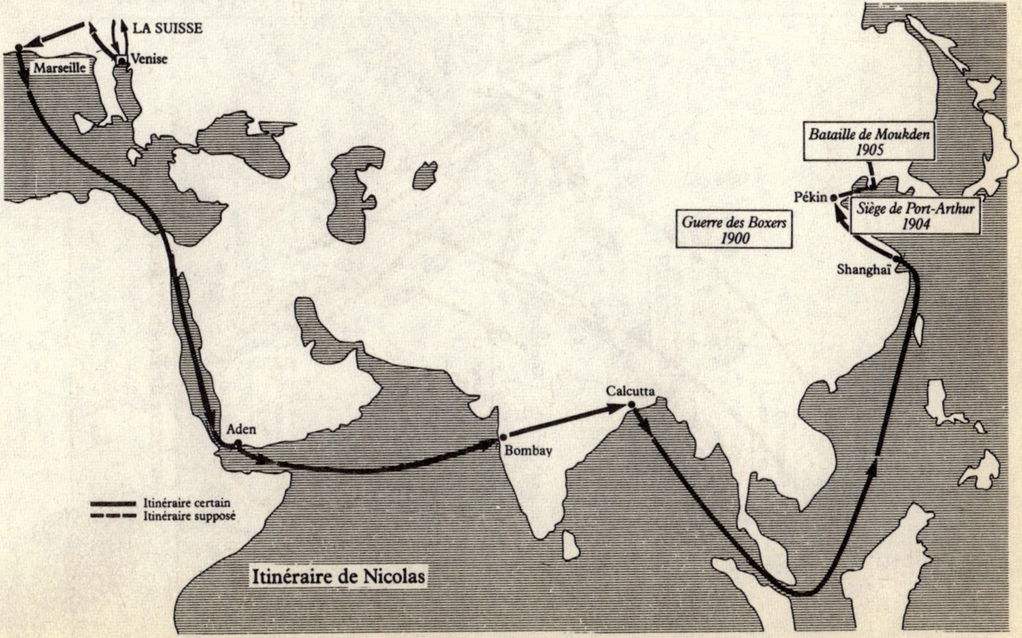
LA SUISSE
Venise
Marseille
Aden
Bombay
Calcutta
Shanghaï
Pékin
Guerre des Boxers
1900
Siège de Port-Arthur
1904
Bataille de Moukden
1905
Itinéraire certain
Itinéraire supposé
Itinéraire de Nicolas

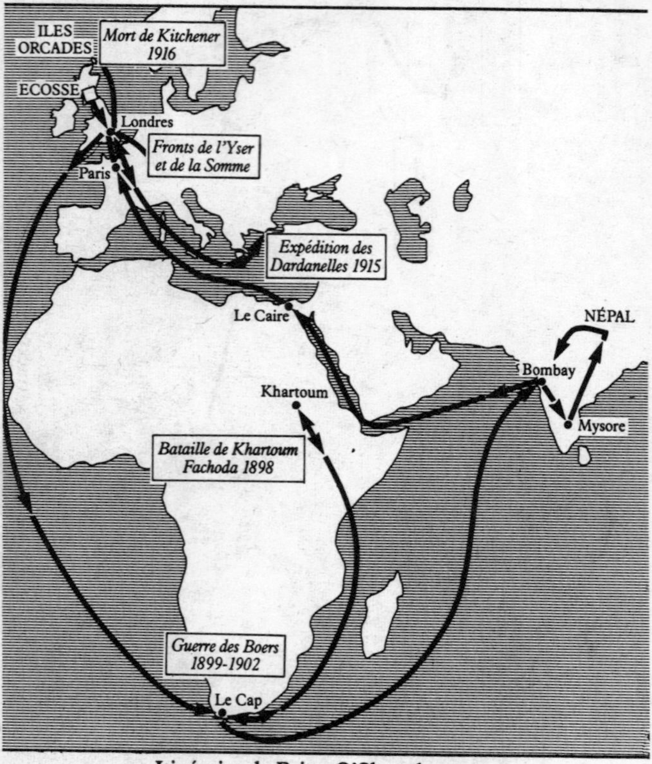

Itinéraire de Brian O'Shaughnessy

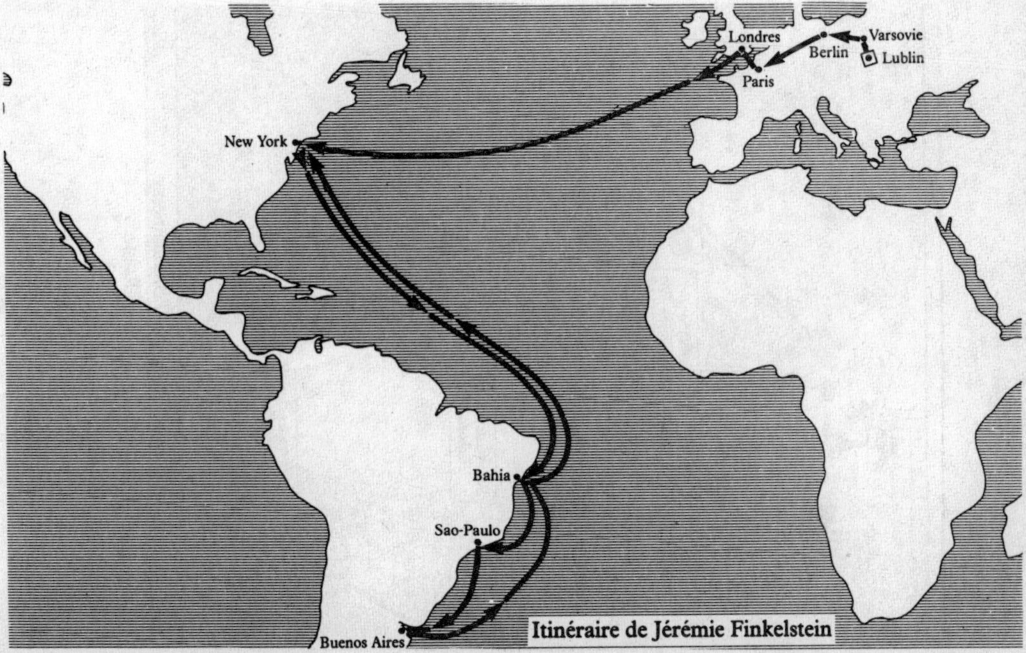
Londres
Varsovie
Berlin
Lublin
Paris
New York
Bahia
Sao-Paulo
Buenos Aires
Itinéraire de Jérémie Finkelstein

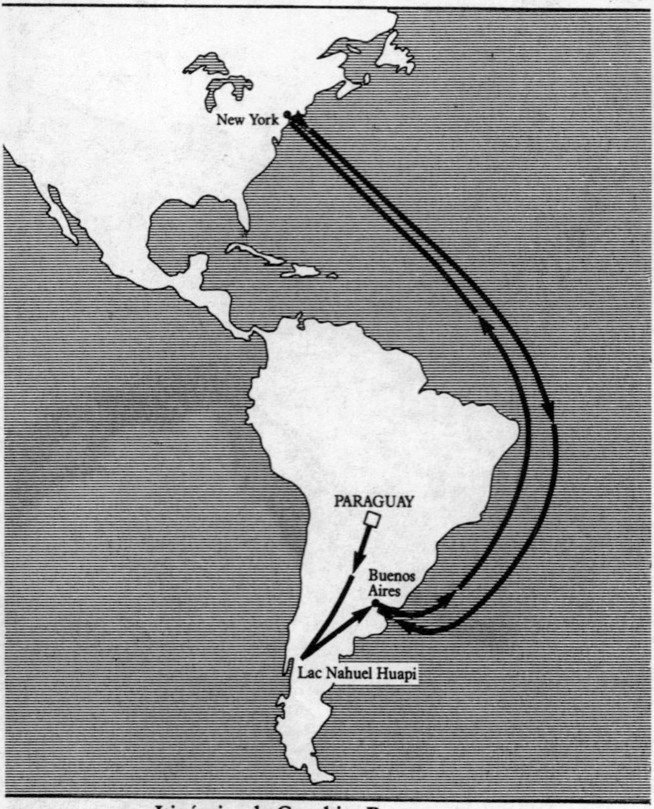

Itinéraire de Conchita Romero

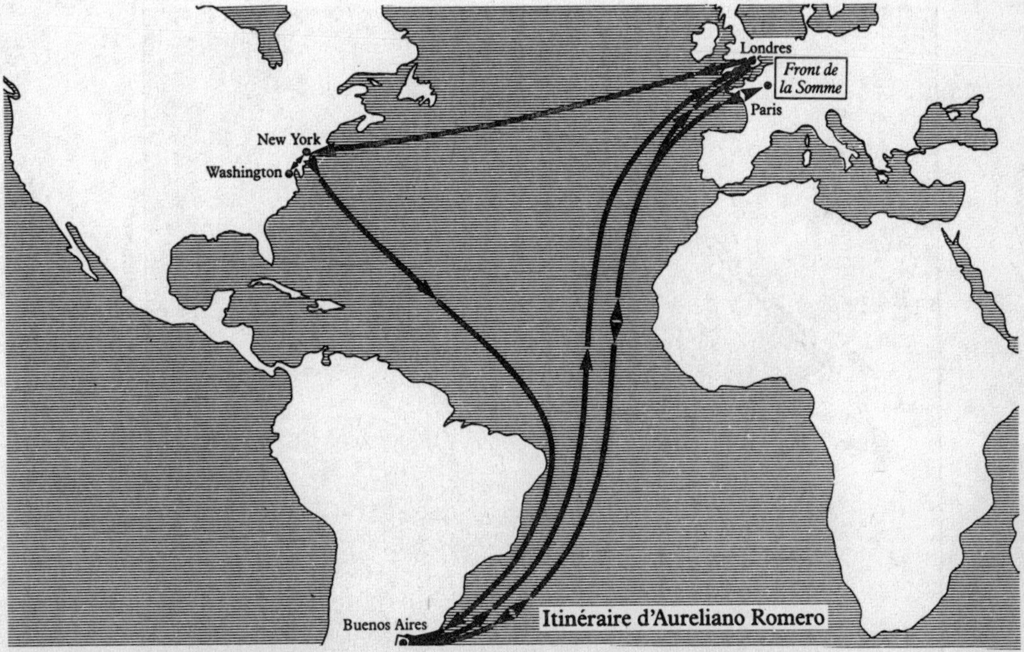
Londres
Front de
la Somme
Paris
New York
Washington
Buenos Aires
Itinéraire d'Aureliano Romero

I

LES ALTESSES DU PLACARD

Une des fonctions les plus mystérieuses et les plus constantes du temps est d'élever le hasard à la dignité de la nécessité. Le monde avance à coups de rencontres et le temps qui passe les transforme en fatalité. Lorsque les jeunes Romero, les fils insupportables de l'ambassadeur d'Argentine en Angleterre, eurent entre quinze et vingt ans, il fallut bien se rendre à l'évidence : il était un peu ridicule, à l'époque de la vitesse et de l'automobile, après Tannenberg et Verdun, après l'exécution à Iekaterinbourg de la famille impériale de Russie, de les faire encore suivre par une gouvernante éperdue. Une des plus jolies qualités d'Aureliano Romero et de sa femme Rosita – née Finkelstein – était la fidélité. Au milieu des bouleversements entraînés par la paix, moins cruels mais plus sournois que les tourmentes de la guerre, le destin de miss Prism les occupa beaucoup. Par une rencontre miraculeuse, Brian et Hélène O'Shaughnessy, qui habitaient en Ecosse le fameux château de Glangowness, cherchaient pour leurs quatre filles, nées en rafale au cours ou au lendemain de la guerre, une personne d'expérience et de toute confiance. Miss Evangeline Prism, qui n'avait jamais connu aucun homme, mais qui avait promené les enfants des autres à travers Washington,

Buenos Aires, Paris à la fin de l'autre siècle et au début de celui-ci, avant de se retrouver chez elle dans la bonne vieille Angleterre, passa des fils Romero aux filles O'Shaughnessy. Elle ne se doutait pas du rôle et de la responsabilité historique que, pareille au chœur dans les tragédies grecques, elle était sur le point d'assumer. Le côté Wronski et le côté Finkelstein, le côté Romero et le côté O'Shaughnessy étaient en train de se rejoindre en sa rousse personne et sous son œil innocent.

Avec ses effarouchements subits et ses airs de vieille fille toujours vaguement épouvantée et égarée dans le monde des grands, Evangeline Prism était très loin d'être sotte. Elle comprit assez vite ce qui rapprochait et ce qui séparait les quatre fils Romero des quatre filles O'Shaughnessy. Il n'était pas besoin d'être marxiste – et elle ignorait jusqu'au nom de l'auteur du *Capital* – pour découvrir le premier et le plus important des points communs aux deux familles : l'une et l'autre avaient de l'argent. Ce n'était pas le même argent, ce n'était pas la même fortune, mais tous appartenaient en bloc au même côté de la barricade. Le mauvais, selon l'Evangile. Le bon aux yeux du monde.

Les biens des O'Shaughnessy étaient beaucoup plus anciens que ceux des Romero. Cette nuance pouvait s'exprimer presque linguistiquement : les Romero avaient de l'argent et, descendants des McDuff, des McNeill, des Landsdown, des rois d'Irlande, de quelques-uns des maharajahs les plus raffinés des Indes, et peut-être du roi Arthur et de Merlin l'Enchanteur, les O'Shaughnessy avaient de la fortune. Socialement, cette opposition donnait aux O'Shaughnessy un formidable avantage dont les Romero – et les Finkelstein – étaient les premiers conscients. Mais les choses ne sont jamais tout à fait aussi simples qu'on se risque à l'imaginer. Historiquement, les Romero montaient et les O'Shaughnessy descendaient. A trois ou cinq ans, les sœurs O'Shaughnessy étaient sans doute encore un peu petites pour s'élever à ces hauteurs métaphysiques et sociologiques. Mais Brian et Hélène, qui n'avaient ni l'un ni l'autre de prétentions intellectuelles, étaient assez intelligents pour deviner obscurément ces jeux de bascule et d'équilibre.

Miss Prism aussi sentait tout cela. Tout en poussant son pram chargé de têtes brunes dans les rues de Buenos Aires, elle avait été témoin de la puissance industrielle naissante de la famille Romero et elle savait avec quelle poigne de fer Conchita Romero, la mère d'Aureliano, la grand-mère des quatre garçons, tenait en même temps l'entreprise et la famille. En amont d'Hélène et de Brian, elle ignorait tout des hauts et des bas de la fortune matérielle et morale des Wronski et des O'Shaughnessy.

– Mais au moins, madame, est-ce que ce sont des gens bien ? demanda Evangeline à Rosita Romero la première fois qu'il fut question de son transfert à Glangowness.

– Très bien, répondit Rosita. Tout à fait bien.

– Aussi bien que vous ? dit miss Prism.

– Leur famille est plus ancienne, dit Rosita en se forçant un peu.

– Je ne peux pas le croire, dit miss Prism en étouffant quelques larmes à la pensée affreuse de quitter ses garçons.

C'était encore l'époque où la terre et la pierre étaient ce qu'il y avait de plus solide et de plus enviable au monde. Glangowness ne bougeait pas. Les moors non plus. Les arbres, les brebis, les chevaux, l'hôtel à Londres, dans le West End, et, du côté d'Hélène et de sa grand-mère Marie, la merveilleuse maison de la Giudecca à Venise, tout cela, malgré la guerre et les morts et les bolcheviks là-bas, semblait inébranlable. Le reste... Les quelques millions d'emprunt russe de feu le comte Wronski, grand-père – deux fois putatif – d'Hélène O'Shaughnessy, étaient bons à tapisser les cabinets de la nursery. Les actions des chemins de fer austro-hongrois ne valaient pas beaucoup mieux. Les fonds allemands posaient des problèmes. Grâce à Dieu, administrée par les successeurs de Me Brûlaz-Trampolini, une bonne partie de la fortune Wronski reposait en toute quiétude dans les banques de Genève et de Zurich. Tout autour de Marie et de sa petite-fille Hélène, malgré pertes et déboires, on pouvait voir venir.

Chacun sait que l'erreur des marxistes est de s'imaginer que seule la situation économique présente de l'importance. Les rêves comptent tout autant et beaucoup plus que l'argent. Pour les songes mêlés de souvenirs, pour les espérances, pour les ambitions, avec les Romero, mêlés de sang noir et juif, et encore bien davantage avec les O'Shaughnessy, aux ancêtres celtes et indiens, nous sommes servis et comblés : les uns et les autres ne sont que des nids à rêves et des nœuds de passions.

Il n'y a pas de projet sans souvenirs, il n'y a pas d'avenir sans passé. Du côté des O'Shaughnessy comme du côté des Romero, le passé est tout plein de secrets, de souterrains interdits, de mystères et de fantômes. A Buenos Aires, par l'ancien pâtissier du *Duque de Morny* devenu cuisinier de Conchita Romero, miss Prism avait recueilli, avec une sorte d'avidité effrayée et choquée, pas mal d'informations sur la famille tumultueuse des quatre garçons Romero. De temps en temps, la tête rousse, anglo-saxonne, victorienne et puritaine de miss Evangeline Prism se mettait à lui tourner. Elle avait appris avec un peu plus que de l'étonnement l'ascendance non seulement juive, mais noire de ses quatre chérubins. Par une grâce du Ciel, elle ne savait presque rien du passé des O'Shaughnessy ni de celui des Wronski. C'est cette sainte ignorance – destinée à ne pas durer – qui lui avait permis d'entrer au service de lady Landsdown, qui n'était autre – les Anglais, vous savez, et tous leurs salamalecs... – que Mrs. Brian O'Shaughnessy. Je doute qu'Evangeline eût accepté de franchir le pont-levis (entièrement XIXe siècle) du château historique de Glangowness si elle avait été au courant de la moindre des aventures de ces sacrés O'Shaughnessy – et surtout des Wronski, si calmes, si convenables, si cruellement frappés par la malédiction divine.

J'ai toujours été fasciné par le thème du secret. Tout de suite après le temps qui passe, rien ne me semble plus lié à la grandeur et à la tristesse de la condition humaine que ces histoires dérobées qui échappent au savoir et qui vivent pourtant quelque part sur un mode inconnu. Tout le statut de la vérité me paraît engagé dans ce système stupéfiant. Pour nous au moins, la pierre de touche de la vérité est dans l'esprit des hommes et dans leur accord entre eux. Dans quelle conscience suprême reposent donc le secret dont personne ne sait rien et son obscure vérité ?

Très vite, très jeunes, les quatre filles O'Shaughnessy – Pandora, Atalanta, Vanessa, Jessica – se doutèrent d'un secret, d'un mystère, d'un voile jeté sur le passé. Quelque chose n'était pas dit et clochait quelque part. Mais où ? C'était comme ces démangeaisons que vous sentez distinctement sans pouvoir les situer. Personne ne saura jamais, car elles ne s'en souvenaient pas elles-mêmes, ce qui avait pu mettre les quatre sœurs sur la piste d'une vérité qu'on s'obstinait à leur cacher. Un seul mot prononcé, une allusion, un silence même avait pu suffire à tout déclencher. Le fait est qu'elles devinaient qu'il y avait quelque chose à deviner alors que miss Prism ignorait encore tout et baignait, béate, dans la sotte conviction de l'innocence et de la simplicité de cette famille comme les autres.

Il y avait des degrés dans le savoir comme il y en avait dans le secret. Pandora avait à peine six ans, et ses sœurs encore bien moins, quand elle découvrit, avec l'aide bienveillante de la famille enchantée par tant d'intérêt pour le passé, que la grand-mère de la mère de son père était venue des Indes avec des émeraudes fabuleuses. De ce trésor de légende aux aventures de la rani, du palais des rajahs à l'infortunée première épouse de l'arrière-arrière-grand-père – tout cela était si loin... – il n'y avait qu'un pas à franchir. Il fut sauté sans aucune peine. Ce sont ces mystères de pacotille et ces secrets de troisième zone qui présidèrent, je crois, à la création d'une institution dont il faut dire quelques mots.

Peut-être certains d'entre vous se souviennent-ils encore de la gracieuse autorisation accordée par le roi à Brian O'Shaughnessy de relever le nom et le titre des Landsdown à la mort du dernier détenteur de ces honorables privilèges. Le fils de la rani, l'arrière-grand-père des quatre sœurs, mourut de sa belle mort et de son âge avancé au lendemain de la guerre. Auréolé de sa gloire, Brian fit son entrée dans la Chambre des lords quand l'aînée de ses filles accomplissait ses sept ans. Le roi, la cour, la jarretière, les perruques, l'incroyable déguisement appelé cérémonial, comment toutes ces momeries n'auraient-elles pas marqué l'enfance des quatre filles O'Shaughnessy ? A ce carnaval d'orgueil s'ajoutaient, très au loin, la sourde rumeur des bombes et des canons, le vrombissement des avions de combat, les récits, attrapés au vol, de formidables tueries où un Noir mystérieux, appelé the Kid par papa, jouait un rôle sanglant, et aussi les robes de deuil et les sanglots étouffés de plusieurs tantes et cousines dont le fils ou le frère, transformé en souvenir et parfois en légende, était resté à Ypres ou à Gallipoli. Il y avait encore autre chose, et plus près de nous : c'étaient ces mots mystérieux qui, entre le polo et les broderies, venaient danser sans cesse, à la façon de moucherons insistants, autour de la table dans le parc ou de la lampe d'hiver entourée de photographies dédicacées de la famille royale et de la comtesse Wronski : « réparations », « bolcheviks », « armée rouge et armées blanches », « occupation de la Rhénanie », « inflation » ou « plan Dawes ». Pandora et ses sœurs avaient beau s'occuper d'abord de leurs poupées et de leur chien, qui remplaçait sans doute le petit frère manquant, elles regardaient et elles écoutaient. Et, encore toutes petites, elles étaient déjà, je le crains, d'une intelligence inquiétante qui préoccupait à juste titre les vertus plus bourgeoises et l'esprit conservateur de miss Evangeline Prism.

C'est au confluent improbable de la Chambre des lords, des bijoux de Golconde et de ce trouble de l'après-guerre que naquit l'ordre du Royal Secret. Il se réunissait dans un placard. Jamais miss Prism ni aucun adulte ne fut autorisé à participer ni même à assister à ses rites et à ses cérémonies dont je ne connais moi-même que les détails confiés plus tard à contrecœur et sous le sceau du secret par les quatre sœurs ivres mortes ou sentimentalement ébranlées. On eût dit que le serment prêté par des petites filles entre quatre et huit ans sur un mélange de porridge, de cheveux de miss Prism, de moustache de chien, d'un coin de lettre royale traîtreusement arraché et d'un ruban volé dans la cassette de maman n'était jamais devenu caduc. L'ordre se composait exclusivement des quatre sœurs, dont la dernière était encore un bébé à peine capable d'articuler.

– Dis-moi, demandai-je un jour, sur un ketch entre Rhodes et Patmos, à peu près à l'époque de la guerre de Corée ou de l'édification du mur de Berlin, à Vanessa désespérée et penchée sur une coupe de Veuve Cliquot qui n'était pas la première, dis-moi, ôte-moi d'un doute, cette histoire d'ordre dans le placard à balais dont m'a parlé Pandora, c'était une blague, ou quoi ?

– Une blague ? me dit Vanessa, l'œil vitreux et mauvais. Une blague ? Dis-moi, ôte-moi d'un doute, tu es très con, ou quoi ?

– Mais Jessica et toi, à l'époque – et surtout Jessica – vous étiez des bébés, vous parliez à peine. Qu'est-ce que vous faisiez donc dans le placard à balais ?

– Ce qu'on faisait ? dit Vanessa en trempant son doigt dans le champagne avec un air rêveur et en le suçant très lentement, ce qu'on faisait ?

– Oui, qu'est-ce que vous faisiez ?

– Eh bien ! dit Vanessa, ce qu'on fait toujours dans un placard. Nous obéissions.

Je dois à la vérité de rapporter que, dans d'autres circonstances, Atalanta ou Vanessa elle-même partirent de grands éclats de rire en m'entendant parler du placard avec la sorte de vénération que je croyais de rigueur pour m'élever à un tel sujet.

– Mais c'était une blague ! me dit Atalanta en se tordant de rire.

– Vanessa, précisément, m'a assuré que non.

– Eh bien ! peut-être a-t-elle ses raisons.

Je n'en savais jamais plus. J'étais éternellement renvoyé d'une espèce de quête du Graal à une séance de marionnettes et de cascades de rires à la pire des malédictions : un désespoir enfantin. Ce qui est sûr, en tout cas, c'est que l'ordre était réservé aux quatre sœurs qui semblaient franchir, en entrant dans le placard, les limites d'un monde mystérieux, régi par des règles à part qu'il n'était pas question de tourner ou de livrer. Un cérémonial s'instituait, où les réminiscences de la Chambre des lords étaient présentes jusqu'à l'évidence. Certains détails de ce protocole rigoureux se perpétuaient hors du placard. Brian et Hélène découvrirent un beau jour avec surprise que leurs quatre filles se traitaient entre elles de Votre Altesse et parlaient d'elles, en bloc, comme du clan des Altesses.

– Les Altesses? demanda Brian avec un peu d'irritation. Qu'est-ce que c'est que ça, les Altesses?

– C'est nous, dit Pandora, d'un ton qui, malgré son âge tendre, ne prêtait pas à rire.

– Ah! bon! dit Brian, comme si rien n'était plus naturel que d'entendre des bouts de chou hauts de trois pommes se donner de l'Altesse.

Cette capitulation paternelle devant le clan des Altesses et cette reconnaissance tacite de l'ordre valurent à Pandora un regain de prestige auprès de ses sœurs médusées.

Il arrivait parfois à l'ordre du Royal Secret d'accueillir dans son placard des hôtes de passage : c'étaient les Altesses invitées, aux titres précaires et révocables. Des fils de généraux et de fermiers, de baronnets et de pasteurs eurent droit à des cérémonies d'investiture simplifiée d'où ils sortaient hagards. Après avoir dû s'appliquer sur le front, les lèvres et la poitrine les cheveux de miss Prism agglomérés au porridge, ils n'étaient plus jamais les mêmes. A l'âge de huit ou neuf ans, Pandora tourna longtemps autour de l'idée d'initier les deux jumeaux Romero, Javier et Luis Miguel, dont miss Prism lui parlait souvent avec des larmes dans la voix. Mais les jumeaux, à cette époque-là, avaient déjà seize ou dix-sept ans. Les entraîner dans le placard représentait un risque considérable et presque une impossibilité. Après avoir longuement discuté de leur projet, les Altesses, à leur grand regret, se virent contraintes à y renoncer.

Si le cérémonial de la Chambre des lords avait joué son rôle dans l'élaboration des formes de l'ordre du Royal Secret, son inspiration et sa raison d'être devaient être cherchées du côté de son nom même. C'était le secret et le mystère, leur culte, leur recherche qui présidaient à ses exercices. L'étonnant est que, né de l'émerveillement enfantin devant les bijoux de l'aïeule venue des Indes, l'ordre allait découvrir peu à peu toute une série de secrets autrement redoutables et mériter après coup et chaque jour un peu plus son nom prémonitoire.

Il faut ajouter aussitôt que, de tous les côtés, les secrets ne manquaient pas dans la famille O'Shaughnessy. Après avoir découvert que des trésors merveilleux étaient venus des Indes avec l'aïeule indienne, les Altesses rêvèrent longtemps sur cette figure énigmatique.

– Maman! disait Pandora.

– Oui, ma chérie? répondait distraitement Hélène, en train de s'habiller avec l'aide de sa femme de chambre ou de prendre son bain.

– La dame avec ses bijoux, elle venait des Indes?

– Bien sûr, ma chérie. Tu me l'as déjà demandé trois fois.

– Elle avait épousé grand-père?

– Non, ma chérie. Pas ton grand-père. Le grand-père de ton grand-père.

– Le grand-père de grand-père?

– Ton grand-père, c'est le père de ton papa. Il s'appelait Sean. Il est mort, tu sais bien. Il avait une femme qui s'appelait Sybil et qui était ta grand-mère. Eh bien, Sybil était la petite-fille de...

A ce moment, Brian pénétrait dans la pièce et attrapait au vol quelques bribes de la conversation.

– Alors, on parle généalogie? C'est très bien, ça.

Et il caressait au passage les cheveux blonds de Pandora qui lui tombaient jusqu'aux épaules.

– C'est la petite qui m'interroge encore sur son Indienne favorite, disait Hélène en riant.

– Ah! la rani... Sacrée rani!...

– Qu'est-ce que ça veut dire, sacrérani? demandait Pandora, qui n'en perdait pas une miette.

– Ça veut dire, grommelait Brian, ça veut dire... Ça veut dire... que c'était une bonne femme qui n'avait pas froid aux yeux.

– Maman! qu'est-ce que ça veut dire : qui n'a pas froid aux yeux?

– Ecoute, Pandora, disait Brian, maintenant, laisse-nous, va jouer, j'ai à parler à ta mère.

Une session spéciale de l'ordre du Royal Secret se réunissait aussitôt dans le placard sur le thème de sacrérani.

– Il y a quelque chose avec les yeux, déclarait Pandora.

– Avec les yeux? disait Atalanta en ouvrant les siens, qui étaient dorés et immenses, aux dimensions d'une soucoupe.

– Parfaitement. Avec les yeux. Papa a dit que les yeux de l'Indienne étaient toujours brûlants. Ça s'appelle sacrérani.

Sacrérani agita les Altesses pendant un bon bout de temps. Brian et Hélène, plus d'une fois, surprirent les enfants en train de se pencher sur des miroirs.

– Mais qu'est-ce que tu fais donc, à te contempler dans la glace? Tu te trouves belle?

– Je regarde mes yeux.

A la fin, Brian craqua. Quand Pandora, qui menait naturellement, en raison de son grand âge, toutes les opérations, lui demanda pour la vingtième fois, écartant tous les récits sur Merlin l'Enchanteur ou sur les six femmes d'Henry VIII, des nouvelles de l'aïeule, il pensa que le plus simple et le mieux était de dire la vérité – ou, au moins, par une sorte de compromis ou de cote mal taillée qui n'était peut-être pas très heureuse, une partie de la vérité.

– L'Indienne, tu sais, n'était pas la seule femme de mon arrière-grand-père. C'était sa seconde femme.

– Parce qu'on peut en avoir plusieurs ? demanda Pandora, stupéfaite.

– Bien sûr, répondit Brian, contraint de suivre, malgré lui, la direction même qu'il ne voulait pas prendre, bien sûr. Suppose que la première meure.

– Alors, la première était morte, dit Pandora, impitoyable et tout à fait décidée à ne pas se contenter de généralités vagues.

– Il faut croire, dit Brian.

– Ou alors, dit Pandora, il en avait deux en même temps.

– Non, non, dit Brian qui se voyait tomber de Charybde en Scylla. Non, non, c'est sûr : la première était morte.

Vous imaginez bien que l'ordre du Royal Secret fut aussitôt convoqué. Il y avait du nouveau. Et quel nouveau ! Du nanan : la mort rôdait autour de sacrérani. La rumeur fit sensation et provoqua dans le placard une intense émotion. Ce fut la petite Vanessa qui, en toute innocence et sans avoir l'air d'y penser, prononça les mots décisifs :

– Elle est morte de quoi, la dame ?

– Il faudra se renseigner, dit Pandora d'un ton brusque qui faisait un drôle de contraste avec son air rêveur.

Au Premier lord de la mer, de passage à Glangowness pour une de ces célèbres chasses où étaient venus aussi mon grand-père et mon père et qui – à défaut de l'interroger sur ses projets de carrière puisque ce n'était pas un garçon – lui demandait ses occupations en pensant au jardinage, au poney, aux poupées, Pandora répondait, à la stupeur du noble lord :

– Je résous des énigmes.

Et, en effet, elle les résolvait. Je ne sais pas à quelle source elle recueillit ses informations, mais – grâce à la faiblesse, j'imagine, de son père plutôt que de sa mère qui avait des raisons impérieuses de garder le silence sur les secrets de famille – elle apprit assez vite qu'il était permis de soupçonner la rani Prianti d'avoir assassiné la première lady Landsdown. Ce fut la fête dans le placard. On décida d'aller couper quelques mèches supplémentaires sur le crâne de miss Prism et de préparer en l'honneur de la rani meurtrière une nouvelle rasade de potion magique et sacrée au porridge. Comme si elle était atteinte à son tour par la folie des secrets et de leur élucidation, l'estimable miss Prism proposa un marché aux enfants : elle se laisserait couper – mais pour quoi faire, mon Dieu ? – une mèche de ses cheveux roux qui tiraient sur le blanc et les petites, en échange, partageraient avec elle ces révélations inouïes qui les mettaient sens dessus dessous. Evangeline apprit qu'elle servait dans une famille dont l'aïeule, non contente de régner sur des pactoles d'émeraudes, était une meurtrière.

L'indignation étouffait miss Prism. Où était le temps béni des rigueurs un peu hautaines de Conchita Romero et du comme-il-faut gominé de l'ambassadeur d'Argentine? Elle ne pouvait s'empêcher d'exprimer ses sentiments de réprobation par de brèves exclamations qui avaient le don d'exciter de plus belle l'hilarité des enfants : « *How ghastly! Revolting! Appaling!* » Je ne sais pas si elle alla faire part de ses scrupules et de ses troubles de conscience à la jeune lady Landsdown. Je crois plutôt qu'impliquée sans le vouloir dans un crime de l'autre siècle elle préféra partager le mystère, qui n'en était plus un, avec ses quatre administrées qui comprirent aussitôt, en dépit de leur jeune âge, qu'elles étaient désormais en mesure de gouverner leur gouvernante, coupable malgré elle de complicité morale et de recel de secret.

Ce fut un jeu d'enfants pour Pandora et ses sœurs de découvrir que la rani s'était fait aider par des sikhs pour se débarrasser de la première lady Landsdown. Des sikhs! Le mot seul éveille des imaginations enflammées et des visions d'empire. Elles se transformaient chez les petites filles en songeries sentimentales et en cauchemars délicieux. Je soupçonne la sexualité d'avoir fait effraction dans l'univers des quatre sœurs sous la figure de sikhs déchaînés. Comment des diplomates et des banquiers auraient-ils pu lutter, plus tard, avec cette brutalité primitive? Par une rencontre et une chance qu'il n'était pas question de laisser passer, leur père avait servi plusieurs années dans l'armée des Indes et rien n'était plus facile que de le faire parler des sikhs. Je ne suis pas tout à fait sûr que Brian O'Shaughnessy, Anglo-Irlandais très distingué, officier d'un grand courage, membre de la Chambre des lords, mais très inférieur en intelligence et en imagination à ses filles âgées maintenant de cinq à neuf ans, eût aperçu le piège.

– Papa, disait Pandora en s'asseyant sur les genoux paternels, le dimanche après le café ou le soir avant de se coucher, papa, racontez-nous les Indes.

Brian, flatté, se lançait sur les pistes poussiéreuses du Rajasthan et dans les vallées du Ladakh ou de l'Assam. Il parlait des temples et des grands fleuves, de Bénarès, du Fort rouge. Pandora, naturellement, ne pensait qu'à ses sikhs. Deux ou trois fois, on frôla le lieutenant Turnbull. Est-ce que le génie de l'enfance – je l'exagère peut-être – se douta obscurément d'un autre secret à percer ? Je ne jurerais pas du contraire. Brian, en tout cas, ne tenait guère à s'étendre, devant sa femme et ses filles, sur son amitié exaltée pour le lieutenant Turnbull. Il ne fut que trop heureux de s'engouffrer dans l'issue de secours des sikhs dont Pandora avait soin de lui tenir la porte grande ouverte. Aucune petite fille britannique, jamais, n'en sut autant sur les sikhs, leur foi, leurs mœurs, leur tenue, leurs vertus et leurs faiblesses que les quatre sœurs O'Shaughnessy. Par la faute et la grâce d'une aïeule sombre et passionnée, elles devinrent en quelques semaines une encyclopédie ambulante et nerveuse de la culture et des crimes sikhs.

Le protocole de l'ordre en fut sensiblement affecté. A la période princière, influencée par les lords, succéda la période sikh. Le turban et le poignard, le bracelet de fer au poignet firent dans le placard une apparition remarquée. On songea aux Romero pour les faire sikhs d'honneur. C'était un peu difficile : l'aîné était maintenant un homme, les jumeaux avaient près de vingt ans. Ils n'étaient plus assez sérieux pour comprendre ce que signifiaient le rituel de l'ordre et les cérémonies du placard.

Les mèches, les sikhs, le placard où elle n'avait pas accès, les affreuses émeraudes de la rani meurtrière : c'en était trop pour miss Prism. Elle regrettait amèrement les temps heureux de Paris et de

Buenos Aires, aux côtés de Mme Rosita et de ses quatre garçons.

– Tu les aimais bien ? demandait Pandora avec une espèce de sauvagerie, après des scènes de torture délicate qui avaient mené miss Prism à l'extrême bord des larmes.

– Oh ! oui ! oh ! oui ! gémissait miss Prism, saisie par l'esprit de vengeance contre la méchanceté des quatre sœurs. Je les aime, mes garçons...

– Tu ne peux pas, disait Pandora sur le ton le plus calme. Ils sont moitié juifs et moitié noirs.

Où l'ordre du Royal Secret était-il allé chercher ces informations, sinon confidentielles, du moins soigneusement tues, contrôlées, *restricted* – limitées à un cercle restreint qui n'en faisait guère état ? Probablement dans ces conversations quotidiennes dont les familles s'imaginent toujours qu'elles n'intéressent pas les enfants et dont les enfants, sournoisement, ne perdent pas le moindre mot. Quand on parlait de miss Prism à la table des O'Shaughnessy, impossible de ne pas évoquer son passé américain, argentin et français auprès des Romero. Et, dès qu'on parlait des Romero, Jérémie Finkelstein passait le bout de son museau de musaraigne subtile et rousse, entraînant derrière lui, par Cristina Isabel et Brésil interposés, les ombres légendaires de Pericles Augusto, aventurier de génie, et de Florinda la négresse. La date si tardive de l'abolition de l'esclavage au Brésil ne tarda pas à remplacer dans les préoccupations du placard les mœurs étranges des sikhs. Les cycles d'études se succédaient : connaisseuses éminentes de l'histoire des Indes et de la culture sikh, les Altesses se muaient, à coups de dictionnaires et d'encyclopédies, en spécialistes du Nordeste et de la fin de l'esclavage dans l'empire de Pedro II. Puisqu'il s'était révélé impossible de faire des frères Romero des Altesses invitées et des sikhs d'honneur, on se contentait de les ravaler, en esprit au moins et par une vengeance bien méritée, au rang d'esclaves nègres et de juifs polonais.

– Comme elles sont charmantes, ces enfants! » remarquaient avec courtoisie, en leur caressant distraitement la tête, le Premier lord de l'Amirauté ou le pasteur de Glangowness. Et c'était vrai : elles étaient charmantes. Et un peu plus que charmantes. Pandora, blond cendré, avec les yeux verts de sa grand-mère et de son arrière-grand-mère, Atalanta, châtain très clair, avec ses célèbres yeux dorés, Vanessa, aux cheveux de lumière, et la brune Jessica, à la figure mince et si fière sous une forêt de boucles noires. Elles étaient encore des enfants et presque des bébés que leur beauté collective faisait déjà des ravages. Des peintres, des photographes, des journaux illustrés écrivaient à leurs parents pour obtenir la permission de reproduire ces traits à peine formés et qui jouissaient, dans la région, et presque déjà dans le pays, d'une précoce célébrité.

La découverte des secrets de famille, tâche presque inépuisable dans un clan tel que le leur, n'était pas la seule activité des Altesses du placard. Elles avaient, toutes les quatre, à des degrés divers et avec des nuances qui mériteraient une longue étude qui ne sera jamais entreprise, encore une autre vocation : c'était une affaire de langage. Derrière les sikhs et les esclaves du Nordeste – ou peut-être même plutôt devant – se profilaient des mots. Les Altesses du placard les maniaient à merveille. Dans leur genre, dès la plus petite enfance, elles étaient des linguistes. Non pas tant par leur science, qui était limitée, que par leur imagination qui ne connaissait pas de bornes. Je me suis souvent demandé d'où leur venait cette imagination qui les faisait vivre dans un monde plein de fantômes et de rêves. Sans doute d'un mystérieux arrangement de cellules et de gènes où Verdi et l'esprit du temps, de minuscules incidents d'enfance et de lointains ancêtres russes, italiens, irlandais ou français avaient chacun leur part. Elle se manifestait par un maniement du discours qui laissait sans voix leurs interlocuteurs.

Toutes jeunes, les quatre sœurs O'Shaughnessy avaient leur propre langage. Il ne se confondait avec aucun autre et servait à merveille leur passion du secret. La règle fondamentale était que les mots avaient un sens caché qui n'était en aucun cas celui que leur donnait, loin du placard, le commun des mortels. Les termes dont elles se servaient étaient gauchis à ce point que leur conversation devenait inintelligible pour d'autres que les Altesses. Lord Landsdown, leur père, s'en irritait souvent.

– Mais enfin, leur disait-il, vous ne pouvez pas parler comme tout le monde ?

Elles riaient. Non, elles ne pouvaient pas. Et elles ne voulaient pas. De passage à Glangowness, où il venait souvent voir son ami Brian pour évoquer avec lui la guerre contre les Boers et leurs aventures communes au Soudan, sir Winston Churchill, ministre de la Guerre libéral sous Lloyd George ou chancelier de l'Echiquier conservateur sous Baldwin, s'amusait beaucoup et s'émerveillait en lui-même de ces aventures intérieures où il retrouvait l'écho lointain de ses rêves et de ses ambitions. Il prenait sur ses genoux Atalanta ou Vanessa et il essayait de comprendre le mécanisme des substitutions où se complaisaient les quatre sœurs.

– Voyons, commençait-il, quand vous dites de quelqu'un qu'il est très intelligent, qu'est-ce que vous entendez ? Qu'il est idiot, ou quoi ?

– Bien sûr, répondait la petite. Etre très intelligent, ça veut dire qu'on est idiot.

– Et très beau, j'imagine, ça veut dire repoussant ?

– Ça dépend. Vous êtes très beau.

– C'est la première fois qu'une jeune fille me dit que je suis très beau.

– C'est parce que les autres sont très intelligentes.

Sir Winston, enchanté, se mettait à rire très fort. Il prétendait qu'un Anglais n'aurait jamais pu trouver tout seul une telle perversion du langage et mettait sur le compte du sang russe et français des Wronski cette imagination linguistique où il retrouvait, au grand mépris des quatre sœurs qui n'avaient besoin de personne, des traces de Rimbaud et de Dostoïevski. Il annonçait son intention de rédiger au plus vite, pour rendre supportables ses séjours à Glangowness, un dictionnaire anglais-Wronski et Wronski-anglais.

Il y avait aussi des mots dont il était interdit de se servir. Le mot rat, le mot aisselles, le mot secret, parmi bien d'autres, ne devaient jamais être prononcés. Lorsqu'il n'y avait pas moyen de les éviter, la règle absolue était de les contourner en alignant séparément et très vite les lettres qui les composaient. Quand il s'agissait de leur faire dire qu'elles avaient vu un R-A-T ou qu'elles avaient découvert un nouveau S-E-C-R-E-T, la conversation avec les quatre sœurs prenait des allures fantastiques. Entre les mots mis les uns pour les autres, l'usage abusif des antonymes et la manie d'épeler, dans un bredouillement à la McNeill, les termes tabous et interdits, les quatre sœurs O'Shaughnessy évoluaient dans un monde où les autres n'avaient pas accès. Je me souviens moi-même, bien plus tard, d'une conversation au Ritz, à Paris, entre Vanessa et des amis français que je lui avais présentés.

– C'est une mesure pleine de bon sens, avait déclaré un banquier un peu trop satisfait, en parlant de je ne sais quelle loi qui défrayait alors la chronique.

– Mais alors, disait Vanessa, pourquoi l'avoir adoptée ?

– Parce que c'était la seule mesure intelligente à prendre.

– C'est bien ce que je pense, reprenait Vanessa. Vous courez à la catastrophe.

– Quelle catastrophe ? demandait l'autre, perdant pied.

– La catastrophe qui ne manque jamais de frapper les mesures de bon sens et les gens intelligents.

– Ce n'est rien, ce n'est rien, soufflai-je à voix basse au banquier qui s'agitait sur sa chaise, au bord de l'apoplexie. Vous n'avez pas le dictionnaire.

– Quel dictionnaire ?

– Le dictionnaire Wronski-français.

Lady Landsdown s'inquiétait et s'amusait à la fois de l'originalité d'esprit de ses filles. Leurs habitudes excentriques se conjuguaient curieusement avec leur beauté très classique et le cadre rigoureux où se déroulait leur enfance. Elles séduisaient, elles faisaient peur, elles étonnaient et, dès leur plus jeune âge, elles faisaient parler d'elles comme elles s'obstineront à le faire tout le long de leur vie. Très vite, effet secondaire et parfois redoutable du dictionnaire anglais-Wronski, elles s'amuseront des critiques et des incompréhensions qu'elles susciteront de toutes parts à la façon de la foudre attirée par les grands arbres. « Dès que je vois dans le journal, gémira plus tard Brian, qu'une fille de pair a encore fait des bêtises, je m'attends à voir surgir le nom de l'une ou de l'autre de mes quatre filles bien-aimées. »

L'esprit de clan était merveilleusement fort chez les O'Shaughnessy. Il était tout fait d'orgueil et de révolte contre cet orgueil. Je suis persuadé que Pandora toute seule ou Jessica toute seule n'aurait jamais été ce que chacune sera, avec ses qualités propres et ses oppositions aux trois autres, au sein du groupe compact formé par les quatre filles. Jusqu'au bout de leurs aventures qui les entraîneront vers les horizons les plus divers, l'esprit du placard régnera sur les quatre sœurs. Rien ne saurait être expliqué ni compris de leur vie sentimentale ou politique, de leurs folies, de leurs succès ou de leurs échecs si vous ne vous souvenez pas que, dans les royaumes de l'enfance et de la complicité, elles constituaient d'abord un groupe.

Ce groupe, à l'origine, était dominé par Pandora. Peut-être, tout simplement, parce qu'elle était l'aînée. C'était elle qui avait eu l'idée de fonder l'ordre du Royal Secret. Par quels obscurs mécanismes, sur quels indices d'une minceur surprenante, dans quel climat collectif avait-elle été amenée à deviner qu'il y avait quelque chose à deviner dans ses origines et dans celles de ses sœurs? Jamais Brian, jamais Hélène ne se laissaient aller à la moindre allusion aux aventures passées du clan Wronski. Peut-être y avait-il dans cette discipline même une allure un peu forcée, une sorte de gêne et de silence, plus éloquentes que les paroles? C'est naturellement sur de fausses pistes, mais déjà proches des vraies, que s'engagèrent d'abord, sous la direction de Pandora, les Altesses du placard. Elles s'imaginèrent longtemps, et rien n'était plus romanesque, qu'elles étaient des bâtardes ou des enfants trouvées. Alors que le drame de leurs origines était, tout au contraire, le renfermement sur soi-même, elles s'inventèrent sans se lasser des ascendances très lointaines et tout à fait extérieures. Par hasard, par erreur, par une intuition foudroyante, elles avaient bien compris, peut-être sur le mode du jeu et sans se l'avouer tout à fait, qu'elles étaient au cœur d'un mystère. Mais elles cherchaient au-dehors le secret qui était en dedans. A l'incompréhension d'abord, puis à la stupeur de leurs parents, pour ne rien dire de miss Prism, aussitôt dépassée, elles soupçonnèrent successivement Brian, leur père, et Hélène, leur mère, de n'être pour rien dans leur venue au monde. La difficulté évidente était qu'elles ne pouvaient pas toutes être des bâtardes ou des enfants trouvées. Ici se situe déjà, à l'intérieur du groupe compact des Altesses du placard, une faille significative. Atalanta fut la seule à ne jamais mettre sérieusement en doute le fait qu'elle était une Landsdown et une O'Shaughnessy, descendante des rois d'Irlande et des compagnons de Macbeth, de McDuff et de Richard Cœur de Lion. Atalanta appartient au monde du placard par beaucoup d'autres rêves et beaucoup d'autres fantasmes. Mais une espèce de fierté, de hauteur et, en fin de compte, d'équilibre ne l'abandonna jamais. A des titres divers, Pandora, Vanessa, Jessica se virent et se sentirent au contraire comme des étrangères dans les fastes de Glangowness. Le plus stupéfiant est que le secret des Wronski et le mystère des amours incestueuses entre Nicolas et Nadia n'est pas à l'origine, mais au terme de l'ordre du Royal Secret. Tout, bien entendu, est commandé par ce secret. Mais il est, pour employer un vocabulaire un peu pédant, plutôt une cause finale qu'une cause première. Ou s'il est à l'origine du comportement étrange des sœurs O'Shaughnessy, c'est par des cheminements si obscurs qu'ils relèvent de l'aléatoire ou du mythologique.

Il y eut beaucoup d'étapes à franchir et de déserts à traverser. Le suicide de Piotr Vassilievitch, l'attachement passionné de Brian pour le lieutenant Turnbull, la mort prématurée de Nadia, leur grand-mère, furent autant de découvertes sur la mappemonde de leur passé. Aventurières audacieuses, elles naviguaient d'île en île et d'émerveillement en effroi. Il y avait beaucoup d'impasses et de chemins de traverse dans cette lente exploration, menée à travers une douleur qui ne s'exprimait jamais et les éclats de rire. Une idée derrière la tête Pandora interrogea longuement, vers l'âge de quatorze ou quinze ans, l'illustre Winston Churchill sur les mœurs réelles de lord Kitchener.

– Dites-moi, oncle Winston...

– Oui, ma chérie ?

– Dites-moi, ce lord Kitchener...

– Ah ! rêvait l'oncle Winston, son troisième verre de porto ou de whisky à la main, Kitchener ! Kitchener !... Vois- tu, ma petite fille, c'était un très grand soldat...

– Un grand soldat, oui, oui... Très fort ?...très dur ?...

– Implacable, disait Churchill. D'une loyauté impeccable. Un grand serviteur de la Couronne.

– Oui, oui, disait Pandora. Mais ce qui m'intéresse, c'est sa vie sentimentale...

– Sa vie sentimentale ?

Et Winston Churchill partait d'un de ses formidables éclats de rire qui faisaient trembler les lustres.

– Il aimait beaucoup papa, n'est-ce pas ?

– Beaucoup. Autant que je l'aime moi-même.

– Ah ! bien sûr. Mais vous, vous...

– Mais moi ?... disait Churchill, déjà un peu estomaqué. Mais moi, quoi ?... Que veux-tu dire ? Que je suis un moins grand soldat que l'illustre Kitchener ? (Il se taisait un instant.) Ça se discute. Oui, ça se discute.

– Mais non, oncle Winston ! Je ne parle pas de ça. Je parle des femmes.

– Des femmes ? disait Churchill.

Et il posait son verre sur la table en pensant une

fois de plus que cette petite drôlesse l'étonnerait toujours plus que Lloyd George ou Lénine.

– Mais où diable veux-tu en venir ?

– Vous, vous aimez les femmes...

– Moi, je...

Winston Churchill s'étouffait, devenait très rouge, hésitait un instant entre la colère et le rire.

– Mais qu'est-ce que toutes ces histoires ont à voir avec lord Kitchener, avec le pauvre vieux Herbert ?...

– En Egypte, dans les Indes, en Afrique du Sud, il était toujours entouré d'hommes. Est-ce que...

– Mais, bon Dieu ! Est-ce que quoi ?

– Est-ce qu'il aimait les hommes ?

Bien des années plus tard, après la Seconde Guerre mondiale, à l'issue d'un dîner après la cérémonie émouvante où le général de Gaulle avait remis la médaille militaire ou la croix de la Libération à Winston Churchill, j'ai entendu de mes oreilles Churchill au comble de la gloire dire au général de Gaulle avec son accent à couper au couteau, en lui montrant Pandora – dont les charmes ne laissaient pas insensible le premier des Français :

– Voilà le seul person qui ait osé me demander si lord Kitchener n'était pas oune... comment dites-vous ? ah ! oui..., n'était pas oune pédéraste.

Et, à ma stupeur enchantée, j'entendais le général de Gaulle répondre à Sir Winston :

– En tout cas, monsieur le Premier ministre, il aurait cessé de l'être s'il avait connu Madame.

Lorsque le lieutenant Turnbull, devenu, comme Brian, capitaine, major, colonel, puis général, et enfin rendu à la vie civile où il occupait ses loisirs en jouant au golf assez mal et en présidant les conseils d'administration de British Leyland ou de Rolls-Royce, se pointa à Glangowness, ce fut un joli branle-bas dans l'ordre du Royal Secret. Le général Turnbull était un très bel homme, très distingué, estimé de tous, heureusement marié et pourvu de nombreux enfants. Miss Prism fut épouvantée de le voir traité de tapette.

Je crains de donner ici une image très fausse de la vie quotidienne à Glangowness. Rien n'était plus gai, plus serein, mieux réglé que cette vie de famille, pleine de tendresse et d'harmonie. Ces soupçons délétères, ces accusations murmurées par des lèvres encore enfantines baignaient dans l'affection la plus sincère et dans un grand respect des traditions. On eût dit que ces traditions constituaient un terreau naturel et le meilleur engrais pour la révolte des quatre sœurs et l'obstacle indispensable à ses exercices de formation. Aux quatre filles de Brian et d'Hélène, et peut-être surtout aux deux blondes aux longs cheveux et à Atalanta à la figure de madone – Jessica, dès l'enfance, avait cette sorte de beauté du diable qui s'allie souvent à un certain goût pour la provocation – l'observateur le plus perspicace et même le plus roué ou le plus malintentionné aurait donné le Bon Dieu sans confession. Toutes petites, Pandora et Vanessa jouaient déjà volontiers du contraste entre leur air angélique et une capacité de dissimulation, une obstination, une dureté assez rares. Carlos ou Javier Romero en savaient quelque chose. Malgré la différence d'âge qui les séparait des quatre sœurs, malgré la protection passionnée de miss Prism, ils avaient été plus d'une fois l'objet des rebuffades de l'une ou de l'autre des quatre filles qui, dès l'âge de douze ans, ou peut-être de quatorze, impatientes de venger les échecs des Altesses du placard, savaient mêler avec art les tendresses les plus aguichantes à des sursauts imprévisibles de dignité outragée.

Plus tard, beaucoup plus tard, je me suis souvent

interrogé sur ce que des familiers de Glangowness ont pu prendre pour de la perfidie ou de la méchanceté. Le drame, en général, se déroulait en plusieurs actes. Dans un premier temps, tout le monde se laissait subjuguer par la beauté, le charme, la douceur des quatre sœurs. Et puis, peu à peu, ceux qui s'imaginaient comprendre et savoir – ce sont les mêmes, bien souvent, qui se trompent avec le plus de force – découvraient sous l'apparence une réalité qui leur faisait peur. Lorsque – refrain : bien plus tard – l'une ou l'autre des quatre sœurs aura détruit quelques bonheurs, poussé au suicide des âmes faibles, semé des ravages autour d'elle, les grands perspicaces se réjouiront bruyamment d'avoir percé à jour les instincts meurtriers des sirènes au lourd sang russe et des Lorelei irlandaises. Mais moi, j'ai vu pleurer Pandora ou Vanessa, je les ai vues se méfier de leurs pouvoirs et de leurs dons, je les ai vues troublées de régner avec si peu de peine sur le monde et sur les hommes. On me dira que j'étais, que je suis, que j'ai toujours été partial. Je dirai que personne ne peut jamais juger personne et que le cœur des êtres humains est plus insaisissable que la mer ou le feu. Je crois que, dès l'enfance, par leur charme et leur dureté, par leurs folies, par leurs mensonges, les quatre sœurs O'Shaughnessy n'ont jamais rien fait d'autre que d'essayer de se défendre.

De se défendre contre quoi ? Contre leur beauté, bien sûr, contre leurs pouvoirs, contre elles-mêmes. Mais cette explication-là n'est pas satisfaisante. Elle est très loin d'être suffisante. Je connais, vous connaissez beaucoup d'hommes irrésistibles, beaucoup de femmes très belles qui se sont laissés aller à leurs charmes et à leur grâce et n'ont jamais eu à lutter contre des démons intérieurs, avides de tourmenter les autres et de se tourmenter soi-même sous les apparences les plus radieuses. Circonstances aggravantes, ou peut-être atténuantes, l'argent, la célébrité, toutes les facilités de l'existence ne fournissent pas non plus les combinaisons ou les clefs qui ouvriraient toutes les serrures. Je suis convaincu que le monstre menaçant contre lequel les quatre sœurs n'ont jamais cessé de se défendre était d'abord leur passé.

Leur passé... Croyez-vous que c'est pour rien, pour faire joli, pour m'amuser peut-être, ou pour vous amuser, que j'ai pris la peine de vous raconter naguère en détail le passé proche et lointain des filles O'Shaughnessy ? Le Brenton O'Shaughnessy, de sinistre mémoire, avec sa maîtresse Maureen, et les orgies démentes dans les nuits du Connemara, la vieille comtesse Wronski, avec ses palais de Crimée et de Saint-Pétersbourg et ses serfs misérables, la maharani Prianti, avec ses émeraudes et ses sikhs meurtriers, Florinda la négresse et Pericles Augusto, aux gilets improbables, le rabbin du shtetl et les amours de Jérémie avec la Putiphar de Lublin, les impuissances exaltées de Piotr Vassilievitch et le génie de Verdi, tout cela pesait d'un poids énorme sur les boucles blondes et brunes des petites filles de Glangowness. Le pire, peut-être, était que ces aventures et ces mystères se confondaient étroitement avec toutes les rigueurs du protocole et de l'établissement triomphant, incarnées, aux deux bouts de l'échelle sociale et de la notoriété, par miss Evangeline Prism et Sir Winston Churchill.

Lorsque, en 1919 ou en 1920, Conchita Romero, mettant enfin à exécution son projet du printemps 1914, débarqua en Angleterre, elle fut naturellement invitée, au grand bonheur de miss Prism, au château de Glangowness. Mon père n'était plus là : il avait été tué au Chemin des Dames. Mais mon grand-père était venu de la haute Sarthe et de Plessis-lez-Vaudreuil pour participer aux chasses, aux goûters, aux grands dîners, aux bals qui faisaient briller de mille feux les moors mauves et les salons illuminés de la vieille demeure des Landsdown. Epanouie de bonheur, miss Prism régnait sur ses garçons devenus enfin des hommes et sur ses toutes petites filles. Conchita Romero eut le sentiment vague et très fort que ses rêves de toujours étaient en train de se réaliser. Le Paraguay, l'Argentine, l'Amérique du Libertador, du général San Martin et de la bataille d'Ayacucho débouchaient sur la vieille Europe. Oublieuse d'Arroyo Verde et de ses calmes bonheurs, elle eut le tort peut-être de s'en féliciter et de s'en réjouir un peu vite.

Aux yeux de Conchita comme à ceux de tout un monde de chroniqueurs de mode et de bourgeois envieux, Glangowness donnait le spectacle de la splendeur et de l'harmonie. L'argent des Landsdown et des Wronski ajoutait à cet éclat comme l'argent des usines d'acier et des élevages de bœufs avait contribué à celui des Romero. Il n'est pas question de le dissimuler : l'argent jouait son rôle – et il n'était pas mince – dans tout ce que je raconte. Beaucoup d'autres choses très différentes, et souvent opposées, y tenaient aussi leur place : la tradition, la religion, le culte de l'art et de la beauté, le patriotisme, l'élégance, une certaine façon détachée et parfois humoristique de prendre la vie et l'histoire. Mais l'argent, en fin de compte, rendait tout cela possible. Je me dis souvent que la vie des Wronski et des O'Shaughnessy et le récit que j'en fais dépendaient aussi de cet argent qui ne manquait pas. En ce sens, à l'extrême opposé de miss Prism et de Conchita Romero, cette histoire de notre temps, si éloignée du marxisme, a quelque chose de marxiste. Et je ne peux la raconter que parce que le marxisme est déjà là – mais qu'il n'a pas triomphé. C'est très exactement dans cette marge entre le succès du marxisme et son établissement universel que s'inscrit notre histoire.

Pandora et ses sœurs avaient obscurément compris tout ce que je viens d'évoquer. Les meurtres, les suicides, les révoltes, les aventures, tout cela, peu à peu, avait été mis au jour par les archéologues du placard. Il n'y avait que le mystère des origines d'Hélène Wronski pour rester inviolé.

Toute la famille Landsdown avait fini par vivre avec le secret enfoui dans les esprits et les cœurs à la façon d'un trésor dans le jardin d'un avare. On savait, naturellement, et beaucoup de gens savaient, mais tout se passait toujours comme si personne ne savait rien. Marie Wronski était imperturbable. Elle avait appris depuis longtemps à dissimuler ses troubles sous un visage souriant. Beaucoup de visiteurs, qui avaient vaguement entendu parler, à Venise ou à Paris, d'une très ancienne liaison entre la comtesse Wronski et Verdi et de ce vieux scandale Wronski déjà enterré sous les ans, quittaient Glangowness, l'hôtel Meurice ou la maison de la Giudecca persuadés que les rumeurs, comme toujours, avaient beaucoup exagéré. Autant et peut-être plus encore que les Landsdown, Marie Wronski, par sa dignité et sa simplicité, contribuait à l'équilibre et à la rigueur très gaie du clan O'Shaughnessy, grossi de l'affluent Wronski.

Malgré leur expérience et leurs prétentions, les Altesses du placard ne devaient jamais découvrir par elles-mêmes le mystère dont l'élucidation pouvait apparaître comme leur but ignoré et leur raison d'être mystique. Ce sont des circonstances tout extérieures qui allaient faire éclater la vérité.

A l'âge de quinze ou seize ans – Hélène, sa mère, s'était fiancée à quinze ans – Pandora tomba amoureuse. Cet amour d'adolescente entraîna beaucoup de drames, moins sérieux sans doute que la marche sur Rome ou la crise économique, suffisants cependant pour bouleverser les Landsdown et, indirectement, nous le verrons, la famille Romero. Le premier de ces drames, le plus simple, le plus grave, était lié à la personne même du garçon dont s'était entichée l'aînée des O'Shaughnessy.

Le jeune homme avait vingt-deux ou vingt-trois ans, sortait d'Oxford, présentait toutes les garanties nécessaires tant pour le passé que pour l'avenir. Il avait de la fortune et il était plutôt beau. Pour accorder leurs faveurs, leur estime, leurs filles, que demandent les riches? Qu'on le soit. Il l'était. Il était du même coup le type même de l'*eligible young man* et de l'excellent parti. Entière, passionnée, déjà un peu folle, et d'ailleurs folle de lui, désireuse peut-être aussi d'épater ses petites sœurs, Pandora décida d'épouser le jeune Percy Bassett.

Le drame éclata aussitôt. Quel drame? Le plus improbable, le plus imprévisible. Percy Bassett appartenait à une excellente famille – la meilleure de toutes aux yeux des O'Shaughnessy, puisque c'était la leur. Fils d'une sœur cadette de Sean O'Shaughnessy, Percy Bassett était le cousin de Pandora – ou, plus exactement, son oncle à la mode de Bretagne. Cette parenté assez proche n'aurait pas fait le moindre pli – épouser des cousins, après tout, est recommandé chez les rois et d'usage assez courant dans la plupart des grandes familles – si la mère de Pandora n'avait été déjà le fruit de l'union entre un frère et une sœur. Une panique sacrée s'empara de Brian et d'Hélène. L'ombre de l'inceste flottait sur Glangowness. Les quatre filles, grâce à Dieu, ne semblaient pas avoir trop souffert de l'*inbreeding* Wronski. Mais que se passerait-il si, une nouvelle fois, à une génération si proche de celle de Nadia et de Nicolas, la famille s'abandonnait à la consanguinité? Les risques étaient trop forts. Après avoir écrit à la comtesse Wronski qui, en séjour à Paris, répondit aussitôt par retour du courrier, Brian se résolut à parler à sa fille. Il retrouva pour l'occasion les balbutiements et les borborygmes qui avaient été si longtemps de rigueur chez les Landsdown et les McNeill.

– Ma chérie..., commença-t-il.

Et il s'interrompit aussitôt.

Ce seul début suivi d'un silence était très suffisant pour alerter Pandora. Dans la situation insaisissable et un peu floue où elle se débattait, le « ma chérie... » de son père résonnait comme un tocsin.

– Oui? dit Pandora en levant les yeux vers son père.

– Ma chérie...

Et une sorte de gémissement-gargouillis s'échappa de la bouche de Brian.

– Ma chérie..., il faut que nous parlions.

– De mon avenir, j'imagine? dit Pandora qui avait un peu pitié de l'embarras de son père.

– De ton passé, plutôt, dit Brian, s'engouffrant dans la voie que lui ouvrait sa fille.

Ce mot de « passé » attira aussitôt l'attention de Pandora. Les choses devenaient intéressantes. Elle s'attendait à une diatribe ou au moins à une discussion un peu pénible sur les mérites de Percy. Voilà qu'on semblait s'orienter vers les secrets du placard, vers la rani ou Turnbull.

– De mon passé?

– De notre passé à tous, dit Brian.

Et un silence de plomb retomba d'un seul coup sur le père et la fille.

– Eh bien! dit Pandora au bout de quelques instants, avec une gaieté à peine forcée, eh bien, partons en excursion!

Et, se levant de son siège, elle vint s'asseoir tout près de son père, sur le sofa en indienne, comme s'il allait lui raconter – et c'était à peu près le cas – une nouvelle aventure de Richard Cœur de Lion ou de Merlin l'Enchanteur. Brian sortit de la tranchée et se jeta en avant :

– T'es-tu jamais demandé, toi qui aimes tant les histoires, qui étaient ton grand-père et ta grand-mère ?

– Mon grand-père et ma grand-mère ?... Mais c'est Sean O'Shaughnessy, ton père, et Sybil, ta mère, née McNeill... Est-ce que je me trompe ?

Et l'idée, longtemps caressée, qu'elle n'était qu'un enfant trouvé lui revint tout à coup si fort à l'esprit qu'elle se mit malgré elle à rougir et à trembler.

– Non ! Non !... *I mean*... de l'autre côté, dit Brian dans un souffle.

– Ma grand-mère qui est morte ?... Elle s'appelait Nadia, n'est-ce pas ?... Nadia Wronski ?...

– Nadia Wronski, parfaitement.

– C'était la fille de mon arrière-grand-mère, dit Pandora en s'avançant avec prudence, comme sur un terrain miné.

– Et comment s'appelle ton arrière-grand-mère ?

– Grannie ? Marie, je crois ?... Oui... Marie Wronski... La comtesse Wronski.

– Et tu ne t'es jamais demandé, toi qui es si curieuse, pourquoi ta grand-mère morte et ton arrière-grand-mère portaient toutes deux le même nom ?

– Le même nom ? dit Pandora, soudain au bord des larmes.

– Oui, le même nom. Chez nous, en général, une mère et sa fille mariée ne portent pas le même nom. Une jeune fille change de nom le jour où elle se marie.

Un abîme s'ouvrait tout à coup sous les pieds de Pandora. Des idées confuses et terribles lui venaient à l'esprit. Ainsi, tout ce qu'elle avait obscurément deviné, tout ce qu'elle avait pressenti au plus profond d'elle-même était en fin de compte vrai : elle était une bâtarde, une enfant trouvée... Ou alors... – elle sentait, physiquement, le fonctionnement presque douloureux de son cerveau... – ou alors c'était Nadia, la morte mystérieuse, dont elle s'était trop peu occupée à force de ne penser qu'à Turnbull ou à la rani... Ou bien c'était Grannie, son arrière-grand-mère, si familière et si calme... Elle ne savait plus où elle en était. Elle ne comprenait plus rien. Elle n'avait plus aucune issue. Elle posa sa tête sur l'épaule de son père et elle se mit à pleurer très doucement. C'était la dernière manifestation posthume de feu le comte Wronski, le dernier coup de Zambrano et le dernier épisode des aventures de Verdi.

Immobile, la gorge nouée, caressant de la main les cheveux blonds de sa fille, Brian O'Shaughnessy resta longtemps silencieux. Plus vives, plus nombreuses que d'habitude, des pensées éparses s'agitaient sous son crâne. C'était trop affreux, à la fin, trop bête, trop injuste que le sort aveugle des parents fasse pleurer les enfants.

Pandora pleurait d'émotion. Mais aussi d'orgueil blessé et d'humiliation. De fureur contre elle-même. Pendant des années et des années, dans le placard du Royal Secret, suffisante et vaniteuse, elle avait résolu des énigmes. Le seul mystère qui ne l'avait même pas effleurée, le seul important, le plus proche, celui de ses propres origines, elle était passée à côté, sans même chercher à l'explorer, se doutant à peine vaguement de cette évidence éclatante : sa grand-mère, ou sa mère, ou elle-même, elle ne savait toujours pas, n'était pas une Wronski et surgissait d'ailleurs. Elle releva la tête.

– Mais, papa, demanda-t-elle d'une voix d'enfant perdue, je suis ta fille, n'est-ce pas?

Ce fut au tour de Brian de sentir les larmes qui lui montaient aux yeux. Il serra sa fille contre lui.

– Bien sûr, ma petite fille, bien sûr. Ce n'est pas si grave que cela.

Les êtres sont si étranges qu'une sorte de vague déception s'empara de Pandora. Elle s'arrêta de pleurer. Son père crut naturellement que c'était par soulagement. Ce n'était que par curiosité. Et une ombre de regret se mêlait à l'excitation.

– Mais alors?... dit-elle, les yeux brillant sous les larmes.

Soulagé de pouvoir partir d'une hypothèse pire que les autres et heureusement écartée, Brian se mit à parler avec moins d'hésitations.

– Non, non, ce n'est rien de terrible, rien qui te touche directement... Mais indirectement, oui, ajouta-t-il aussitôt, pour ne pas perdre trop de terrain et ne pas recommencer à zéro son parcours du combattant.

– Indirectement?... demanda Pandora, qui ne comprenait rien à rien et s'agaçait de sa nullité.

– Ta grand-mère n'était pas mariée, dit Brian d'un air sinistre.

– Ce n'est que cela! dit Pandora en éclatant d'un rire où se mêlaient le soulagement et un peu de dédain pour ces secrets de pacotille.

– Non. C'est plus sérieux. Ta grand-mère...

Et il s'arrêta de nouveau.

– Ma grand-mère?... dit Pandora.

– Ta grand-mère..., recommença Brian.

– Eh bien! dit Pandora en riant franchement aux éclats, qu'est-ce qu'elle a encore fait, ma grand-mère? Elle n'a tout de même pas tué son mari? Ce serait un tic de famille...

– Ne plaisante pas, dit Brian, heureux de reprendre l'avantage sur une écervelée en lui assenant d'un seul coup la vérité. Ta grand-mère était la sœur de ton grand-père.

– La sœur de...

– Enfin... la demi-sœur.

– La demi-sœur..., dit Pandora en secouant la tête et en fronçant les sourcils.

– Sa demi-sœur, répéta Brian.

Et, s'arrêtant à chaque phrase, hésitant sur les mots, mâchant et remâchant la cruelle réalité, il mit une heure ou deux à raconter à Pandora, pétrifiée et ravie, tout ce que nous savons déjà des aventures de Marie de Cossigny, de Verdi, du comte Wronski, de Me Brûlaz-Trampolini et du fatal Zambrano.

– Et Nicolas? disait Pandora. Et Gabriella? Et les Boxers? Et les Japonais?

Jamais Brian n'avait parlé autant. Maintenant, grâce à Pandora, que toutes ces aventures semblaient follement amuser, la tâche lui semblait presque aisée. Il se disait que c'était merveilleux d'avoir une fille aussi intelligente. Et sa fille se disait que c'était pitoyable d'avoir été aussi sotte.

– Tu vois, concluait Brian, le sang de la famille tourne déjà un peu en rond. Si tu te mets aujourd'hui à épouser un oncle ou un cousin...

– Eh bien! dit Pandora. Pour être tout à fait tranquille, j'épouserai un nègre ou un Chinois. Et j'expliquerai à tout le monde que c'était sur les conseils de ma famille.

Brian lui-même fut stupéfié par le calme de sa fille. Plus soupçonneux que leur père à l'égard des quatre sœurs, plus porté aussi que personne à une admiration pour leur caractère et leur subtilité, à la fois aveugle et un peu trop lucide, il m'est arrivé de me demander si le détour par Percy Bassett était rien d'autre qu'une ruse pour en savoir davantage sur des secrets subodorés, mais difficiles à percer.

Le jeune Percy Bassett disparut comme par enchantement dans les oubliettes familiales. On eût dit que la satisfaction d'être venue enfin à bout des mystères héréditaires l'emportait de très loin, chez Pandora, sur le chagrin sentimental. Elle aimait peut-être Percy. Elle aimait bien davantage les tourbillons de la vie et les mystères de l'existence. Le jeune Percy Bassett, qui savait un peu de grec et jouait si bien au polo, n'était sûrement pas de taille à alimenter la formidable machine à rêves des Altesses du placard. L'image de Nicolas à Pékin, à Port-Arthur, sur le champ de bataille de Moukden l'emporta sans trop de peine sur l'élégance et le charme fragiles de l'oncle de Corpus Christi College. Pandora, plus que jamais, se mit à vivre au cœur de l'imagination.

Inutile de préciser que la conversation avec Brian et la rupture avec Percy provoquèrent la réunion de plusieurs sessions spéciales de l'ordre du Royal Secret. Elles ne se tenaient plus – les filles étaient trop grandes – dans l'exiguïté du placard, mais autour des scones, des muffins, des sandwiches aux concombres d'un goûter bien garni. Une histoire de l'ordre du Royal Secret montrerait l'évolution de l'illustre institution depuis le réduit aux balais de Glangowness jusqu'aux déjeuners à trois ou à quatre, à la veille ou aux lendemains de la Seconde Guerre mondiale, au Harris Bar de Venise, chez Maxim's à Paris, chez Alfredo alla Scroffa à Rome, dans les grandes salles à manger du Vier Jahreszeiten de Munich ou du Ritz à Madrid, ou tout simplement du Claridge à Londres, en passant, à l'âge tourmenté et béni de l'adolescence, par les goûters formidables qui faisaient un peu grossir, sans réussir à les défigurer tout à fait, Pandora et Vanessa.

Une célèbre nouvelle de Jorge Luis Borges raconte l'histoire exemplaire de la loterie de Babylone. Créée à l'origine pour fournir des ressources au trésor exsangue de Babylone, la loterie, après avoir rempli son rôle à la satisfaction du souverain, est peu à peu boudée par les habitants de Babylone et se révèle insuffisante, dans son état primitif, à combler le déficit qui ne cesse de se creuser. De réforme en réforme, la loterie se perfectionne : elle devient permanente, obligatoire, anonyme. Les lots ne se présentent plus exclusivement sous la forme monétaire : on gagne une décoration, un poste de ministre, la mort d'une belle-mère exécrée, un talent de peintre ou de musicien. Ils ne sont plus seulement positifs, ils peuvent aussi être négatifs : vous gagnez – ou vous perdez – trois années de prison, l'éloignement d'un être aimé, une crise de foie ou le cancer, l'incendie de votre bibliothèque ou de votre maison de campagne. Bien après le déclin et la destruction de Babylone, archéologues et historiens s'interrogent longuement sur la réalité et le sens de la loterie de Babylone : les plus subtils suggèrent qu'elle n'a jamais existé. De la même façon, fondé dans l'exaltation rêveuse et l'angoisse de l'enfance, l'ordre du Royal Secret finissait tout simplement par se confondre avec la vie.

La vie, la vraie vie, commença pour Pandora par la rupture avec le jeune Bassett. Ceux qui regardaient la scène de l'extérieur, sans détenir la clef de l'énigme, ne comprirent pas grand-chose au caractère de Pandora qui parut soudain libérée par la disparition de son premier amour. « Elle ne sait pas ce qu'elle veut », décrétèrent les plus sots. « Elle ne l'aimait pas. » « Elle est incroyablement soumise à son père et à sa mère. » « Elle doit en aimer un autre », supposèrent les plus subtils, qui étaient encore loin de la vérité. La vérité était que Pandora ne parvenait pas à sortir du passé de la famille et qu'elle avait découvert Nicolas, incarnation, non pas vivante, mais historique et imaginaire, de ces mystères et de ces secrets qui la fascinaient depuis toujours.

La découverte de l'existence, pourtant longtemps médiocre et terne, du fils de Verdi et de Marie de Cossigny bouleversa à jamais les Altesses du placard. Aux rites de la Chambre des lords et à la fascination des sikhs succéda une troisième période : elle était toute pleine d'opéra italien, de la révolte des Boxers et de la guerre russo-japonaise. Tout ce qui touchait au Japon, à la Chine et surtout à Venise s'engouffra en tempête dans la vie des quatre sœurs. Elles partirent à la recherche des photographies de leur grand-père. Au lieu du vieillard bedonnant, assis sur un fauteuil avec une canne à la main, la chaîne de montre sur le ventre, le visage perdu entre des favoris, qui était le lot de leurs amies, elles tombèrent sur un jeune homme, au charme inexprimable, et dont personne ne saurait jamais de quoi il aurait pu avoir l'air s'il n'était pas tombé, un beau matin, dans le linceul de neige du champ de bataille de Moukden.

Les quatre sœurs O'Shaughnessy cessèrent du jour au lendemain d'être des filles de lord, des Irlandaises très élégantes avec du sang russe et français, les héritières d'un vieux château gothique très retapé au fin fond de l'Ecosse. Elles devinrent d'un seul coup les petites-filles d'un aventurier que le malheur avait révélé à lui-même et les arrière-petites-filles de l'auteur d'*Aïda* et de *La Traviata*. Par le détour d'un helléniste frais émoulu de Corpus Christi College et de l'épouvante paternelle devant le renouvellement de l'inceste, l'aventure, tant convoitée, entrait enfin dans leur vie.

Les hommes, à travers le monde, n'avaient qu'à bien se tenir.

II

LES SAINTS APÔTRES

La fin de l'adolescence des sœurs O'Shaughnessy est liée à un événement dont beaucoup d'entre vous se souviennent et qui fit un peu de bruit, au moins dans un milieu restreint, au cours des quelques années qui séparent la fin de la Première Guerre des débuts de la grande crise. L'apparition soudaine à Londres, ou la réapparition, d'un héros surgi de la nuit constitua un de ces signes qui donnent à une époque son allure et son sens. Pour mieux retracer l'enchaînement, ou plutôt la cascade, des circonstances surprenantes qui devait aboutir à ce petit coup de théâtre, il nous faut remonter un peu en arrière dans l'histoire d'une famille unie par des liens innombrables et parfois tragiques au clan des Wronski et des O'Shaughnessy : les Romero, grossis des Finkelstein.

Son Excellence l'ambassadeur d'Argentine auprès de Sa Majesté britannique était une figure irréprochable. Grand, très brun avec quelques cheveux blancs, d'une rigueur morale sans faille à laquelle ne se mêlait aucune trace d'imagination, ce diplomate sud-américain avait comblé les vœux de sa mère : l'Europe l'avait adopté. A la table familiale, à laquelle les fastes diplomatiques ôtaient toute apparence bourgeoise, mais où l'influence de Conchita Romero maintenait intactes et puissantes les vertus traditionnelles, on s'entretenait indifféremment dans toutes les langues de la décadence et de la séduction occidentales. Rosita Romero, la femme de l'ambassadeur, devait peut-être à son père, Jérémie Finkelstein, un magnat juif et américain né du côté de Lublin, sa facilité pour les langues vivantes. Elle ne parlait plus polonais. Mais le portugais, langue maternelle de sa mère, lui était familier et elle avait appris sans peine l'italien et l'allemand. Quand l'ambassadeur d'Allemagne ou le consul général du Brésil venait dîner à l'ambassade – une belle maison victorienne entre Knightsbridge et Piccadilly, à quelques pas de Marble Arch, qui devait sa splendeur aux munificences du jeune Etat argentin, mais aussi et surtout aux ressources conjuguées des Romero et des Finkelstein – ils se sentaient presque chez eux. Aureliano Romero battit tous les records de longévité diplomatique : il représenta pendant dix-sept ans l'Argentine en Angleterre. Poiret, Coco Chanel, Albert Einstein, Maurice Chevalier, Louis Barthou, Titulesco, des princesses bavaroises ou yougoslaves, la fameuse Magda Lupesco et beaucoup d'autres encore se succédèrent, pour quelques heures et souvent pour quelques jours, à l'ambassade d'Argentine qui était devenue un des centres les plus brillants de Londres. Il y a quelques années, déjà installé en Toscane d'où je ne bougeais plus beaucoup, j'ai effectué le déplacement de San Miniato à Londres. Des amis m'avaient indiqué que, dans une vente publique organisée, je ne sais plus, par Christie's ou par Sotheby, était offerte aux enchères, parmi des tableaux de maîtres et des mobiliers somptueux, la série complète des livres d'or des Romero. Mise à prix pour un millier de livres, elle atteignit des sommes qui dépassaient de loin mes possibilités. Je vendis quelques souvenirs de Plessis-lez-Vaudreuil pour l'acquérir malgré tout. Elle figure aujourd'hui dans ma bibliothèque et il me suffit d'en tourner les pages pour que l'entre-deux-guerres se mette à revivre sous mes yeux, avec ses cendres et son éclat.

Pour faire face à ses devoirs, et aussi à ses plaisirs, Aureliano Romero avait bien dû adopter ce qu'il appelait sans rire une philosophie de l'existence et que son collègue allemand baptisait solennellement du nom pompeux de *Weltanschauung*. Il avait choisi l'humanisme. Son Excellence l'ambassadeur d'Argentine à Londres était un humaniste.

Rien ne correspondait mieux à la rigueur morale de Conchita Romero et à l'absence de talent de son fils que cet humanisme de bon ton qui s'alliait fort bien à leur fortune considérable et à leurs obligations. Tous les excès étaient rejetés de leur monde. Ils avaient beau recevoir des hommes de gauche et de droite, et parfois d'extrême gauche et d'extrême droite, des génies, des aventuriers, des homosexuels, des femmes dont la liberté défrayait la chronique, des artistes, des couturières, des requins de la finance, eux restaient impavides et au-dessus – ou au-dessous – de tout soupçon d'aucune sorte. Jamais vertu plus médiocre ne fréquenta autant de talents, le plus souvent indifférents au souci des convenances et de la moralité.

L'humanisme moral et bourgeois imprégnait tous les gestes et surtout chacun des discours de l'éminent diplomate. Entouré de meubles anciens et de tapisseries des Gobelins qu'il choisissait d'ailleurs avec goût et qui entraient à merveille dans son système de l'univers, le fils de Conchita Romero fut, sinon un des premiers, du moins un des plus obstinés à se poser en défenseur de la civilisation et en champion des valeurs menacées par la montée des barbares. Recueillis, comme il se doit, en volumes reliés de cuir bleu, ornés de fers dorés, frappés aux armes de l'Argentine et au monogramme A.R., aux lettres gothiques entrelacées, ses discours innombrables présentent deux caractéristiques également remarquables : sans même compter les ordres flatteurs du Nissam Hiftikar, du Ouissam Alaouite ou du Million d'Eléphants Blancs, accordés, sur la recommandation de collègues époustouflés, par des souverains complaisants, ils lui valent bientôt, à Salamanque et à Oxford, à Paris et à Heidelberg, à Upsala et à Bologne, toute une brochette impressionnante de doctorats *honoris causa* – et ils deviennent très vite ce qu'ils sont encore aujourd'hui : tout à fait illisibles à force de hauteur d'âme et d'amour de la culture.

Je me souviens d'un jour où, devant une assistance où figuraient des ministres, des penseurs, plusieurs veuves de grands hommes et pas mal de nullités qui tenaient beaucoup de place, Aureliano Romero prononçait, une fois de plus, un de ces discours dont le *Times* à Londres et le *Journal des Débats* à Paris souligneraient le lendemain, à qui mieux mieux, la très haute tenue et l'élévation morale.

– Bien sûr, souffla Agustin, bien sûr, il est merveilleux. Nous l'aimons tous. Qu'est-ce que tu veux qu'on dise après ça?

– Cher papa! souffla Carlos. Il est le dernier de son espèce.

Ces honneurs en cascade, ces vertus, cette capacité exceptionnelle à n'émettre jamais que les lieux les plus communs assurent à Aureliano Romero ce qu'il est convenu d'appeler une situation de premier plan. Quand Conchita Romero vient lui rendre visite à Londres, elle peut mesurer le chemin parcouru depuis les affres du Paraguay. Elle est fière de son fils. Elle n'a pas résisté en vain aux menaces et aux séductions du mari sanguinaire de

Mado de Maubeuge, rejeté depuis longtemps dans les oubliettes de l'histoire : maintenant, son Aureliano défend, du haut des estrades les plus huppées, à la tribune de la S.D.N., dans les chaires des universités les plus illustres de l'ancien monde, l'humanisme et la tradition, les droits de l'homme, la tolérance et la paix, la liberté et le progrès.

Jérémie Finkelstein est peut-être moins exalté que Conchita Romero. Il en a trop vu, tout au long de sa vie, pour être vraiment impressionné par les beaux sentiments et par les phrases qui les expriment. Un peu de scepticisme apparaît aux coins de sa bouche et sur son fin visage de vieux renard fatigué. Quand il vient voir sa fille à Londres, il considère son gendre avec une ombre d'ironie. On dirait que le marxisme et le capitalisme, la familiarité du premier et l'usage du second, se conjuguent chez le magnat vieillissant et pourtant encore solide pour se moquer affectueusement des périodes ampoulées et des appels répétés à un supplément d'âme.

– La noblesse d'âme, murmure-t-il un soir après le dîner, sous les lustres éclatants et parmi les laquais en habit à la française, à Winston Churchill enchanté, est un luxe de grand bourgeois.

La personne en Angleterre, après Churchill, qui impressionne le plus Jérémie Finkelstein, ce n'est pas l'ambassadeur d'Argentine, ni ses quatre fils pourtant séduisants, ni Conchita Romero qu'il n'a jamais autant vue qu'au cours des interminables soirées de Londres truffées de diplomates en habit, de ministres mal élevés et de penseurs dûment estampillés, c'est la jeune Pandora qu'il rencontre à Glangowness. Elle l'a conquis d'un seul coup en lui disant avec beaucoup de calme et un peu de toupet qu'il ressemble à Disraeli. Le comble est que la remarque ne manque pas de justesse. Quand Brian ou Aureliano, ou peut-être Jérémie lui-même, rapporte le mot à Churchill, l'ex-Premier lord de l'Amirauté, le ministre de la Guerre et de l'Air devenu ministre des Finances part d'un immense éclat de rire. C'est l'origine d'un mystère qui devait intriguer longtemps beaucoup de diplomates et d'hommes d'affaires des deux côtés de l'Atlantique : jusqu'à la mort du tycoon, Winston Churchill n'appela plus jamais Jérémie autrement que Benjamin.

Il n'est pas très difficile d'imaginer ce que devaient devenir dans ce décor les quatre fils Romero. A peine sortent-ils de l'enfance qu'ils prennent en grippe les phrases, le protocole, le comme-il-faut et l'humanisme. Au désespoir de Conchita qui les voulait Européens, mais qui comptait bien les récupérer dans l'hémisphère Sud à la tête de ses affaires de ciment et de bière. Bien loin de les retenir, l'exemple d'un Jérémie Finkelstein, leur grand-père, ou d'un Winston Churchill, l'idole de la famille et l'ami des O'Shaughnessy, les pousse vers l'extravagance. Ils ne sentent que trop bien que ces deux-là au moins ne sont pas dupes du cirque et de sa mise en scène.

Il n'y a que l'enfance et la jeunesse pour être vraiment intéressantes. Elles commandent toute la vie. L'âge mûr et la vieillesse ne forgent jamais que l'image après la mort. Les quatre frères Romero décidèrent assez vite que la jeunesse de leur père avait manqué d'intérêt. Ils firent à peu près le contraire de ce qu'ils le voyaient faire et de ce qu'on attendait d'eux. Ils n'avaient pas beaucoup de mérite : l'argent leur facilitait tout, y compris son mépris. C'est cette facilité même qui les exaspérait. Ils ne cesseront plus de se révolter contre ce qu'ils étaient et contre ce qui rendait possible jusqu'à leur révolte même.

Je reverrai toujours les quatre frères Romero tels qu'ils me fascinaient entre la fin de la Grande

Guerre et les débuts de la grande crise : ils n'étaient pas encore eux-mêmes parce qu'ils étaient encore les enfants de leur père. Je veux dire qu'ils ne s'étaient pas dégagés de l'influence de leur famille et de leur milieu pour devenir ce qu'ils seraient. Ils avaient en moyenne une dizaine d'années de plus que moi. Je les admirais éperdument. Ils avaient au moins une chose en commun avec les quatre sœurs O'Shaughnessy, dont, malgré sikhs et placard et ordre du Royal Secret et autres manigances, ils s'occupaient encore assez peu : comme elles, mais à leur façon, ils constituaient d'abord un groupe. A San Miniato, pendant que j'écris ces lignes, j'ai sous les yeux des photographies où, dans le jardin, j'imagine, de l'ambassade à Londres, ou peut-être, peut-être, mais l'hypothèse est bien théâtrale, au cours d'un week-end à Glangowness, ils entourent, deux d'un côté, deux de l'autre, leur père l'ambassadeur. C'est une espèce de spectacle. Ils sont aussi beaux, à eux cinq, que les deux grands chiens à leurs pieds. Une santé animale habite ces corps solides. On dirait des marins sur le point de s'embarquer, des joueurs de rugby en train de prendre un peu de repos, des guerriers immémoriaux. Ils ne sont ni gras ni maigres, les vêtements leur vont bien, ils donnent l'image même de la classe dirigeante et de la classe possédante à laquelle ils appartiennent. Ce que le carton ne rend pas, ce sont les sentiments qui animent ces corps harmonieux et ces visages reposés dont on pourrait imaginer qu'aucune pensée ne les souille : ils brûlent intérieurement d'une impatience de ce qu'ils sont.

Tous les quatre – Carlos, Agustin, les deux jumeaux – sont anglais autant qu'argentins et français autant qu'anglais. Trois d'entre eux au moins ont fait en France – à Stanislas, à Franklin, à la Sorbonne – une partie de leurs études. Ils n'ont pas seulement de l'argent qui leur vient de tous les côtés, ils ont encore tous les avantages que peut fournir l'argent : l'éducation, les manières, les voyages, les relations – et le refus de l'argent. Tous les quatre, ils parlent français aussi bien qu'espagnol ou anglais. Grâce à leur père et à ses amis, tous les quatre passent au moins quelques mois dans l'un ou l'autre des grands collèges d'Oxford ou de Cambridge. C'est là que leur sort commence à se dessiner et que quelque chose d'obscur qui ressemble à l'avenir vient troubler l'harmonie de la photographie familiale.

Le chemin par lequel, d'une façon ou d'une autre et avec beaucoup de variantes, devaient passer tous les frères, c'est tout naturellement l'aîné qui l'emprunte le premier. Comme souvent avant le schisme, la déviation, la révolte, les choses commencent de la façon la plus classique : quelques années à peine après la fin de la guerre, Carlos Romero, comme son père jadis, vers la fin de l'autre siècle, se retrouve à Cambridge. Mais, cette fois, pour des raisons que j'ignore – et qui sont liées, j'imagine, à une des clefs du monde bourgeois : les relations – à Trinity College. Est-ce l'influence souterraine de son grand-père Jérémie? L'exemple – ou déjà le dégoût – des idées de son père sur l'humanisme et le progrès? Ou peut-être, tout simplement si l'on peut dire, des idiosyncrasies mystérieuses et l'effet de l'air du temps? Carlos Romero, en tout cas, se lança à corps perdu dans l'étude des religions et la philosophie. C'était un domaine assez vaste qui exigeait des bases classiques sérieuses, une bonne connaissance du latin et du grec, le goût des lettres et de l'histoire, l'habitude familière du français et surtout de l'allemand, langue de Kant, de Hegel et des Wilamowitz-Moellendorf. Grâce à son père et à sa grand-mère Conchita, qui avait veillé avec un soin jaloux aux études de ses petits-fils, grâce même à la chère miss Prism, qui ne savait pas un mot de latin et encore moins de grec mais qui avait inculqué à ses élèves le sens du travail et de la discipline, Carlos Romero, en dépit ou à cause de son milieu, était bien préparé au genre d'études qu'il avait choisi. Il devint, en quelques mois, un des éléments les plus brillants de Trinity College.

A la différence de son père ou d'un Brian O'Shaughnessy qui, une génération plus tôt, avait suivi les mêmes voies, Carlos Romero ne brillait pas dans le sport, l'aviron, le rugby, les exercices physiques. Il était d'abord un homme d'étude et de bibliothèque – mais d'une catégorie un peu spéciale : il donnait l'image du plus élancé, du plus élégant, presque du plus désinvolte des bûcheurs de Trinity College. Cet Anglais d'adoption, ce métèque argentin au physique de danseur de tango était en même temps un dévoreur de livres. A force de lire jour et nuit, il s'était abîmé la vue dès l'enfance et il mettait un peu d'affectation nonchalante à jouer avec des lunettes qui soulignaient l'ambiguïté de sa double vocation : l'élégance et le travail, la séduction et l'étude. On le prenait pour un sauteur, et il était presque un savant. On le prenait pour un rat de bibliothèque, et c'était un habitué des salons, des fêtes, des ambassades. Mais bientôt, très vite, les deux interprétations qui semblaient s'exclure mutuellement furent aussi fausses l'une que l'autre.

C'était l'époque où toute une génération d'hellénistes et de mythologues était formée à Trinity College par un esprit exceptionnel dont le nom est encore vivant pour tous ceux qui s'intéressent à la gnose, aux mystères d'Eleusis, aux aventures de Pythagore ou de Dionysos : W.C. Brooks. Disciple de Renan, lecteur de Marx, partisan de Dreyfus, défenseur d'Oscar Wilde dans les jours sombres alors qu'il le méprisait au temps de la gloire et des succès, Brooks exerçait sur ses étudiants de Corpus Christi puis de Trinity College une influence immense à laquelle Carlos n'échappa pas. Au lieu de présenter l'histoire des religions comme une matière abstraite, tombée du ciel dans les amphithéâtres et tournant en rond dans les livres, il l'ouvrait au monde et à la vie. Les artisans et les métèques d'Athènes, les soldats d'Alexandre mariés à des Persanes, les prostituées sacrées des sanctuaires d'Asie Mineure, les hommes d'affaires enrichis grâce aux mines d'argent du Laurion ou au trafic maritime avec l'Egypte et la Sicile, les aventuriers et les ambitieux se mêlaient dans ses leçons aux philosophes et aux prêtres. Ils envahissaient la salle de cours où il parlait avec passion, dessinant de ses mains des arabesques obscures et agitant ses cheveux blancs. Les mystères tout à coup s'éclairaient sur ses lèvres. Le monde apparaissait dur, impitoyable, livré à la violence, mais transparent et lumineux à force de logique et de savoir accumulé et dominé. Beaucoup de diplomates et d'hommes politiques anglais au début de ce siècle ont suivi les cours de W.C. Brooks sur les religions de la Méditerranée orientale en même temps qu'ils s'occupaient d'économie politique ou de géographie humaine. Il exerce une influence décisive sur un Burgess, un Philby, un Anthony Blunt, qui parle de lui dans ses *Souvenirs*. Tous deviendront des agents du KGB et finiront par passer à l'Est.

Jérémie Finkelstein fut heureusement surpris lorsque, déjà très âgé, il reçut à New York une lettre de l'aîné de ses petits-enfants qui lui demandait des éclaircissements sur des passages obscurs du Zohar et sur la fameuse *Dialectique de la nature* d'Engels dont on annonçait alors la publication par les soins de l'URSS. Le vieux capitaliste imprégné de marxisme ne se contenta pas de répondre longuement à son petit-fils. Il le fit venir à New York et passa avec lui un des derniers étés de sa longue vie. Une brochure du jeune Carlos Romero – l'*Histoire des religions à la lumière du marxisme* – sortit des conversations, dans une demeure somptueuse de Virginie, entre le grand-père et le petit-fils. Elle fit du bruit à Cambridge.

Le travail de Carlos, en collaboration avec son grand-père saisi d'une sorte de démon de midi non pas physique mais moral, fut-il la cause ou l'effet des liens nouveaux du jeune homme avec une organisation plus ou moins clandestine qui devait jouer un rôle dans l'histoire des idées du deuxième quart de ce siècle ? Je n'en sais rien. Ce qui est sûr, en tout cas, c'est que, vers le début, ou peut-être vers le milieu des années vingt, non content de lancer et de diriger une revue de littérature et d'histoire qui porte le nom éloquent d'*Heretick,* le petit-fils de Conchita Romero et de Jérémie Finkelstein, le fils de Son Excellence l'ambassadeur d'Argentine, devient un des adeptes, et bientôt le cœur et l'âme, de l'une des plus puissantes des machines de subversion de la monarchie britannique encore à son apogée.

Selon les uns, les Saints Apôtres – *Holy Apostles* ou, plus simplement, *Apostles* – tiraient leur nom de leur nombre : à l'origine, ils étaient douze. D'autres soulignent les liens entre les jeunes gens en colère contre la société moderne et les disciples de Jésus, propagandistes historiques de la charité et de la foi chrétiennes. D'autres encore, plus carrément, n'hésitent pas à voir dans les Saints Apôtres les porte-parole attitrés de l'évangile de notre temps : la Bonne Nouvelle marxiste.

De très nombreux travaux ont été entrepris sur les Saints Apôtres et des allusions à leur action entre les deux guerres et au lendemain de la

Seconde Guerre traînent dans bien des ouvrages. Ils ne constituaient pas vraiment une société secrète, mais derrière une vitrine officielle et souvent tapageuse se dissimulaient des activités clandestines auxquelles il arrivait de déborder les limites de la stricte légalité. Héritiers des sociétés de pensée des deux siècles précédents, pénétrés encore par le libéralisme et déjà par le marxisme, les Saints Apôtres allaient glisser peu à peu, sous diverses influences, vers les menées parallèles et souterraines de l'espionnage et du terrorisme. Toujours courtois et élégant, introduit un peu partout, plus riche à coup sûr que tous ses camarades réunis, Carlos Romero occupe une place ambiguë dans cette évolution.

Il mène bientôt une double ou une triple vie de fils d'ambassadeur, de philologue classique de plus en plus versé dans l'histoire des religions et de propagandiste obscur. Les différents chemins qu'il emprunte se croisent et se recoupent : il lui arrive d'accompagner son père à Genève pour prendre, dans les couloirs de la SDN, des contacts dont il ne parle guère avec des émissaires du Komintern ou du Kuomintang. Et les congrès internationaux d'études classiques lui sont autant d'alibis pour des missions clandestines dont je ne sais pas grand-chose. Des ressources, dont il n'a pas besoin, lui parviennent d'on ne sait où. Ce que lui verse son grand-père, qui retrouve avec amusement et avec un rien de scepticisme à l'extrême fin de sa vie les enthousiasmes de sa jeunesse, lui suffit largement pour voyager et pour vivre et pour entretenir ici ou là, et au moins partiellement, des antennes ou des noyaux d'indicateurs ou de partisans.

Carlos était un de ces jeunes hommes intelligents et actifs qui jetaient un regard critique sur le monde qui les entourait et qui avait contribué à les faire. Il serait exagéré de soutenir que le spectacle de la société l'indignait. Il jugeait seulement suffisantes et insuffisantes les figures qui la dirigeaient et qu'à force de familiarité il connaissait mieux que personne. Pour un Churchill ou un Finkelstein qui trouvaient grâce à ses yeux de jeune homme plein de promesses et d'intellectuel en colère, un ambassadeur d'Argentine ou une Conchita Romero le plongeaient, presque malgré lui, dans des abîmes de perplexité. Pas de chance ! C'étaient son père et sa grand-mère. Il ne manquait d'affection ni pour l'un ni pour l'autre. Mais, élevé dans leur respect, il ne voyait pas d'autre moyen pour rétablir l'équilibre de son univers intellectuel et assurer l'indépendance de son esprit critique que de chercher à construire le monde à venir sur des bases différentes du capitalisme de droit divin et de l'humanisme conformiste dont l'exemple lui était prodigué. D'autres jouaient au golf, faisaient la fête, collectionnaient des Reynolds ou des Gainsborough. Lui appartenait à un groupe d'intellectuels, de militants, de partisans, d'esprits libres, comme vous voudrez. Au risque de décevoir les imaginations romanesques, je dois à la vérité d'indiquer que beaucoup n'ont jamais cessé de soutenir que le groupe n'était constitué que de correspondants scientifiques.

Mon petit Carlos, lui écrivait de Buenos Aires sa grand-mère vieillissante qui ne voyait pas bien l'intérêt de consacrer sa vie à la mythologie comparée de civilisations depuis longtemps disparues, *tu es trop grand maintenant pour croire au Père Noël. Je suis bien heureuse de savoir tes succès à Trinity College. Rien ne pouvait me faire plus de plaisir. Mais il est temps pour toi de te consacrer au monde réel. Il t'attend ici avec beaucoup de responsabilités et ma tendre affection.*

Chère grand-mère, répondait Carlos avec une ombre d'ironie, *personne ne me comprend mieux que vous. Il n'y a que le monde réel qui m'intéresse. Ne m'imaginez pas sous les traits d'un rat d'archives en train de me perdre dans le passé comme dans un vieux fromage confortable. Je me prépare au monde de demain. Il me faut encore un peu de temps et un peu de travail. Mais je déboucherai sur l'avenir.*

Et il restait en Angleterre à dialoguer avec les gnostiques par-dessus les siècles, avec des conspirateurs irlandais de l'autre côté de l'eau et avec des révolutionnaires à travers le monde entier.

Son frère Agustin, pendant ce temps-là, avait plongé dans le monde réel, si cher à la famille. Un peu moins grand que Carlos, mais aussi plus sportif et plus athlétique, Agustin avait renoncé assez vite aux études. Par je ne sais quel mystère, peut-être parce que son père avait été un pionnier de l'aviation militaire, il aimait la mécanique, les moteurs, les voitures. Grâce à la fortune des siens, il était passé sans transition des jouets d'enfant représentant un tank ou un avion à une des premières automobiles de grande série. Etait-ce une Ford modèle T ou une Citroën 10 CV type A, une Renault trèfle 6 CV, une Panhard-Levassor ou encore une Salmson aux allures de sauterelle mécanique et dégingandée ? Bientôt, pendant que son frère aîné faisait le va-et-vient entre les divinités de l'Olympe et les messagers du Kremlin, on le vit sillonner au volant de monstres successifs, des Daimler, des Delage, des Isotta-Fraschini, les routes de France et d'Angleterre. Il décida encore très jeune de devenir pilote d'essai et coureur professionnel.

Agustin rendit assez vite célèbre le nom des Romero. Un été, vers le début des années vingt, il participa au Grand Prix de l'Automobile-Club de France qui se courait, non loin de Plessis-lez-Vaudreuil, sur le circuit du Mans. Il était venu coucher chez nous et je l'avais naturellement accompagné jusqu'à la ligne de départ. Il n'y avait pas grand monde. Les courses de voitures avaient connu un immense succès avant 1914. Le Grand Prix du Mans était le premier à être disputé depuis la fin de la guerre. Tous les constructeurs importants s'étaient abstenus. Alors qu'on avait vu s'affronter, huit ou dix ans plus tôt, jusqu'à trente voitures françaises, il n'y en avait guère que quatre ou cinq – des Ballot, si je me souviens bien. Le règlement limitait la cylindrée à trois litres et exigeait un poids minimum de huit cents kilos à vide. Les réparations et les ravitaillements pendant l'épreuve devaient être effectués exclusivement par l'équipage de la voiture. La course fut gagnée par un Américain, ami d'Agustin, Jimmy Murphy, sur Duesenberg. Il accomplit le parcours à la moyenne de 125 kilomètres/heure : un peu plus de cinq cents kilomètres en un peu plus de quatre heures. Deux fois, Agustin réussit à doubler Murphy et à prendre la tête pendant quelques minutes. Deux fois, Murphy le dépassa à nouveau, la seconde fois définitivement, je m'en souviens comme si j'y étais encore, au virage de Pontlieue. Agustin finit deuxième. C'était un joli succès.

Aureliano Romero racontait volontiers qu'il avait senti le poids des ans et la marche de l'histoire le jour où un jeune Anglais, dans une de ces éprouvantes réceptions diplomatiques assidûment fréquentées, lui avait demandé ce qu'il était à l'illustre Romero.

– Je ne sais pas, répondit-il avec une fausse modestie en souriant d'un air entendu. Voulez-vous parler de l'ambassadeur ?

– Non, non, reprit l'autre. Je pense au pilote de course.

– C'est mon fils, dit Aureliano sur un ton un peu

sec qui l'étonna lui-même, car il était fier d'Agustin.

L'ambassadeur rapporta l'histoire à Carlos. Et il ajouta :

– C'est ce jour-là que j'ai compris que nous entrions dans les temps modernes.

– Mon pauvre papa! lui dit Carlos en souriant.

Un personnage dont se souviennent peut-être certains de mes lecteurs évolue entre Carlos et Agustin, les deux frères Romero aux destins si différents. C'est l'ancien mécano de Brian O'Shaughnessy sur les fronts de l'Yser et de la Somme. Brian avait tenu sa promesse des jours sombres et reçu à Glangowness son camarade venu d'Amérique et engagé dans les troupes anglaises. Lorsqu'il s'agit de lui trouver une occupation pour ces jours pénibles de la paix où il n'est plus possible de vivre de la mort des autres, Brian, informé par miss Prism, pensa tout naturellement au deuxième fils Romero, qui ne manquait pas de ressources et qui aimait tant les moteurs.

Nous vous avons enlevé miss Prism, lui écrivit Brian, *et nous nous en trouvons fort bien. Mes filles la tourmentent un peu, mais elles lui sont très attachées. Il ne se passe pas de semaine où elle ne nous parle de vous et de votre famille, des jours heureux à Arroyo Verde, il y a trois ou quatre siècles, et de la vie à Buenos Aires auprès de madame votre mère. J'ai un peu l'impression d'une dette à votre égard. Voulez-vous m'aider à la rembourser en acceptant, en échange de miss Prism, un jeune garçon un peu sombre qui a fait la guerre à mes côtés et s'y connaît en mécanique?*

C'est ainsi que l'ancien nettoyeur de tranchées, le mécano de la Somme et de l'Yser, le camarade de guerre de Brian O'Shaughnessy devint le mécanicien attitré des monstres d'Agustin. Les deux garçons ne tardèrent pas à devenir inséparables et on les vit ensemble sur tous les circuits automobiles qui commençaient, vers cette époque, à se multiplier un peu partout.

Une aventure apparemment insignifiante, mais qui devait avoir des suites, leur advint en Italie. Agustin était allé disputer une épreuve automobile aux environs de Turin. Il profita de l'occasion pour descendre vers Naples qu'il ne connaissait pas. Il avait emmené avec lui son compagnon d'écurie, qui s'était rendu indispensable par sa gaieté et sa débrouillardise et qui jouait un peu le role, auprès d'Agustin, de camarade-secrétaire et de factotum basané. Capri, Sorrente, Amalfi, Positano, visités en vitesse, les enchantèrent.

– Quel malheur, disait l'Américain, de n'avoir pas de fille avec nous !

– Trouves-en une, disait Agustin.

– Pour que tu me la prennes ! disait l'autre.

– Trouves-en deux, disait Agustin.

– On demandera à Brian de nous en fournir une paire et nous reviendrons tous les quatre.

– Tous les cinq, disait Agustin. Ou peut-être tous les six.

La baie de Naples leur parut si belle qu'ils décidèrent d'aller voir si la Sicile lui était comparable. A Reggio de Calabre, ils descendirent du train pour aller faire un tour en ville avant de s'embarquer pour Messine et ils s'installèrent pour déjeuner dans le meilleur restaurant de l'endroit. A la table à côté d'eux était assis un homme entre deux âges qui avait l'air d'un professeur, d'un voyageur de commerce supérieur ou d'un petit fonctionnaire. Au moment de l'addition, l'inconnu se mit à s'agiter avec une véhémence un peu comique.

– Que se passe-t-il ? demanda Agustin qu'un petit valpolicella ou peut-être plutôt un vieux falerne ou un lacryma christi avait mis de bonne humeur.

– Il se passe..., il se passe... que j'ai perdu mon portefeuille.

– Bah! dit Agustin, soucieux de rendre service et de calmer son voisin, vous l'aurez oublié chez vous, voilà tout. Je passe bien mon temps à égarer mes clefs. Et à les retrouver.

– Non! non! je suis sûr de l'avoir pris avec moi.

Et il fouillait désespérément toutes les poches de son vêtement très sombre en dépit ou à cause du soleil éclatant de l'Italie du Sud.

– Alors..., dit Agustin.

– Alors, dit l'Italien de l'air le plus sinistre, c'est qu'on me l'aura volé.

– Ce sont des choses qui arrivent, je crois, dans ce merveilleux pays, dit Agustin en souriant.

– Peut-être, signor, répondit l'autre avec fureur. Mais que cette aventure m'arrive à moi, c'est le monde renversé!

Agustin s'amusait comme un fou de cette scène pittoresque qui lui rappelait de vieilles lectures. Il se pencha vers le bonhomme :

– Permettez-moi, signor, de vous inviter dans ces funestes circonstances. Il faut savoir s'entraider et je suis sûr que vous feriez de même si j'étais à votre place.

L'autre cessa de s'agiter, leva lentement la tête et regarda Agustin avec une intensité qui faisait presque peur. Et puis il tendit la main au jeune homme et lui dit :

– J'accepte, signor. J'accepte. Mais je n'oublierai pas.

Agustin paya pour tout le monde et ils restèrent quelque temps à bavarder de tout et de rien, de la beauté de l'Italie, de la politique des grandes puissances et de l'avenir de l'automobile. Agustin parla un peu de lui-même et de sa famille, dont il traça un portrait qui fit rire les deux autres. Au moment de prendre congé, l'Italien, qui habitait Naples et qui était de passage à Reggio, donna à Agustin son adresse et son nom.

– Quand vous repasserez par notre Mezzogiorno, faites-moi signe. N'oubliez pas que je compte sur vous.

J'hésite un peu ici sur les chemins à emprunter. Pendant des années et des années – je veux dire au temps où je retraçais pour vous les aventures de la rani devenue lady Landsdown, de Conchita Romero au Paraguay et en Argentine, de Jérémie Finkelstein en Pologne et à New York, ou de Nicolas Wronski aux prises avec les Boxers ou avec les Japonais – je suivais sans me poser beaucoup de questions les destins de l'un ou de l'autre. Je rapportais des récits qui m'avaient été faits après coup et je passais sans trop de peine des gauchos de la pampa aux premiers gratte-ciel en train de s'édifier et de la Vienne de François-Joseph à la Venise de la fin du siècle. Voici que se présentent à ma mémoire tant de fils qui partent dans tous les sens, tant de souvenirs épars et simultanés, tant d'images qui se recoupent, que je ne sais plus guère comment faire pour fournir un tableau à peu près clair et cohérent d'un monde qui commence lentement à se confondre avec moi. Chaque nom prononcé, chaque image évoquée me renvoie à tout un réseau de significations éparses, à tout un cycle d'événements où je me débats comme je peux.

Ne suivons pas en Sicile Agustin Romero et son compagnon. Je pourrais naturellement vous raconter tout au long la rencontre à Palerme entre Agustin et Marie Wronski qui, par hasard, à la même époque, visite Ségeste et Sélinonte. Le monde et le temps continuent à tisser autour de nos héros et de nous leur trame interminable. Mais il ne nous est pas permis de flâner trop en chemin. Tant de drames nous attendent, tant de bonheur, tant d'histoire : il faut gagner du temps. Agustin Romero n'eut rien de plus pressé que de présenter, à Oxford, son compagnon d'automobile à son grand frère Carlos.

Inutile, n'est-ce pas? de jouer au plus malin. Les cartes ont toujours été étalées sous vos yeux et je me suis contenté de retracer avec simplicité les événements parfois improbables qui font la vie de nos héros. Pour dire les choses très brièvement, Carlos Romero découvrit assez vite ce que vous savez déjà, mais que tout le monde ignorait à New York et à Londres : l'ami de son frère Agustin et de Brian O'Shaughnessy ne faisait qu'un avec le jeune compagnon de Paco Rivera, aux temps héroïques et sanglants de la révolution mexicaine. On l'appelait alors le Kid, vous souvenez-vous? Mais l'histoire ne s'arrête pas là. Il était aussi le fils de Jérémie et de Cristina Isabel, dont l'enlèvement à New York et la disparition avaient fait tant de bruit à la fin de l'autre siècle. Son nom était Simon Finkelstein. Il était l'oncle des quatre frères Romero.

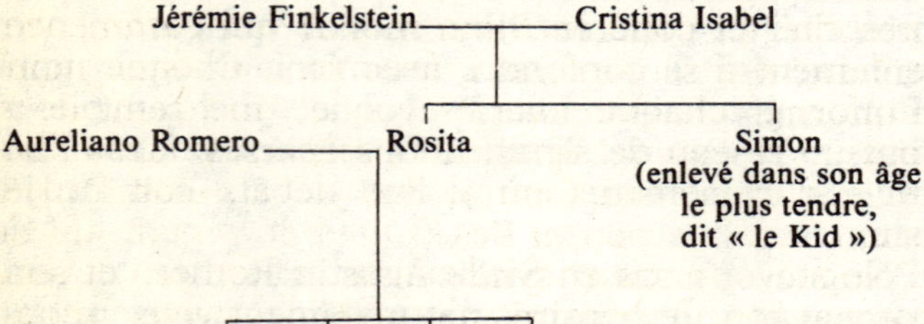

Carlos Romero, bien entendu, ne trouva pas tout seul le secret de l'énigme dans le calme silence de la bibliothèque de Trinity College. L'enquête de la police américaine sur l'enlèvement du petit Simon avait été close depuis longtemps. Une autre enquête avait été ouverte au Mexique sur les exactions du Kid et de Paco Rivera. Elle n'avait pas abouti non plus : la trace des deux hommes se perdait aux Etats-Unis à la veille de la guerre mondiale. Mais la police mexicaine avait transmis au FBI les informations qu'elle avait recueillies sur le passé du Kid. Elles remontaient assez loin dans l'enfance du métis. Une quinzaine d'années plus tard, à l'époque qui nous occupe, une série de hasards et de recoupements était venue à bout du mystère : le Kid était le fils du tycoon israélite Jérémie Finkelstein.

Dans le milieu restreint, et parfois équivoque, de la police américaine, l'affaire fit un bruit énorme. Mais la presse ne s'en empara pas, ou guère, et elle ne parvint pas jusqu'au grand public. D'abord, parce que presque personne ne se souvenait plus de l'enlèvement du petit Simon. Ensuite, parce que les autorités jugèrent inutile d'ébruiter des révélations dont l'intérêt était surtout rétrospectif et qui risquaient de jeter le trouble dans le milieu de la Bourse. La conspiration des banques et de la police étouffa tout scandale. Edgar Hoover, qui venait de prendre en main le *Bureau of Investigation*, vint rendre visite lui-même à Jérémie Finkelstein pour l'informer de découvertes qui le touchaient de si près. J'ai souvent imaginé la rencontre, dans l'hôtel particulier sur Central Park où habitait Finkelstein, entre le patron des *G-men* et le petit juif de Pologne, l'ancien syndicaliste marxiste devenu patron et millionnaire – l'un solide, carré, brutal, l'autre tout fin, frileux et frêle. Comment le policier annonça-t-il la nouvelle au vieillard ?

Jérémie Finkelstein :

– Eh bien, monsieur ! que puis-je pour vous ?

Edgar Hoover :

– Est-ce que vous vous souvenez encore d'un enfant que vous aviez eu il y a bien longtemps d'une moitié de négresse ?

Ou :

– Nous avons retrouvé votre fils. Mais vous ne le reconnaîtriez pas : le petit garçon est devenu un assassin.

Je me demande souvent comment le monde fait pour tourner. Il avance parce qu'il y a des passions – la foi, l'amour, la haine, le pouvoir, l'argent – et qu'elles tombent sur nous du dedans ou du dehors. Dans le cerveau obscur d'un gangster new-yorkais avait surgi, vers la fin de l'autre siècle, l'idée que Jérémie Finkelstein avait une grosse fortune et qu'il aimait ses enfants.

La révélation d'Edgar Hoover fut un choc terrible pour Jérémie. Le vieil homme d'affaires essaya d'abord de comprendre ce qui s'était passé. Pourquoi les auteurs du rapt n'avaient-ils pas rendu l'enfant contre rançon ? Pourquoi et comment le petit Simon, au lieu d'être assassiné, avait-il été élevé par des inconnus ? Le chef de la police fédérale exposa avec le plus de patience et de douceur possible ce qu'on croyait savoir du déroulement des événements : un des gangsters abattu par la police au cours d'une rafle de routine; un autre exécuté, à la suite d'une dispute, par ses propres compagnons; la maîtresse d'un des kidnappeurs se prenant de passion pour l'enfant et l'arrachant à la bande jusqu'à ce que le jeune garçon s'agrège lui-même à un clan de voyous et, menacé d'arrestation, parte en cavale pour le Mexique... Chaque phrase du policier était une blessure pour le vieillard. En apprenant que son fils était vivant, il avait aussitôt imaginé ce qu'aurait été le bonheur de Cristina Isabel. Les révélations successives du policier lui firent bénir la mort de la mère de Simon.

– Malgré tout ce que j'apprends, il demeure mon fils, dit Finkelstein, très pâle, à Hoover qui craignait, à chaque instant et à chaque mot, de le voir s'évanouir. Je l'attends. Où et comment puis-je le voir ?

– Vous ne le pouvez pas, dit Hoover. *You can't.*

– Il est mort ! dit Jérémie en se levant d'un seul coup.

– Je ne crois pas, dit Hoover. *I don't think so.*

– Il est en prison !

– Pas que je sache.

– Il ne veut pas me voir !

– Je l'ignore.

– Mais alors, où est-il ? que fait-il ? Et que savez-vous ?

Il fallut expliquer au vieillard que le lien avait été établi entre son petit Simon et le compagnon de Paco Rivera, mais que l'objet de tant de recherches avait disparu à nouveau et que personne ne savait ce qu'il était devenu. Jérémie Finkelstein remercia Hoover de sa démarche avec accablement.

– Je reste à votre disposition, dit Hoover en se retirant. L'enquête continue.

– Je vous remercie, monsieur. Mais... (Il hésita un instant.) Mais peut-être vaudrait-il mieux qu'elle n'aboutisse jamais

Hoover ne répondit rien.

Que pouvait faire le vieux Finkelstein ? Avec un désespoir où se mêlait encore, malgré tout, un peu d'espoir, il fit appel, presque en secret, à la seule personne en qui il eût confiance : son petit-fils Carlos. Carlos, une fois de plus, fit le voyage d'Amérique. Il écouta son grand-père avec passion et tristesse. Il le réconforta de son mieux. Quand il revint en Angleterre, il mit à exécution l'idée qui lui était venue aussitôt : il fallait tâcher d'abord de retrouver Paco Rivera.

Les Saints Apôtres furent alertés et tout le système des correspondants se mit en branle. Le résultat ne se fit pas attendre : sous le nom d'El Sombrero, Paco Rivera était à Berlin.

– Est-ce bien lui ? demanda Carlos à l'informateur qui lui apportait la nouvelle à Zurich, où se tenait un colloque sur *Rome entre Mithra et Jésus*.

– Je crois que oui. En 1919, Rivera est à Budapest, dans l'ombre de Bela Kun. Après la victoire de Horthy, on le retrouve en Allemagne, aux côtés de Clara Zatkin et des spartakistes, ou plutôt de ce qu'il en reste après l'assassinat de Karl Liebknecht et de Rosa Luxemburg. Il s'appelle déjà El Sombrero quand il essaie de faire survivre le journal *Die Rote Fahne*. Depuis lors, il vit à Berlin dans une semi-clandestinité, mais on l'a vu à Vienne, à Londres, à Moscou et ici même, à Zurich.

– Y a-t-il moyen d'entrer en relation avec lui à Berlin ?

– Il ne doit pas y avoir de difficultés. Je peux arranger l'affaire.

Carlos partit pour Berlin et rencontra El Sombrero. L'homme le surprit. D'après les récits de Jérémie, qui reproduisaient eux-mêmes les informations d'Edgar Hoover, Carlos s'attendait à trouver une espèce de bandit de grand chemin converti par Lénine à la révolution communiste. Il tomba sur un petit fonctionnaire qui n'était plus très jeune, plein d'anecdotes sur l'Europe entière et en costume veston. Derrière les lunettes – « Cet homme-là, à cheval ! » se disait Carlos avec stupeur – l'œil restait perçant. Ils s'entretinrent en espagnol, dans un deux-pièces assez pauvre, autour d'une bouteille de jerez ou de manzanilla.

– Le Kid ? Si je me souviens ?

Et il partait d'un grand rire.

– C'était un jeune garçon, n'est-ce pas?

– Un môme, oui. Mais qui n'avait pas froid aux yeux.

– Avec du sang noir?

– Un métis assez clair. Les cheveux frisés. Les traits plutôt fins.

– Vif, rapide, malin?

– Ça, oui, alors. Et porté sur la gâchette.

– Est-ce que vous savez ce qu'il est devenu?

– Je ne suis pas vraiment une bonne d'enfant. Ni une agence de placement. Ni un indicateur.

Une lueur de sauvagerie avait reparu dans le visage bonhomme, presque poupin, de l'ancien séminariste devenu chef de bande avant de se reconvertir à nouveau en petit-bourgeois. Carlos Romero, qui n'avait pas soufflé mot de son grand-père, lâcha quelques explications supplémentaires sur le rôle des Saints Apôtres qui lui avaient déjà servi d'introduction et sur leur réseau à travers l'Europe. Quelques-uns des noms prononcés par Carlos étaient familiers à Paco Rivera.

– Vous lui voulez quoi, au Kid?

– Aucun mal, je vous assure. Et plutôt du bien.

– Vous pensez l'utiliser?

– D'une certaine façon, oui, dit Carlos en souriant. Je me demande même si, intelligent comme il semble l'être, nous ne pourrions pas nous rendre mutuellement, les Apôtres et lui, des services appréciables.

– Tout ce que je sais, dit Rivera, c'est qu'il a fait la guerre.

– Où ça?

– En France. Avec les Anglais, je crois. Peut-être sur la Somme. Il me semble qu'il m'a écrit un jour qu'il se battait de ce côté-là.

Je ne sais pas si Agustin présenta son ami à son

frère avant ou après la conversation à Berlin entre Carlos Romero et Paco Rivera. A quelques jours ou quelques semaines près – à l'extrême rigueur quelques mois – les deux rencontres, en tout cas, furent à peu près concomitantes. Carlos Romero n'eut aucune peine à mettre deux et deux ensemble et à tirer les conséquences de plusieurs séries de renseignements qui finissaient par constituer une évidence. Dans un club de Londres assez élégant dont il faisait partie et où il n'était pas mécontent de se montrer avec un métis, il invita à déjeuner son frère Agustin et l'ancien mécanicien de Brian O'Shaughnessy, qui ne fit aucune difficulté pour reconnaître un passé dont il n'avait jamais parlé parce qu'on ne l'avait jamais interrogé sur ces années révolues.

– Paco Rivera ! J'ai traîné avec lui une bonne partie de mon enfance. Qu'est-ce qu'il a bien pu devenir ?

– Je l'ai vu à Berlin, dit Carlos.

– Ça alors ! Vous le connaissez ?

– Je ne le connaissais pas. Mais j'ai fait sa connaissance.

– Il ne vous a pas parlé de moi ?

– Si, justement.

– Ça alors ! Ça alors ! répétait le métis, enchanté.

Un bon bordeaux aidant, Carlos Romero, à la stupeur d'Agustin qui assistait à la conversation les yeux écarquillés, poussa un peu plus loin.

« Dites-moi, mon vieux, au Mexique, avec Paco Rivera, qu'est-ce que vous faisiez donc ?

– Eh bien !... On montait à cheval, on buvait un peu, on courait les filles... Ah ! c'était une vie formidable !...

– Vous étiez dans l'armée, ou quoi ?

– Dans l'armée ?... (Le métis se mit à rire.) Dans l'armée ?... Non, pas vraiment. On était un peu à part... Plutôt du côté des gens de Villa et de Zapata. Ah! là, là! quelle époque!

– Mais vous faisiez la guerre?

– La guerre..., la guerre... On tuait des fermiers, oui. Plutôt les gros fermiers.

– Vous en avez tué beaucoup?

– Oh! beaucoup... Je ne sais pas. On les tuait quand il fallait.

– Mais est-ce que ces nécessités-là ne ressemblait pas plutôt à des assassinats?

– Ah! franchement, je ne me posais pas la question... Vous savez, en ce temps-là, on ne pensait pas beaucoup à ce qui était permis ou défendu... On se débrouillait, voilà tout.

– Et vous vous débrouillez assez bien, d'après ce que m'ont dit Agustin et Paco.

– Mon Dieu! reconnut le métis avec un sourire désarmant, je fais ce que je peux.

Après l'interrogatoire, un peu avant le café, ce fut la révélation. Au tour du jeune métis de poser des questions, au tour de Carlos Romero de répondre comme il pouvait. Le double coup de théâtre de la fortune de son père et de sa parenté avec les Romero laissa d'abord le Kid presque sans voix, au bord de l'incrédulité, et le remplit ensuite de la plus vive gaieté.

– Alors, comme ça, vous avez retrouvé mon père, mon vrai père?

– Oui, dit Carlos.

– Et il s'appelle...

– Finkelstein, dit Carlos. Jérémie Finkelstein.

– Et ce Finkel... Finkelstone...

– Finkelstein, dit Agustin.

– ... c'est votre grand-père à vous?

– Tout à fait notre grand-père, dit Agustin.

– *Are you pulling my leg?*

– Nous aussi, d'abord, dit Carlos, nous avons eu l'impression d'une plaisanterie. Et je crois que nous ne serons pas les seuls. Il y a même de bonnes chances pour que quelques-uns autour de nous la trouvent un peu amère. Mais je vous assure qu'il ne subsiste plus aucun doute. Toutes les informations dont je dispose collent très exactement. Le Kid n'était autre que le petit Simon Finkelstein; et vous, vous êtes le Kid.

– Bon! dit le Kid avec beaucoup d'aisance et de simplicité, c'est épatant.

Après le déjeuner, l'ancien Kid disparut quelques instants pour se laver les mains. Les deux frères se regardèrent, mi-ironiques, mi-sérieux.

– Eh bien, voilà! dit Agustin. La famille s'agrandit.

– Il faudra louer ses places pour la première rencontre entre les deux beaux-frères, dit Carlos. Ce sera un spectacle à ne pas manquer.

– Les deux beaux-frères?... répéta Agustin en fronçant les sourcils.

– Bien sûr! dit Carlos. Simon Finkelstein, notre oncle, et Aureliano Romero, notre père.

– Nom d'un chien! dit Agustin.

La seule évocation du tête-à-tête entre l'ancien tueur mexicain et l'ambassadeur et humaniste professionnel avait quelque chose de si comique que les deux frères se mirent à rire. Simon Finkelstein reparaissait.

– Vous vous moquez de moi! dit-il.

– Tu as raison, dit Agustin. Nous nous moquons...

– ... mais plutôt de nous, acheva Carlos.

En sortant du club, les trois hommes tombèrent sur un ami des Romero, qui avait travaillé aux côtés de Churchill à la Guerre ou à l'Echiquier. Il s'arrêta un instant pour échanger quelques mots.

– Vous connaissez notre oncle? dit Carlos.

Simon Finkelstein inclina la tête avec beaucoup de dignité.

La différence d'âge éloignait l'ancien Kid d'Aureliano Romero pour le rapprocher de Carlos. Les quatre frères Romero étaient désormais cinq. Le dernier voyage de Jérémie Finkelstein en Europe fut, pour le vieillard, une source de bonheur et d'émotions : en mettant le pied sur le sol britannique, il aperçut, aux côtés de sa fille Romero et de deux de ses petits-fils – Carlos et Agustin – un homme encore jeune, d'une trentaine d'années peut-être, ou un peu plus, très mince, à la taille moyenne, aux cheveux frisés, au teint basané – et qui était son fils.

Les fêtes se succédèrent, à Londres et à Glangowness, pour célébrer la rencontre, après tant d'années de séparation, entre le père et le fils. Après les scènes d'effusion tête à tête, il y eut de longs conciliabules entre Brian, Simon, Carlos et Jérémie qu'unissaient entre eux des liens divers et successifs. Le Kid, après miss Prism, fournissait aux deux tribus des Romero et des O'Shaughnessy l'occasion de se précipiter les unes vers les autres. C'est à une réception à Glangowness en l'honneur de Jérémie et de Simon Finkelstein qu'Aureliano Romero et Brian O'Shaughnessy découvrirent avec stupeur, avec un peu de gêne et avec enchantement qu'ils se connaissaient depuis longtemps sans le savoir, ou plutôt sans s'en souvenir, et qu'ils s'étaient battus comme des chiffonniers pour l'honneur d'Oxford et de Cambridge, à l'issue d'une course d'aviron, un beau soir de printemps, aux temps de leurs chères études, avant de se réconcilier au cours d'un dîner à quatre – il y avait une Française brune et une blonde Anglaise dont les visages et les prénoms ne surgissaient plus qu'avec peine des brouillards du passé – dans un bouchon de canotiers sur les bords de la Tamise.

Le monde est toujours un peu imprévisible.

– C'est drôle, dit Pandora à Luis Miguel et à

Javier, nous avons tous nos disparus : nous, notre grand-père Nicolas, et vous, votre oncle Simon. Je vous souhaite plus de chance qu'à nous : le nôtre n'a reparu que pour disparaître à nouveau. Tâchez de garder le vôtre.

Une auréole d'aventure illuminait Simon comme elle avait brillé naguère sur le souvenir de Nicolas. Aux yeux des quatre sœurs O'Shaughnessy, elle répandait une sorte de gloire sur tout le clan des Romero.

Le projet farfelu de visiter à cinq ou six, avec Brian et des filles, la baie de Naples et ses îles ne vit jamais le jour. Brian, qui tournait d'ailleurs autour de la cinquantaine, était beaucoup trop attaché à Hélène, sa femme, pour que l'idée lancée par Agustin et le métis, qui n'était pas encore devenu ou redevenu le jeune et riche Simon Finkelstein, fût autre chose qu'une boutade. Mais, toujours à l'occasion d'une course automobile en Italie, Agustin retourna à Naples. Il pensa à la rencontre de Reggio de Calabre et entreprit de rechercher le voisin de table italien dont le portefeuille avait été subtilisé. Il le découvrit sans aucune peine. L'Italien, qui portait le beau nom de Zero Sant'Archangelo, ne cacha pas sa joie de retrouver son bienfaiteur. Agustin se demandait même si le mince service rendu méritait tant de transports.

– Comment ! disait Sant'Archangelo. A une époque où chacun ne pense qu'à s'emparer de l'argent du voisin, vous, vous mettez le vôtre à ma disposition : et vous vous étonnez que je vous en sois reconnaissant ! Il n'y a personne en qui j'aie plus confiance qu'en vous. Ce qui est à moi est à vous.

Et, avec un peu de mystère et de fioritures, il proposa à Agustin de venir le rejoindre à minuit dans une maison de la banlieue de Naples dont il lui donna l'adresse en lui recommandant de ne la confier à personne.

– C'est un peu loin, lui dit-il. Ne vous effrayez pas. Je vous attendrai. Venez. Vous serez surpris.

Intrigué par la tournure que prenaient les événements, Agustin décida de se rendre à l'étrange invitation.

Après avoir tourné le dos à la mer et être passée devant les paysages familiers du château de l'Œuf et du théâtre San Carlo, la voiture emprunta un chemin long et confus. Aux palais et aux larges avenues du centre de la ville succédèrent des rues de plus en plus étroites et misérables. Les façades lépreuses étaient couvertes de linge destiné à sécher et que personne n'avait pris la peine de rentrer au coucher du soleil. Une odeur insupportable se dégageait des tas d'ordures répandus un peu partout. Plus d'une fois, Agustin fut tenté de regagner son hôtel qui donnait sur le lungomare et sur la baie tant vantée. La curiosité fut la plus forte. La voiture finit par s'arrêter au pied d'un escalier délabré et presque en ruine. L'homme qui conduisait ne voulait pas aller plus loin.

– C'est par là, dit-il en montrant les marches.

Agustin s'avança dans la direction indiquée et finit par trouver la maison dont lui avait parlé Sant'Archangelo. Au milieu des masures qui composaient le quartier, elle avait presque bonne allure. Haute et propre, elle paraissait solide. Deux hommes attendaient devant la porte close. A peine Agustin avait-il ralenti le pas qu'ils s'avançaient vers lui.

– *Signor Romero?*

– *Si.*

– *Per favore. Avanti.*

La lourde porte s'ouvrit. Les trois hommes se retrouvèrent dans une cour d'où partaient plusieurs escaliers. De nombreuses lumières brillaient dans la nuit. Une sorte de rumeur s'échappait du bâtiment : des bruits de machines et de voix.

Toujours entouré de ses deux compagnons, Agustin monta quelques marches jusqu'au premier étage. Après avoir passé plusieurs portes et traversé plusieurs pièces où se tenaient des hommes, assis ou debout, qui semblaient attendre, il se retrouva tout à coup dans un vaste bureau, convenablement meublé. Une longue table, entourée de chaises, en occupait une partie : on aurait dit une salle un peu misérable de conseil d'administration. A l'autre bout de la pièce, derrière trois ou quatre fauteuils de cuir, installé à un bureau éclairé par une lampe, Zero Sant'Archangelo était en train d'écrire. A l'arrivée d'Agustin, introduit par un jeune homme qui avait pris le relais des deux gardes du corps, il se leva, le sourire aux lèvres, pour accueillir son hôte avec les démonstrations d'amitié dont il était coutumier.

« C'est un patron, pensa Agustin. Mais de quoi ? »

– Avez-vous dîné ? demanda l'Italien.

Agustin assura que oui.

– Alors, buvons seulement quelque chose avant de visiter la maison. Champagne ? Porto ? Cognac ? Whisky ?

– Eh bien !... champagne, dit Agustin.

A la surprise d'Agustin qui attendait du mousseux, un excellent Moët et Chandon fit son apparition.

– Vous savez, dit Zero, je reçois ici très peu de gens. Ou alors des amis intimes. C'est une marque de confiance assez rare que je vous donne ce soir. Mais je sais, n'est-ce pas ? que vous ne me trahirez pas.

– Comptez sur moi, dit Agustin en riant. Il y a un portefeuille entre nous.

– C'est qu'il s'agit d'un peu plus que d'un portefeuille.

– Vous m'intriguez, dit Agustin sans rire.

– Un peu de patience. Encore une coupe de champagne ?

– Non, merci, dit Agustin. Imprimerie clandestine ? Fausse monnaie ? Jeux interdits ? Prostitution ? Espionnage, peut-être ?

– Quelle imagination ! Et rien de tout cela ne vous choquerait ?

– Rien ne me choque. Vous êtes mon ami.

– Alors, venez. Vous allez voir.

Ils s'engagèrent tous les deux dans des couloirs interminables et dans des escaliers un peu boiteux. Ils passèrent devant des bureaux aux portes souvent vitrées où, toujours à l'exclusion de toute femme, travaillaient des hommes plus ou moins âgés qui avaient des allures de comptables. Tout le monde saluait l'Italien, qui ne disait plus rien. Agustin était de plus en plus intrigué.

– Ecoutez, finit-il par dire à son mystérieux compagnon, je ne comprends rien à cette aventure. C'est une sorte de magasin, d'entrepôt, d'administration gigantesque. Mais de quoi vous occupez-vous ?

– Vous avez raison. C'est une administration.

– Mais qu'est-ce que vous administrez ? Des corrections, peut-être ?

– Ah ! dit Sant'Archangelo en éclatant de rire, des corrections ! Très drôle ! Oui, souvent des corrections. Et, justement, quand on n'est pas correct avec nous.

– Vous êtes une bande, n'est-ce pas ? Mais de quoi ? De voleurs ? Ou de fonctionnaires ?

– Vous brûlez, mon cher. Vous savez bien que les fonctionnaires, dans ce pays surtout, sont souvent des voleurs.

– Vous êtes une œuvre de bienfaisance ?

– En un sens, oui. De bienfaisance.

Ils étaient parvenus devant une porte un peu plus imposante que les autres. Sant'Archangelo la poussa. Une grande salle s'ouvrit devant eux. Un spectacle étonnant, qui semblait sorti d'un roman de Hugo ou de Dickens, s'offrit aux yeux d'Agustin : une douzaine de jeunes garçons s'affairaient autour de quatre mannequins bardés de clochettes et s'efforçaient de glisser leurs mains dans les poches des vêtements sans faire retentir aucun tintement. De temps en temps, un son grêle marquait l'échec de l'entreprise. Une sorte de contrôleur ou de maître d'école entreprenait alors la critique de l'opération et montrait à son tour comment s'y prendre sans faute.

Agustin, d'abord frappé de stupeur, reprit son calme assez vite.

– Ah ! je vois. C'est bien une école de voleurs.

– Pas de gros mots, mon cher. Ce sont des artisans. Et nous tâchons de maintenir les traditions.

– Une espèce de folklore, peut-être ?

– Si vous voulez. Mais nos méthodes de gestion sont tout à fait modernes. Vous avez vu les exécutants. Passons à l'état-major.

Agustin mit quelque temps à comprendre que, grâce à un portefeuille volé dans un restaurant de Reggio de Calabre à un honorable correspondant, il avait pénétré jusqu'au cœur de la Mafia. Quand, de retour en Angleterre, il raconta ses expériences napolitaines à Carlos et à Simon, il se tailla un franc succès.

– Mais, dis-moi, murmura Carlos, il serait tout à fait absurde de ne pas cultiver les liens que tu as si bien noués. Je crois qu'on pourrait faire de bonnes choses en essayant de jeter un pont entre les Apôtres et la Mafia. Qu'est-ce que vous en pensez ?

– Beaucoup de bien, dit l'ancien Kid avec tant d'enthousiasme que les deux autres éclatèrent de rire.

– Est-ce que tu crois que Simon serait bien reçu par ton ami ? demanda Carlos à Agustin.

– D'autant mieux, dit Agustin, qu'ils se connaissent déjà.

– Eh bien ! dit Carlos à Simon, est-ce que tu serais contre un voyage à Naples d'ici un mois ou deux ?

– Je pars, dit Simon.

Le retour à Naples de Simon Finkelstein lui laissa à jamais des souvenirs impérissables. Il visita Capri, Ischia, Sorrente en compagnie d'un jeune mannequin anglais qu'il n'avait pas tardé à dénicher et avec qui il mena une vie de patachon grâce aux subsides du vieux Jérémie. Entre-temps, il jetait les bases d'une solide amitié avec Zero Sant'Archangelo, ébloui par les récits de la révolution mexicaine et des tranchées de la Somme. Ainsi s'élargirent jusqu'au Mezzogiorno et à la Sicile les bases les plus avancées des quatre frères Romero, devenus cinq comme vous savez.

A tort ou à raison, je reste persuadé que quelques-uns des événements les plus mystérieux de notre entre-deux-guerres – l'enlèvement du fils de Lindbergh, l'affaire Stavisky, plusieurs épisodes de la guerre sino-japonaise ou l'assassinat de Trotski – ne peuvent être expliqués que par la conjonction de ces deux forces obscures : les Apôtres et la Mafia. Carlos, Agustin, Simon Finkelstein et même Sant'Archangelo ne furent mêlés que de loin à ces divers tumultes : ils s'étaient contentés de nouer des fils et de serrer des liens. Cet engagement assez mince était déjà très lourd. Les secrets les mieux gardés finissent par transpirer. Les quatre sœurs O'Shaughnessy ne savaient rien ou presque rien des activités de Carlos ou de Simon Finkelstein.

Elles sentaient obscurément que ces jeunes gens si proches avaient quelque chose de différent et que des mystères les entouraient. Comment un Percy Bassett aurait-il pu lutter avec eux ?

La transfiguration la plus spectaculaire – le mot *spectaculaire* devenait à la mode vers ces années 1920 ou 1925 – était naturellement celle de Simon Finkelstein. Le frère de l'ambassadrice, l'ancien mécano de Brian, le Kid de Paco Rivera, le compagnon d'Agustin se muait subtilement en gentleman coloré. A l'époque où les Noirs étaient encore considérés avec un mélange de surprise, d'inquiétude et de répulsion, il sut jouer à merveille de ses handicaps si prodigieusement avantageux. Sa réputation s'étendait peu à peu au-delà des limites de Londres et des frontières des îles Britanniques. Il fut un Othello prodigieux dans un fameux bal parisien du comte Etienne de Beaumont.

– Les trois quarts, disait-il, de mes succès auprès des femmes, je les dois à mes cheveux crépus et à mon teint un peu sombre.

Toujours très vif et agile, il était devenu d'une élégance raffinée. Il avait lu avec délices les aventures d'un mulâtre de la Guadeloupe, fils d'un Français et d'une esclave, mousquetaire et musicien, écuyer de Mme de Montesson et capitaine des gardes du duc de Chartres, arrêté sous la Terreur, libéré par Thermidor, qui, vers la fin du XVIIIe siècle, s'était fait connaître par ses sonates et ses quatuors sous le nom de chevalier de Saint-Georges. Simon rêvait de l'imiter, non pas dans le domaine de la musique, mais par une ascension sociale qui avait des traits bien particuliers et qui méritait à peine ce nom puisque l'héritier d'une fortune qui ne prêtait pas à rire était tout naturellement et d'avance un privilégié du sort. Mais son passé, les malheurs de son enfance, ses aventures mexicaines, son physique – d'ailleurs charmant – réclamaient une revanche. Peut-être aussi le sang de Florinda et de Pericles Augusto criait-il dans ses veines et le travaillait-il en secret ? Riche, beau, heureux, mais rebelle, Simon Finkelstein, à sa façon, voulait conquérir le monde.

Autant que je me souvienne, tout cela m'émerveillait. Mon grand-père ne se privait pas d'exprimer sa méfiance et son dédain à l'égard de ceux en qui il s'obstinait, on se demande un peu pourquoi, à voir des personnages d'Offenbach ou peut-être de Feydeau et qu'il ne pouvait pas se retenir de traiter de métèques ou de danseurs de tango. A l'ancienneté des origines des O'Shaughnessy, si différentes et si proches à la fois de nos propres légendes, s'opposait invariablement l'image tout à fait arbitraire de singes ou d'Indiens, on ne savait pas, tombés directement de cocotiers imaginaires dans des voitures de luxe et des cabinets d'ambassadeur.

– Mais, voyons, mon père, disait timidement ma tante Gabrielle, ces Romero, ce sont des gens tout à fait comme il faut...

– Ah ! oui ? disait mon grand-père sur un ton ironique. Tiens donc ! Et depuis quand ?

– Ils ont une grosse fortune, une situation considérable, les relations les plus élégantes en Angleterre...

– Tout ce que vous me dites là, ma chère Gabrielle, grondait mon grand-père, constitue de toute évidence des circonstances aggravantes.

L'intimité des Romero avec les O'Shaughnessy avait quelque chose de troublant : comment la fille d'un juif, la petite-fille d'une négresse pouvait-elle être à tu et à toi avec les descendants des rois d'Irlande et des compagnons – ou mieux : des adversaires – de Guillaume le Conquérant ? L'humanisme progressiste de l'ambassadeur d'Argentine et la comédie grave où il s'enfermait n'avaient pas plus de succès auprès de mon grand-père qu'auprès de Winston Churchill ou de Jérémie Finkelstein. Mon grand-père était plus direct, plus simple, à la fois moins hautain et plus orgueilleux, en un sens plus populaire que le diplomate sud- américain. Il ne reconnaissait à Aureliano Romero que la double qualité, à ses yeux non régligeable, d'excellent cavalier et de chasseur honorable.

Moi, déjà, de loin, du fond de Plessis-lez-Vaudreuil encore ivre de son passé en train de s'écrouler, je regardais avec convoitise, avec une sorte de fascination, ces destins étrangers dont je savais si peu de chose. Plutôt par le récit des autres que par mes propres souvenirs, je me rappelais vaguement que j'avais joué un rôle de figurant au mariage de Brian et d'Hélène O'Shaughnessy. Tout ce qui venait d'eux était un peu mon affaire. Plus que leurs visages que je connaissais à peine, les noms de Pandora et de ses sœurs m'étaient familiers depuis toujours. Les Romero me restaient plus opaques. Je me méfiais un peu de ces grands garçons, venus d'ailleurs, dédaignés par mon grand-père, et qui rôdaient, menaçants, autour des filles O'Shaughnessy. Et, d'avance, je les admirais. Il n'est pas impossible qu'une ombre de jalousie se mêlât à ma curiosité passionnée. Quand j'appris que Carlos se livrait à des activités clandestines dont on parlait à mots couverts pour mieux me faire rêver et qu'Agustin sillonnait en automobile de course les routes blanches de l'Italie, l'envie et la crainte de les rencontrer et de devenir leur ami m'envahirent en même temps. Les frères Romero me semblaient incarner toutes les tentations de l'aventure, toutes les promesses de l'avenir. Je crois que je les ai redoutés et aimés avant même de les connaître.

III

PANDORA ! PANDORA !

Le Dow Jones s'effondrait, les fortunes s'écroulaient, les banquiers se jetaient dans le vide du haut de leurs gratte-ciel : la crise de Wall Street faisait tembler le monde. Le vieux Jérémie Finkelstein n'était plus là pour assister à ces horreurs qui l'auraient peut-être amusé. Il était mort à New York dans les bras de sa fille Rosita et de son petit-fils Carlos. Il leur parla de son père, le rabbin, de sa mère, si modeste, de Simon perdu et retrouvé, de Cristina Isabel, sa femme, qu'il avait tant aimée. Mais, dans l'hôtel particulier de la Ve Avenue qui était devenu le symbole de sa réussite et de sa puissance, les derniers mots du tycoon furent pour la dame de Lublin et pour les deux plumes verte et bleue qu'elle portait sur son chapeau à leur première rencontre.

Il se dressa dans son lit à l'épouvante de Rosita, il étendit le bras vers un fantôme invisible, il cria :

– Là! là!... La plume verte..., la plume bleue...

Et il retomba mort.

Quelques mois plus tôt ou plus tard, en Argentine, Conchita Romero, de son côté, avait enfin cessé de lutter. Du coup, en pleine crise mondiale, tout le petit monde des Romero – sans oublier l'ex-Kid – était devenu encore plus riche. Carlos Romero prit un peu de temps aux Apôtres pour le consacrer aux banquiers : pour la seconde fois dans l'histoire de Jérémie Finkelstein et de ses descendants, marxisme et capitalisme faisaient plutôt bon ménage.

Une ou deux fois par an, j'allais rendre visite au clan O'Shaughnessy dans son château gothique terriblement retapé au fin fond de l'Ecosse. J'arrivais en train, puis en automobile, parfois conduit par Agustin, invité lui aussi pour quelques jours à Glangowness et qui était venu me chercher avec Javier à la gare d'Edimbourg. Pendant tout le trajet en Bentley, nous parlions courses et mécanique. Agustin roulait à tombeau ouvert et faisait peur aux paysans, qui se jetaient dans le fossé avec moutons et dindons. Javier, dans le spider, riait silencieusement, plutôt à ses pensées qu'aux plaisanteries d'Agustin que la vitesse et le vent et le bruit du moteur l'empêchaient de saisir. Nous nous arrêtions pour boire et pour nous reposer dans de vieilles auberges historiques où étaient passés avant nous des guerriers et des poètes. Autour de la bière et du whisky, je demandais des nouvelles de Pandora et de ses sœurs.

– Ah! disait Agustin, elles grandissent... Elles grandissent même beaucoup.

Et Javier, toujours rêveur, me regardait en souriant. Je comprenais aussitôt que les quatre filles O'Shaughnessy étaient devenues très belles et qu'elles commençaient à l'emporter, dans l'esprit des Romero, sur les problèmes d'arbres à cames et sur l'envie de ne rien faire. Nous arrivions. Soubrettes et majordome se précipitaient à notre rencontre sur le gravier bien ratissé dont les roues de la voiture détruisaient l'harmonie. Les bagages étaient extirpés de la voiture et montés dans nos chambres. Nous nous reposions un peu de l'épreuve du voyage. Je passais voir Javier, étendu sur son lit, en train de lire *Le Grand Ecart,* ou *Le Bal du comte d'Orgel,* ou *Un amour de Swann,* peut-être déjà dans la traduction de Scott Mancrief.

– Prépare-toi, me disait-il.

– Comment t'habilles-tu ?

– Ce soir, rien de plus simple. Aucune cérémonie. Dîner de famille. *Black tie.*

– Mon Dieu ! Je n'ai qu'un col dur et un costume sombre.

– Ne t'en fais pas. J'ai deux *dinner jackets.*

Nous descendions. Dans le petit salon, derrière le grand pouf rond d'où surgissait un palmier, la comtesse Wronski, accablée par le temps et en train de se changer en légende, était assise sous le portrait du VIIIe lord Landsdown en général de l'armée des Indes. Le passé revenait en masse. L'avenir ne tardait pas : Pandora et Atalanta arrivaient en riant, suivies de Vanessa et de la petite Jessica, furieuse et un peu vexée de la jolie robe d'enfant que sa mère et miss Prism la contraignaient encore à porter.

Carlos était enfermé dans les bibliothèques de Cambridge ou organisait des réunions plus ou moins mystérieuses à Berlin, à Zurich, à Vienne. Miss Prism se jetait sur Agustin et sur les deux jumeaux. Maintenant qu'ils étaient des hommes, il lui était difficile, comme jadis, de les trouver grandis et forcis à chaque nouvelle rencontre. Elle se contentait de leur assurer, avec des yeux brillants, qu'ils avaient meilleure mine que jamais. Ils répondaient, contre toute vérité, qu'elle était toujours aussi jeune. Miss Prism, entre ses garçons, rayonnait de bonheur.

Entrer dans la vie est peut-être aussi difficile et cruel que d'en sortir. Quand ils approchèrent de l'âge d'homme, les deux jumeaux Romero – Luis

Miguel et Javier – eurent d'abord le sentiment que, malgré tous leurs avantages de naissance et de fortune, les chemins de l'existence étaient bouchés devant eux. Carlos avait pris les livres et la politique; Agustin, le sport, les machines, la vitesse. Les motifs d'action ne sont pas inépuisables. Que restait-il aux jumeaux ? Le rêve, le goût de la fête, une certaine forme d'élégance et d'indifférence mêlées, les passions de l'amour. Ils s'y jetèrent à corps perdu. Du coup, au regard du sérieux et de la foi de Carlos, de la rage de vaincre d'Agustin, ils apparaissent charmants et un peu légers. Plus fins qu'Agustin, moins tendus que Carlos, on dirait qu'ils prennent le monde comme il est et qu'ils mettent leur talent à en jouir et à être heureux.

Longtemps, jusqu'à des événements que je raconterai en leur temps, les deux jumeaux m'ont paru presque indiscernables. Peut-être Luis Miguel était-il un peu plus gai et Javier un peu plus renfermé. Mais, physiquement et moralement, ils se ressemblaient si fort que seule une longue habitude empêchait de les prendre l'un pour l'autre. Jérémie Finkelstein avait transmis à Carlos son attente d'un monde nouveau. Il légua aux jumeaux sa propension au rêve. Ils passèrent à dormir une bonne partie de leur jeunesse. Pendant que Luis Miguel courait les filles et les bals, les champs de courses, les terrains de golf, Javier semblait traîner son ennui de fauteuil en divan. Il lisait beaucoup. Mais c'était d'abord pour ne rien faire.

– Javier ! lui disait sa mère, ton grand-père a beaucoup travaillé, ta grand-mère a beaucoup travaillé, ton père travaille, ton frère Carlos travaille. Et toi, quand te décideras-tu à travailler ?

– J'ai mieux à faire, disait Javier.

– Mais quoi donc ? demandait Rosita.

– Je ne sais pas encore, disait Javier.

Pour dissimuler le mieux possible son inactivité et sa paresse, Javier, un beau jour, se déclara musicien et poète. Il s'enfermait de longues heures sous prétexte d'écrire des pages dont personne ne voyait jamais rien. Je l'aimais beaucoup. Pendant que Carlos mêlait travaux et intrigues avec une sorte de fièvre et qu'Agustin pilotait des voitures de plus en plus rapides, il menait, et souvent avec moi, la vie la plus oisive et la plus délicieuse.

Brian et Hélène pénétraient enfin à leur tour dans le salon de Glangowness. La famille était au complet. On passait à table, dans la grande salle à manger ornée de tableaux de chasse et de tapisseries des Flandres.

Les dîners, à Glangowness, étaient assez différents de ceux de Plessis-lez-Vaudreuil. Le cérémonial était plus accusé, la vaisselle plus étincelante, les valets plus nombreux et l'atmosphère plus solennelle.

– Comment va votre cher grand-père? me demandait Hélène.

– Je vous remercie, madame, il se porte bien. Il s'occupe de ses forêts, de sa société de gymnastique et du retour du roi.

– C'est drôle, disait Agustin. Nous qui avons un roi, ce qui nous intéresse surtout, c'est la révolution russe. Et vous qui êtes en république, vous ne parlez que du roi, qui n'a aucune chance de revenir.

– Bah! disait Javier, chacun s'occupe de ce qu'il n'a pas.

Peut-être parce que je n'étais pas chez moi, la conversation à Glangowness me paraissait, en dépit du décor solennel, plus vive et plus ouverte qu'à Plessis-lez-Vaudreuil. Il me semblait que, chez nous, la préoccupation principale était d'empêcher le temps de passer. Malgré silences et bégaiements, malgré tout le poids des Landsdown et du passé, on aurait dit, chez les O'Shaughnessy, que n'importe quoi pouvait surgir à tout moment. Le sang irlandais y était sans doute pour beaucoup. Les ombres d'Oscar Wilde, dandy de génie, coqueluche des salons, homosexuel, forçat, et de Bernard Shaw, qui venait de recevoir le Nobel, planaient sur la vieille argenterie et sur les meubles d'époque. Une sorte de liberté le disputait à la rigueur et à la discrétion.

Un été, pendant la crise, la comtesse Wronski, à la veille de sa mort, invita ses quatre arrière-petites-filles à passer quelques semaines dans sa maison de la Giudecca où erraient encore, silencieuses et absentes, les ombres de Piotr Vassilievitch, des deux amants interdits et d'un musicien de génie. Les deux jumeaux étaient de la fête. On m'invita en surnombre.

– Vous qui vous intéressez tant à Venise et à ses aventures, me dit la comtesse Wronski, pourquoi ne viendriez-vous pas passer quelques jours à la Giudecca avec mes arrière-petites-filles et les deux jumeaux Romero ?

Un de mes oncles, frappé en plein fouet par la crise économique, venait de se suicider. Mon grand-père me poussait à partir pour fuir un peu une famille qui pesait lourd sur nous tous et pour me changer les idées. J'arrivai en train à Venise avec Javier et Luis Miguel.

La nuit s'achevait. Venise éclatait sous nos yeux. Pandora et Atalanta étaient venues nous chercher à la gare. Pendant que les bagages partaient directement en gondole, pour la Giudecca, nous débarquâmes tous les cinq devant la vieille Zuecca –

A Saint-Blaise, à la Zuecca,
Vous étiez, vous étiez bien aise,
A Saint-Blaise,
A Saint-Blaise, à la Zuecca,
Nous étions bien là

– à deux pas de la Piazzetta qui longe le palais des Doges.

C'était la première fois que j'étais enfin seul avec plusieurs de mes mythes dont j'avais rêvé si souvent : deux des frères Romero, les sœurs O'Shaughnessy et Venise la Rouge qui allait servir de décor et de révélateur à tout ce qui bouillonnait dans nos cœurs. Une espèce d'angoisse me prenait devant tant de bonheur.

Je m'étais arrêté un instant entre les deux colonnes qui portent saint Théodore et le lion de saint Marc. Je regardais l'église de la Salute, la Douane de mer, l'isola San Giorgio et, au loin, la Giudecca. A ma gauche, la riva dei Schiavoni étendait ses palais jusqu'à la masse confuse de l'Arsenal. Derrière moi, la basilique et la place Saint-Marc attendaient patiemment que je me tourne enfin vers elles et vers leur beauté accablante. Je les faisais attendre encore un peu pour que l'éblouissement se prolonge. J'étais au centre du monde, entre l'Orient et l'Occident, entre le passé et l'avenir.

– Alors? me dit Javier.

– Alors, c'est beau, vous êtes là, tout va bien. Je suis heureux.

– Le monde est à nous, dit Javier.

– A beaucoup d'autres avant nous, à beaucoup d'autres après nous. Maintenant, il est à nous.

– Est-ce que tu penses comme moi à tous ceux qui se sont arrêtés ici même et qui ont regardé ce que tu vois?

– Oui, oui. Mais surtout à nous.

Pandora s'approchait. Elle s'asseyait au pied de la colonne de saint Théodore.

– Vous savez, nous dit-elle, c'est un paysage de famille. Ma grand-mère est passée ici, heureuse et puis bouleversée, en compagnie de Nicolas. Et, installée, comme nous, entre ces deux colonnes qui m'ont toujours eu l'air de porter un peu notre destin, mon arrière-grand-mère a dû contempler, comme nous, la lagune et la Giudecca aux côtés de Piotr Vassilievitch et du père de Nicolas.

– Est-ce que vous savez tout, dis-je à Pandora, de l'histoire de votre famille ?

– Je l'ai découverte petit à petit, répondit Pandora en riant. Vous savez, les énigmes, c'est ma spécialité.

Je regardais Pandora. La bibliothèque de Sansovino et le palais des Doges, si léger en bas et si massif vers le haut, la rendaient encore plus belle. Avec ses cheveux très blonds et ses pommettes assez hautes, elle était en même temps transparente et mystérieuse. Elle était la vie même, la gaieté, la limpidité, la transparence – et il y avait en elle, à mes yeux tout au moins, quelque chose d'insaisissable qui l'éloignait d'un seul coup et la rendait hors d'atteinte. Je me rappelle avec force qu'entre les deux colonnes de la Piazzetta je me dis que cette fille si proche ne serait jamais pour moi. Elle était dangereuse. Quelque chose comme une ombre toute pleine d'allégresse passa très vite sur nous.

Les autres rappliquaient. Atalanta et Luis Miguel parlaient de jazz et de La Nouvelle-Orléans. Nous faisions le tour de la place Saint-Marc et nous allions nous installer à la terrasse du Florian.

– Qu'est-ce que vous prenez ? demandait Luis Miguel aux deux filles.

– *Una granita di caffè,* disait Atalanta.

Je regardais la place, le campanile, la basilique,

l'horloge monumentale qui menait vers la Merceria, les deux vieux lions de pierre sur le flanc de l'église et je me demandais ce que pouvait bien être une *granita di caffè*. Je crains que les très petites choses n'aient toujours eu pour moi autant de prix que les plus grandes. J'étais, entre les Romero et les O'Shaughnessy, dans la ville des masques, des fêtes et de la mort.

Le soir, nous dînions tous ensemble, autour de la comtesse Wronski, dans la maison de la Giudecca.

– Est-ce que vous savez déjà, me demandait-elle avec bonté, ce que vous voulez faire ?

– A Venise ?

– Non, non. Dans la vie.

Ce que je voulais faire dans la vie ? Mais rien d'autre, absolument rien, que ce que j'étais en train de faire. Accompagner les Romero et les O'Shaughnessy, me promener avec eux et les regarder vivre : c'était ma tâche, c'était le bonheur. Je ne désirais rien d'autre et je le savais si bien que j'essayais de graver en moi-même tous les détails et tous les moindres mots de ces instants presque douloureux à force d'être parfaits. Après le dîner – pâtes et scampi – nous nous installions dans le jardin, entre la maison et la grande lagune, où le soir était en train de tomber.

Nous demeurions immobiles, la tête tournée vers le ciel. Nous le regardions passer du bleu au vert, au rose, au rouge et s'abîmer lentement dans la nuit. Les étoiles apparaissaient une à une et se mettaient à briller. Nous guettions toujours en vain leur apparition progressive. Elles se cachaient longtemps et, tout à coup, elles étaient là. Luis Miguel avait trouvé une guitare. Atalanta se mettait à chanter. Plessis-lez-Vaudreuil disparaissait dans le lointain. La comtesse Wronski était allée se coucher. Nous restions tous les cinq dans le jardin où

Verdi l'avait vue pour la première fois et avait commencé à l'aimer. Javier posait sa tête sur les genoux de Pandora.

– Ah, ah! disait Luis Miguel, je vois, je vois. C'est notre éducation sentimentale.

Les jours passaient. Nous nous promenions, comme tout le monde, à Torcello et à Burano, du côté du Ghetto Vecchio et de la maison du Tintoret auprès de laquelle montaient la garde trois Maures de pierre enturbannés. Nous visitions l'Accademia ou la Scuola di San Rocco. De temps en temps, nous allions danser et souper dans l'une ou l'autre des vieilles demeures qui bordent le Grand Canal. Je me souviens même d'un dîner donné dans le palais que Piotr Vassilievitch avait acheté jadis en deux heures à un de ses compatriotes pressé par des dettes de jeu et que Marie Wronski avait revendu à la mort de son mari. Le temps coulait, irréversible, mais il tournait aussi en rond. Le reste de nos jours, nous allions nous baigner au Lido, où les tentes à rayures, dressées autour de l'Excelsior, accueillaient les descendants des anciens patriciens et les familles nouvelles des dirigeants fascistes : des liens innombrables les unissaient les uns aux autres. Mussolini avait pris en charge une Italie déliquescente. Il essayait d'en faire une nation de guerriers et les scènes d'opérette s'enchaînaient sans se lasser à des opérations de police et de brigandage mêlés dont le meurtre de Matteoti, quelques années plus tôt, était la plus manifeste. Notre conscience politique, pour parler comme Carlos, avait du mal à s'éveiller. La comtesse Wronski se sentait tout naturellement hostile à ce qu'elle appelait encore le bolchevisme. Tous ceux et toutes celles qui, autour des Orlov ou des Narichkine, s'étaient le plus souvent conduits fort mal à son égard avaient été massacrés ou exilés par le communisme soviétique : l'âge, le souvenir, l'histoire, les intérêts communs les transformaient soudain en alliés, en amis de toujours. Comme la plupart des Vénitiens et des Vénitiennes de son milieu, la comtesse accueillait très volontiers à la Giudecca les nouveaux maîtres de l'Italie. Le fascisme ne la gênait pas beaucoup. Elle se félicitait, et elle n'était pas la seule, des trains enfin à l'heure et d'un orgueil national en plein épanouissement. Nous – la fin de la grande tuerie qui avait duré quatre ans était encore toute proche – nous ne pensions qu'à nous amuser, à faire autre chose que nos parents et à profiter de ce monde qui nous offrait tant de merveilles dont nous étions avides. Planant d'assez loin sur nos appétits et sur nos découvertes, le fascisme, en ce temps-là, était le moindre de nos soucis.

Agustin, de nous tous, était le plus sensible à ce qui se passait en Italie, à ce qui allait se passer en Allemagne. Peut-être parce qu'il avait le culte de la force et de la victoire, la démocratie l'ennuyait. Il voyait le monde comme une course – et il aimait les vainqueurs. Pendant que nous nous promenions le long de la lagune et que nous passions notre temps à ne rien faire dans le souvenir des peintres et des grands amiraux, il gagnait des grands prix et recevait des coupes des mains de Mussolini. J'ai gardé une lettre de lui qu'il nous avait écrite de Rome et adressée à Venise. Il y chantait les louanges du fascisme et du Duce.

– C'est drôle, me disait Javier en regardant le Grand Canal du haut du Rialto, j'ai un frère communiste et un autre frère fasciste.

Je devais avoir, plus tard, beaucoup de conversations du même genre avec Carlos Romero que je connaissais encore très peu à l'époque de notre séjour dans la maison de la Giudecca.

– Ce qui me révolte le plus, me disait-il, c'est qu'Agustin semble oublier allègrement le sang juif des Finkelstein. Le fascisme qu'il admire tant est le modèle du nazisme. Et la clef du nazisme, c'est l'antisémitisme. Si Jérémie vivait encore, je crois qu'il dirait ce qu'il pense à son petit-fils Agustin.

– Et ta grand-mère Conchita, est-ce qu'elle dirait aussi ce qu'elle pense à son petit-fils Carlos ?

– Le monde change, répondait Carlos. Il faut essayer d'avancer vers toujours plus de justice et de générosité.

La justice, la fraternité, le progrès étaient autant de vieilles lunes pour Agustin. Je crois qu'il détestait la mollesse et le désordre bavard de nos démocraties. Il aimait la vitesse, la puissance, le succès. Il voyait dans Mussolini un héritier du monde antique en train de lutter contre la décadence. Il rêvait d'une alliance entre une Angleterre impériale et une Italie régénérée. Lorsque Adolf Hitler fera son entrée sur la scène, il sera tout prêt à l'admirer et peut-être à le servir.

A Venise, indifférents aux signes annonciateurs et aux symptômes prémonitoires, nous dansions, nous chantions, nous apprenions les noms de Longhena et de Vivaldi, de Carpaccio et des Bellini. L'inconscience, sans doute, est un autre nom du bonheur. Le nôtre se limitait assez étroitement à nous-mêmes. Sur le fond rouge et miel des palais de Venise, le monde se restreignait pour moi aux sœurs O'Shaughnessy et aux deux frères Romero lorsqu'un élément nouveau fit irruption dans notre groupe : Simon Finkelstein débarqua à Venise.

Dans l'histoire comme dans les romans – et l'histoire n'est rien d'autre que l'œuvre d'un romancier mystérieux, universel et génial – il n'y a que deux éléments indispensables : le temps qui passe et les rencontres. Les philosophes de l'Antiquité voyaient dans l'eau, dans l'air, dans le feu, dans la terre les principes de notre monde. Je crois plutôt qu'à l'image de l'univers, des galaxies, des planètes, la vie avance parce que le temps s'écoule et que rien ni personne n'y reste jamais isolé. Le groupe des cinq, où ne survenait pas grand-chose et auquel, en raison de leur âge, Vanessa et Jessica n'appartenaient pas encore tout à fait, tomba nez à nez sur Simon Finkelstein devant la façade exubérante de l'église baroque de Saint-Moïse. Simon n'était pas seul. Il se promenait en Italie avec une jeune Allemande assez jolie et d'une vulgarité exceptionnelle qu'il avait soulevée dans un train.

– Eh bien! Est-ce que je me trompe? Ou seraient-ce mes neveux en galante compagnie?

– Eux-mêmes, oncle Simon, répondit Luis Miguel. Et voici Pandora et Atalanta que vous avez rencontrées à Glangowness. Et puis encore un ami français (c'était moi) que vous ne connaissez sans doute pas.

– Quelle chance pour nous, Ingrid, de nous cogner dans cette jolie bande! C'est la première fois que je viens à Venise. Est-ce que nous pouvons nous joindre à vous qui avez l'air de vous ébattre parmi campi et fondamenta comme poissons dans la lagune?

– Mais bien sûr, oncle Simon. Nous allions au Rialto. Venez avec nous. Vous verrez que, malgré l'eau, on peut marcher dans Venise.

– *Avanti! Avanti! Avanti Savoia!* s'écria l'oncle Simon en agitant un parapluie qu'il avait apporté à tout hasard dans ces pays improbables dont il ignorait le climat.

L'arrivée de Simon Finkelstein bouscula nos routines. Nous vivions au ralenti. Il imprima un train d'enfer à notre petit groupe. Il commença bien entendu par plaire à la folie à la comtesse Wronski. Sa gaieté et son charme l'emportaient peut-être encore sur la séduction un peu sulfureuse de ses souvenirs de jeunesse. Il parlait avec simplicité de son existence au Mexique et de son mépris pour la vie. Le récit de sa première rencontre avec Jérémie Finkelstein était d'une drôlerie irrésistible, mêlée d'une pointe de tendresse pour ce vieillard inconnu qui se révélait être son père. A la différence des membres de notre *gruppetto,* de notre petite troupe – et surtout de moi-même – dont la vie était tracée depuis toujours et risquait de se dérouler à jamais dans une régularité assez sinistre, Simon Finkelstein semblait surgir de nulle part pour se rendre n'importe où. Quand il évoquait Paco Rivera ou son enfance américaine au sein de la pègre de Californie ou du Nouveau-Mexique qui, pour un temps au moins, était devenue sa famille, nous écoutions bouche bée ces aventures d'un autre monde. Les chevauchées de Pancho Villa retentissaient bizarrement dans le havre de paix et de vieille culture de la maison de la Giudecca. En écoutant Simon, il m'arrivait de me dire qu'au-delà de Verdi, Falstaff ou un héros d'*Aïda* était de retour à Venise. Les gangsters de New York et les sierras tropicales du Mexique remplaçaient simplement la cour d'Henry IV et les temples de la haute Egypte. Je me demande si Marie Wronski n'éprouvait pas les mêmes sentiments. Elle était d'ailleurs la seule de nous tous dont la vie aventureuse pouvait rivaliser, dans un style très différent, avec celle de l'ancien Kid.

L'amitié de Simon pour Brian O'Shaughnessy et les années de guerre sur la Somme et l'Yser le rapprochaient de nous tout autant que sa parenté avec Javier et Luis Miguel. La différence d'âge s'abolissait : il devenait un des nôtres. Il se promenait avec nous et faisait rire Pandora. La présence d'Ingrid, la jeune Allemande, posait bien quelques problèmes. Malgré les souvenirs de sa propre vie dont elle parlait si librement, et peut-être à cause d'eux, la comtesse Wronski était devenue, avec l'âge, d'une rigueur assez farouche. Elle fit comprendre fermement que Simon Finkelstein était le bienvenu à la Giudecca, mais qu'il n'était pas question d'y recevoir sa compagne. Du coup, une sorte de jeu de piste s'organisa le long de la lagune et des canaux. Simon Finkelstein venait déjeuner ou dîner à la Giudecca et nous retrouvions Ingrid sur les marches de l'église du Redentore ou devant les Gesuati. Cette comédie légère nous amusa quelque temps. Très vite, Simon lui-même en éprouva de la fatigue.

– Cette fille m'exaspère, nous dit-il.

– Elle n'est pas laide, dis-je faiblement.

– Peut-être. Mais qu'est-ce que tu veux que j'en fasse ?

– Balance-la, dit Luis Miguel.

C'est ce qu'il fit. Un beau soir, il nous informa brièvement qu'il n'y avait plus d'Ingrid. L'Allemande nous pesait un peu : la nouvelle nous fit plutôt rire. Mais, à ma stupeur, elle bouleversa Pandora.

– C'est affreux, me dit-elle. Cette pauvre fille ! Je la plains, je la plains.

– Ecoute, n'exagère pas. Est-ce qu'elle était si intéressante ?

– Intéressante ? Je ne sais pas. Mais elle aimait Simon.

– Je n'en suis même pas certain. Lui, en tout cas, ne l'aimait pas.

– Tu crois ? dit Pandora.

– Bien sûr. C'était à peine une aventure. Une passade. Un épisode. Beaucoup moins sérieux que Percy Bassett avec toi.

– Ne dis pas de bêtises. Comme si on pouvait comparer Simon et Percy Bassett !

C'est ainsi que j'appris un soir, à Venise, que Pandora O'Shaughnessy était toute prête à tomber dans les bras de Simon. Les choses m'auraient paru moins sérieuses si la fille de Brian s'était contentée de se réjouir, selon les schémas classiques, de la disparition d'Ingrid et de la liberté retrouvée du métis. En se mettant si obstinément à la place de la jeune fille, Pandora trahissait l'importance qu'elle attachait à la présence et à l'attention de Simon. Peut-être, à vrai dire, ne savait-elle pas elle-même ce qui se passait.

Les événements, à partir de là, se déroulèrent assez vite. L'atmosphère à Venise était un peu étouffante pour un Simon Finkelstein. Ce n'était pas à coups de musées ni de baignades au Lido que nous pouvions retenir et amuser un ancien compagnon de Paco Rivera dans les sierras mexicaines. Quand il eut traversé la lagune à la nage et abordé, sur les traces de Byron, dans l'îlot des Arméniens, il se trouva désœuvré. Les comtesses vénitiennes n'étaient pas de taille à l'occuper. Et Carpaccio non plus. Je n'ai jamais vu Simon feindre le moindre intérêt, par courtoisie ou par conformisme, pour ce qui ne l'excitait pas. Javier manifestait beaucoup d'admiration pour le haut-relief de porphyre dit des Mori ou des Tétrarques qui, presque à la jointure de la basilique Saint-Marc et du palais des Doges, représente quatre personnages en train de lutter entre eux ou plutôt de s'embrasser. Il nous avait expliqué que le groupe, déjà usé par le temps, datait du IVe siècle et qu'il figurait les deux Augustes et les deux Césars qui se partageaient alors l'Empire romain.

– Si on les enlevait? nous dit Simon.

– Les enlever? Comment ça?

– Ça doit pouvoir se démonter ce truc-là. On y va la nuit avec des pioches, des barres d'acier, deux pieds-de-biche, deux marteaux et hop! ni vu ni connu, en deux temps, trois mouvements, les quatre bonshommes sont à nous.

Le plus beau casse du siècle resta à l'état de projet et les quatre Mori s'enlacent toujours dans l'encoignure de Saint-Marc. Simon était furieux. Il lui fallait des risques, des aventures et que ça bouge et que ça saute. Il n'aurait pas détesté une poursuite de nuit au son strident des sirènes sur la lagune déserte et une bataille sanglante avec ces policiers de Venise que l'absence de voiture rend inutiles et invisibles. Je crois que le Kid devenu adulte ne pouvait vivre que la mort aux trousses. L'art lui était indifférent. L'histoire le faisait bâiller. Très vite, l'air un peu confiné de la pension de famille de la Giudecca, avec son charme morbide et ses souvenirs empaillés, lui était devenu irrespirable. Venise ne lui déplaisait pas : c'était une ville amusante avec ses troupeaux de pigeons accrochés au bitume et ses lions de marbre toujours en train de s'envoler. Mais, en dépit des légendes et de la tradition, on n'y mourait pas assez à son goût. La mort, à Venise, est une affaire de peintres, de poètes, de sculpteurs, de musiciens. C'est une histoire révolue. Et le règne du musée. Rien n'était plus étranger à Simon Finkelstein que la littérature et les musées. Il ne vivait que dans le présent et la beauté l'ennuyait quand elle regardait vers le passé. Les choses bougent peu à Venise. La mer elle-même est plate. Les passions s'y déchaînent, mais on dirait toujours du théâtre. Simon n'avait pas été long à découvrir que la violence, à Venise, était tout intérieure.

– Dis donc, me demandait-il, toi qui connais bien l'Italie, est-ce que la Mafia est très active à Venise ?

– Je ne crois pas, lui disais-je. Il y a des communistes, des comtesses, des fascistes, des industriels, des cardinaux, des descendants des doges et des grandes courtisanes. Mais il n'y a plus de doges. Il n'y a plus de courtisanes. Il n'y a ni Mafia, que je sache, ni banditisme, ni règlements de comptes à la milanaise ou à la napolitaine. Venise, plus que toute autre, a connu des crimes politiques et des crimes passionnels. C'est la ville de Faliero, d'Othello, de l'honnête Iago – une crapule comme la formule l'indique. Et aussi de Volpone. On triche et on tue beaucoup à Venise. Mais toujours avec grâce et avec élégance. Avec le cœur, naturellement. Et souvent avec les mots. Je ne vois pas de bandes rivales en train de se massacrer sur le Grand Canal ni de gangsters en gondole. Les spadassins sont plus discrets. Mettez votre masque, Simon. Et rangez vos pistolets. On ne meurt plus à Venise que de souvenir et d'amour.

– Je m'en doutais, disait Simon. Et peut-être d'ennui.

Il s'ennuyait à périr entre le hall du Danieli où il espérait toujours retrouver des visages de connaissance et la *Légende de sainte Ursule* dont il n'attendait plus rien. Je me demandais même souvent, je l'avoue, pourquoi il restait à ronger son frein sur les bords, si ternes pour lui, de la lagune miraculeuse. La réponse ne tarda guère. Il nous annonça un beau soir qu'il quittait Venise le lendemain. Nous nous y attendions. La surprise vint d'ailleurs. Pandora partit avec lui. Elle n'avait pas beaucoup plus de seize ans. Il avait largement dépassé la quarantaine.

La comtesse Wronski apprit la nouvelle avec accablement. Elle se sentait responsable de Pandora. Elle avait accueilli avec amusement le terrible métis dont le passé ne lui était pas inconnu. Elle me prit pour confident de ses troubles et de ses remords.

– Est-ce que vous croyez, me dit-elle en se promenant à pas lents avec moi dans le jardin de la Giudecca, est-ce que vous croyez que je porte malheur à tous ceux qui m'entourent ? J'ai semé la perturbation chez les Narichkine et chez les Herbignac. Je n'ai répondu à l'attente ni de Giuseppe

Verdi ni de Piotr Vassilievitch. Vous savez les drames de Nadia et de Nicolas. Mon fils a disparu. Ma fille est morte. Ma petite-fille menait une vie calme et semblait enfin heureuse. J'espérais que la malédiction se terminait avec elle. Voilà que la quatrième génération se lance dans les mêmes folies que mes enfants et moi avons déjà commises. Comment vais-je expliquer à Hélène que Pandora est partie avec Simon Finkelstein ?

Je la calmais de mon mieux. Je lui parlais de la fatalité dont elle était la victime : elle était très loin d'être la première responsable de ce qui lui arrivait. Je lui rappelais que Simon était un ami de Brian, le père de Pandora, bien avant d'avoir été reçu à la table de la Giudecca. Pandora, de toute façon, aurait rencontré Simon un jour ou l'autre. Elle l'avait rencontré à Venise ? Ce n'était la faute de personne.

– Ah ! Venise..., disait la comtesse. Sentez-vous tout ce qu'il y a de trouble dans cette ville sans arbres qui passe son temps à mourir de beauté et à ressusciter dans le plaisir. Elle aura été au centre de tous mes bonheurs et de tous mes chagrins.

Il fallait bien prévenir Brian et Hélène de ce qui s'était passé. Marie Wronski ne s'en sentait pas le courage. Il ne fallait pas mêler Atalanta et encore moins les deux petites aux aventures précoces de l'aînée. Les deux jumeaux étaient les neveux du métis à l'odeur de soufre. La conclusion venait d'elle-même : c'est moi qui fus chargé de me rendre à Glangowness dans le rôle peu enviable du porteur de mauvaises nouvelles. Je pris le train pour Londres, puis pour l'Ecosse.

Winston Churchill était en séjour à Glangowness. Il ne contribua pas peu à détendre l'atmosphère que mes révélations avaient rendue pesante. Je n'ai pas besoin de vous dire l'accablement de miss Prism, plus frappée, je le crains, par la conduite du frère de Rosita Romero que par le sort de Pandora. Hélène, naturellement, avait fondu en larmes à l'idée de sa fille livrée à ce monstre sanguinaire. Je tâchais de la consoler comme je pouvais, et probablement avec maladresse :

– Il est charmant, vous savez. Très gai, très doux...

Elle me regardait avec fureur, à travers ses larmes.

– Très doux ? Cet assassin !... Très doux... Est-ce que vous devenez fou, vous aussi ? Ma parole, ce nègre vous a tous envoûtés !

Je n'osais pas répondre, de peur d'envenimer les choses au lieu de les apaiser, que ce nègre n'était même pas un métis ni un mulâtre, mais un sang-mêlé très clair, et plus précisément un quarteron. Et un ami de Brian.

Brian se reprochait d'avoir introduit le loup du Mexique et de la Somme dans la bergerie de Glangowness.

– Sans moi, me disait-il, jamais ce personnage répugnant ne serait entré dans notre cercle et personne n'aurait jamais découvert qu'il était le fils de Jérémie Finkelstein. Ah ! je suis bien coupable. Je suis à la source de tout.

Je le consolais à son tour. Mais à lui non plus je n'osais pas dire tout ce que je pensais : si Pandora n'était pas partie avec Simon, elle serait peut-être partie avec un autre. Je commençais à soupçonner que le goût du secret et des aventures mystérieuses était plus fort que tout chez les sœurs O'Shaughnessy.

– Et la différence d'âge ! me disait Hélène sur le pouf rouge du grand salon, à l'ombre du palmier. Vous rendez-vous compte qu'elle a seize ans ! Seize ans ! C'est une enfant. Oh ! le monstre ! Abuser d'une enfant ! Et de la fille d'un ami qui a tout fait pour lui !

Elle se remettait à pleurer. Je ne savais pas trop quoi faire. Je me levais, je lui tapotais l'épaule. La situation n'était pas positivement enchanteresse, mais j'avais du mal à imaginer qu'elle constituât cette fin du monde à laquelle nous assistions. Et j'avais du mérite à conserver un calme au moins apparent et à me faire, si peu que ce fût, l'avocat de Simon : pour beaucoup de raisons qui m'étaient personnelles, l'aventure de Pandora ne me comblait pas de bonheur.

Winston Churchill remit un peu d'ordre dans les idées des O'Shaughnessy. Il déconseilla fermement d'engager une action pour détournement de mineure. Mieux valait étouffer le scandale, puisque scandale il y avait, que de l'étaler au grand jour.

– Vous souvenez-vous, me dit-il quand nous nous trouvâmes seuls quelques instants sous les portraits de la rani et du général de l'armée des Indes, de la forte impression qu'avait faite Pandora, encore toute petite fille, sur Benjamin Disraeli – je veux dire sur Jérémie Finkelstein ? Je ne suis pas très surpris que le fils ait pris, avec plus de vigueur, la relève de son père.

Le grand homme m'intimidait un peu. Il avait raison, naturellement. Je bredouillai en hâte quelques mots d'approbation. Il me mit la main sur l'épaule avec un grognement d'amitié. C'est lui qui décida, je crois, ses amis O'Shaughnessy à me confier la mission de ramener l'enfant prodigue au bercail de Glangowness.

Il fallait auparavant prévenir les Romero. J'accompagnai à Londres Brian O'Shaughnessy. Je regrette beaucoup d'avoir renoncé, par discrétion, à me rendre avec lui à l'ambassade d'Argentine. Il me raconta le soir même que la rencontre avec Son Excellence et avec Rosita aurait été comique si elle n'avait pas été noyée, elle aussi, sous des torrents de larmes. Rosita se tordait les mains et se demandait s'il n'aurait pas mieux valu que le Kid ne reparût jamais. Aureliano prenait l'air choqué et parlait avec tristesse de l'exemple désastreux donné à ses quatre fils par le frère de sa femme. J'imagine l'ambassadeur en train de se retenir pour ne pas dire à Brian que c'était lui, après tout, qui avait déniché l'ex-Kid dans la boue de l'Yser et qui l'avait jeté, par des voies indirectes, dans les bras de sa fille.

Carlos était occupé, comme toujours, par ses cours à Oxford et par la préparation d'un congrès à Madrid. Javier et Luis Miguel – qui avaient pourtant quelques années de plus que moi – paraissaient encore trop jeunes pour avoir assez de poids. L'état-major de crise constitué par les Romero effondrés et les O'Shaughnessy en larmes se rallia au choix de Churchill et m'adjoignit Agustin pour récupérer Pandora. Il serait plus exact de dire qu'en dépit de mon adoubement par le dernier des Marlborough on m'adjoignit à Agustin. Quoi de plus naturel ? Il était – après Brian... – l'ami le plus intime de Simon et le seul capable de lui faire entendre raison.

– Mais croyez-vous, demandait Brian, que vous serez capable de retrouver votre oncle ?

– J'en suis sûr, répondait Agustin.

– Vous savez quelque chose ! s'écriait Brian, soudain pris de soupçons.

– Rien du tout, disait Agustin.

– Alors, comment pouvez-vous être si certain de votre succès ?

– J'ai mes raisons, disait Agustin avec une exquise modestie.

Notre aventure en Italie me laisse un souvenir impérissable. Nous arrivâmes tous les deux à Venise non plus comme des touristes, mais comme des détectives. Sans un regard pour les Frari ni pour San Zanipolo, nous eûmes de longs colloques avec la comtesse Wronski, avec Javier et Luis Miguel, avec Atalanta. On fit sortir les enfants, qui avaient tout compris. Du haut de ses dix ou douze ans, Jessica, les yeux brillants, demandait très haut si elle pouvait venir avec nous et me murmurait à l'oreille qu'elle savait des tas de choses.

– Ecoute, Jessica, lui disais-je en lui mettant les mains sur les épaules, franchement, ce n'est pas ta place.

– Je vous aiderais beaucoup, tu sais. Je connais bien Pandora. J'ai mes idées sur...

– Et sur quoi donc? demandais-je en souriant.

– Je te le dirai si tu m'emmènes.

Je la regardais en riant : la folie du secret frappait déjà Jessica.

J'avais des conversations plus sérieuses avec la comtesse Wronski et avec les deux jumeaux. Nous ne disposions d'aucune piste. Nous ne voulions pas de la police. Que faire? Agustin restait de marbre.

– Rassurez-vous, disait-il à la vieille dame. Tout ira bien.

– Vous la ramènerez? demandait Marie Wronski dans un souffle.

– Bien sûr que oui, disait Agustin.

La comtesse Wronski avait trouvé charmant l'abominable séducteur. Elle trouvait maintenant charmant le détective chargé de l'enquête. Mon goût pour les Wronski se développait chaque jour.

– Nous partons, me disait Agustin.

– Mais pour où?

– Tu verras bien.

Je m'inclinais.

Nous quittâmes Venise. Agustin et moi, au volant d'une Bugatti ou d'une Hispano-Suiza, je ne me rappelle plus très bien, que le jeune Romero s'était fait prêter par une écurie de Vérone. Nous partions comme Tancrède, comme Bohémond, comme Godefroi de Bouillon en route pour les combats contre les infidèles. C'était le début de l'automne. Il faisait un temps délicieux. Nous passions par Ferrare, par Bologne, par Florence, mais nous ne voyions rien du tout. Nous étions à la poursuite de la princesse lointaine, enlevée par le dragon.

A Rome, Agustin me planta un peu là.

– Ecoute, me dit-il, il faut que je voie des gens. Promène-toi, va au musée, lève une fille, fais ce que tu veux. Je te retrouve à sept heures au bas de l'escalier de la Trinité-des-Monts.

Que pouvais-je faire ? Je montai à l'Aventin et au Capitole, je me baladai dans le Forum. Je n'étais pas le Kid : aucune fille ne me tomba dans les bras. A sept heures pile, un peu vexé, ravi, je débouchai sur la place d'Espagne. Agustin m'attendait.

– Chou blanc, me dit-il. On file.

– Où ça ? dis-je, éberlué.

– Naples. J'ai été idiot : on aurait dû commencer par là. J'ai cru que je pourrais court-circuiter la hiérarchie et prendre un raccourci. Il faut commencer par le commencement.

Je ne comprenais pas grand-chose. Le jour n'était pas levé que nous étions à Naples. Nous dormîmes dix heures dans un hôtel délicieux sur le port de Santa Lucia, en face du château de l'Œuf.

– Ce n'est tout de même pas de veine, me dit Agustin en se réveillant, chaque fois que je viens ici, il fait beau, tout est charmant, j'ai envie de me promener et de me baigner – et je suis toujours tout seul.

– Tu n'es pas seul, dis-je faiblement.

– Enfin..., tu me comprends. Il n'y a pas de fille avec nous.

– Justement, lui dis-je, nous en cherchons une.

Le soir même, dans la grande maison de la banlieue de Naples, avec méfiance et curiosité, je faisais la connaissance de Zero Sant'Archangelo.

– Voilà, disait Agustin après quelques politesses, je voudrais bien savoir où est passé Simon.

– Tu l'as perdu ? demandait Sant'Archangelo.

– Je ne sais plus où il est, disait Agustin.

– Il ne t'a pas dit où il allait ?

– Il ne me l'a pas dit.

– Peut-être ne voulait-il pas que tu le saches ?

– Ecoute, disait Agustin, c'est une affaire de fille. Cet imbécile est parti avec une Anglaise de quinze ou seize ans. Ça fait un raffut de tous les diables. Si nous ne le retrouvons pas, il faudra lui mettre la police aux trousses. Il vaut mieux pas, tu comprends ?

– Je comprends, je comprends, disait lentement Zero en se passant la main sur le menton. Je comprends. Mais ça ne me plaît pas tellement.

– On ne te demande pas grand-chose. Juste de savoir où il est.

– Et après ?

– Après, on se débrouille. Je te jure qu'il n'y aura ni police, ni plainte, ni représailles, ni rien. Pas de police, tu entends bien ? J'irai parler à Simon, c'est tout. Mais il faut que je sache où le trouver. J'ai pensé que, pour toi, c'était facile de le repérer.

– Facile, je ne sais pas. Possible, sûrement oui.

– C'est ce que je croyais.

– Et tu crois aussi qu'il sera content, Simon, si je te sers d'indic ?

– Tu veux que je te dise ? Je suis presque sûr qu'il rigolera.

– Ah ! ça, tu as peut-être raison.

Zero Sant'Archangelo se garda bien de promettre. Mais, sur le chemin du retour vers notre hôtel de luxe, Agustin se montra plutôt confiant : il était sûr que la machine allait se mettre en route.

– Qu'est-ce qu'on fait? me dit Agustin à la terrasse d'un café où, sous un soleil encore brûlant, nous buvions du vin blanc, on reste ici ou on s'en va?

– Qu'est-ce qu'on fera ici? Autant attendre à Rome ou à Venise.

– Pourquoi Rome? dit Agustin.

– Je crois que Pandora avait très envie de connaître Rome et Florence.

– Eh bien, allons à Rome, dit Agustin. Ils y sont peut-être. On verra bien. J'imagine de toute façon qu'ils se cachent quelque part en Italie. Nous guetterons les nouvelles sur le Capitole pendant cinq ou six jours. Et puis, si rien ne se passe, nous retournerons à Venise.

Il pleuvait sur Rome. Nous nous installâmes à l'Excelsior aux frais de feu Conchita et de défunt Jérémie qui devaient, de là-haut, contempler les événements, l'une avec indignation et l'autre avec amusement. Nous écumâmes la Sixtine, le musée du Vatican et le Forum en train de surgir de terre sous la poigne de Mussolini.

– C'est le comble, dis-je à Agustin. Voilà que ce sacré Simon contribue sans le vouloir à la diffusion de la culture chez les Plessis-Vaudreuil et chez les Romero.

– Ah! oui, répondit Agustin, autant que je me souvienne de lui, c'est un peu inattendu.

Un soir, en rentrant à l'hôtel, quatre ou cinq jours après notre arrivée, nous tombâmes sur un homme aux cheveux blancs, portant beau, assez grand et assez fort, qui se présenta comme le commendatore ou l'avvocato Luigi d'Acosta ou Da Costa.

– Je suis un ami de Sant'Archangelo, nous dit-il.

Il m'a chargé de vous demander si vous avez besoin de quoi que ce soit.

– Ah, ah ! dit Agustin, venez donc prendre un verre avec nous.

Nous nous assîmes autour de trois whiskies qui se changèrent très vite en six et devinrent bientôt neuf. Le commendatore ou l'avvocato se plaignit beaucoup du temps qui sévissait à Rome.

– Sant'Archangelo m'a chargé de vous dire qu'il faisait très beau à Capri.

– Où ça ? dit Agustin.

– A Capri. C'est une petite île en face de Naples.

– Je sais, dit Agustin.

Nous passâmes la soirée avec le commendatore, qui nous entraîna dans une trattoria derrière le Panthéon où les funghi porcini et les funghi trifolati étaient autant de portions du patrimoine culturel.

– On retourne d'où nous venons, me souffla Agustin pendant que le commendatore allait régler l'addition.

Le lendemain, il faisait beau et nous étions de retour à Naples.

– J'ai été idiot, me disait Agustin pour la cinquième ou sixième fois, pendant que nous traversions la baie sur un petit caboteur entre Naples et Capri. J'ai été idiot. J'aurais tout de même pu deviner qu'il allait l'emmener à Capri.

Agustin me raconta comment Simon et lui avaient visité les environs de Naples et la côte amalfitaine avant leur rencontre à Reggio avec Sant'Archangelo. Comment Simon avait été conquis par la beauté du pays. Et comment il y était retourné avec un jeune mannequin anglais qui ne lui avait pas laissé un souvenir impérissable. Il rêvait de revenir encore une fois – « avec une fille, tu comprends, mais une fille..., enfin, tu vois... » –

vers ces rivages enchantés qui lui apparaissaient comme le paradis.

– Quand il m'en parlait, me disait Agustin, son visage prenait une expression enfantine qui ne lui était pas familière. On aurait dit qu'une lumière l'éclairait du dedans. Le métis emporté devenait un ange rêveur. Bon sang! J'ai été idiot.

Nous débarquâmes, comme tout le monde, à Marina Grande. L'automne était entamé. Il n'y avait plus personne. Il faisait un temps délicieux. À droite et à gauche des quelques maisons de la baie s'élevaient de hautes falaises. Je devais apprendre plus tard les noms d'Anacapri et du palais de Tibère.

Ce n'était pas le moment de se laisser aller au tourisme ni aux tableaux d'histoire. Nous étions des espèces de détectives très privés, des chargés de mission un peu spéciale. Nous nous jetions dans une voiture avec nos minces bagages, nous montions vers Capri.

– Qu'en penses-tu? me demandait Agustin.

Ce que j'en pensais? Que Simon et Pandora avaient eu bien raison de tout plaquer pour ces maisons de poupée dans ce décor de géants. Quelque chose d'un peu pénible me traversa tout à coup.

– C'est bien joli, dis-je, très vite.

Un nègre accompagné d'une fille blonde et très jeune, ce ne devait pas être la croix et la bannière de les retrouver dans cette île où tout le monde se connaissait. Nous passâmes trois jours à interroger les commerçants, les portiers d'hôtel, les patrons de trattoria. Deux ou trois fois un serveur un peu pressé ou une jeune fille rougissante et hilare nous indiquèrent qu'un couple qui ressemblait comme deux gouttes d'eau à nos amants égarés était passé par là.

– Pourvu qu'ils ne soient pas repartis, me disait Agustin.

– Pour où ?

– Je ne sais pas. Pour Istanbul, pour Pékin, pour Tahiti. La Terre est ronde.

– Bah ! répondais-je, nous avons notre vie devant nous – et la leur. Je ne détesterais pas courir le monde à leur recherche, aux frais de ta famille et des O'Shaughnessy.

– Ils auraient des enfants et des petits-enfants sur toute la surface de la planète. Nous les poursuivrions toujours.

– Peut-être, à la fin, ne saurions-nous même plus pourquoi nous étions partis ni ce que nous serions en train de faire.

– Ils mourraient. Nous aussi.

– Et notre vie et la leur n'auraient été que cette chasse qui n'aurait plus aucun sens.

Nous riions. Nous riions. Je crois que je riais. Le soleil était encore chaud. Nous faisions le tour de l'île parmi les arbousiers, les lentisques, les asphodèles, nous visitions en barque la grotte du Bœuf marin où les vagues viennent mugir et cette sacrée vieille grotte d'Azur dont et où, etc.

– Il faut bien que nous passions par tous les lieux communs. Puisque c'est là, après tout, que le plus de gens se rencontrent.

– Il faut bien, répondait Agustin, affalé au fond de la barque, laissant traîner sa main dans l'eau d'automne encore chaude.

Nous avions établi à travers l'île toute une série de postes de combat où des mercenaires appointés étaient chargés de nous prévenir de tous les mouvements de l'ennemi. Un garçon de café de la piazzetta, la gardienne de la villa San Michele à Anacapri, un guide du palais de Tibère, deux portiers d'hôtel nous appartenaient. Ce ne furent pas eux, bien entendu, qui nous livrèrent les fugitifs. Mais, comme toujours, le hasard, plus puissant que les hommes.

Si vous avez vous-même, dans des circonstances que je souhaite plus paisibles, passé quelques jours à Capri, vous voyez peut-être, je ne sais pas, la pointe de la Tragara. Nous venions, une fois de plus, Agustin et moi, d'écumer la piazzetta et les petites rues de Capri et nous descendions lentement, par un chemin parfumé, en échafaudant des plans de bataille, vers la pointe de la Tragara, lorsque les masses de pierre dépouillées et si nettes des trois Faraglioni (pardonnez, mais qu'y puis-je ? un pittoresque excessif et une couleur locale que je gomme autant que je peux) se découpèrent soudain sur le bleu de la mer et sur le bleu du ciel. Agustin se tourna vers moi.

– Hein !

– Ah ! oui... Bien sûr.

Nous continuions à nous approcher des trois rochers marins les plus célèbres du monde – avec Gibraltar, peut-être, avec le Pain de Sucre de Rio, avec Charybde et Scylla, avec le Grand-Bé du vicomte de Chateaubriand, avec Hong-Kong, naturellement. Nous commencions à distinguer des détails de plus en plus minces. Il y avait quelques pêcheurs, peu de baigneurs, la côte était presque déserte. Une silhouette plongeait d'un éperon de l'un des Faraglioni. Assise sur un rocher, une jeune femme attendait, la tête tournée vers le soleil. Nous avancions encore. Le plongeur était très brun. La jeune femme était très blonde.

– Regarde ! me dit Agustin en me serrant le bras.

– Qu'est-ce que je fais d'autre ? dis-je d'un ton rogue.

– Je crois que nous y sommes !

– Eh bien, tant mieux !

Le Kid sautait dans la mer en écartant les bras à

la façon de ces anges qui foncent vers Abraham sur les murs des églises. Il nageait maintenant avec force. Nous le voyions tracer son chemin, là en bas, dans un tourbillon d'écume. Il regagnait son rocher, grimpait comme un singe, contemplait l'île et la mer. Pandora se levait et agitait la main. La fin de notre mission me remplissait de moins de satisfaction qu'un témoin extérieur n'aurait pu l'imaginer. Le soir nous dînions tous les quatre dans une trattoria de Marina Piccola.

– Bon ! disait Finkelstein, l'essentiel est d'éviter les drames et les leçons de morale.

Nous étions tous d'accord. Pandora lui prenait la main. Nous buvions beaucoup : une bouteille de lambrusco, un *fiasco* de lacryma christi, un autre de vin du Vésuve. Malgré l'oncle Simon dont l'adolescence était déjà loin, mais qui était resté très jeune, et peut-être un peu trop, de tempérament et d'esprit, la moyenne d'âge était basse. La soirée fut très gaie.

– Tu te rappelles, disait Finkelstein à Agustin, quand nous étions ici tous les deux et que nous regrettions d'être seulement tous les deux ?

Agustin répondait par un vague grognement. La réflexion de Simon était d'un goût douteux.

En rentrant, dans la nuit close, Agustin et Simon à quelques pas devant nous, Pandora se pendit à mon bras.

– Eh bien ! lui dis-je, c'est malin.

– Très malin, me dit-elle. Et un peu mieux que ça.

– Quel âge as-tu donc maintenant ?

– Seize ans, me dit-elle. Ou tout comme. Est-ce que ce n'est pas une bonne chose ?

– Très bonne, lui dis-je. Mais qu'est-ce que tu vas faire ?

– C'est la dernière question que je me pose. On

se demande ce qu'on va faire quand on n'est pas sûr de ce qu'on fait.

– Et tu es sûre de ce que tu fais ?

– Très sûre, me dit-elle.

Elle se tut un instant.

– Je suis très heureuse, tu sais.

– Je m'en réjouis, lui dis-je.

– Est-ce qu'il y a autre chose qui compte que ce bonheur que je découvre ?

– Il faut qu'il dure, lui dis-je.

– Oh ! Jean, me dit-elle, il y a des choses pour toujours.

Qu'est-ce que je pouvais répondre ? Je l'enviais. J'enviais Simon. Capri était ravissant et j'avais un sale caractère. Nous bûmes encore un verre à la terrasse de l'hôtel et nous allâmes nous coucher.

Je ne dormais pas encore quand on frappa à la porte. Je crus un instant que c'était Pandora. C'était Simon. Il entra.

– Je suis embêté, dit-il.

– Je comprends ça, dis-je sèchement.

– Qu'est-ce que je peux faire ? me dit-il.

– Autre chose. En tout cas, autre chose.

– Tu sais...

– Si on s'occupait un peu de Pandora au lieu de ne s'occuper que de vous ?

– Mais c'est elle qui a voulu...

– Je vous plaindrai une autre fois.

– Tu sais bien que la seule chose à laquelle je tienne vraiment, c'est mon indépendance, c'est ma liberté.

Je le regardai. Il ne manquait pas de culot. Il avait du charme, c'est sûr. Il avait surtout du culot.

– Alors ? lui dis-je.

– Eh bien, je crois que ce qu'il faudrait, c'est lui changer les idées.

– Ça veut dire quoi ? demandai-je.

– Je lui ai appris la vie. Je crois que je lui ai donné du bonheur. Mais il n'y a pas que moi au monde.

– Ah ! bien sûr..., bien sûr... Mais, dites-moi, pour vous, est-ce qu'il n'y a qu'elle au monde ?

Ce fut à son tour de me regarder.

– Je l'aime beaucoup, me dit-il.

– Beaucoup ?

Il hésita quelques secondes.

– Beaucoup, me dit-il.

Je me demandais un instant si j'allais me jeter sur lui.

– Tu n'as pas un whisky ? demanda-t-il.

J'avais une bouteille dans ma chambre. Au lieu de me jeter sur lui et de me faire casser la gueule parce qu'il était plus grand et plus fort que moi, j'allai chercher deux verres. Nous passâmes une heure ou deux à boire encore un peu d'alcool.

– Tu comprends, me dit-il, elle m'aime, c'est une affaire entendue. Mais je me demande quelquefois si je suis vraiment fait pour elle.

– C'est une question qu'on peut se poser, dis-je du ton le plus calme.

– Je suis un peu nègre, je suis un peu juif...

– Ce n'est pas le plus grave.

– J'ai beaucoup vécu, je suis trop vieux pour elle.

– Tiens ! Il aurait peut-être fallu y penser...

– J'y ai pensé. Elle dit que non.

– Et vous ? demandai-je, et vous ? Qu'est-ce que vous dites ?

– Je dis..., je dis..., je dis que tu peux me tutoyer.

Il était ivre mort. Et moi aussi. Il y avait longtemps que j'avais pitié de moi. J'eus un peu pitié de lui. J'avais surtout pitié de Pandora.

– Ce qu'il faudrait, reprit-il, c'est qu'elle connaisse d'autres hommes.

– Et à qui penses-tu ? demandai-je.

– Elle t'aime beaucoup, elle aime beaucoup Agustin, elle aime beaucoup Javier...

– Elle m'aime beaucoup, tu l'aimes beaucoup... Nous n'avons, si je comprends bien, nous n'avons, à nous tous, que l'embarras du choix...

– J'ai pensé..., dit Simon.

– Qu'est-ce que tu penses encore ?

– J'ai pensé que Javier, ou Agustin, ou toi, vous devriez peut-être...

– Eh bien ! dis-je en me levant, il faudra en parler à Pandora.

Le lendemain matin, sauf Simon évidemment, aucun de nous n'avait bonne mine. Nous avions tous bu un peu trop.

– Il faudrait peut-être tout de même, dit Agustin à Pandora, songer à prévenir ta famille que nous t'avons retrouvée. Après tout, nous sommes venus à Capri pour boire et nous baigner, mais aussi pour te ramener.

– Pour me ramener où ? demanda Pandora.

– Mais chez toi, dit Agustin.

– Chez moi ?

– Ah ! eh bien, oui ! dit Simon.

– Très bien, dit Pandora.

Ce qu'il y avait de commode avec elle, c'est qu'elle comprenait vite, et même à demi-mot. De retour à Naples, Agustin écrivit à Sant'Archangelo une courte lettre à laquelle Simon Finkelstein ajouta quelques lignes – *Voilà reconstitué et élargi le* gruppetto *de Reggio et de Naples...* – et puis il téléphona, au prix de mille peines, à l'ambassadeur, son père. Matériellement et moralement, il était plus simple de prévenir les Romero à Londres que les O'Shaughnessy à Glangowness. La communication était mauvaise. Aureliano entendait mal. Mais il en comprit assez pour marquer son soulagement. Son Excellence eut le temps, avant d'être coupée, de dire sa gratitude – « émue », naturellement – à Agustin et à moi. Et elle indiqua qu'elle prévenait aussitôt Brian et Hélène qui attendaient avec angoisse, en Ecosse, des nouvelles d'Italie. Il n'y eut pas un mot pour Simon qui prit l'air un peu absent quand Agustin nous rejoignit. Je regardais Pandora. Elle avait du cran, comme on disait en ce temps-là.

Le voyage vers le nord fut assez étonnant. Une sorte de retour de noces avec des allures d'enterrement. Nous n'allions pas nous priver des ressources du tourisme. A Rome, à Florence, dans le train pour Paris et Londres, Simon, Agustin et moi faisions ce que nous pouvions pour détendre une atmosphère à couper au couteau. Pandora, dans son coin, ne desserrait pas les dents.

– Tu sais de quoi nous avons l'air? me chuchotait Agustin dans le wagon-lit de grand luxe au milieu des plaines de l'Emilie.

– De croque-morts déguisés en fêtards? De soûlauds dans l'aube blême?

– Plutôt de deux flics qui escortent deux évadés et qui, en dépit des ordres, se sont liés avec eux.

Je ne surpris pas une seule fois Pandora en train de pleurer. Mais, depuis Naples jusqu'à Londres, elle fut au bord des larmes. Déjà, à Glangowness et à Venise, elle avait parlé bien souvent de son envie de connaître Florence. Nous passâmes deux nuits à Fiesole pour que ce vœu-là au moins se trouvât exaucé. Pendant tout notre bref séjour au bord de l'Arno, Agustin et moi découvrîmes tout à coup une foule de choses à faire : Pandora et Simon se promenèrent seuls dans Florence. Le Kid, naturellement, détesta le Duomo et les portes du Baptistère ne suffirent pas à le convertir aux splendeurs de l'art florentin. Au palais Médicis, en revanche, le cortège si coloré des Rois mages, où il se reconnut sous les traits de Balthazar, trouva grâce à ses yeux. Ils passèrent le plus clair de leur temps mesuré dans les jardins Boboli et ils montèrent jusqu'à l'église de San Miniato al Monte qui domine toute la ville et dont le nom, plus tard, et dans un autre décor, devait me devenir si familier. Ce qu'ils se dirent, je ne le sais pas. Rien de très gai, j'imagine. Mais quand nous les retrouvâmes, couple un peu étrange, lui déjà entre deux âges, elle encore presque une enfant, lui basané, sombre, crépu, elle d'un blond éclatant, sur la piazza della Signoria, devant le Palazzo Vecchio, ils marchaient main dans la main.

Dans le train vers Paris, au rythme des secousses infligées par les roues, les images des jours écoulés me revenaient à l'esprit. C'était un mélange d'amertume et de soleil. La Douane de mer, à Venise, qui s'encadrait si bien entre les deux colonnes de la Piazzetta, le château de l'Œuf à Naples, les Faraglioni de Capri, le Capitole de Rome, le Ponte Vecchio à Florence, les cyprès le long des routes brillaient de tout leur éclat. Je fermais les yeux. Je m'endormais. Une ombre menaçante s'allongeait sous le soleil : c'était celle du métis. Pandora le contemplait des rochers de la Tragara et riait dans ses bras. Le rire, tout à coup, se figeait sur ses lèvres. Je me réveillais en sursaut, trempé de sueur, le cœur battant. Pandora, à mes côtés, regardait droit devant elle. Je me demandais à quoi elle pouvait bien penser.

Nous riions beaucoup, bien entendu. Nous allions tous les quatre dîner au wagon-restaurant et boire encore un peu de champagne. Agustin parlait voitures et racontait ses courses. Il évoquait ses souvenirs avec Simon Finkelstein. Pandora se taisait. Je regardais par la fenêtre les petites villes italiennes qui défilaient sous nos yeux avant de s'enfoncer dans la nuit.

Je crois que déjà à cette époque je me demandais quel passé avait pu aboutir à ce que nous étions en train de vivre. Et je m'émerveillais de ce monde si prodigieusement amusant et si prodigieusement cruel. Je ne pensais pas seulement au passé. Je m'interrogeais aussi, en silence, sur l'avenir qui se préparait. Nous quittions le wagon-restaurant sous le regard des dîneurs qui s'attachaient à Pandora, silencieuse et éclatante. Nous retournions tous les quatre dans nos compartiments.

Nous restions ensemble quelques instants avant d'aller nous coucher. Nous parlions de choses et d'autres : de la crise économique, du triomphe du fascisme, de la République de Weimar, de la démission de Poincaré et de l'ascension de Tardieu. Pandora s'endormait à son tour. Je sentais sa tête s'appuyer sur mon épaule. Je me taisais. Je ne bougeais plus. Je la prenais dans mes bras et je la transportais sur sa couchette qui venait d'être préparée.

Dans le couloir du train qui s'enfonçait dans la nuit pour traverser les Alpes, Simon et Agustin avaient l'air de discuter ferme. Je les rejoignais.

– Ça vaudrait mieux, disait Agustin.

– Qu'est-ce qui vaudrait mieux? demandai-je.

– Que je n'arrive pas comme une fleur dans les salons de l'ambassade ou au beau milieu des chasses de Glangowness, dit Simon en riant.

– Ce serait un peu gauche, dis-je brièvement.

– Ce que je conseillais à Simon, dit Agustin en se tournant vers moi, c'était de descendre à Paris.

– Et Pandora? demandai-je. Est-ce que quelqu'un ici s'occupe de Pandora?

– Mais vous êtes là, dit Simon. Heureusement, vous êtes là.

– Heureusement, répétai-je.

– Et qu'est-ce que tu comptes faire après? dit Agustin à Simon en le regardant dans les yeux.

– Tu sais, dit Simon, je ne me suis jamais demandé ce que j'allais faire après.

C'était à peu près la réponse même que j'avais obtenue de Pandora à Capri. La force, le bonheur et peut-être bientôt le malheur de Pandora et de Simon venaient de leur capacité à ne vivre que dans le présent. Ils ne regardaient jamais en arrière, comme moi. Ils ne se jetaient pas non plus dans l'avenir, à la façon, par exemple, d'un Carlos Romero. Ils prenaient, l'un et l'autre, la vie comme elle venait. Et, quand elle se retournait contre eux, ils ne songeaient guère à se plaindre. Pandora ne se plaignait pas. Simon jouait son rôle avec le naturel le plus parfait. C'étaient peut-être ce courage, ou cet aveuglement, comme on voudra, cette indifférence, ce mépris pour les conséquences, où il était permis de voir aussi une absence de morale, qui les avaient rapprochés. Et qui les aidaient à se séparer.

Sur le quai de la gare de Lyon, pendant que Simon et Pandora traînaient encore dans le wagon, je me penchai vers Agustin :

– Je commence à croire que notre arrivée a soulagé Simon et qu'il nous attendait avec impatience.

– Tu veux dire que nous l'avons aidé à plaquer Pandora ?

– A peu près. Je me suis même demandé si ce n'était pas lui qui avait prévenu Sant'Archangelo.

– Ça alors ! Pauvre Pandora !

Ils apparaissaient tous les deux par la porte du wagon. Il pleuvait. Le Nord était de retour après les mirages du Mezzogiorno. Pandora avait mis un béret sombre sur ses cheveux blonds.

– Tu as l'air d'un petit soldat, lui dis-je en riant.

– Ah ! c'est peut-être, me dit-elle, parce que je vais me faire tuer.

Le massacre heureusement ne dura pas trop longtemps. On n'allait pas répéter à chaque étape la cérémonie des adieux. A Capri, à Naples, à Rome, à Florence, tout le monde avait déjà passé son temps à se dire au revoir. Les choses, à Paris, se déroulèrent en un clin d'œil. Simon prit sa valise, héla un taxi, se retourna, leva la main. Pandora restait immobile sur le bord du trottoir. Son premier amour avait déjà disparu. La statue de sel sous le béret me parut un peu pâle.

Jamais femme ne fut choyée comme Pandora par nous deux dans ce Paris d'automne balayé par la crise. Elle était redevenue notre petite sœur, notre petite fille. Nous tâchions de l'étourdir à coups de champagne et de calembours. Agustin d'un côté, moi de l'autre, nous l'encadrions de prévenances et d'une hilarité de commande. Elle riait, pour nous faire plaisir.

– Je crois, dis-je à Agustin, que les toreros font tourner sur lui-même le taureau blessé à mort. Nous sommes les toreros un peu ternes d'un tout petit taureau.

Agustin se souvenait vaguement d'un déjeuner avec ses parents, un jour de courses, dans un restaurant près de la Madeleine. Il le retrouva sans trop de peine et, sur le coup de huit heures ou de huit heures et demie, nous faisions tous les trois notre entrée chez Larue. Avec tous les souvenirs qui nous trottaient dans la tête, il n'était pas question d'aller se coucher de bonne heure. J'emmenai tout mon petit monde au Bœuf sur le toit qui, depuis quelques années déjà, avait quitté la rue Boissy-d'Anglas pour s'installer rue de Penthièvre. Il y avait là Jean Cocteau, Georges Auric, Gaston Gallimard, plusieurs autres encore, et, si bizarre que ce fût, le maréchal Lyautey. Je croyais me rappeler qu'il y avait aussi Jacques Doucet, mais mes souvenirs doivent me tromper : Javier

Romero m'a fait remarquer récemment que le couturier amateur d'art était déjà mort à cette époque. Je connaissais un peu Georges Auric qui était venu deux ou trois fois à Plessis-lez-Vaudreuil. Il était en train de partir. Il s'approcha de notre table et nous dit quelques mots.

– Et cette jolie jeune fille, ajouta-t-il, vous êtes naturellement amoureux d'elle tous les deux ?

– Bien sûr, dit Agustin. Mais elle en aime un troisième.

– Qui ne l'aime pas ! dit Auric en levant les bras au ciel, qui ne l'aime pas ! Toutes les chansons nous l'apprennent, tous les poèmes de Heine, et toutes nos tragédies.

C'est moi qui ramenai Pandora à Glangowness. Agustin, après tout, était un Romero, et l'ami le plus intime du métis exécré. Tout ce qui était Romero jouait le rôle des Capulet aux yeux de nos Montaigu. De tous les amis de Pandora, j'étais à peu près le seul qui pût trouver grâce à Glangowness. Dans la voiture qui nous menait de la gare au château si outrageusement restauré, j'avais pris dans la mienne la main de Pandora.

– Ça va ? lui demandai-je sans excès de littérature.

– Ça va.

– Encore un peu de courage. Il y a une épreuve qui t'attend. Et puis ce sera fini.

– Fini ? dit Pandora.

– Enfin... je veux dire..., tu feras ce que tu voudras.

– Ce qui me manque le plus...

Elle hésita.

– Ce qui te manque le plus... ?

– C'est son corps, dit Pandora.

Nous retrouvions le gravier qui crissait sous les roues, le dernier tournant devant le perron, les quelques marches de pierre. Brian était là. Il prit sa fille dans ses bras.

Il y eut deux ou trois repas un peu bizarres dont je me souviens avec gêne. Quelque chose de ralenti et d'un peu compassé comme un mélange de deuil de cour, de convalescence en Suisse, de gratitude empruntée à l'égard du bon saint-bernard, sa fiole de schnaps au cou – c'était moi. Hélène me témoignait une reconnaissance éperdue et me fuyait un peu : j'étais le témoin d'événements qu'il s'agissait d'oublier.

Marie Wronski arrivait à son tour de Venise, entourée d'Atalanta, de Vanessa, de Jessica. Il avait été question d'écarter pour quelque temps Pandora de ses sœurs. On eût dit une variété de maladie contagieuse dont il s'agissait de protéger les enfants en bas âge. Le bon sens heureusement avait pris le dessus et les O'Shaughnessy avaient renoncé à mettre en quarantaine la fille prodigue retrouvée. Du coup, transfiguré par la vie, par l'amour, par l'expérience, par le chagrin, l'ordre du Royal Secret était reparti de plus belle. Pandora jouissait auprès de ses sœurs éblouies d'un prestige incomparable. Elles avaient l'impression d'une espèce de revanche sur les Romero méprisants. Les filles, sans doute, avaient eu le dessous dans la lutte ancestrale contre le clan des garçons. Mais elles les avaient du moins contraints à reconnaître leur existence.

La comtesse Wronski m'entourait de prévenances. C'était moi, après tout, qui, avec l'aide d'Agustin, avais évité le scandale et arrangé le coup. Pendant que Pandora, mi-enfant, mi-femme fatale, s'entretenait avec Sir Winston ou recevait à goûter des petites amies de son âge que les bals faisaient encore rêver et que leurs parents n'acceptaient, un peu à contrecœur, d'envoyer à Glangowness que par un snobisme plus fort encore que la crainte du scandale et presque du diable – « Un nègre! la fille de lord Landsdown partie avec un nègre! » – je me promenais dans les allées, dans les serres, sous les grands arbres de Glangowness avec la comtesse Wronski.

– Comme la vie passe vite! me disait-elle. Vous verrez, vous verrez. On s'imagine longtemps être un auteur du drame et bientôt, tout à coup, on n'en est plus que le témoin.

– Les témoins comme vous, madame, je les écouterais pendant des heures.

– Vous êtes gentil. Est-ce que ça ne vous ennuie pas trop de passer votre temps avec une vieille dame comme moi?

– Les Wronski m'ennuient peu. Et vous, je vous admire.

– Je me sens pourtant bien coupable. Je me demande quelquefois si ce n'est pas à cause de moi que Pandora est ce qu'elle est.

– Elle est très belle, disais-je.

– La beauté, peut-être, n'est qu'une promesse de malheur.

– Je crois que Stendhal, que vous aimez tellement, a écrit juste le contraire : il dit que la beauté est une promesse de bonheur.

– La beauté..., la beauté... Ce qui compte, voyez-vous, ce n'est ni la beauté ni le bonheur, ni peut-être le malheur. C'est d'avoir fait quelque chose de sa vie et qu'il en reste un parfum dans le souvenir et dans le cœur.

Quelques mois plus tard était donnée à Covent Garden une représentation de gala du *Nabucco* de Verdi. Le roi George V y assistait, avec la reine Mary et plusieurs de leurs ministres et anciens ministres. Il y avait Baldwin, Ramsay Mac Donald et, naturellement, Winston Churchill. La comtesse Wronski m'invita à l'accompagner. J'avais vaguement l'impression d'une récompense suprême. Il était un peu difficile, après tout, pour me remercier de mes bons et loyaux services, de me glisser un chèque dans la main ou de m'envoyer des fleurs.

La musique de Verdi émut beaucoup la comtesse. Les souvenirs lui revenaient en foule. Et les souvenirs de Marie étaient pour moi autant de rêves. Après le chœur des esclaves, elle se tourna vers moi dans la loge immense que nous occupions à nous deux :

– Nous sommes tous des esclaves, me dit-elle.

– Les esclaves des autres, lui dis-je. Et les esclaves de nous-mêmes.

– Oui, c'est un peu ça. Des passions des autres et de nos propres passions. Des folies des autres. Et de notre folie à nous.

IV

LA CROISIÈRE AUX ÎLES

Les années passaient : que font-elles d'autre ? L'histoire du monde se poursuivait : le printemps succédait à l'hiver et l'automne à l'été. Le changement se glissait dans cette continuité. Le monde s'apercevait tout à coup qu'il s'était plus transformé en quelque vingt ou trente ans que pendant des siècles et des siècles. Devant le tabernacle de l'église du Sacré-Cœur à New York, le père Conejedo installait un appareil de TSF en bois qui transmettait le discours prononcé à Rome, en latin, par le Saint-Père régnant. La station du Vatican avait été inscrite au Bureau international de Berne et ses lettres d'appel étaient : H V J. H pour Holy See et V pour Vatican. Les règlements exigeant une troisième initiale, Pie XI lui-même avait indiqué J – pour Jésus. A Daytona Beach, en Floride, le capitaine anglais Malcolm Campbell, au volant de *Blue Bird*, frôlait les 400 kilomètres à l'heure. Agustin, qui venait de gagner, sur Bugatti, devant Chiron, le Grand Prix automobile de Monaco, faisait la une de tous les journaux. Mermoz traversait régulièrement l'Atlantique Sud. Maryse Hilsz et Maryse Bastié devenaient aussi célèbres que Greta Garbo, et l'hydravion, au jugement des experts, était sur le point de détrôner l'avion. Aux actualités filmées, on le voyait se poser avec grâce, en soulevant des trombes d'eau et des acclamations. Carlos Romero était persuadé qu'au progrès de la science correspondait nécessairement un progrès des esprits. A peu près au moment où s'ouvrait à Paris l'Exposition coloniale, des agitateurs communistes, bientôt ramenés à l'ordre par la Légion étrangère, soulevaient le Nord-Annam. En Europe même, la République espagnole d'Alcala Zamora, ancien monarchiste libéral converti par la dictature à la droite républicaine, renversait Alphonse XIII. Par un de ces paradoxes dont l'histoire est friande, le roi déchu, salué au départ par celui qui lui succédait, allait chercher refuge à Paris, dans la France républicaine que quittaient au même moment un certain nombre d'exilés qui entraient au gouvernement de la nouvelle République. La Croisière jaune partait pour l'Asie. Les concours de beauté, les défilés de mode, les mariages royaux et assimilés – un petit-fils de Clemenceau épousait l'arrière-petite-fille de Sarah Bernhardt – les fêtes de bienfaisance agitaient Paris et Londres. La fille de Chaliapine était fêtée par la presse comme la plus belle femme du monde. Nouveau roi non couronné, image du monde moderne, chevalier de la Légion d'honneur, invité par le duc et la duchesse de Westminster à venir se reposer quelques jours dans leur somptueuse propriété de Normandie, un petit homme souriant saluait du haut du balcon de l'hôtel Crillon la foule massée pour l'acclamer sur la place de la Concorde : c'était Charlot.

Grisés par le progrès, sonnés par la guerre, qu'ils avaient gagnée ou perdue, accablés par la crise, par le chômage, par l'inflation, soulevés pourtant par l'espérance d'un progrès illimité, les hommes n'étaient plus tout à fait sûrs que leur destin fût frappé à la racine par une malédiction. La science, la presse, la radio, les moyens de communication, la démocratie surtout les avaient rendus conscients d'eux-mêmes. Ils savaient que rien ne les arrêterait plus. Ils allaient jusqu'à s'imaginer qu'un jour lointain, peut-être, tout finirait par aller mieux. A travers les guerres et les famines, à travers la misère, la torture, l'ignorance, le monde n'avait pas bougé pendant des millénaires. On avait inventé le feu, l'agriculture, la ville. Le Christ était venu. Tout avait été si lent qu'il était permis de croire que rien ne bougerait jamais. Le monde bougeait. Il bougeait dans la souffrance, avec une guerre formidable, avec la révolution bolchevique, avec le *Black Thursday* d'octobre 29, mais il bougeait. Un Hugo, un Darwin, un Marx, un Freud, bientôt un Picasso annonçaient des temps nouveaux. Ils arrivaient.

Je perdis un peu de vue pendant quelques années les sœurs O'Shaughnessy et les frères Romero. Chacun suivait son chemin. Ma santé me retenait à Plessis-lez-Vaudreuil, auprès de mon grand-père. De temps en temps me parvenaient des nouvelles de Pandora ou d'Atalanta, d'Agustin ou des jumeaux. J'apprenais avec un vrai chagrin la mort de la comtesse Wronski. Au moment même où tous les regards se tournaient vers l'avenir, elle m'avait introduit dans un autre monde enchanté, plein de fiction et de rêves : c'était le passé. Non plus le mien ou celui des miens, comme à Plessis-lez-Vaudreuil. Mais, bien plus mystérieux, et peut-être plus séduisant, celui, obscur, des autres. Je reçus une lettre de Pandora qui avait assisté, à Glangowness, aux derniers instants de son arrière-grand-mère. C'était Pandora qui avait jeté au feu, sur les ordres de la mourante, la réponse d'Hortense Herbignac à la lettre que Marie de Cossigny lui avait envoyée de Venise avant son mariage avec Piotr Vassilievitch Wronski. J'écrivis à Pandora que la disparition de son arrière-grand-mère me causait une peine profonde et que, curiosité, futilité, faiblesse, ou simplement attachement à une femme exceptionnelle, j'aurais donné n'importe quoi pour connaître les termes de la dernière lettre d'Hortense Herbignac. Pandora, en réponse, m'envoya quelques lignes :

> Les derniers mots d'Hortense Herbignac à Marie de Cossigny sont perdus à jamais. Il y a déjà quelque temps, maman m'en avait parlé à mots couverts et avec une sorte de honte. J'imagine que c'étaient des injures. Ou peut-être, pis encore, un pardon méprisant, plein de tristesse et de menaces. J'espère que ce n'était pas une malédiction collective. Mon arrière-grand-mère m'a laissé une masse d'autres papiers, des billets, des photos, dont je ne sais trop que faire : maintenant que ses mystères se sont lentement dissipés, je n'ai plus pour le passé la même passion que toi. Je ne veux pas de ces témoins qui n'ont plus rien à m'apprendre. Ils me font peur. Ils m'ennuient. Les veux-tu ? Elle m'a parlé de toi si souvent, avec tant d'amitié et de confiance, que tu serais le meilleur dépositaire de ces souvenirs, et peut-être de ces secrets. Tu n'as qu'un mot à dire : ils sont à toi.

C'est ainsi que commencèrent à s'accumuler dans un dossier, puis dans le tiroir d'une commode, puis dans un sac de voyage, et enfin dans la fameuse malle qui devait me suivre jusqu'à San Miniato, les souvenirs de Marie de Cossigny, des Wronski, des O'Shaughnessy, auxquels allaient se joindre plus tard ceux des Finkelstein et des Romero. C'est avec cette lettre de Pandora que s'ouvre le lent travail, longtemps inconscient et souterrain, qui devait aboutir, à travers tant d'archéologie et de reconstruction, aux Mémoires des temps évanouis que vous êtes en train de parcourir.

Le temps est partout. Il est unique et multiple.

Pendant que je me plongeais avec délices dans le passé de Marie Wronski, soudain si simple et si clair parce qu'il était achevé, le monde continuait à tourner autour des quatre sœurs O'Shaughnessy et des quatre Romero, qui étaient cinq comme vous le savez. De tout côté, avec des déformations qui me faisaient rêver sur la valeur des témoignages historiques, me parvenaient des échos de Pandora et de ses aventures, auxquelles j'avais été mêlé de très près et qui me revenaient soudain, de loin, par la bouche des autres, à travers leur imagination et avec leurs fantasmes. L'histoire de Simon et de Pandora était déjà surprenante. Les rumeurs réussissaient encore à lui ajouter des détails alléchants et entièrement inventés. Tantôt Simon Finkelstein, avant d'enlever Pandora qui avait vingt-cinq ans de moins que lui, avait été l'amant – on se demande quand et comment – de la comtesse Wronski, qui avait quarante ans de plus que le Kid et soixante-cinq ans de plus que Pandora. Tantôt les informateurs patentés, non contents de mêler les générations, confondaient allègrement le côté Romero avec le côté Wronski, et faisaient de Simon le frère ou l'oncle ou le cousin de Pandora O'Shaughnessy qui n'avait pas avec lui le moindre lien de parenté. Avec son passé trouble, avec sa peau sombre et ses cheveux frisés, Simon Finkelstein était naturellement le diable en personne, de retour sur cette terre après une longue absence. Jérémie Finkelstein s'était jadis tourmenté d'avoir abandonné le camp des rebelles et des marginaux pour les salons du capitalisme. Son fils le vengeait et redevenait le petit nègre juif qu'avait chéri Jérémie avant l'enlèvement et la disparition. Le destin faisait du Kid le persécuté révolté dont avait rêvé son père quand l'un, enrichi par la vie et élevé dans l'échelle sociale, contemplait l'autre dans le berceau. Pandora elle-même apparaissait aux yeux des mères chrétiennes et des chefs de familles aisées comme une sorcière moderne dont il fallait à tout prix éloigner les enfants. Quel exemple elle donnait à ses sœurs ! Quelle peine elle avait dû causer à ses parents ! Cent ans plus tôt tout ce petit monde se serait laissé mourir de chagrin et de consomption au fond des moors écossais ou sur les bords d'un lac parcouru par des cygnes. Deux cents ans plus tôt, Pandora aurait été enfermée dans un couvent dont elle ne serait plus sortie et le silence serait tombé sur elle, brisé de temps en temps par les cris de Voltaire ou les éclats de Diderot. Au lendemain de la Grande Guerre, de la révolution d'Octobre, de la marche sur Rome et de la crise économique, à la veille de la prise du pouvoir par Hitler, des gémissements s'échappaient des châteaux de Touraine et des vieilles demeures du West End, mais la coupable se portait bien et absorbait gâteau sur gâteau en compagnie de ses sœurs émerveillées. Brian et Hélène eux-mêmes avaient pris leur parti d'événements qu'ils déploraient et de l'audace de leur fille aînée. Peut-être soupçonnaient-ils vaguement qu'il ne s'agissait que d'une introduction à une longue série encore à venir ? Pour mieux faire face à l'adversité, ils mettaient à sortir et à paraître s'amuser en dépit du scandale une sorte d'acharnement thérapeutique.

– L'essentiel, disait Brian, est d'être sourd et aveugle : sourd pour ne pas écouter les ragots, aveugle pour ne pas lire les journaux où risque toujours d'apparaître, avec des commentaires irritants, le nom de ma fille bien-aimée.

La seule, en fin de compte, à accuser le coup fut Rosita Romero, la femme de l'ambassadeur, la sœur de Simon Finkelstein : elle choisit de mourir – et peut-être de chagrin. Peu après la mort de Pericles Augusto, son grand-père adoré, son enfance avait été bouleversée par la disparition de son petit frère. Le retour de Simon sous les espèces du Kid l'avait transportée de bonheur. La désillusion fut trop forte, les rumeurs du monde trop difficiles à supporter. Avec un succès qui n'était pas à la hauteur de ses intentions, elle semblait avoir pris, dans la rigueur et dans l'intransigeance, le relais de sa belle-mère, Conchita Romero. On racontait qu'au lendemain de la guerre un des jumeaux, qui était rentré assez tard dans la nuit ou peut-être au petit matin, avait eu la surprise de la trouver couchée et endormie dans son propre lit à lui où elle attendait son retour. La conduite de Simon contredisait tous les principes qu'elle s'était efforcée d'inculquer à ses fils. Il était plus simple de s'en aller. Elle se laissa mourir. La disparition de Rosita Romero me désola pour une raison un peu particulière : non parce que j'étais lié avec elle, mais parce que je ne l'avais jamais rencontrée. Pour le chroniqueur des Romero et des O'Shaughnessy, c'était une faute professionnelle.

Les obsèques de Rosita furent une belle manifestation catholique dans la capitale protestante. J'étais présent, naturellement. Les quatre fils Romero alignaient, au côté de leur père effondré, leur brochette impressionnante. Le plus intéressant était un peu plus loin : objet de la curiosité des ambassadeurs et des pairesses, le frère coloré de Rosita jouait, sans affectation excessive mais sans trace de timidité, le rôle du sixième des Romero. De l'autre côté de l'allée, il y avait d'autres surprises : devant miss Prism en larmes, les quatre sœurs O'Shaughnessy et leur mère brillaient par leur naturel. J'aperçus Simon Finkelstein en train de saluer Pandora qui lui rendait son sourire. Je pensais à Capri, à Florence, à l'arrivée à la gare de Lyon. Il y avait tout un monde de passions et de souffrances sous ces sourires échangés. Quelques mois plus tard, Aureliano Romero quittait Londres pour Buenos Aires où il était nommé à la tête du ministère argentin des Relations extérieures. Les frères Romero et leur diable d'oncle étaient livrés à eux-mêmes. Ils montaient en première ligne. Et Hitler prenait le pouvoir. L'époque changeait de couleur : après le bleu de la victoire, le vert de l'espérance, les reflets fauves de la crise, elle devenait rouge et noir.

Après l'enterrement de Rosita Romero, je passai à Londres quelques jours, occupés par Hilditch and Key et par la National Gallery. Aussi bien les Romero que les O'Shaughnessy m'avaient invité à descendre chez eux. Mais j'avais le sentiment que, pour un temps au moins, nos souvenirs communs, bien loin de nous réunir, nous séparaient plutôt. Un matin, assez tôt, le téléphone sonna dans ma chambre d'hôtel. C'était Luis Miguel. J'étais lié avec Agustin et surtout avec Javier. Je connaissais à peine Carlos et assez peu Luis Miguel. Je savais seulement qu'il était très gai et très insouciant, qu'il passait pour superficiel et que ce fils d'ambassadeur, ce Sud-Américain très brun, ce danseur de tangos était la coqueluche des jeunes filles de bonne famille. Il voulait me voir. Il me donna rendez-vous dans un bistrot dont il m'indiqua l'adresse. En l'apercevant à sa table, en train de m'attendre, je lui trouvai une mine de chien. Nous étions à peine assis devant une nourriture innommable, non loin d'une tête qui me disait quelque chose et qui était, je crois, celle de Hore-Belisha, j'avais à peine eu le temps de lui dire deux mots de sa mère que Luis Miguel, très agité, me confiait un secret qui me laissa stupéfait et presque sans voix : il était tombé amoureux de Pandora O'Shaughnessy.

– Oh ! non ! murmurai-je dans un souffle.

– Hélas ! si ! me dit-il en souriant d'un air moins triomphant que gêné.

– Ce qui m'inquiète, lui dis-je, c'est que tu me répondes : Hélas !

– Tu sais bien qu'avec Pandora c'est toujours l'aventure.

– Je sais.

– Elle me fait un peu peur.

– J'imagine.

Il y eut un long silence. Luis Miguel devait me trouver assez peu enthousiaste. La mauvaise humeur me prenait. Je me disais que ça recommençait. Je ne voyais déjà que trop clairement – on est toujours lucide avec les autres – comment l'affaire allait finir et je ne tenais pas à m'en mêler. J'avais d'autant plus raison que je ne connaissais pas encore tous les détails de l'histoire. Ils n'allaient pas tarder à m'édifier et à me convaincre définitivement de rester à l'écart de ce qui était en train de se dessiner.

– Il faut que je te dise..., reprit Luis Miguel.

– Quoi encore ?

– Tout cela est un peu étrange...

– Je m'en doute : les relations avec Pandora sont rarement de tout repos.

– Tu croyais peut-être qu'il n'y avait plus rien entre Simon et Pandora ?

– Je ne croyais rien du tout. J'ai fait ce que j'ai pu en Italie avec ton frère et puis, figure-toi, j'ai pensé à autre chose.

– Pandora est toujours amoureuse de Simon.

– Tiens donc !

– Mais Simon ne l'aime plus.

– Il a bien tort.

– Le pire...

– Parce qu'il y a pire ?

– Le pire est que Simon...

– Le pire est que Simon t'a demandé avec insistance de t'occuper de Pandora.

– Ça alors! Comment le sais-tu? C'est Simon qui te l'a dit?

– Simon ne m'a rien dit du tout. Ou, s'il m'a dit quelque chose, ça ne te concernait pas. Déjà, à Capri et dans notre train de plaisir entre Naples et Paris, il a conseillé successivement à ton frère et à moi de nous intéresser à Pandora. C'est peut-être un tic chez lui?

– Ne rigole pas. Ce n'est pas drôle.

– Qui dit que c'est drôle?

– Simon m'a expliqué qu'il était trop vieux, qu'il était incapable de faire le bonheur de Pandora et qu'il comptait sur moi pour lui changer les idées.

– Je connais tout ça. Qu'as-tu fait?

– Je suis sorti avec Pandora.

– Et alors?

– Et alors... Elle est merveilleuse.

– Je sais ça aussi. Tout le monde le sait.

– Elle est malheureuse.

– Tu la consoles?

– Elle ne veut pas.

Je regardais Luis Miguel. Il était charmant. Pas vraiment beau. Charmant. Il traînait tous les cœurs derrière lui. Sauf Pandora, bien entendu. Alors, naturellement, le piège s'était refermé et il était tombé amoureux d'elle. Simon poursuivait ses ravages. En arrivant d'abord. En s'en allant ensuite. Et puis en se faisant remplacer auprès de Pandora comme les privilégiés, jadis, se faisaient remplacer au service militaire en achetant un conscrit. Il avait essayé de m'acheter, moi. Il avait essayé d'acheter Agustin. Maintenant, il achetait Luis Miguel, le plus fragile de nous tous, et il l'envoyait se faire tuer à notre place. La moutarde me montait au nez.

– Et maintenant? lui dis-je.

– Je ne sais pas. Il faut que tu m'aides.

Quelque chose de fort m'emporta d'un seul

coup. C'était de la pitié. Elle était mêlée de fureur. Est-ce que j'allais devoir longtemps sauver, les uns après les autres, de leurs griffes mutuelles, les garçons Romero et les filles O'Shaughnessy? J'avais autre chose à faire qu'à jouer à plein temps ce rôle de benêt bénévole et de rebouteux des cœurs. J'en avais par-dessus la tête d'Agustin et de Javier. Je détestais Simon. Luis Miguel m'exaspérait. Les sœurs O'Shaughnessy étaient des pimbêches suffisantes, des emmerdeuses patentées et les plaies de ma vie. Et Pandora elle-même... et Pandora elle-même... Qu'elle aille donc se faire... Je levai les yeux. Luis Miguel, les joues gonflées, avait une tête d'otarie privée de ballon, de gros bébé dans son coin. Est-ce qu'il allait se mettre à pleurer, là, dans ce bistrot de Londres, à deux pas de la reine Mary, si convenable et si digne dans son palais de Buckingham, et de Hore-Belisha devant sa bière et ses harengs? J'étendis les bras au travers de la table qui n'était pas très large et je le pris par les épaules.

– Ecoute, lui dis-je, tu n'as qu'une solution : c'est de te tirer de là au plus vite. Tu n'es pas de taille. Personne n'est de taille. Tu vas te faire laminer. Cesse d'être la marionnette de ton oncle bien-aimé. Cesse de servir de jouet et de risée aux Altesses du placard. Tu veux que je t'aide? Fiche le camp. Tire-toi et ne la revois plus.

J'appris, un peu plus tard, que Luis Miguel Romero répandait dans tout Londres – c'est-à-dire auprès de la douzaine ou de la vingtaine d'oisifs qui gravitaient autour des Romero et des O'Shaughnessy – la rumeur de ma passion malheureuse pour la fille aînée de Brian et de ma jalousie. Tout cela était vrai, bien entendu. Est-ce que cette situation, à laquelle personne ne pouvait rien, m'empêchait de rendre service aux amis, et plus particulièrement à ce pauvre Luis Miguel qui avait mis le doigt dans l'engrenage meurtrier? Il se garda avec soin, comme bien vous pensez, de tenir le moindre compte de mes avertissements. Quelques mois passèrent encore et Javier vint à Paris. Je l'invitai chez Larue où j'avais des souvenirs et où il en avait aussi par famille interposée.

– Alors? lui dis-je en mettant mes coudes sur la table et en me penchant vers lui. Et Luis Miguel?

– Oh! là, là!... me dit-il.

– Des pépins? demandai-je.

– Des noyaux, me dit-il.

– A ce point?

– Pis que cela, me dit-il.

– Raconte.

Il me raconta. Les erreurs de l'amour sont aussi redoutables que ses crimes et ses fautes. Pandora s'obstinait à s'imaginer, contre toute évidence, que Simon tenait à elle. La société les séparait, ou une idée du devoir, ou des circonstances mystérieuses pour tout le monde, ou les scrupules de Simon. Les scrupules de Simon!... Par une aberration inexplicable et que nous n'expliquions pas, elle lui restait fidèle. Luis Miguel lui plaisait. C'était le comble. Mais elle restait fidèle à Simon. Elle ne pouvait ni épouser Luis Miguel, qui ne cessait de le lui demander, ni même coucher avec lui. A cause de Simon. Luis Miguel devenait fou. La passion transformait en héros de tragédie ce personnage de vaudeville, de comédie de salon. Un peu de fureur noire perçait sous le vernis du comme-il-faut diplomatique, du conformisme Romero. Un soir où, comme d'habitude, elle avait flirté avec lui, se laissant embrasser dans la voiture à la façon des jeunes oies qui venaient danser à Glangowness et qui n'avaient jamais vu l'ombre d'un membre viril, mais continuant, par moralisme paradoxal et par obstination, à se refuser à lui, Luis Miguel avait craqué. Il avait mangé le morceau. Il avait expliqué avec fureur, en bredouillant, très vite, avec des larmes dans la voix et la gorge serrée, que Simon en personne lui avait demandé à lui, Luis Miguel, de plaire à Pandora, de la séduire, de lui tourner la tête et, une bonne fois pour toutes, de le débarrasser d'elle. Il avait vidé son sac, celui de Simon, le nôtre. Pour faire bonne mesure, il avait ajouté que le héros de la Somme et des sierras mexicaines avait déjà fait le même coup avec Agustin et avec moi. Que ces deux-là s'étaient méfiés et s'étaient tirés des pattes. Lui n'était pas comme nous. Il ne jouait pas. Pour de bon et pour toujours, il était tombé amoureux d'elle. Il ne voulait plus être l'instrument de Simon Finkelstein. Il ne voulait pas qu'elle se sacrifiât pour cet oncle douteux dont le cœur n'était pas sûr et qui se moquait d'elle comme de sa première victime, violée et égorgée du côté de Guadalajara.

– Il en rajoutait peut-être, dis-je à Javier, pendant que le sommelier versait avec componction quelques doigts de château-siaurac dans nos verres déjà vides.

– Peut-être, m'accorda Javier. N'empêche. Buvons, car l'affaire sera chaude.

Nous buvions.

Pandora avait écouté sans un mot la tirade de Luis Miguel. De toute la soirée, elle n'avait plus desserré les dents. Je la voyais devant moi avec ses hautes pommettes et son front bombé sous les cheveux blonds. Je la voyais aussi dans le train, entre Agustin et moi, en face de son amant, au milieu des plaines de Lombardie et à travers les Alpes. Imperturbable, nouée, elle devait être la même dans la voiture de Luis Miguel. Elle avait fini par lui demander de la ramener chez elle. En descendant de voiture, elle se tourna vers Luis Miguel :

– Viens me chercher demain soir, lui lança-t-elle. Nous dînerons ensemble. J'aurai des choses à te dire.

Luis Miguel, le lendemain, devait passer la soirée avec ses trois frères, miraculeusement réunis. Il se décommanda. Il fit bien : Pandora ce soir-là ne parla pas beaucoup plus – mais elle fit l'amour avec lui.

Je vidai mon verre d'un seul coup.

– A la tienne, vieux frère, dis-je à l'adresse de Javier.

Sans effet inutile, avec beaucoup de dignité, il me répondit :

– A la tienne.

Et il vida son verre.

Le sommelier, de nouveau, était debout derrière nous, dans le rôle du chœur antique.

– Bon! dis-je à Javier. Alors? Le paradis?

– L'enfer, me dit-il.

Pandora s'était mise à haïr également ses deux amants successifs. Simon, pour l'avoir humiliée et trompée; Luis Miguel, pour lui avoir révélé la conduite de Simon et pour en avoir profité. Comment cela, profité? Bien sûr : elle n'avait couché avec lui que pour se venger de Simon. Maintenant elle les détestait l'un et l'autre. Tout en le méprisant, elle continuait à coucher de loin en loin avec Luis Miguel, abruti de passion. Et elle ne pensait qu'à une chose : faire l'amour avec Simon. L'oncle des Romero vivait une aventure brève, et d'autant plus violente, avec une des actrices les plus célèbres de ce temps, dont je ne peux pas donner le nom parce qu'elle est encore vivante et qu'elle protège son passé avec acharnement. Et il demandait une seule chose : que la fille de Brian se mît enfin à comprendre et lui fichât la paix.

– Elle est entre l'oncle et le neveu, me disait Javier, qui avait un peu trop bu. Elle est entre l'oncle et le neveu. Elle fait l'amour avec le neveu et elle voudrait le faire avec l'oncle.

– Ah, ah ! les Narichkine... Ah, ah ! l'oncle et le neveu... C'est le coup des Narichkine qui recommence.

Javier me regardait avec stupéfaction. Tout le monde ne pouvait pas, comme moi, et maintenant comme vous, savoir tout ou presque tout du passé de Marie Wronski et de son aventure avortée avec les deux Narichkine. L'histoire se répétait, mais elle avançait aussi, et elle faisait des progrès : Marie de Cossigny n'avait couché, à Saint-Pétersbourg, avec aucun des deux Narichkine. Et trois quarts de siècle plus tard, à dix-sept ou dix-huit ans, Pandora O'Shaughnessy avait couché avec l'oncle et couché avec le neveu.

Il ne s'agissait plus de régler l'addition, comme le père de Javier en 1914, avec un unique louis d'or. Je payai en francs Poincaré, avec des billets déjà crasseux et des pièces qui ne valaient plus grand-chose. Nous nous levions. Nous sortions sur la place de la Madeleine, encombrée de taxis, de promeneurs et de vendeurs de journaux. Le ciel était gris. Une pluie très fine tombait. Nous suivions la rue Royale et nous descendions vers la Concorde, bourrée de gardes mobiles.

– Qu'est-ce qui se passe ? me dit Javier.

– Presque rien, répondis-je. C'est la République qu'on renverse.

– Qui la renverse ? demanda Javier.

– Ceux qui sont morts pour elle il y a quinze ou vingt ans.

Nous étions à la veille ou au lendemain, je ne me souviens plus très bien, du choc du 6 février, du déferlement des ligues, des bagarres sanglantes entre les factieux dénoncés par la gauche et les gardes mobiles à cheval, de Chiappe dans son grand manteau avec une écharpe blanche et du colonel de La Rocque à la tête de ses troupes. Pendant qu'un peintre autrichien, là-bas asseyait son pouvoir sur la police secrète et l'adhésion des masses exaspérées par le chômage et par la chute vertigineuse du mark, l'agitation s'emparait de Paris. Plus de quinze ans s'étaient écoulés depuis la naissance de Jessica et la fin des aventures de Brian et du Kid sur la Somme et l'Yser. Il ne restait plus que cinq ans avant la ruée des chars de Guderian et les sirènes des stukas sur les colonnes de réfugiés. Les fièvres de l'angoisse et de l'incertitude, la lutte aussi des plus pauvres contre les privilégiés et des travailleurs pour leurs loisirs secouaient des démocraties. Du fond de Plessis-lez-Vaudreuil, mon grand-père se demandait si le moment n'était pas venu de prendre sa revanche sur l'hydre d'une Révolution qui ne cessait de triompher depuis 1789. Sous Daladier et Mandel, l'affaire allait échouer.

Il faudra attendre Vichy et le vieux maréchal pour que, selon toutes les règles des contradictions de l'histoire, les espérances du nationalisme militant se réalisent enfin dans le paradoxe de la défaite.

Vanessa, en ce temps-là, était une petite fille turbulente en train de se changer en jeune fille. Les cheveux plus clairs encore que sa sœur Pandora, Vanessa avait un visage plus long, plus dur, un peu plus marqué que celui d'Atalanta qui offrait un ovale presque parfait et très doux sous ses boucles châtain clair. Vanessa était la seule des quatre sœurs à avoir des côtés de garçon manqué. Elle adorait les bateaux, la neige, les nuits sous la tente, l'aventure. Atalanta aimait les fêtes, les robes, les goûters. Vanessa se moquait de ces goûts si convenables, si *ladylike*. Elle ne rêvait que plaies et bosses. Elle avait toujours envie de briser quelque chose.

Cousins des Bismarck et des Bülow, les Tipnitz étaient depuis l'autre siècle des amis des Landsdown, des McNeill et des O'Shaughnessy. Ils venaient chasser à Glangowness. On allait les voir en Bavière où ils possédaient, à Tutzing, sur les bords du lac de Starnberg, une propriété qui jouxtait celle de feu Piotr Vassilievitch. Distendus par la guerre, les liens entre les deux familles s'étaient resserrés sous la République de Weimar. Heinrich von Tipnitz, le fils aîné, avait vingt-deux ou vingt-trois ans. Sa sœur Renate avait à peu près l'âge de Vanessa. Le vieux Tipnitz – grosses moustaches, lourde canne, chapeau de feutre vert avec plumet de blaireau, courte veste de chasseur, plus souvent que de raison culotte de peau à bretelles de cuir – invita Vanessa à venir passer quelques semaines en Bavière.

Les montagnes sont toutes proches, écrivait-il à Brian. *Elles sont belles dans le soir qui tombe. Et ma collection de porcelaines vaut la peine d'être visitée.*

– Parfait, parfait, dit Brian. Je connais Vanessa. Elle escaladera les montagnes et elle cassera les porcelaines.

Et, en un sens, c'est ce qu'elle fit.

Elle arriva au printemps. Les chapelets de lacs scintillaient, les enfants étaient blonds autour des fontaines des vieux villages épargnés par la guerre, il y avait des vaches dans des prairies très vertes qui couraient jusqu'aux Alpes. Elle aima les gens, le pays, la nourriture, la gaieté sans affectation des rencontres et des fêtes. Elle dansa le soir sur les places où poussaient des tilleuls. Elle dansa surtout avec Heinrich von Tipnitz.

Heinrich von Tipnitz était un jeune homme très grand, très blond, plutôt bien, plutôt sot. Il faisait profession de mépriser les filles et il leur préférait les prestiges de l'uniforme et la discipline militaire.

Il appartenait à cette association de jeunes gens qui portait, vers le début des années trente, le nom de *Sturm Abteilungen* ou Sections d'Assaut. Renate en parlait à son amie avec beaucoup de fièvre et une admiration un peu effrayée.

Vêtues de chemises brunes, la croix gammée au bras gauche, les *SA* soutenaient l'action d'Adolf Hitler qui venait d'être porté à la Chancellerie du Reich et obéissaient au capitaine Roehm, un tribun militaire massif et un peu épais qui, plutôt marqué à gauche, mal vu de l'armée et de l'aristocratie traditionnelle, faisait le va-et-vient entre la grande industrie où il récoltait le gros de ses adhérents. Vanessa, bien entendu, ne comprenait presque rien. Elle n'avait pas la moindre idée de ce que pouvaient représenter les *SA* dans l'Allemagne du début des années trente. Avec un accent anglais enchanteur, elle parlait tout juste assez d'allemand pour se débrouiller dans le tramway et dans la fameuse pinacothèque de Munich. Aux côtés de Renate et de Heinrich, elle assista avec curiosité et avec un peu d'excitation à des rassemblements de chemises brunes. C'étaient des espèces de kermesses, avec des drapeaux à croix gammée et des accordéons, des saucisses et des discours, des bras levés, parmi les chansons, au-dessus d'énormes verres de bière d'où débordait la mousse. Serrée entre son amie dont les cheveux, aussi blonds que les siens, étaient serrés en tresses et Heinrich von Tipnitz que beaucoup de *SA* reconnaissaient et saluaient la main tendue, à la mode fasciste, elle avait l'impression d'entrer dans un monde inconnu et de participer à la naissance d'un mouvement formidable et nouveau.

– Tu vois, lui disait Heinrich en la prenant par les épaules dans un geste protecteur, c'est tout un peuple qui se réveille du cauchemar de la défaite, du chômage et de l'inflation. Sais-tu que tous ces pauvres gens-là, il n'y a pas si longtemps, ont coltiné des brouettes de marks pour acheter une brosse à dents ou un kilo de pommes de terre? Et quand ils arrivaient au magasin, on leur disait avec consternation ou parfois d'un ton sec qu'un million de marks, ou peut-être un milliard, n'était plus suffisant et que, depuis vingt minutes, il en fallait trois ou quatre, et bientôt cinq ou sept. Vous n'avez pas connu ces drames-là, chez vous, en Angleterre. Ces millions d'Allemands et d'Allemandes qui n'avaient plus de travail et qui n'avaient plus d'argent, écrasés par la honte et le désespoir, un homme, tout seul, contre tous, leur a rendu l'espérance : il s'appelle Adolf Hitler.

– Est-ce qu'il déteste les Anglais? demandait Vanessa.

– Pas du tout, répondait Heinrich. Il déteste deux choses : le traditionalisme routinier et hautain des Junkers capitalistes, et surtout le bolchevisme. Si nous n'étions pas là, le bolchevisme, venu de l'est et soutenu par les juifs, tantôt capitalistes et tantôt communistes, submergerait toute l'Europe : la Pologne misérable, la Tchécoslovaquie germanique, l'Allemagne elle-même, la France travaillée par Léon Blum et par les socialistes alliés aux communistes – et l'Angleterre dans son île.

A ce moment, Heinrich était interrompu dans ses explications. Une foule immense, debout, entonnait l'hymne nazi, le fameux *Horst Wessel Lied,* du nom d'un militant assez louche, qui était peut-être un souteneur et qui avait trouvé la mort dans un putsch hitlérien qui avait échoué :

Die Fahne hoch, die Reihen dicht geschlossen...
Die Reaktion, die Rote Front erschossen...

Des échos de Roehm, de Horst Wessel, de Hitler parvenaient ainsi, par Vanessa, jusqu'au cœur de l'Ecosse. Je me souviens d'un dîner, à Glangowness ou à Londres, où plusieurs des frères Romero s'entretenaient paisiblement avec les filles O'Shaughnessy lorsque, tout à coup, Vanessa se mettait à entonner à mi-voix le *Horst Wessel Lied* :

Die Fahne hoch, die Reihen...

– Qu'est-ce que c'est que ça? interrompait Carlos en levant les sourcils.

– Une chanson de marche allemande, disait Agustin.

– L'air des nazis, grommelait Carlos. Ces salauds, ces imbéciles!

– Pas du tout, disait Agustin. Je les connais, ces Allemands. Ils ont beaucoup souffert. Il n'y a pas d'autre voie pour eux que celle que leur montre Hitler. Ils s'en tireront, tu verras.

– Et nous? disait Carlos. Et nous, dans tout cela?

– Nous n'avons qu'à faire la même chose, répondait Agustin. Il faut imiter Hitler, il faut imiter Mussolini.

– Tu sais..., disait Carlos.

– Oui? disait Agustin.

– Il y a des moments où tu me dégoûtes tellement que je m'étonne d'être ton frère.

– Est-ce qu'ils le sont? me chuchotait Pandora.

– Est-ce qu'ils sont quoi? demandais-je, égaré.

– Frères, disait Pandora.

– Bien sûr, bien sûr, répondais-je très vite et très bas. Il n'y a pas du côté Romero les mêmes histoires scandaleuses que du côté Wronski.

– Ah? bon! disait Pandora. C'est pour ça probablement qu'ils sont moins drôles que nous.

Vanessa racontait ses sorties avec Renate et Heinrich, ses pique-niques à la campagne en compagnie des *SA*. On cueillait des fleurs sauvages, on escaladait des rochers, on dansait dans les prairies, on se promenait dans les bois. L'amour de la nature se combinait au dévouement passionné à la patrie allemande et à la personne du Führer. De temps à autre, la famille Tipnitz, entourée de quelques amis, se rassemblait autour d'un appareil de TSF en bois et écoutait, silencieuse et fascinée, un discours-fleuve du chancelier. Vanessa savait maintenant assez d'allemand pour comprendre les grandes lignes de ce que disait l'orateur, entraîné peu à peu par une exaltation verbale qui déclenchait à son tour l'hystérie collective d'un auditoire invisible, mais manifestement en délire. Le discours était coupé de slogans scandés par une claque et inlassablement repris par une foule au comble de l'enthousiasme et de l'exaltation : *Sieg Heil! Sieg Heil!* ou *Ein Volk, ein Reich, ein Führer!* L'épuisement paraissait saisir un Adolf Hitler à bout de forces, et puis il repartait de plus belle, soutenu et comme dopé par les acclamations de ses partisans. Vanessa écoutait, les yeux écarquillés, entre Heinrich et Renate. Il lui semblait que tout un peuple l'emportait avec lui.

Toute la famille Tipnitz ne partageait pas l'exubérance du jeune *SA* en chemise brune, la croix gammée au bras gauche. Le vieil oncle Otto, un frère du grand-père de Renate et de Heinrich, avait un peu les idées de Carlos. Il disait que l'Allemagne, la poésie allemande, la philosophie allemande, la tradition allemande étaient ce qu'il y avait de plus cher à son cœur, mais qu'il préférait encore ces idiots de social-démocrates à ces gueulards de nazis. Il était à peu près le seul. A peine la voix du Führer avait-elle fini de lancer des imprécations qui ressemblaient au dernier acte d'un opéra à grand spectacle que tous les hommes se mettaient debout, claquaient les talons, levaient la main en l'air et criaient : *Heil Hitler!*

J'écoutais ces récits. J'imaginais Vanessa en train de découvrir la Bavière hitlérienne. Toujours piètre psychologue et toujours surpris par les détours du cœur, j'ai supposé, je l'avoue, que le jeune Heinrich von Tipnitz allait faire une entrée en force dans le cercle fermé des Altesses du placard et dans l'ordre du Royal Secret. Il allait être balayé comme un fétu de paille par l'histoire et par le destin.

Un soir, Heinrich von Tipnitz emmena sa sœur et Vanessa dîner dans une brasserie au bord du lac de Starnberg. Il faisait merveilleusement doux. Le calme de l'été tout proche régnait sur la Bavière, sur ses prairies semées de chapelles, sur ses lacs paisibles, sur ses culottes de peau, sur son amour pour les enfants, sur les souvenirs du roi fou. Au loin, les grandes Alpes dressaient leurs masses imposantes à la neige éternelle, avec Garmisch-Partenkirchen où régnaient le télémark, le christiania, le stemm-bogen et avec le nid d'aigle de Berchtesgaden, hanté par l'ombre de Wagner et par celle de Wotan. Heinrich parlait de choses et d'autres, plaisantait, offrait des bretzels à Vanessa lorsqu'il se tut tout à coup. Sanglé dans un uniforme noir, un grand gaillard venait d'entrer dans la salle. Vanessa leva les yeux.

Pendant que le destin, sans se hâter, préparait, en Bavière, pour Vanessa, ses lacets et ses nœuds, Pandora, à Londres, poursuivait ses exploits. Elle désespérait lentement Luis Miguel. Lui si vif, si animé, avait perdu toute sa gaieté. Il devenait l'ombre de lui-même. Que pouvions-nous faire? Nous l'entourions comme un malade, nous lui disions de Pandora plus de mal que nous n'en pensions. Nous courions chez Simon : il nous riait au nez. Nous nous précipitions chez Pandora : elle levait les bras au ciel. Nous retournions chez Luis Miguel : il trouvait que le monde était mal fait.

– C'est la faute de Simon, me disait-il. Et la mienne. Tu m'avais mis en garde. Il ne faut jamais tomber amoureux de quelqu'un qui en aime un autre. Est-ce que nous ne le savons pas depuis Racine, depuis Euripide, depuis que le monde est monde ? Maintenant, je suis pris au piège.

– Laissons-le croire, me disait Pandora, que je suis amoureuse de Simon. C'est moins cruel pour lui. La vérité est que je n'aime plus Simon. Mais je n'ai jamais aimé Luis Miguel. Si j'aimais encore Simon, ce n'est pas Luis Miguel qui pourrait me consoler. Et ce n'est pas parce que je n'aime plus Simon que je vais me mettre à aimer Luis Miguel.

Fort bien résumée par Pandora, cette situation, si classique et si simple, déchaînait à nouveau, à travers toute l'Europe, mille interprétations contradictoires. On voyait Pandora partagée entre deux hommes. On l'imaginait en train de se servir de Luis Miguel pour rattraper Simon. On allait jusqu'à dépeindre un Simon Finkelstein plongé dans le désespoir par la passion de Pandora pour le jeune Romero. Lorsque la bonne clef fait défaut, les agitations du cœur prêtent à tous les délires.

– Quelle chance, disais-je à Pandora, que Jessica soit si jeune et Atalanta si raisonnable, parce que Vanessa, quelquefois, me fait penser à toi : elle est très différente et presque aussi dangereuse.

Pour une fois, j'avais raison. Dans une brasserie bavaroise, sur les bords du Starnbergersee, Vanessa levait les yeux sur le personnage tout en noir qui s'était arrêté un instant sur le seuil. Plutôt grand, plutôt mince, le visage long et carré, c'était un homme de trente-cinq ou quarante ans. Ses sourcils épais se rejoignaient sous le front. Il jetait sur la salle et sur les dîneurs un regard circulaire.

Heinrich von Tipnitz l'apercevait soudain, se précipitait vers lui, le saluait en levant le bras, le ramenait avec empressement vers la table où attendaient les deux amies.

– Ma sœur... Une amie anglaise...

L'homme s'inclina. Il serra successivement la main de Renate von Tipnitz et de Vanessa O'Shaughnessy. Il hésita un instant. Il regarda Renate. Il regarda Vanessa. Et il s'assit à leur table.

Il ne resta pas très longtemps. Il avait rendez-vous avec deux ou trois hommes en uniforme qui arrivèrent presque aussitôt. Il se leva lentement, salua à nouveau, prit congé. Au moment de s'éloigner, il se retourna un instant, comme s'il avait oublié quelque chose. Son regard se croisa avec celui de Vanessa.

– Comment s'appelle-t-il? demanda Vanessa à Heinrich dès qu'ils se retrouvèrent seuls tous les trois.

– Il s'appelle Rudolf Hess, dit Tipnitz d'un air important.

Et il se mit à expliquer tout au long aux deux filles, à qui ce nom inconnu ne disait rien du tout, qui était Rudolf Hess.

Fils d'un commerçant allemand établi en Egypte, né à Alexandrie vers l'extrême fin de l'autre siècle, il avait été, dès les premières aventures et les échecs du début, un compagnon d'Adolf Hitler. Il était devenu très vite un de ses collaborateurs les plus intimes. Dévoué corps et âme au national-socialisme, il était maintenant l'un de ceux qui partageaient, derrière le Führer, les privilèges et les responsabilités du pouvoir suprême. Plus mince que Goering, moins inquiétant que Goebbels, moins repoussant que Himmler, image de l'aventure, du risque, du courage, de la victoire à venir – et presque déjà là – il avait de quoi intriguer la fille de Brian. Il ne ressemblait ni à Churchill, ni au général Turnbull, ni à Percy Bassett. Il était le contraire de tout ce qu'elle connaissait. Au premier coup d'œil, peut-être à cause de l'attitude de soumission et d'admiration de Heinrich von Tipnitz, il avait plu à Vanessa. A plusieurs reprises, dans les jours qui suivirent, elle parla de lui à Heinrich.

J'ai reçu des nouvelles de Vanessa, m'écrivait Pandora. *Elle est très heureuse. Elle cueille des edelweiss et des chefs nazis. Elle m'envoie une photo où, dans une mer de croix gammées, elle lève le bras en l'air. J'imagine qu'il lui arrive aussi de le passer autour du cou de Heinrich von Tipnitz. Est-ce que le monde n'est fait que de bras qui se tendent et se referment? Luis Miguel me prend dans les siens. Et il voudrait m'y garder. Il m'a encore demandé de l'épouser. Qu'en penses-tu?*

Ce que j'en pensais? Beaucoup de mal. Luis Miguel vivait d'illusions. Pandora ne l'épouserait pas. Et si, par malheur, elle l'épousait, ce serait pire, bien entendu. Il fallait à Pandora des aventures en cascade, des défis, des rébus, des pics à escalader, des abîmes, des déserts. Elle n'avait aucun besoin des bals dans la bonne société et des brillantes soirées de Londres ou de Paris que le charmant et léger Luis Miguel était en mesure de lui fournir. De quoi Pandora et les Altesses du placard dans leur ensemble avaient-elles besoin? La réponse était simple : d'autre chose. De façon très différente, Vanessa, à peine sortie de l'enfance, entrait dans un monde nouveau.

Elle y entrait avec simplicité, avec audace, avec succès. Si, pour ces raisons mystérieuses qui font le charme et l'angoisse de la vie, l'homme en noir lui avait plu, lui, de son côté, n'était pas resté insensible à la jeunesse et au charme de Vanessa.

La blondeur de la jeune fille, son allure saine et solide, les traits sans mollesse de son visage faisaient d'elle un représentant idéal de cette race germanique et aryenne dont avaient plein la bouche les dignitaires nazis. En plus, elle était la fille d'un membre de la Chambre des lords – et elle était anglaise. L'attrait du fruit défendu à la fois de l'aristocratie et de la démocratie britanniques était irrésistible. Vanessa O'Shaughnessy apparaissait à Rudolf Hess comme une promesse de conquête, comme un otage possible, comme la combinaison rêvée du national-socialisme et de ce qu'il y avait de meilleur et de plus beau dans l'ignoble démocratie libérale dont l'Angleterre était le champion.

Heinrich von Tipnitz avait déjà rencontré plusieurs fois le chef nazi. Rudolf Hess le convoqua sous des prétextes divers, à Berlin et à Munich.

– Comment va votre sœur, Tipnitz ?

– Très bien, je vous remercie.

– Dites-moi, Tipnitz, cette amie de votre sœur, elle est charmante.

– Charmante, disait Tipnitz.

– Elle est anglaise, n'est-ce pas ? disait Hess d'un air absent en consultant des dossiers.

Une vague sueur se formait sur le front de Tipnitz, debout devant le bureau où Hess était assis. Quelle maladresse d'avoir présenté Vanessa à Rudolf Hess ! Est-ce qu'on allait lui reprocher ses relations avec une Anglaise ?

– Elle aime beaucoup l'Allemagne, disait Heinrich d'une voix mal assurée.

– Tant mieux, disait Rudolf Hess, tant mieux. Elle pourrait nous être très utile. Il faut s'occuper des étrangers et des services qu'ils sont capables de rendre au national-socialisme. Je la reverrais volontiers. Discrètement, bien entendu. Il ne faut pas lui faire peur. Est-ce que vous pouvez m'arranger ça, mon vieux ?

Un soulagement s'emparait de Tipnitz. Les choses tournaient plutôt bien. Rudolf Hess annonçait son retour en Bavière pour la fin de la semaine. Heinrich organisa un déjeuner à quatre dans une petite salle particulière du *Vier Jahreszeiten* à Munich.

La rencontre se passa à merveille. Moins intimidée que Renate, Vanessa était très gaie. Hess paraissait enchanté. Heinrich von Tipnitz avait le sentiment de jouer un rôle important et de participer à l'exportation du national-socialisme.

– Et les *SA*? demandait Hess à Heinrich au moment du café.

– Tout va bien, disait Tipnitz.

– Et Roehm?

– Adoré de ses hommes, disait Heinrich.

– Ah? bon! disait Rudolf Hess. Et vous, ça va?

– Toujours fidèle au Führer, disait Tipnitz avec une ombre de grandiloquence et de flagornerie.

En se levant de table, Rudolf Hess dit quelques mots à Heinrich. Et, se tournant vers Vanessa, il lui proposa de l'emmener jusqu'aux bords du Tegernsee où l'attendaient les chefs nazis de la Bavière et du Wurtemberg.

– Je vous enlève, lui dit-il. Vos amis ne m'en voudront pas. Nous ferons le tour du lac. Et ma voiture vous ramènera à Tutzing pour le dîner.

Vanessa sentit un peu de rouge lui monter à la figure : elle fut presque surprise de la joie qui l'envahissait. Elle accepta aussitôt.

Ils partirent tous les deux dans la grosse Mercedes-Benz conduite par un chauffeur botté, la croix gammée au bras gauche. Devant le perron de l'hôtel, l'air un peu emprunté, Renate et Heinrich leur faisaient des signes avec la main.

Ils sortirent de Munich. Ils traversèrent de petits villages où des maisons en bois et des fermes aux balcons fleuris respiraient la paix et la prospérité.

La voiture roulait vite. C'était la première fois que Vanessa se trouvait seule avec un homme qui ne s'occupait que d'elle. Tout à coup, de l'autre côté des arbres qui faisaient de grandes taches vertes sous le ciel très bleu où brillait le soleil, elle aperçut les hautes Alpes.

– Comme c'est beau! dit-elle en se penchant en avant pour regarder par la fenêtre.

– Ah! dit Rudolf Hess en posant sa main sur le bras de la jeune fille, comme je suis content que mon pays vous plaise! Un jour, peut-être, vous me montrerez le vôtre.

– Oh! oui! dit Vanessa, vous viendrez à Glangowness. Et vous connaîtrez mes sœurs. Vous savez, ajouta-t-elle après un bref silence, elles sont plus belles que moi.

– J'en doute un peu, dit Rudolf Hess.

Et il prit la main de Vanessa. Elle la retira d'abord. Et puis, comme il insistait, elle finit par la lui laisser. Les fontaines, les balcons de bois, le paysage si beau, le rythme allègre de la voiture qui sentait bon le cuir : une griserie s'emparait d'elle. Ils arrivèrent au Tegernsee dans le plus grand silence, mais la main dans la main.

– J'ai vingt minutes, dit Rudolf Hess, avant ma réunion. Nous pouvons descendre nous dégourdir les jambes. Et puis ma voiture vous déposera à Tutzing avant de revenir me chercher.

Ils se promenèrent le long du lac. Il lui avait pris le bras et il lui parlait de l'Allemagne, de ses rêves de jeune homme, de son travail à Berlin aux côtés d'Adolf Hitler. Des vagues d'images et de sentiments passaient très vite sur la jeune fille. Tout était si étrange : elle se laissait aller à un bien-être un peu flou dont elle s'étourdissait.

– Est-ce qu'elle devient folle? me disait Carlos avec fureur quand je le rencontrais à Paris ou à Londres. Un nazi! Pandora me raconte qu'elle sort avec un nazi. Et quel nazi ! Le second de Hitler. Un chef de bande. Un assassin.

– Elles sont toutes un peu folles, me disait Javier sur un ton résigné. Je ne sais pas très bien ce que fait Vanessa à Munich. Pandora me suffit. Elle désespère Luis Miguel. Quelle plaie ! Je ne sais plus ce qu'il faut souhaiter : qu'elle l'épouse ou qu'elle l'abandonne. Tantôt je la déteste et tantôt je l'adore. Qu'elle lâche seulement Luis Miguel, et je me mets à l'aimer à mon tour.

Luis Miguel se mettait à en vouloir à tout le monde de son échec auprès de Pandora. Il détestait Simon qui était le premier responsable. Il me reprochait d'avoir essayé de le mettre en garde contre lui-même. Il se méfiait de Javier qui était trop sensible à la beauté de Pandora. Elle voyait souvent le frère jumeau de Luis Miguel et ils parlaient pendant des heures de Simon et de Luis Miguel, des ravages de la passion et des choses vagues de la vie. De temps en temps, Javier lui envoyait des poèmes qu'elle me lisait en souriant. Il me semblait que le cercle se refermait un peu vite et je me demandais avec inquiétude si, sous prétexte d'entraide et de lucidité, les deux jumeaux allaient finir, l'un après l'autre, par subir les mêmes atteintes et par se déchirer.

– Mon Dieu ! disais-je à Javier, mon Dieu, ces quatre sœurs O'Shaughnessy..., elles nous en auront fait voir...

– J'ai peur que ce ne soit loin d'être fini, me disait Javier avec un accablement mêlé d'un peu d'ironie. Tous les hommes en sont fous.

Dans le soir qui s'approchait déjà, ils s'étaient arrêtés tous les deux à quelques pas du lac. Il la prit dans ses bras. Les yeux grands ouverts, elle posa la tête contre lui.

– Je ne vous ai vue que deux fois, dit-il. Je tiens déjà à vous.

– Oui ? Mais je ne sais rien de vous. Et vous ne savez rien de moi.

– Je sais que vous êtes belle, et droite, et que vous comprenez mon pays. Je crois que j'ai besoin de vous.

– Nous ne nous reverrons pas.

– Bien sûr que si. *Wo ein Wille ist, ist auch ein Weg.* Vouloir, c'est pouvoir.

– Je vous crois, dit-elle. Mais il faut vouloir.

Il l'embrassa sur les lèvres. Elle ferma enfin les yeux.

En revenant vers la voiture, Rudolf Hess demanda :

– Est-ce que vous êtes très liée avec Heinrich von Tipnitz ?

– Je suis une amie de sa sœur.

– Vous n'êtes pas amoureuse de Tipnitz ?

– Bien sûr que non. Mais je l'aime beaucoup.

– Je comprends, dit Rudolf Hess.

Ils se turent un instant, en traversant un petit bois aux côtés l'un de l'autre et la main dans la main. Déjà, au loin, Vanessa apercevait la Mercedes en train d'attendre. Rudolf Hess s'arrêta.

– Avez-vous confiance en moi ? demanda-t-il à Vanessa en la prenant par les épaules.

– Je ne sais pas, dit Vanessa. J'espère.

– Je vais vous donner le plus grand témoignage d'attachement possible, murmura Rudolf Hess très vite en regardant devant lui. Dites à Heinrich de ma part qu'il fasse très attention et qu'il se méfie de...

Il s'interrompit brusquement, s'arrêta, prit Vanessa par les deux bras avec une violence qui arracha un cri à la jeune fille effrayée par ce mélange d'abandon et de brutalité.

– Non, non, dites-lui seulement de venir me voir. Mais vite, très vite. Vous comprenez ?

Et il la regardait avec une telle intensité que,

pour la première fois, elle eut peur de cet homme qui l'attirait si fort, de ses yeux de fou sous les gros sourcils, de sa violence insensée. Elle eut un mouvement de recul. Il lui ouvrit les bras. Elle se jeta contre lui.

Pandora allait mieux. Luis Miguel était perdu, mais Pandora allait mieux. Simon lâchait son actrice et disparaissait à nouveau. On le signalait, ici ou là, en Afrique ou en Chine, en train de se livrer au trafic d'armes en compagnie du Professeur, alias Paco Rivera, alias El Sombrero, ou de se soûler avec des filles dans des boîtes de Hong-Kong ou de Berlin. Pandora riait. Elle était guérie. Elle était vaccinée. Elle avait subi l'épreuve qui allait lui permettre de traverser sans encombre les forêts enchantées et les fournaises ardentes. Le mal qui la rongeait était passé à Luis Miguel.

De temps en temps, fruit amer, j'imagine, et aujourd'hui risible, de cette époque lointaine et de mon éducation, une sorte de douleur me traversait : l'aventure de Pandora avec Simon Finkelstein était une histoire trop bête, quelque chose d'ineffaçable, une sorte de défaut dans le métal ou l'étoffe. Pandora riait. Est-ce que, suivant les conseils prodigués naguère par miss Evangeline Prism, elle prenait sur elle et souffrait en silence ? Je ne crois pas. Elle ne souffrait plus. C'était Luis Miguel qui souffrait.

Souvent, à Glangowness, à Londres, à Paris, avec Javier, toujours rêveur, ou avec Agustin entre le circuit de Nuremberg et le Grand Prix de Monaco, nous parlions de Pandora, de Venise, de Capri, du retour de la fugitive entre ses deux gendarmes. Tout cela était oublié, disparaissait dans le passé. Longtemps, je m'étais imaginé Pandora sous les traits de la victime d'un redoutable aventurier. Je la voyais marquée à jamais, meurtrie, abandonnée par le premier et le seul amour de sa vie. Une autre image de Pandora se faisait jour peu à peu. Elle avait aimé Simon – mais elle s'était remise à merveille de cette épreuve initiatique. Il y avait peut-être des dégâts – mais réservés à d'autres. Les âmes tendres s'imaginaient qu'elle s'était brûlé les ailes : elle s'était contentée de se faire les griffes et les dents. Un soulagement me prenait : elle avait fini de souffrir. Et une crainte en même temps : elle allait faire souffrir les autres.

L'heure du dîner avait sonné depuis longtemps quand Vanessa, épuisée par la route et par ses sentiments, arriva enfin à Tutzing où Renate et Heinrich avaient prévenu leurs parents de son retard probable. Elle avait vu les Alpes illuminées par le coucher du soleil et la lune briller sur le lac de Starnberg. Pendant tout le voyage du retour, elle avait rêvé à la journée et à sa cascade d'événements : le déjeuner au *Vier Jahreszeiten*, l'enlèvement en voiture, la promenade au bord du Tegernsee, le baiser échangé, les paroles de Rudolf Hess. Elle se sentait envahie d'une excitation très douce et d'une émotion où elle avait l'impression de se dissoudre. Dans le demi-sommeil qui s'emparait d'elle, elle entendait les derniers mots de Rudolf Hess : « Dites à Tipnitz de venir me voir... Dites-lui de se méfier de... » De quoi donc ou de qui donc Heinrich devait-il se méfier ? Elle décida de lui transmettre aussitôt que possible le message dont elle était chargée.

L'occasion ne se présenta pas de lui parler le soir même. Renate, qui avait déjà dîné, avait fait préparer un repas froid pour Vanessa. Elles parlèrent toutes les deux, avec beaucoup de rires et d'exclamations, des surprises de cette journée. Malgré la curiosité de son amie, Vanessa resta discrète sur les charmes du Tegernsee. Quand elles retournèrent au salon où les attendaient, encore humides de schnaps, les grosses moustaches du père Tipnitz, Heinrich était déjà allé se coucher. Le lendemain matin, Vanessa se leva tôt. Elle tomba sur Heinrich en train de sortir.

– Heinrich, lui dit-elle, il faut que tu ailles voir Hess. Il m'a demandé d'insister. C'est urgent.

– Encore! dit Heinrich. Mais je n'ai pas cessé de le voir!... Tu sais, ajouta-t-il en riant, je crois qu'il a le béguin pour toi.

– Écoute, dit Vanessa, il ne s'agit pas de moi. Mais de toi. Il te conseille de faire attention et de te méfier...

– De me méfier! Mais de quoi?...

– Justement. Je ne sais pas. Il veut te voir pour te le dire.

– Il m'ennuie, dit Heinrich.

Vanessa était à l'extrême opposé de la subtilité et de la coquetterie où triomphait Pandora. L'idée la traversa pourtant qu'une ombre de jalousie à l'égard de Rudolf Hess était à l'origine de la mauvaise humeur de Heinrich. Elle avait senti quelque chose de grave dans les paroles de Hess. Elle savait bien entendu qu'elle n'était pas pour rien dans cet avertissement. Elle ne voulait pas être la cause, même indirecte, d'une négligence ou d'un retard qui pourraient nuire au jeune Tipnitz. Elle déploya tout son charme et sa persuasion pour le convaincre de téléphoner au compagnon de Hitler. Heinrich von Tipnitz s'y résolut de mauvaise grâce. Il attrapa au vol le dirigeant nazi et il réussit à le voir avant son départ de Bavière et son retour à Berlin.

– Alors? lui dit Vanessa.

– Eh bien!... dit Tipnitz, qui paraissait bouleversé.

– Qu'est-ce qu'il y a? demanda Vanessa.

– Je ne peux rien te dire, murmura Heinrich. C'est trop..., c'est trop...

Et le grand gaillard blond qui dépassait d'une

bonne tête Vanessa O'Shaughnessy qui n'était pourtant pas petite, éclata en sanglots.

Vanessa devait me raconter plus tard qu'il était – et je me rappelle que les mots m'avaient fait un peu sourire – « blanc comme un linge, pâle comme la mort ».

C'est cette année-là ou l'année suivante – la fin de l'été 1934 ou de l'été 1935 – que Brian et Hélène eurent une bonne idée : ils louèrent un bateau pour quinze jours ou trois semaines et ils emmenèrent leurs filles et les quatre frères Romero. Ils savaient naturellement les sentiments de Luis Miguel pour Pandora – et ils les encourageaient plutôt. La menace, l'ennemi restait Simon Finkelstein. Ils étaient prêts à tout pour exorciser son souvenir. Agustin et Javier, et Pandora aussi, avaient beaucoup insisté pour que je fusse de la fête. Tout ce petit monde, avec ses secrets et ses passions, s'embarqua au Pirée, à Pacha Limani, et partit pour les îles. Le chancelier Dollfuss venait d'être abattu par les nazis, à Vienne, au cours d'un putsch avorté. Hitler montait à l'horizon.

La croisière sur le *Fairy Queen* m'apprit une foule de choses sur les frères Romero et sur les sœurs O'Shaughnessy. Nous doublions le cap Sounion où, vandale narcissique, Byron, cent ans plus tôt, avait inscrit son nom sur une colonne de marbre à moitié écroulée, nous nous promenions à Delos, à Mykonos, à Santorin sous un soleil de plomb, nous débarquions sur les quais de Rhodes, nous regardions le soir tomber sur des baies miraculeuses, sur des monastères très blancs – et Pandora ou Vanessa me racontaient en riant tout ce que je viens de vous rapporter. J'explorais en même temps deux mondes dont je ne savais rien : les îles grecques, pleines de lumière, et les jeunes filles, pleines de mystères.

L'aventure, pour moi, avait commencé un peu

plus tôt : pendant que les autres prenaient le bateau, Agustin, Carlos et moi, nous étions descendus en voiture vers Athènes. Les routes, à cette époque, n'étaient pas ce qu'elles sont devenues et les enfants de Macédoine, qui n'avaient jamais vu d'automobile, couraient autour de nous en même temps que les chiens réveillés de leur sommeil et qui aboyaient comme des fous contre ce monstre d'acier d'une vélocité terrifiante. Sur les pistes de terre et de pierres, défoncées par la pluie, la sécheresse et le gel, sans le moindre panneau de signalisation, nous roulions à vingt à l'heure. De temps en temps, un berger, un pope, une paysanne nous indiquaient le chemin. Nous nous trompions, nous revenions en arrière, nous dormions dans la voiture ou à la belle étoile. Aucun voleur n'était à craindre pour la bonne raison qu'à des centaines de kilomètres à la ronde il n'y avait rien à voler. Nous vîmes des ponts antiques, des monastères byzantins, des icônes, des mosquées, des chutes d'eau dans des lacs, des personnages très beaux et très lents qui semblaient sortir de la Bible ou du *Roi des montagnes*.

– Quel chic ! disait Agustin.

– Quelle misère ! disait Carlos.

Les frères Romero m'étaient longtemps apparus comme un bloc sans fissure. Sur les places de Salzbourg, entre la colonne de Roland et le palais Sponza à Dubrovnik, je découvrais peu à peu ce qui les séparait et ce qui les opposait. Agustin était partisan de l'ordre, il admirait la force, il aimait les vertus viriles dont il donnait l'exemple dans son métier et dans sa vie. Il parlait de Dollfuss sans indulgence. Il marquait de l'intérêt et presque de la sympathie pour le Duce et le Führer qui avaient le culte des vainqueurs et qui l'avaient reçu plusieurs fois. Carlos était de gauche et il lui arrivait bien souvent de traiter son frère de fasciste. Il n'y avait rien de surprenant à ces contrastes familiaux. Je voyais dans Carlos le continuateur des vieux rêves de Jérémie Finkelstein et dans son frère Agustin le dernier avatar de la dynastie Romero, dégoûté par Aureliano du libéralisme humaniste. Ils étaient l'un et l'autre les héritiers des leurs.

A Dubrovnik, à Sarajevo, en Macédoine, nous avions descendu pas mal de sljivovica. Le décor changeait. La sljivovica le cédait au résiné et à l'ouzo. Les tables à trois dans les cafés, à l'ombre des mosquées, s'élargissaient aux dimensions de banquets familiaux. Dans les tavernes des îles, l'entrée des quatre filles O'Shaughnessy, précédées de leurs parents et suivies des quatre frères, ne s'opérait pas sans remous. Je me souviens d'un soir dans la taverne Alexis, au cœur de la vieille ville de Rhodes : en apercevant Pandora et ses sœurs, plus éclatantes les unes que les autres, un serveur, éperdu, laissa tomber son plat. Il arrivait aussi qu'un amateur d'automobiles reconnût Agustin et lui demandât un autographe sous l'œil indulgent de Brian et d'Hélène.

– C'est charmant, disait Carlos. Un vrai tableau bourgeois, une allégorie de notre temps : la beauté et la gloire à l'ombre de la fortune.

– Alors? avait demandé Vanessa à Heinrich von Tipnitz qui venait de voir Rudolf Hess.

– Alors? demandais-je à mon tour, dans les vieilles rues de Rhodes, le long des sentiers escarpés de Patmos ou sur le pont du *Fairy Queen*, à Vanessa en robe blanche, les pieds nus dans des espadrilles et brûlée par le soleil.

Blanc comme un linge, pâle comme la mort, Heinrich von Tipnitz avait pleuré un peu sur l'épaule de Vanessa. Le soir, avant le dîner, elle s'était promenée avec lui au bord du lac et elle lui avait arraché quelques mots. Tout tournait autour de Roehm et de ses *SA* aux chemises brunes. Ils avaient fini par irriter Hitler. Pourquoi? Vanessa ne se rappelait plus très bien. Roehm, expliquait Heinrich, était un rival pour Hitler, et peut-être une menace. Ils travaillaient sur le même terrain. Les chemises brunes devenaient une force qui échappait à Hitler pour ne plus obéir qu'à Roehm. Le capitaine Roehm trouvait que Hitler était trop patient avec le vieux maréchal...

– Quel maréchal? demandait Vanessa.

Hindenburg, disait Heinrich. Hindenburg. Il commandait les troupes pendant la dernière guerre. Il est devenu président de la République et, après notre triomphe, il a dû appeler Hitler comme chancelier – c'est-à-dire comme Premier ministre. Et Hitler...

Vanessa n'écoutait plus. Elle marchait aux côtés de Heinrich en froissant nerveusement de la main une feuille de papier dans sa poche. C'était une lettre très brève qu'un motocycliste en uniforme avait déposée à la maison, quand elle était toute seule vers la fin de l'après-midi.

> Ma chère Vanessa,
>
> Vous me manquez. C'est pour vous, pour vous seule, que j'essaie de sauver qui vous savez. Dites-lui de faire ce que j'ai dit. *Tout de suite.* C'est une question de vie ou de mort. Je veux que vous me deviez quelque chose. Pensez à moi comme je pense à vous.
>
> Je vous embrasse.

Visiblement écrite à la hâte, avec plusieurs ratures, la lettre était signée d'un R. Les mots *Tout de suite* étaient soulignés. Il y avait encore une ligne tout en bas : *Déchirez ce papier quand vous l'aurez lu.* Elle n'avait pas pu s'y résoudre et elle avait passé sa soirée à le plier et le replier entre ses doigts.

Heinrich von Tipnitz continuait d'expliquer un peu laborieusement la rupture entre le chancelier et l'encombrant capitaine. Hess l'avait informé de ce qui était en train de se passer et l'avait mis en garde : d'une façon ou d'une autre, c'était la fin des chemises brunes.

– Qu'est-ce qu'il t'a dit exactement ? demandait Vanessa avec impatience.

– Mais ça. Ce que je viens de te raconter.

– Il t'a conseillé quelque chose, insistait Vanessa. Il t'a donné son avis.

– Ah ! disait Heinrich. Il voudrait que je quitte les *SA*.

Les filles O'Shaughnessy avaient beau plaire aux hommes, elles étaient loin d'être idiotes. Ou peut-être étaient-elles stupides avec des éclairs de génie quand la passion s'en mêlait. Vanessa comprit aussitôt qu'on arrivait au cœur du sujet.

– Et qu'est-ce que tu comptes faire ? demanda Vanessa.

– Sûrement pas lâcher les miens, dit Heinrich von Tipnitz.

Vanessa passa plusieurs heures, avant le dîner et après le dîner, à discuter pied à pied avec Heinrich. Fallait-il vraiment se perdre avec les *SA* ? Ou fallait-il les quitter et passer d'avance du côté de Hitler ? Heinrich von Tipnitz se débattait comme un beau diable. Il aimait son uniforme, ses camarades, sa vie de groupe. Il était attaché à Roehm. Il ne pouvait pas les trahir. Deux fois, trois fois, il déclara à Vanessa que sa décision était prise : il préviendrait ses chefs, il les alerterait. Vanessa jeta dans la bataille tous ses charmes et toutes ses ressources. Jusqu'à présent elle s'était battue pour Heinrich, pour sa carrière, pour ses ambitions. Maintenant, en plus, elle luttait pour Rudolf Hess : il fallait éviter à tout prix de paraître indigne de sa confiance et de contrecarrer des plans obscurs dont elle ne savait pas grand-chose mais dont elle devinait l'importance.

Le soleil tapait comme un fou sur les îles de l'Egée. Nous grimpions des marches blanches entre des maisons bleues. La mer, tout à coup apparaissait derrière l'église, entre les oliviers. Nous courions vers la plage brûlante et nous nous jetions dans l'eau.

– C'est comme ça, lui dis-je, qu'on devient un agent.

– Tout de suite les grands mots!... J'avais de l'amitié pour Heinrich, voilà tout.

– Et pour Hess, c'était quoi?...

Elle me regardait en riant. La vie était belle. La mer était chaude et douce. Il n'y avait pas de quoi se tourmenter.

Heinrich était un faible. Vanessa était bien plus forte et autrement volontaire. Elle le retourna complètement. Je n'ai jamais su exactement ce qui s'était passé, mais je suis convaincu que Heinrich von Tipnitz n'avait pas seulement quitté les siens : il les avait livrés.

Grâce à Vanessa, grâce à lui, toutes les informations nécessaires sur les projets des *SA* parvinrent à Rudolf Hess. Tipnitz, naturellement, n'avait pas dû être le seul à fournir des renseignements : les chemises brunes étaient truffées d'agents à la solde de Hitler. Du jour au lendemain, en échange de sa trahison, Tipnitz se retrouva dans le camp des vainqueurs. Quels vainqueurs? Les chemises noires, bien entendu, les *Schutz Staffeln* d'Adolf Hitler, rivales historiques des *Sturm Abteilungen* à la chemise brune – les fameuses Sections de Sécurité passées à la postérité sous le nom de *SS*.

Le 30 juin 1934, les chemises brunes de Roehm étaient réunies à Bad-Wiesse, sur les bords du Tegernsee. Une espèce de grande kermesse s'était organisée. On mangeait et on buvait, on chantait, on dansait. On brocardait Hindenburg et l'armée traditionnelle.

– Où est Tipnitz ? demanda Roehm.

Personne ne savait. On ne l'avait pas vu depuis trois jours.

Les scènes de débauche et d'orgie, dénoncées plus tard par les *SS*, se déroulaient-elles dans l'auberge romantique et pimpante où la plupart des dirigeants des *SA* avaient été logés ? Vers la fin de la nuit, en tout cas, des bruits de moteur se firent entendre : des véhicules bourrés de *SS* succédaient à la fête, investissaient le village et l'auberge, réveillaient – pour quelques instants – les ivrognes qui dormaient le nez entre les seins des filles ou dans les bras les uns des autres. Des *SS* couraient à travers les rues obscures, défonçaient les portes à coups de crosse et de botte, pénétraient dans les chambres. L'affaire durait quelques minutes. Cueillis dans un lourd sommeil, tous les chefs des chemises brunes étaient massacrés, d'un seul coup, à la mitraillette et au couteau. La menace *SA* était éliminée. C'était la fameuse nuit des longs couteaux. Heinrich von Tipnitz était parti la veille pour Berlin où il avait rejoint les *SS*. Le matin, assez tôt, Rudolf Hess téléphona à Vanessa. Il lui annonça tout ce qui s'était passé et il lui demanda si, maintenant, elle avait confiance en lui. Elle bredouilla quelques mots. Ses vacances en Bavière prenaient fin. Elle rentrait en Angleterre. Il lui fit jurer de le revoir. Elle jura.

Le chancelier du Reich n'avait plus de rivaux. Au terme d'un long discours et d'un bref débat, il se faisait acclamer par le Reichstag convoqué à Berlin en séance extraordinaire dans la salle de l'ancien opéra Kroll, le maréchal von Hindenburg lui adressait par télégramme ses félicitations et ses vœux, les puissances étrangères détournaient les yeux avec pudeur et se taisaient obstinément, se réjouissant peut-être des convulsions internes qui agitaient l'Allemagne. Bien des années plus tard, vers l'époque où je faisais encore le va-et-vient entre San Miniato et Plessis-lez-Vaudreuil, j'assistai avec un mélange de fascination et d'effroi à la projection du film de Visconti qui retraçait ces événements sous une intrigue de fiction. Je me souviens de son titre : *Les Damnés.*

En Allemagne, en Russie, en Espagne, en Autriche, l'Europe se précipitait vers son destin sanglant. Nous nous en moquions bien. Nous plongions dans les vagues, nous dormions sur le pont, nous montions à dos d'âne jusqu'aux chapelles des monastères perchés sur les collines. Toutes les îles se ressemblent. Elles sont dans la mer ce que les vacances sont dans le temps. Une espèce de lieu clos ouvert à tous les vents, un arrêt dans la course, un paradis illusoire creusé au cœur du monde. Le bonheur est une parenthèse. Nous la fermions sur nous-mêmes. Nous nous retranchions dans la mer, bleue et vide à perte de vue, comme dans un château fort. Nous remontions nos ponts-levis. Nous naviguions dans l'insouciance et sur la mer des dieux.

Je n'ai pas l'intention de vous livrer ici mon journal de voyage. Je l'ai tenu, bien entendu, rapportant fidèlement les mots de Javier et d'Agustin, les bouderies de Jessica, les éclats de rire de Vanessa, les rencontres dans les ports et nos visites aux temples et aux bistrots sur la mer. A quelques mètres à peine de la terrasse de San Miniato où je suis en train d'écrire sous le pâle soleil du printemps, il traîne encore, ce vieux journal au papier quadrillé et à la couverture rouge, taché ici et là par les embruns de l'Egée, dans la malle magique des souvenirs évanouis. Il me suffit de l'ouvrir, un demi-siècle après le voyage, pour que l'air de la mer envahisse la Toscane. Et que le vent du soir se lève dans ma mémoire. Car ce qui a été ne peut pas cesser d'être.

Je pourrais parler ici, pendant des pages et des pages, de Delos et de Mykonos, de Patmos et de Santorin. A quoi bon? C'était beau. De temps en temps, même la compagnie de Pandora ou de Javier me pesait. Pendant que Carlos se promenait avec Jessica, pendant qu'Agustin discutait avec Vanessa, je montais tout seul au sommet des falaises où courait un chemin de chèvres et je regardais la mer. Ici étaient nés, il y avait deux ou trois mille ans, la tragédie et le destin. Toutes ces histoires, qui me hantaient, des Wronski et des McNeill, des Romero et des Finkelstein n'auraient jamais existé si, autour de cette mer où nous plongions avec entrain, des poètes et des philosophes n'avaient modelé, à coups de dialogues et d'épopées, une certaine image de l'homme, toute faite de passions et de nécessité.

Souvent, installé à l'avant du bateau ou étendu sur une pierre chauffée par le soleil, je rêvais encore à Pandora. Elle dormait sur le pont ou dans sa cabine ou elle nageait dans la mer, à quelques mètres de moi. Elle surgissait dans mes songes comme si des milliers de kilomètres la séparaient du *Fairy Queen*, de la mer Egée et de moi. J'ai déjà dit, je crois, et plutôt trois fois qu'une, combien elle était belle. Les marins grecs, dans les ports, la prenaient volontiers pour une sorte de déesse scandinave ou allemande. Ils avaient tort. Elle était avec évidence au croisement de la blondeur slave et de la blondeur anglaise. Non seulement par son physique, avec ses hautes pommettes, son front bombé, ses longs cheveux clairs, ses yeux verts. Mais aussi au moral, avec ce mélange constant, et qui devait coucher à terre tant de braves bataillons, de passions violentes et d'une extrême réserve qui touchait parfois à la froideur.

A tort ou à raison, la folie de séduire qui s'était emparée d'elle dès son âge le plus tendre, j'en trouvais la racine, dissimulée, souterraine, dans les malheurs de Marie Wronski, de Nadia, de Nicolas. Son enfance avait été marquée par la révélation longtemps retardée qui avait fini par tomber comme la foudre : Nicolas, son grand-père, était le demi-frère de sa grand-mère Nadia. Consciemment ou inconsciemment, toute sa vie allait chercher à reproduire le même drame avec un léger décalage : au lieu d'aimer un frère ou un demi-frère qu'elle n'avait pas, elle s'était déniché une sorte de cercle de famille, centré autour des Romero, et où elle exerçait ses talents. Il y avait l'oncle, il y avait les neveux – et puis il y avait moi. Le *Fairy Queen*, tout à coup, cessait de donner l'image d'un paradis flottant dans un décor de rêve : il se transformait en un huis clos de cauchemar et en même temps de délices au pays des Atrides. J'en venais à me persuader qu'il n'y a jamais de hasard : c'était tout naturellement que les histoires, venues de partout, des Wronski et des Romero, des McNeill et des Finkelstein aboutissaient à la Grèce des tragédies familiales et du destin invincible. A Rhodes, un soir, à l'ombre des vieilles murailles et des auberges des chevaliers restaurées par le Duce, j'aperçus Pandora dans les bras de Luis Miguel. Elle ne donnait pas l'impression de s'y trouver trop mal.

– Est-ce qu'elle est folle? me dit Javier. Tu te rappelles ce qu'elle racontait?

Je levais les mains au ciel. Je crois qu'elle ne détestait pas ces coups de théâtre successifs et ces contradictions. Et j'avais un peu renoncé à comprendre ce qui se passait dans le cœur des sœurs O'Shaughnessy.

Le soir descend sur San Miniato pendant que j'écris ces lignes. Le vent se lève. Je ferme les yeux. Je suis de nouveau assis entre Vanessa et Pandora à la longue table en plein air, à l'ombre d'un vieux tilleul, dans la cour de la taverne Alexis, au cœur de la vieille ville de Rhodes. Il fait beau. Presque frais. Des odeurs de fleurs et de cuisine flottent dans l'air agité par un souffle de meltem. A un bout de la table, Brian. A l'autre bout, Hélène. Ils sont si bien élevés ! Ils écoutent en souriant ce que racontent leurs filles et les amis de leurs filles. Ils ont bien pu entendre le nom de Rudolf Hess parmi les noms familiers de Heinrich von Tipnitz et de sa sœur Renate : ils n'en ont pas tiré de conclusion alarmante. Malgré le passé tumultueux de sa grand-mère et de ses parents, ou peut-être à cause de lui et de sa volonté d'écarter tous les troubles et toutes les tempêtes, Hélène, avec son beau sourire, sa tendresse pour ses filles, son attachement à son mari, est bien incapable de soupçonner la tragédie, le drame, ni même la moindre contrariété. Elle considère ses filles comme des enfants de Marie à qui rien, jamais, ne pourra arriver qu'un mariage d'amour tel que celui qui l'a unie, dans une sorte de conte de fées, à un riche héritier. Pandora a fait des folies. Mais elles sont déjà derrière nous. Pandora n'épousera ni son frère – elle n'en a pas – ni un grand seigneur libéral et révolutionnaire – la race en a disparu – ni un musicien de génie – il n'y en a aucun dans les parages – ni même Simon Finkelstein. Tout va bien. Si elle pouvait devenir la femme de Luis Miguel Romero, mon Dieu ! ce ne serait pas si mal. Mieux vaudrait, bien sûr, le jeune duc de Bedford ou le charmant duc de Rutland qui... Mais Luis Miguel, après tout... Les Romero sont des gens très convenables, il n'y a pas de scandales dans leur famille – ah ! le sang juif, tout de même, et le sang noir, aïe ! aïe ! aïe ! Mais quoi ? il y a bien chez les Landsdown eux-mêmes du sang indien et une hérédité d'assassins – et puis la fortune de Conchita efface tout. Il est très plaisant, ce jeune Luis Miguel. Il vaut tout de même mieux que son oncle Simon, dont on se demande comment – ah! la guerre, bien sûr... – il a pu devenir l'ami le plus intime de Brian. Au haut bout de la table, Ecossais, Irlandais, britannique jusqu'au bout des ongles, en train de parler au patron de la taverne Alexis dans un grec improbable, mêlé de pidgin et d'italien, Brian O'Shaughnessy, dernier lord Landsdown, chasseur déguisé en marin, est adossé de tout son poids aux forêts, aux terres, aux champs, au château de Glangowness. Ils élèvent autour de lui comme une enceinte protectrice. Ils l'abritent de l'histoire et du soleil de la Grèce. La barbe blonde de pirate qu'il a laissée pousser depuis le départ du Pirée est un legs de Kevin et de Brenton McNeill, débauchés et ivrognes au milieu du XVIIIe siècle, et peut-être, bien au-delà, de leurs communs aïeux anglo-saxons du temps d'Ivanhoé, de Richard Cœur de Lion et du malheureux roi Harold, le mari d'Edith au cou de cygne, vaincu et tué par Guillaume le Conquérant à la bataille d'Hastings. Brian a épousé Hélène malgré Verdi et Wronski et Nadia et Nicolas. Ce ne sont pas les aventures de ses gamines de filles qui vont lui arracher de hauts cris. Du haut de sa douzaine de siècles de victoires et de défaites, de gloire, d'aventures, il regarde avec calme se dérouler sous ses yeux l'histoire publique et privée de tous les siens.

Le temps nous emporte et nous change. Les sœurs O'Shaughnessy et les frères Romero s'étaient, en quelques jours, transformés sous mes yeux. J'avais appris que Carlos et Agustin étaient séparés l'un de l'autre par l'épaisseur d'un monde, que Vanessa, à seize ans, entrait dans un jeu d'enfer, que l'angoisse de plaire ravageait Pandora, que Luis Miguel triomphait et que, chaque jour davantage, il semblait avoir raison contre moi. A mesure que Luis Miguel retrouvait sa bonne humeur et s'épanouissait de bonheur aux côtés de Pandora, plus simple, plus douce, plus impénétrable que jamais, Javier, à ma stupeur, devenait plus sombre et plus amer. Est-ce que le mal de famille le frappait à son tour ?

– Tu sais quoi ? me disait Javier. C'est incroyable. Incroyable.

– Qu'est-ce qu'il y a ? demandais-je.

– Luis Miguel m'a dit qu'il allait épouser Pandora.

– Et ça t'ennuie ?

– Je ne sais pas.

– Ce n'est pas fait, lui disais-je.

Et je lui donnais une bourrade qu'il avait bien méritée.

Jessica, grâce à Dieu, n'était encore qu'une enfant. Carlos Romero, le plus âgé de la bande et qui aurait pu être son père, l'avait prise sous sa protection et ils visitaient ensemble les temples et les tombeaux.

Non loin de Kash et de ses côtes turques, Castellorizo est une petite île étonnante et lointaine dont le port en demi-cercle compose un décor d'opérette éclatant de couleurs et d'une gaieté un peu triste dans le soir en train de tomber. Chassés par plusieurs désastres naturels et sociaux, les habitants de Castellorizo ont émigré en masse et, bizarrement, vers l'Australie. Il reste une coquille vide, mélancolique et ravissante, à l'usage des touristes que l'éloignement, d'ailleurs, ne rend pas très nombreux. Assez nombreux pourtant pour que figurât parmi eux, à bord d'un yacht époustouflant auprès duquel le *Fairy Queen* faisait figure de vieux sabot, un jeune Américain assez beau, héritier à la fois des Mellon et de ces Vanderbilt qui avaient joué un rôle fugitif – vous souvenez-vous ? – dans la vie de Jérémie Finkelstein. Très brun, pas très grand, tantôt très gai et tantôt absorbé dans je ne sais quel rêve intérieur, il s'appelait Thomas K. Gordon et il se promenait tout seul, entouré de marins, d'un cuisinier, d'un steward, à travers les îles de la mer Egée.

Nous étions arrivés à la nuit tombante dans le port de Castellorizo. Dès le lendemain matin, les jumeaux et les filles furent démangés par l'envie de visiter l'*Alcyon*. On envoya Pandora, escortée de Luis Miguel. Le maître du navire était dans un jour sombre : ils furent reçus assez mal.

– Qu'est-ce que vous voulez ? aboya l'Américain.

– Nous sommes une dizaine sur le petit bateau d'à côté, dit Pandora. Mon père vous demande si vous voulez déjeuner avec nous.

– Je ne quitte guère le bord. Venez tous dîner, si vous voulez.

– Quel bateau !... dit Pandora.

– Promenez-vous. Ça m'est égal.

Et il retourna dans sa cabine qui était immense et claire, avec des meubles anciens et une salle de bain de cinéma.

– Alors ? demanda Vanessa quand Pandora et Luis Miguel nous rejoignirent sur le *Fairy Queen*.

– Il est très étrange, dit Pandora.

– Il ne t'a pas regardée ? demanda Javier.

– A peine, dit Pandora. Mais il nous a tous invités à dîner.

Je garde du dîner sur l'*Alcyon* dans le port de Castellorizo un souvenir mélangé. Les lumières de la petite ville brillaient autour de nous. Des marins tout en blanc aidaient le steward à servir un dîner qui aurait fait honneur à n'importe quelle maîtresse de maison de Paris ou de Londres. Il y avait du whisky, du bordeaux, du champagne. Au milieu de la table, entouré d'Hélène à sa droite et de Pandora à sa gauche, Thomas Gordon ne desserrait pas les dents. Nous parlions entre nous avec vivacité comme s'il n'avait pas été là.

– Vous êtes tous très gais, n'est-ce pas? dit Thomas à Pandora en se penchant vers elle.

– Et vous, vous êtes très sûr de vous, n'est-ce pas? répondit Pandora.

– Ça vous gêne? dit Thomas.

– Pas du tout, dit Pandora.

Après le dîner, sur le pont, dans la nuit tiède, Pandora, s'accompagnant à la guitare, chanta des chansons de bergers écossais et de marins bretons que nous reprenions tous en chœur. Je rêvais au Kid, à Rudolf Hess, aux victoires d'Agustin dans des bolides scintillants, aux grandes espérances de Carlos qui faisait pendant à Thomas et boudait un peu dans son coin.

Nous rentrâmes très tard à bord du *Fairy Queen*.

– Eh bien! me dit Javier. Quelle soirée!

– Comment le trouves-tu? demanda Atalanta à Pandora.

– Le bateau?

– Mais non! Thomas.

– Assez bien, dit Pandora.

– Il ne m'a pas dit un mot, dit Vanessa.

– A moi non plus, dit Atalanta.

– Justement, dit Pandora.

Le lendemain matin, très tôt, Thomas nous appelait du quai. Il était d'une humeur de rêve. Il voulait aller pêcher, nager, voir des phoques ou des otaries qui fréquentaient, d'après les marins, une des grottes de Castellorizo. Ce jour-là et les jours suivants, on ne se quitta plus guère. On fit le tour de l'île. On navigua de conserve jusqu'à la côte turque, jusqu'à Kash, jusqu'aux îles Kekova où des tombes lyciennes submergées par la mer constituent un des tableaux les plus inattendus de la Méditerranée. On se promena la nuit parmi les ruines d'un autre âge. Thomas s'apprivoisait. Il parlait affaires avec Brian. Il riait avec Vanessa et avec Atalanta.

– Il n'est pas si mal, assurait Luis Miguel.

– Tu trouves ? disait Pandora.

Un soir, une heure ou deux avant le coucher du soleil, Thomas entraîna Pandora dans une promenade sur l'île. La nuit était close quand ils revinrent tous les deux.

– Qu'est-ce qu'il t'a dit ? demanda Vanessa à sa sœur.

– Il est très mystérieux, dit Pandora. Il voyage. Il est très seul. Je crois qu'il a beaucoup de pouvoir et qu'il ne sait pas quoi en faire.

– Est-ce qu'il t'a embrassée ? demanda Vanessa, incurablement romantique.

– Tu es bien curieuse, répondit Pandora.

Cinq ou six semaines plus tard, au cours d'un bal à Glangowness, grandes robes du soir et bordeaux rouge, chasseurs de renard en kilt, sous-lieutenants retour des Indes parmi les rires des jeunes filles, petits ambitieux maltais et intimes de la Couronne, Pandora annonçait ses fiançailles avec l'Américain. A peine huit jours plus tard, perdue dans une lettre interminable et un peu exaltée, la nouvelle parvenait à Berlin sur la table de Rudolf Hess. Luis Miguel avait déjà décidé de partir pour l'Argentine où la vie, disait-il, était plus belle qu'en Europe.

V

CARLOS ET JESSICA SONT DANS LE MÊME BATEAU

PENDANT trois ou quatre ans, nous avons eu une vie délicieuse. Mon Dieu! que la vie était belle! Le Front populaire accordait des congés payés à des millions d'hommes et de femmes qui partaient en tandem vers la mer qu'ils n'avaient jamais vue. J'embarquais sur *Normandie* pour me promener avec Pandora de la Caroline du Sud à la Californie et de la Floride à la Virginie. L'Autriche tombait. Nous visitions la Toscane, les Abruzzes, les Pouilles. La crise des Sudètes éclatait, bientôt suivie de Munich. Nous nous retrouvions tous à Glangowness autour de Brian et d'Hélène. Les troupes allemandes entraient à Prague. Agustin et Javier étaient en train de faire du ski à Zermatt avec Atalanta : je les rejoignais en compagnie de Pandora. Nous n'étions pas aveugles, nous étions moins lâches ou idiots qu'on n'aurait pu le craindre : en dépit de Vanessa qui nous jurait le contraire, nous savions naturellement que nous allions vers la guerre imposée par Hitler. On aurait dit que nous voulions profiter de ce monde avant la catastrophe et épuiser l'Europe avant qu'elle disparaisse.

Le monde, en ce temps-là, était très près et très loin de ce qu'il est de nos jours. Mille liens, beaucoup plus forts qu'aujourd'hui, le rattachaient au passé. Et une formidable espérance l'emportait vers l'avenir. Il n'y avait pas de pilule, il n'y avait pas de télévision, il y avait très peu d'avions et, sauf les sœurs O'Shaughnessy, la plupart des jeunes filles arrivaient vierges au mariage. La bombe n'était pas inventée. Le communisme se développait. Les hommes continuaient à mettre leur confiance dans la science et dans le progrès. Après l'épreuve de la Première Guerre et de la crise de 1929, nous croyions encore, de toutes nos forces, à un avenir radieux auquel faisait obstacle le seul Adolf Hitler.

Chacun savait bien, à peu près depuis l'époque de la croisière du *Fairy Queen*, que nous étions entrés dans une période de turbulences et que l'après-guerre basculait en avant-guerre. Nous étions en sursis. Il nous restait quelques années de bonnes, entre le massacre de nos pères qui s'éloignait dans le passé et les conséquences à peu près inéluctables des menaces à répétition agitées par Hitler. Il y eut une première alerte, encore sur le monde mineur : c'était la guerre d'Abyssinie menée par Mussolini contre le négus Haïlé Sélassié. Il y eut une deuxième alerte, autrement grave et sanglante, répétition générale du déluge de 1940 : ce fut la guerre d'Espagne.

Le soir où Pandora, encore brunie par la Grèce, annonça ses fiançailles avec Thomas Gordon, j'étais bien entendu parmi les hôtes de Glangowness. Il pleuvait à torrents. Je m'étais surtout occupé de Luis Miguel sur le point de partir pour l'Argentine et qui faisait peine à voir. Pendant quelques jours, dans les îles alors italiennes du Dodécanèse, il s'était mis à espérer. La désillusion était rude. Il se souvenait avec horreur des charmantes maisons délabrées et multicolores de Castellorizo, du décor sauvage et grandiose de Kekova.

– C'est peut-être mieux comme ça, lui dis-je pour le consoler. Tu sais combien j'aime et admire Pandora. Vivre avec elle doit être une épreuve, et peut-être un enfer.

– Et sans elle ? dit Luis Miguel.

– C'est notre sort à tous.

– Sauf à ce con-là, dit Luis Miguel.

Pandora était en train de danser avec Thomas Gordon. Elle souriait. Je connaissais ce sourire. L'idée me traversa tout à coup que le jeune Américain, avec ses silences et sa fortune, avec ses humeurs noires et son rire soudain, ne serait qu'un détour dans la vie de Pandora. Pourquoi diable l'épousait-elle ? La réponse était aisée – et sûrement trop aisée : parce qu'elle ne le connaissait pas, parce qu'il la rassurait et parce qu'il lui plaisait. L'orchestre s'arrêtait. Elle venait vers nous.

– C'est vous que j'aime, disait-elle en nous prenant par le cou.

– Tiens donc ! disait Luis Miguel. Et lequel des deux ?

– Mais tous les deux, naturellement, répondait Pandora avec un naturel étourdissant.

– Et le troisième, là ? dit Luis Miguel en montrant du menton Thomas Gordon en train de parler à Brian et à Agustin.

– Celui-là, dit Pandora, c'est autre chose : je l'épouse.

Peut-être était-elle légère et insouciante jusqu'à une forme de folie ? Ou peut-être n'attachait-elle aucune espèce d'importance au déroulement de sa propre vie ? Ou peut-être tout simplement faisait-elle bien l'amour avec Thomas Gordon ? Comme on connaît mal les êtres qu'on croit connaître le mieux ! J'étais bien incapable de prévoir le moindre geste de Pandora ou de Javier. Ni même d'expliquer après coup leurs motifs ou leurs intentions. Je me contentais de les regarder vivre et de raconter ce qu'ils faisaient et ce qui leur arrivait. Le reste... Tout le monde répète qu'il faut avoir couché avec les gens pour pouvoir les comprendre. Je ne crois pas qu'il suffise d'avoir partagé le même lit, la même nuit, le même plaisir pour sonder les reins et les cœurs. Se fondre avec un autre ne permet pas, et de loin, de le rendre simple et prévisible. Car les gens sont multiples, confus, incertains et opaques. Je ne suis pas sûr que Luis Miguel ou Javier fussent transparents à eux-mêmes. Je suis persuadé que Pandora n'a jamais su exactement ce qu'elle faisait ni ce qu'elle voulait – et que cette incertitude était l'un de ses charmes. Je sais que je raconte les événements extérieurs et la face apparente de l'existence des autres pour ne pas trop m'interroger sur la face cachée de la mienne.

Javier rappliquait.

– Il ne manquait que toi, lui dis-je.

– Plus on est de fous, plus on rit, répondit-il, l'air sinistre.

– Pandora, dis-je à Pandora, voici les fous de Pandora!

– C'est bien, mes braves, dit-elle en nous détaillant l'un après l'autre de l'air d'un capitaine qui passe ses troupes en revue, j'aurai encore besoin de vous.

Il me sembla que ces mots si simples, vaguement ambigus et peut-être cruels mettaient un peu de baume au cœur des deux jumeaux, décidément incorrigibles.

Carlos avait fini de s'entretenir avec Brian. Nous allâmes l'un vers l'autre. Son humeur était médiocre.

– Elles sont inouïes, me dit-il.

– De qui parles-tu?

– Des O'Shaughnessy, naturellement. Inouïes.

– N'exagérons pas, lui dis-je. Tout ce petit monde est exactement comme on doit être quand on a de l'argent, un château en Ecosse, du sang russe et irlandais, Verdi parmi ses ancêtres et le physique que nous savons.

– Alors, c'est leur caste qui est insupportable, leur famille, leur façon d'être, leur milieu, comme ils disent. Ce n'est que dissimulation, frivolité, superficialité, incohérence. Tout le monde ici, et jusqu'à son propre père, se demande pourquoi Pandora a choisi ce garçon et quelle mouche l'a piquée. Et sa sœur : amoureuse d'un nazi ! Je crois qu'Atalanta est déjà perdue, elle aussi. Elle va épouser un duc imbécile ou un banquier très riche, ou peut-être l'un et l'autre. Le cumul n'est pas interdit. Il n'y a que la petite Jessica qu'on puisse encore sauver.

Je me demandai un instant si Carlos, par hasard, avait rejoint le gros de la troupe des Romero et s'il n'était pas, à son tour, tombé amoureux de Pandora ou de l'une de ses sœurs. Je me rappelai à temps qu'il était un intellectuel et qu'il était chargé d'abord d'émettre des jugements moraux.

– Et ça danse, et ça donne des fêtes, et ça flirte avec les hitlériens, et ça dit n'importe quoi. Mais pourquoi, pourquoi, s'intéresser à ces gens-là ? C'est l'écume de l'humanité. Une espèce de moisissure. Des fleurs vénéneuses et inutiles.

– Ce sont les plus belles, dis-je en riant. Reconnais au moins qu'elles sont belles.

– Bien sûr qu'elles sont belles. Et je n'ai rien contre elles. C'est l'argent qui pourrit tout, et toutes ces choses qui l'entourent et qui lui servent de remparts : l'armée, l'Eglise, la justice, la police, la Chambre des lords, la tradition. Tout ça, quoi !

– Ce qu'il y a avec les quatre sœurs, c'est que, pour une raison ou pour une autre, on se sent assez bien avec elles. Rien de plus injuste, je le sais bien. Mais qu'y faire ! Toujours ce fameux je ne sais quoi. Peut-être le charme, tout simplement ?

– Peut-être bien. Je m'en suis d'abord voulu d'aller passer tant de temps avec vous tous en Grèce. Et puis sur moi aussi le charme O'Shaughnessy a fini par agir. Tout de même... Ce qui leur manque, vois-tu, c'est la générosité.

Je ne sais pas si c'est la générosité ou plutôt le goût du risque ou l'amour de l'aventure qui s'était emparé d'une de nos plus vieilles connaissances. Elle avait disparu depuis quelque temps. Le hasard la fit tout à coup reparaître à nos yeux. Un soir, pour combattre, j'imagine, la frivolité O'Shaughnessy, Carlos Romero, de passage, comme souvent, à Paris, m'avait invité à l'accompagner à une manifestation de soutien à l'Ethiopie, organisée, salle Pleyel si je me souviens bien, ou peut-être à la Mutualité, par l'Union des intellectuels antifascistes. Il y avait, sur une estrade, alignées en rang d'oignons, toute une brochette de célébrités présentes ou futures : Léon Blum, avec l'allure d'un prince qui se serait déguisé, pour mieux garder l'incognito, en lévrier afghan, André Gide, l'air d'un bedeau échappé de la chapelle Sainte-NRF, Jean Guéhenno, Jean Cassou et un jeune homme plus brillant et plus rapide que tout le monde et qui parlait d'une voix saccadée : André Malraux. Après les discours qui dénonçaient l'agression italienne, le noir se fit dans la salle : des actualités un peu sautillantes présentaient des épisodes de la résistance éthiopienne aux troupes de Mussolini. On voyait le négus, qui semblait sorti d'une icône orthodoxe ou d'une miniature de Topkapi, quelques-uns de ses dignitaires sous de grands parasols et des soldats aux pieds nus dans de vastes couvertures.

Tout à coup, je sentis la main de Carlos en train de se crisper sur la mienne.

– Regarde! me souffla-t-il.

Je regardais. De tous mes yeux, je regardais.

Entouré de quelques gaillards au teint brun, le négus venait de disparaître de l'écran. On voyait des mitrailleuses, des soldats en train de courir, des enfants et des femmes qui apportaient des munitions.

– Qu'est-ce qu'il y a ? murmurai-je.

Et puis, soudain, je le vis. La caméra, de nouveau, tournait autour du négus. Derrière lui, au milieu d'autres, presque aussi sombre de peau mais aisément reconnaissable, souriant parmi tant de visages préoccupés et sinistres, se tenait Simon Finkelstein.

– Eh bien ! dis-je à voix basse, nous n'avons pas perdu notre soirée.

C'était aussi l'avis de Carlos. Quinze jours plus tard, il rejoignait Simon à Addis-Abeba.

Le rôle de Carlos Romero et de Simon Finkelstein dans les batailles d'Adoua et d'Axoum n'a été étudié que dans deux ou trois livres américains et anglais qui ne brillent pas toujours par l'exactitude. Dans son célèbre ouvrage sur *Le Lion de Juda*, John Sturgees, correspondant de guerre du *New York Times*, se prenant sans doute les pieds dans la parenté Finkelstein-Romero et dans l'intimité Romero-O'Shaughnessy, présente Carlos Romero comme un neveu de lord Landsdown.

– Voilà le comble, dit Brian mis au courant de l'impair par la rumeur publique. J'ai assumé Wronski et Verdi et Nadia et Nicolas. Faut-il vraiment que j'accueille aussi parmi les miens le cher Jérémie Finkelstein et Florinda de Bahia et Pericles Augusto ? Encore heureux que ce sacré journaliste ne m'ait pas donné pour gendre Simon Finkelstein. Ç'aurait été d'un goût... Je préfère encore avoir pour neveu le fils d'Aureliano plutôt que son beau-frère.

Aureliano et Brian avaient été aviateurs sur les fronts de la Somme et de l'Yser. L'ex-Kid et Carlos pilotèrent en Ethiopie un avion qui est entré dans la légende sous le nom de *Reine-de-Saba*. Ils clouèrent au sol plusieurs appareils italiens, détruisirent des dépôts de munitions, mitraillèrent des colonnes ennemies qui montaient au combat, attaquèrent – sans succès – l'état-major italien réuni en conférence autour du maréchal Badoglio. C'était un des premiers exemples, dans l'histoire de l'aviation, de guérilla aérienne. C'étaient Cartouche et Mandrin à bord du même avion. Kessel, Monfreid, Malraux, Corniglion-Molinier, Dos Passos vinrent aux nouvelles parmi beaucoup d'autres et parlèrent des deux aventuriers et de leurs actions dans *Marianne*, dans *Vendredi*, dans *Paris-soir*, dans le *New Yorker*. Une espèce de gloire tombait sur des espèces de clandestins.

Jessica, en ce temps-là, avait seize ou dix-sept ans. C'était l'âge terrible de toutes les O'Shaughnessy – ou peut-être, plutôt, l'âge où commençaient à se révéler chez elles un tempérament et des passions qui n'allaient plus cesser d'accumuler les dégâts. C'était à peu près l'âge où Pandora, repêchée à Capri, regagnait Glangowness entre Agustin et moi, l'âge où Vanessa faisait, grâce à Tipnitz, dans les premières années du national-socialisme, la connaissance de Rudolf Hess. C'était le tour de Jessica.

Jessica, avec ses yeux bleu clair et ses cheveux noirs et bouclés, était très différente de ses sœurs. Ce qui frappait chez Pandora, ce qui m'avait stupéfié et peut-être séduit chez elle, c'était son indifférence – aux autres sans doute, mais aussi à elle. Vous finissiez par croire qu'elle assistait à sa propre vie, qu'elle en faisait un terrain de jeu ou un champ d'expériences. Prompte à toutes les passions, toujours prête à s'emballer, elle s'indignait très peu, ne gémissait jamais. Elle jouait volontiers, et gagnait souvent. Quand elle perdait, elle passait très peu de temps à se plaindre et à pleurnicher. On aurait dit qu'elle s'amusait de tout, et d'abord et surtout de ses propres malheurs. Elle traitait ses échecs, innombrables comme ses succès, à la façon d'un amateur qui s'enchante de ses trouvailles. L'ordre du Royal Secret l'avait marquée à jamais. Le monde lui paraissait tout fait de fatalité et d'aventures : elle ne cessait de se jeter dans les aventures et de se soumettre à la fatalité. Elle avait remplacé le sens moral et même l'instinct de survie par la curiosité. Vanessa était plus entière, plus implacable encore. Elle aimait les vainqueurs. Elle méprisait les vaincus. Elle était plus sûre d'elle que Pandora qui poussait l'amour du jeu jusqu'au goût de l'imprévisible et à l'extravagance. Atalanta, entre les deux, était de loin la plus douce, la plus sensible, la mieux faite pour le bonheur. Ce serait celle aussi qui aurait la vie, sinon la plus heureuse, du moins la plus calme et la plus résignée. Des quatre sœurs O'Shaughnessy, c'était elle, peut-être, qui ressemblait le plus à Hélène, leur mère. De vieux amis de la famille, qui avaient connu la comtesse Wronski à Paris ou à Londres vers la fin de l'autre siècle, prétendaient même qu'Atalanta avait des traits de Nadia, sa grand-mère. Jessica était différente.

Déjà toute petite fille, Jessica pleurait beaucoup. « J'ai besoin de pleurer », disait-elle en riant. Souvent, en famille, à Glangowness, après une discussion un peu vive ou une évocation qui lui déplaisait pour une raison ou pour une autre, on voyait Jessica se lever d'un seul coup en disant : « Je sors. Je vais pleurer. » Elle allait s'asseoir dans le billard s'il n'y avait personne ou dans la salle de bain et elle laissait couler ses larmes.

– Que fait Jessica? demandait parfois Brian en rentrant de la chasse ou d'une promenade dans les moors.

– Elle pleure, disait Hélène.

– Ah ! bon, disait Brian. Qu'elle vienne donc me voir quand elle aura fini.

Jessica, comme ses sœurs, était une passionnée. Mais, alors que les passions de Pandora éclataient en dedans, et que celles de Vanessa étaient violentes et obstinées, Jessica se situait sous le signe de la tempête soudaine, de la bourrasque, du coup de vent. Un peu du sang irlandais qui avait poussé à la révolte le vieil Edmund O'Shaughnessy semblait couler dans ses veines. Elle montait sur ses grands chevaux, elle s'enthousiasmait pour un rien, elle fulminait des condamnations à l'allure d'imprécations. Que de fois l'ai-je entendue discuter plus ou moins calmement avec Vanessa ou avec Agustin et fondre soudain en larmes sous le coup d'une émotion ou d'une indignation qu'elle ne parvenait plus à contrôler !

Je me souviens même, à Glangowness, à la veille de la soirée où Pandora devait annoncer ses fiançailles avec le pauvre Thomas, d'un déjeuner un peu solennel autour de Winston Churchill. Le futur grand homme, qui était déjà un grand personnage, avait parlé de Hitler, de Blum et de Daladier, de Mussolini, de Staline. Il détestait les communistes et il détestait les nazis. Il n'avait pas beaucoup d'estime pour les radicaux-socialistes ni pour les socialistes français. Il jugeait beaucoup trop faible la politique de son propre pays. Il n'y avait vraiment que lui pour trouver grâce à ses yeux. Il connaissait ses défauts, mais il se préférait encore aux autres avec leurs vertus terrifiantes et leurs détestables qualités. « Le drame des démocraties, disait-il, c'est qu'elles ne savent pas ou ne veulent pas faire tuer dix mille hommes pour en sauver un million. » A l'inverse de Vanessa qui trouvait insensée la condamnation de Hitler, seul capable à ses yeux de s'opposer aux bolcheviques, et qui ne s'était pas gênée pour le dire, Jessica avait semblé approuver le discours d'oncle Winston, mêlé, comme à l'accoutumée, de grognements indistincts et de rires homériques. Mais quand Churchill avait évoqué, en passant, à la façon d'un accident un peu fâcheux ou d'une anecdote sur laquelle il est bien inutile de s'attarder, la nécessité impérieuse de sacrifier des vies humaines par centaines ou par milliers, toute la table, médusée, avait pu voir des larmes jaillir littéralement des beaux yeux bleus de Jessica. Le responsable des Dardanelles, le bouledogue de l'Europe avait été magnifique. Il s'était levé, il s'était penché sur Jessica, il lui avait mis la main sur l'épaule et il lui avait dit qu'il l'aimait :

– *I love you, darling.*

Il avait sorti de sa poche un immense mouchoir à carreaux sur lequel, je crois bien, il essuyait les pinceaux de ses peintures effroyables. Il avait séché les larmes de Jessica en lui recommandant, surtout, de ne pas abîmer des yeux si beaux et autrement importants que tous les plans mis bout à bout de la stratégie internationale. Et puis il s'était retourné vers la table où tout le monde se taisait et il avait murmuré d'une voix de stentor :

– C'est parce qu'il y a des femmes comme elle qu'il faut des hommes comme moi.

Je me suis demandé, ce jour-là, si je n'avais pas un peu tort de mettre Pandora, avec ses silences suprêmes et son goût des mystères, au-dessus de toutes les femmes que j'avais rencontrées. C'est de ce jour-là aussi que date l'admiration que je n'ai plus jamais cessé de porter au plus grand homme de notre temps.

Voilà que me paraît presque impossible la tâche que je me suis assignée. J'avais déjà du mal à comprendre ce qui se passait entre les quatre sœurs. Essayer de l'expliquer et de traduire, du dehors, par des mots, cette succession de silences, de regards, de fous rires, de compliments qui étaient autant de réserves, de disputes d'amour, d'oppositions harmonieuses me semble au-dessus de mes forces et de mon talent. On aurait dit parfois que les quatre sœurs s'étaient partagé les rôles entre elles – ce qui est faux, naturellement, et même absurde – et que leurs rivalités mêmes, très réelles et très fortes, étaient encore des témoignages de leur union sans faille et de l'amour qu'elles se portaient. Quand Vanessa parlait, Jessica avait souvent du mal à cacher les sentiments d'indignation et de fureur qu'elle éprouvait. Le seul nom de Rudolf Hess, d'ailleurs rarement prononcé à Glangowness, suffisait à la bouleverser. Je crois que Vanessa, de son côté, voyait dans Jessica une sorte de coiffeuse ou de dactylo éclose par hasard dans les parterres de Glangowness, l'incarnation même de cette morale de midinette que Montherlant, vers la même époque, ou peut-être un peu plus tard, allait dénoncer de l'autre côté de la Manche. Pandora, rien de plus simple, voyait des jeux d'enfants, peut-être vaguement retardées, dans les convictions et les exaltations de ses sœurs. Elle n'était pas mécontente de pouvoir en situer une à sa droite et une autre à sa gauche. Elle, Pandora, se contentant, bien entendu, de régner, au milieu, sur la seule moitié du monde qui l'intéressait vraiment : les hommes.

Mais lorsque, par hasard, l'opposition à l'une des sœurs cessait soudain d'être interne au placard pour céder la place à des attaques venues de dehors, le front unanime des Altesses se reconstituait aussitôt avec une promptitude et une vigueur impressionnantes. J'ai vu dix fois, vingt fois, les sœurs au bord de l'insulte se réconcilier d'un seul coup parce qu'un étranger à l'ordre du Royal Secret se permettait avec imprudence de reprendre contre l'une d'elles tel ou tel des arguments largement utilisés par les trois autres.

Contre les attaques extérieures, Pandora n'éprouvait aucun mal à se sentir successivement quasi communiste aux côtés de Jessica et quasi fasciste aux côtés de Vanessa. Avec l'humilité d'une enfant puis d'une adolescente qui sait déjà d'avance qu'elle occupera une situation enviable dans la hiérarchie sociale mais qu'il y a des ambitions plus hautes, Atalanta pardonnait tout à ses sœurs dont elle admirait les audaces. Sa place, son rang, ses dignités époustouflantes et modestes étaient fixés de toute éternité : elle restait à la maison, elle faisait fructifier l'héritage et elle regardait, de sa fenêtre, partir au loin les filles prodigues. Vanessa protégeait Jessica avec une ombre d'affectation : elle jouait le rôle de la plus grande volant au secours de la plus petite, menacée par l'exaltation et par les mauvaises fréquentations. C'était Jessica, en fin de compte, la plus généreuse, la meilleure, qui éprouvait le plus de peine à défendre les aînées contre les attaques – parfois très justifiées – venues d'un peu partout. Elle se forçait. Elle faisait front, elle aussi. Elle était la rebelle – mais d'abord une des quatre sœurs.

Vanessa demanda un jour à Jessica d'aller prendre à la poste une lettre de Berlin. Jessica fit la moue : elle ne voulait rien avoir à faire avec des individus qui n'étaient pas à prendre avec des pincettes, Vanessa n'avait qu'à s'occuper elle-même de ses affaires peu ragoûtantes, c'était une honte pour une famille de compter parmi ses membres une amie des nazis, et patati et patata. Le ton montait et le drame minuscule prenait des proportions gigantesques lorsque, pris d'une impatience imprévisible, lassé sans doute des allusions qui se mettaient à paraître régulièrement dans les rubriques mondaines des magazines et des interminables suppléments du dimanche, Brian – à l'épouvante d'Hélène qui, peut-être parce qu'elle n'avait pas eu de mère, adorait ses enfants et leur passait tous leurs caprices – décida de sévir. Il fit venir Vanessa, qui partait maintenant assez souvent pour Berlin ou pour la Bavière, pour la Forêt-Noire, pour les plages de la Baltique, et il lui passa un savon avec une brutalité dont il donnait peu d'exemples. Vanessa dut aller se coucher, la tête en feu, les yeux pleins de larmes. Jessica, aussitôt, se précipita à la poste.

– C'est bien, ma chérie, dit Pandora à Jessica. Tu t'es conduite comme un bon petit soldat.

Et, souvenir peut-être de ses lectures éparses et d'ailleurs assez rares, elle lui pinça l'oreille.

Déjà à l'époque de la croisière du *Fairy Queen*, Carlos et Jessica s'étaient assez bien entendus. Ils formaient à eux deux ce que Brian et Hélène appelaient en riant le clan des intellectuels. Pendant que Vanessa et Agustin nageaient autour du bateau, que Pandora et les jumeaux rêvassaient sur le pont, Carlos et Jessica partaient à la recherche des tombes, des vieilles pierres et des statues mutilées. Ils parlaient ensemble de la vie qu'ils aimaient avec force et de son injustice. Pour une raison ou pour une autre, tous les autres passagers du *Fairy Queen* trouvaient tout à fait naturelle leur participation à la croisière. Carlos et Jessica ne cessaient, l'un et l'autre, de s'interroger avec une espèce d'inquiétude et presque de douleur sur les privilèges dont ils profitaient.

– La devise de l'intellectuel, disait souvent Carlos, c'est : *Don't take it for granted* – Ne crois pas que ce soit acquis. Dans l'histoire comme dans la science, en morale comme en politique, ne t'imagine jamais qu'il y ait rien d'acquis.

– Est-ce qu'autour de nous, demandait Jessica, ce n'est pas précisément le contraire ? Il me semble que j'ai été élevée dans l'idée que tout était acquis une fois pour toutes et qu'il fallait surtout, surtout faire en sorte que ce qui était acquis le reste pour l'éternité.

– Très bien, disait Carlos en riant, très bien! Tu mets le doigt sur le cœur du problème. Je crois que, si j'avais le temps, je ferais quelque chose de toi.

Ils étaient montés ensemble jusqu'à cette acropole de Lindos où un temple grec est enchâssé dans une forteresse médiévale. Des marches de marbre blanc la vue s'étend sur des ruines qui ramassent près de vingt siècles et, au loin, sur la mer.

– Tu vois, disait Carlos, tout s'écroule, tout renaît et les civilisations ne cessent jamais de se détruire les unes et les autres et de sortir les unes des autres.

– Est-ce que c'est mieux aujourd'hui que ce n'était hier? demandait Jessica.

– Il n'y a pas que la beauté, répondait Carlos. Il faut voir derrière la beauté toute la souffrance des hommes. Beaucoup de gens sont morts pour édifier ces temples, pour bâtir ces remparts. Il n'y a pas de progrès en art, mais il y a un progrès en morale. Si nous nous battons pour quelque chose, c'est pour la dignité des hommes.

En descendant de Lindos, Jessica avait dans les yeux comme un reflet de la lumière qui tombait sur la mer.

Les aventures de Carlos en Ethiopie firent beaucoup rêver Jessica. L'idée de connaître un de ces combattants légendaires dont parlaient les journaux la transportait de fierté. Elle prononcait rarement le nom de Carlos, mais elle pensait souvent à lui. Javier, en Angleterre, demanda un jour à Jessica si elle se souvenait encore de ses promenades à Lindos et dans les îles grecques avec l'aîné des Romero.

– Bien sûr que oui, dit Jessica.

– Tu sais ce qu'il fait maintenant ?

– Il se fait tuer, je crois, répondit Jessica.

Quand Carlos Romero revint d'Abyssinie, Jessica, éperdue, l'accueillit en héros. Elle faisait partie du petit groupe de partisans qui l'attendait à Londres sous des bannières rouges qui vouaient Mussolini à l'exécration universelle. Elle ne manqua pas une seule des conférences de propagande que le professeur d'histoire des religions à Cambridge devenu pilote d'avion et conseiller du négus donna à travers le pays devant un public tantôt clairsemé et tantôt enthousiaste.

– Mais est-ce que, par hasard, tu serais amoureuse de lui ? demanda Atalanta avec ingénuité devant une pile de sandwiches aux concombres pendant une réunion plénière mais sans protocole de l'ordre du Royal Secret.

– Je pense bien que oui, dit Vanessa étourdiment et d'un ton un peu pincé. Qu'est-ce qu'elle ferait donc de ce bolchevique si elle ne l'aimait pas ?

Jessica, en ce temps-là, avait autour de dix-sept ans. Elle haussa les épaules avec vivacité.

– Mes pauvres amies ! dit-elle. Vous ne pensez donc qu'à ça ? Ne pouvez-vous pas imaginer qu'on partage les mêmes idées – et surtout, ajouta-t-elle de l'air le plus méprisant, surtout les mêmes dégoûts ? Ce qui me plaît chez Carlos, ce que j'admire en lui, ce sont ses convictions.

– Ma chérie, dit Pandora en mettant sa main sur le poignet de Jessica, tu es la meilleure d'entre nous.

Et elle laissa échapper un de ces rires de gorge où il y avait autant de tendresse que d'ironie et qu'elle devait rendre célèbres dans le monde entier.

Les événements s'enchaînent souvent avec une rapidité surprenante. Pendant des années et des années, il ne se passe presque rien et, soudain, tout se précipite. Entre la prise de Constantinople et la découverte de l'Amérique, il y a ainsi quelques années où tout se bouscule si rapidement, avec la chute de Grenade et la peinture italienne et le développement de l'imprimerie, qu'on ne sait plus où donner de la tête. Socrate, Confucius, le Bouddha vivent à peu près à la même époque. Alexandre le Grand ou Napoléon imposent à l'histoire une accélération si formidable qu'il leur suffit de quelques années pour changer l'image du monde. Sans laisser le temps de souffler à la paix et à la justice, la guerre d'Espagne prend le relais de la guerre d'Ethiopie.

L'assassinat de Calvo Sotelo en 1936 marque pour les historiens le début de la guerre civile espagnole. J'ai toujours entendu les Romero parler, à voix très basse, de la part prise par leur oncle dans cet événement décisif. Ce qui est sûr, c'est que Simon Finkelstein, après avoir quitté Addis-Abeba juste avant ou peut-être même juste après l'entrée des Italiens, se retrouve en Espagne dès 1936. Entretenant avec les communistes des rapports ambigus et étroits, il milite quelque part du côté du POUM et des anarchistes. On le retrouve à Valence, à Barcelone, à Madrid, dans la sierra de Teruel. Un dîner resté célèbre réunit assez tard, à quelques mois à peine de la victoire de Franco, une demi-douzaine d'étrangers dans un salon du Grand Hôtel Colón à Barcelone. Il y a là les anciens amis de la guerre d'Abyssinie : Carlos Romero, André Malraux, Hemingway, Finkelstein, Kessel. Une jeune femme d'à peine vingt ans s'est jointe à nos cinq gaillards. C'est Jessica O'Shaughnessy. Le menu se compose de morue et de lentilles, mais les vins, découverts dans la cave de l'hôtel par Kessel et Hemingway, rachètent, et au-delà, la pauvreté de la chère dans la ville assiégée : romanée-conti, château-petrus, cheval-blanc. Plus préoccupé de cinéma que d'une guerre déjà perdue, Malraux parle surtout de *L'espoir*, paru il y a quelques mois, et du film qu'il est en train d'en tirer : *Sierra de Teruel*. Hemingway recueille des mots, des images, des histoires vécues pour un livre qu'il prépare sur la guerre d'Espagne et dont les héros se confondront plus tard avec Gary Cooper et Ingrid Bergman. Après la bouteille de cheval-blanc qu'il a bue à lui tout seul, il récite à André et à Carlos, à Simon et à Jef le fameux poème de John Donne : *Ne demande jamais pour qui sonne le glas : c'est pour toi*. Ce qui agite surtout Kessel, c'est la disparition des miliciennes en salopette, le pistolet à la main. Du Barrio Chino aux ramblas, du port à la cathédrale, il les a cherchées en vain. Il a fini par apprendre que le Campesino les avait fait fusiller parce qu'elles contaminaient ses hommes. Après le dîner, en l'honneur de Jessica qu'il trouvait à son goût, Jef brisera tous les verres. Mais voilà qu'une fois de plus, emporté par mon élan, je suis allé trop vite et j'ai brûlé les étapes. Il me faut revenir en arrière. Beaucoup de choses se sont passées depuis la croisière du *Fairy Queen* et l'annonce, à Glangowness, des fiançailles de Pandora.

Souvenir, souvenir, que me veux-tu ? L'automne...

L'automne, de nouveau, s'est installé à San Miniato. Le ciel est encore d'une limpidité merveilleuse, plus transparent peut-être qu'au travers des brumes tremblantes du printemps et de l'été. Mais les jours raccourcissent. Les nuits deviennent plus fraîches. Elles sont peuplées, sous la lampe où j'écris ces souvenirs, de tous les fantômes du passé. Dans ma solitude volontaire, les images des quatre sœurs, serrées de près par les quatre frères, tourbillonnent autour de moi.

Je revis ces années à jamais disparues où chacun se demandait si la tempête annoncée allait se lever pour de bon sur une Europe prise d'effroi et où je suivais, d'un peu loin, les aventures d'une jeune fille blonde, plus importante à mes yeux que Munich ou Guernica. Je me rappelle des visages – et le sien – des plaisirs, des chagrins, des rencontres, des séparations. Je revois Pandora en train de partir pour l'Amérique. Jusqu'au dernier moment, je m'étais persuadé – ou peut-être j'ai espéré – qu'elle allait rompre ses fiançailles. Quelques semaines après le bal de Glangowness, mais avant, si je me souviens bien, la séance de cinéma des intellectuels antifascistes, Pandora était venue à Paris pour assister à des collections et s'acheter deux ou trois robes. Elle était suivie de miss Prism, chargée par l'humour britannique de veiller sur sa vertu. Je l'avais accompagnée chez Worth, chez Mlle Chanel, qui ne sortait pas encore avec le duc de Westminster, chez Lanvin, chez le capitaine Molyneux, nous étions allés ensemble au théâtre et au cinéma voir Annabella, Edwige Feuillère et Victor Francen, nous nous étions promenés sur les bords de la Seine. Deux ou trois fois, Pandora avait été invitée à des déjeuners ou à des dîners plus ou moins officiels – par l'ambassadeur d'Angleterre, qui était un ami de Brian, par les Mortemart, qui revenaient d'une chasse aux grouses à Glangowness, par mon propre grand-père, de passage à Paris – mais la plupart du temps nous déjeunions et dînions tous les deux dans un de ces bistrots de la rive gauche que Pandora adorait.

– Nous pourrions retourner chez Larue ? proposais-je en souriant.

– Merci beaucoup, répondait Pandora. Une fois suffit.

– Dis-moi, demandais-je, est-ce que tu étais très malheureuse ?

– Plutôt abrutie, disait Pandora. C'est ça : abrutie. J'avais surtout envie de dormir. Tu sais..., depuis Venise, j'avais assez peu dormi.

– Mais explique-moi : Simon...

– Quoi, Simon ?

– Je me suis souvent dit qu'à Capri j'avais parlé avec Simon beaucoup plus qu'avec toi. Je ne t'ai même jamais demandé si tu tenais à Simon.

– Tu veux le savoir ?

– Eh bien..., je vais te dire : tout à coup, pas vraiment.

– Tu vas le savoir tout de même : j'aimais beaucoup faire l'amour avec lui.

– Ah ! bon. Et ça dure, ce goût-là ?

– Pas très longtemps. Ça s'oublie.

– Et Thomas ?... C'est la même chose ?

– Je ne sais pas...

– Comment ! tu ne sais pas... Mais tu l'épouses !

– Justement. Je l'épouse. Je ne sais pas encore. On verra bien.

– Tu ne l'aimes pas.

– Bien sûr que si.

– Mais comme ça... Comme ci, comme ça. Tu pourrais aussi bien en épouser un autre ?

– C'est lui que j'épouse.

– Tu ne l'épouseras pas.

– Je l'épouserai. Je l'épouse.

Elle l'épousa. Il y eut, à nouveau, une grande fête à Glangowness. J'y étais avec Javier et avec Agustin. Luis Miguel avait disparu. Il était parti pour l'Argentine d'où il envoyait de rares nouvelles à Javier ou à moi. Il disait quelques mots de sa santé ou de ses affaires et ne parlait jamais de

Pandora. Thomas Gordon avait fait venir toute une cargaison d'amis et d'amies pour enterrer sa vie de garçon. Deux ou trois jours avant le mariage, le soir où il donnait un dîner tout fait d'actrices de Hollywood et d'Américains milliardaires dans une vieille auberge terriblement pittoresque des environs de Glangowness, Pandora avait invité son petit groupe dans l'immense salle à manger du château que lui avaient laissée Brian et Hélène, accablés par les préparatifs de la noce et partis en coup de vent pour Edimbourg et pour Londres où il fallait encore acheter des abat-jour très spéciaux et des livrées pour les laquais. Ce fut une soirée fantastique. Nous étions une vingtaine ou peut-être un peu moins. Toute la vieille garde était là. Sauf Simon, bien entendu. Sauf Carlos aussi. La lutte contre le fascisme et la préparation de la révolution universelle les retenaient loin de nous. Ils constituaient l'avant-garde du grand mouvement d'insurrection chargé de nous abattre. A un bout de la longue table, rayonnante, souveraine, un sourire radieux aux lèvres, était assise Pandora. Elle était l'image du succès, de la beauté, du bonheur. A l'autre bout, il y avait moi. Il aurait pu y avoir son père ou son Américain de fiancé, ou Simon Finkelstein, moitié nègre, moitié juif, ou Luis Miguel, son amant malheureux, ou le jeune Percy Bassett, son premier amour, qui était là, lui aussi, un peu moins jeune que naguère, ou l'un des deux fils de duc qui nous faisaient l'honneur de leur présence et en qui Brian et surtout Hélène avaient mis tant d'espoir, ou – pourquoi pas ? – Agustin ou Javier. Pas du tout : c'était moi. Cet excès d'honneur me faisait une belle jambe. Il y avait de la veillée funèbre dans cet enterrement d'une vie de jeune fille. Deux ou trois fois, sous le sourire éclatant, je crus que Pandora allait se mettre à fondre en larmes. Mais, à l'autre bout de la table, j'étais trop loin pour distinguer la nuance imperceptible qui distingue la joie de la détresse et le bonheur du malheur. Peut-être les larmes n'étaient-elles que dans mes yeux.

Nous bûmes beaucoup. Tout le monde semblait très gai. Les femmes s'étaient mises en petite robe habillée, en tenue nº 2, la tenue nº 1 étant réservée, bien entendu, pour la cérémonie du mariage. Les hommes étaient en *dinner jacket.* Il y avait un ou deux jeunes ménages, des amis d'enfance qui venaient de se marier. Javier était sinistre, assez beau, très pâle. Il buvait sans arrêt et il riait comme les autres. A la fin, avant le dessert, entre le château-lafite – *superb,* avait dit Bassett – et un sauternes à tourner la tête, Javier récita un poème en l'honneur de Pandora. On se leva, le verre à la main, on se bouscula, on monta comme au front vers le haut bout de la table pour embrasser Pandora. Elle accueillit avec simplicité et gaieté toutes ces démonstrations d'affection. Elle se leva à son tour.

Je ne sais pas ce qu'elle dit. Ce n'est pas assez d'assurer que je ne m'en souviens pas. Je crois n'avoir jamais compris ni écouté un seul mot de ses paroles de remerciement. Elles me passaient par-dessus la tête, elles allaient tomber dans un gouffre. Je voyais bouger ses lèvres mais, comme dans un de ces cauchemars que nous avons tous connus, comme dans un film de terreur, pour moi au moins aucun son n'en sortait. Des applaudissements et des cris m'apprirent que Pandora avait fini de parler. Elle se rasseyait. Elle envoyait des baisers à la façon de ces stars américaines dont nous commencions d'admirer, avec une stupeur mêlée d'envie, les silhouettes et les attitudes sur nos écrans enchantés. Peut-être moi aussi, après tout, avais-je un peu trop bu.

Tout le monde quittait la table dans un grand

brouhaha. Les hommes vidaient les derniers verres avant de retrouver aussitôt le cognac et les cigares. Atalanta, dans un élan, venait embrasser sa sœur. Des couples se formaient et essayaient de fuir la séparation qui s'amorçait entre les hommes et les femmes. Je m'avançais vers Pandora pour lui dire que nous l'aimions tous et que nous voulions son bonheur.

– Ne me quitte pas, me dit-elle.

– Sûrement pas, lui dis-je.

– C'est ce soir qu'il faut m'aimer.

– Je t'aime toujours, lui dis-je.

Elle me regarda.

– C'est bien, me dit-elle.

Elle hésita un instant et elle ajouta :

– Si tu ne m'aimais plus, j'aurais peur.

Percy Bassett arrivait, flanqué d'Agustin. Le tourbillon reprenait. Je m'éloignais. Je passai la soirée à parler avec les uns et avec les autres et à regarder les cadeaux que ses amis avaient apportés à Pandora. Sur une table du petit salon, il y avait une grande photographie, déjà bien démodée, de la comtesse Wronski. Le temps passait. Je me plantais devant le sourire un peu las et lointain de Marie de Cossigny, de la mère de Nicolas, de la grand-mère d'Hélène. Tout, le Royal Secret, le *Fairy Queen*, le château-lafite, les abat-jour d'Edimbourg et les livrées de Londres, les fiançailles avec l'Américain, les mystères et les charmes des sœurs O'Shaughnessy, tout sortait de Marie Wronski, de ses amours avec Verdi, de la rencontre dans un bureau de poste du côté des Alpes bernoises, des journées affreuses de Venise. Malgré ses drames et ses malheurs, il y avait dans le passé quelque chose de solide et de rassurant. C'était le présent qui était flou, insaisissable, incertain. On finissait par se demander s'il parviendrait jamais à fabriquer du passé. De ce bon vieux passé dont les contours étaient si fermes et dont on ne pouvait plus rien changer. Pandora était derrière moi.

– Tu rêves ? me disait-elle.

– Un peu, lui dis-je. A elle. A elle, et puis à toi.

Avec ses yeux verts, ses cheveux blonds, ses hautes pommettes, elle ressemblait beaucoup à son arrière-grand-mère. L'idée me traversa tout à coup qu'elle n'avait pas encore – et pour cause : le talent, le génie, la passion ne se trouvent pas sous les pas d'un cheval – rencontré son Verdi. Tout le reste, naturellement, était frappé d'insignifiance. Je lui pris les mains.

– J'espère que tu seras très heureuse.

– Je l'espère aussi, me dit-elle en riant. Je n'ai pas de goût pour le malheur.

– Tu sais combien je t'aime.

– Je sais, dit-elle.

Nos mains se séparaient. Elle partait. Elle se retourna encore un instant.

– Je me dis quelquefois, ajouta-t-elle très vite, que je tiens beaucoup à toi.

– C'est très bien, lui dis-je. Tu es sur la bonne voie. Il n'y a qu'à continuer.

– C'est drôle, me dit-elle, en traînant cette fois sur les mots, j'ai souvent le sentiment avec toi que je n'ai pas le droit de t'aimer.

– Peut-être parce que tu m'aimes pour de bon et que tu veux éviter de me faire du mal comme à tant d'autres ?

– Peut-être... Oh ! Jean, me dit-elle soudain, est-ce que tu crois vraiment qu'il est si difficile d'aimer quelqu'un pour toujours ?

– Je ne le crois pas du tout, répondis-je très calmement. Je crois que c'est au contraire la chose au monde la plus simple et la plus courante. Ce qui me paraît difficile, c'est de s'en empêcher.

– Tu as bien de la chance, me dit-elle.

– Ça dépend, lui répondis-je.

Ce furent les dernières paroles que j'échangeai avec Pandora avant son mariage. Je ne suis pas tout à fait sûr de les avoir rapportées avec exactitude. Mais je me souviens très bien de leur sens général et de nos tout derniers mots :

– Tu as bien de la chance.

– Ça dépend.

La cérémonie fut charmante et fort bien ordonnée. Personne ne se souvenait plus des aventures de Pandora avec Simon Finkelstein. La mariée était en blanc, un bouquet dans les mains, et j'étais son témoin. La presse du monde entier consacra quelques lignes et souvent quelques pages et des photographies au mariage de la fille aînée de lord Landsdown avec l'héritier des Mellon et des Vanderbilt. Je lançai, moi aussi, une poignée de grains de riz sur la voiture qui emmenait Pandora vers la gare et la mer. Et puis je rentrai en France, auprès de mon grand-père, à Plessis-lez-Vaudreuil.

C'est à Plessis-lez-Vaudreuil que, quelques mois plus tard, je reçus une lettre de Javier. Selon la formule de Cocteau, elle avait de quoi surprendre avec ce qu'on attendait : Carlos Romero avait enlevé Jessica.

D'après la lettre de Javier, complétée par une foule d'informations recueillies peu à peu, les événements s'étaient déroulés à peu près de la façon suivante. Simon Finkelstein, une fois de plus, était à l'origine de toute l'affaire. Attiré par la guerre et par la violence comme le requin par le sang, il avait compris très vite et avant tout le monde que les remous de l'Espagne allaient faire de cette terre cruelle et si prompte aux passions un des domaines d'élection de la guerre civile aux dimensions de la planète dont il ne cessait de rêver. Entre l'Ethiopie et l'Espagne, il rencontre à plusieurs reprises, non plus à Berlin ou règne désormais le national-socialisme, mais en Suisse et à Moscou, son vieux maître des temps héroïques : le Professeur, le Petit Curé, El Sombrero – bref, Paco Rivera. Il semble que plusieurs conversations se soient déroulées au Kremlin en présence de deux hommes qui portent le même prénom, l'un déjà âgé et connu, le second encore très jeune et dont le nom, à l'époque, ne disait encore rien à personne : Andrei Vychinski et Andrei Gromyko. Quand Simon quitte Moscou et Paco Rivera, son programme d'action est tracé. Nous l'avons déjà vu mêlé obscurément à l'assassinat de Calvo Sotelo. Beaucoup le soupçonnent d'avoir été à l'origine de l'accident d'avion qui coûta la vie, près de Lisbonne, au général Sanjurjo, l'un des chefs de l'insurrection. Pendant les trois ans qui viennent, il ne s'occupera que de l'Espagne. Et, au moins en apparence, il va progressivement s'éloigner des communistes. Sur le rôle réel de Simon Finkelstein dans le camp des républicains espagnols, deux interprétations s'affrontent : pour les uns, il regagne peu à peu sa vraie famille d'origine et se rapproche des anarchistes; pour les autres, il demeure ce qu'il est depuis la guerre d'Abyssinie – et peut-être la fin des années vingt : une sorte d'agent secret du Komintern auprès de l'extrême gauche non communiste. Beaucoup de témoignages récents vont plutôt dans ce sens. Boris Souvarine, dans différentes contributions à l'étude du communisme à la veille de la Seconde Guerre mondiale, et André Thirion, dans *Révolutionnaires sans révolution*, voient dans Simon Finkelstein un mouchard stalinien, camouflé mais convaincu. Simon lui-même, dans les papiers et les lettres qu'il a laissés derrière lui, a toujours contesté une telle interprétation : il se présente comme un franc-tireur de l'anarchisme international, passagèrement séduit par l'efficacité de l'appareil communiste – auquel s'était rallié sans réserve et jusqu'à sa fin tragique en 1939 le Professeur, le Petit Curé, alias El Sombrero – mais vite revenu à ses amours libertaires aux côtés des anarchistes espagnols et surtout basques ou catalans et des éléments les plus marginaux des Brigades internationales.

Comment l'équipage abyssin, le couple d'Addis-Abeba ne se serait-il pas reformé à Valence, à Barcelone, à Madrid? Simon avait lancé à Carlos un appel au secours : l'Allemagne et l'Italie s'engageaient résolument aux côtés des nationalistes, il fallait que les démocrates antifascistes fissent de même de l'autre côté. C'était l'occasion ou jamais pour les Apôtres et pour leur chef de prendre leurs responsabilités.

Le message de détresse de Simon Finkelstein embarrassa un peu l'aîné des Romero. C'est que, sur son initiative, les Saints Apôtres avaient rédigé, diffusé et fait signer par un nombre déjà élevé d'étudiants d'Oxford et de Cambridge un texte résolument pacifiste qui appelait les jeunes Anglais, en termes assez violents, à refuser de mourir pour la patrie et pour le roi. Peut-être était-il un peu difficile de leur demander maintenant de mourir pour la République espagnole? Pour expliquer le problème à Simon Finkelstein, Carlos Romero envoya un de ses adjoints à Valence, où le Kid était l'âme de la résistance populaire. Simon répondit par un télégramme assez bref : « *King may die, people must live* » – « Le roi peut crever, le peuple doit vivre ». L'opinion sans fard de Simon ne fut pas le seul élément de la décision de Carlos. Paco Rivera fit exprès le voyage de Moscou à Londres pour rencontrer Romero et pour le persuader de jeter dans la lutte tout le poids des Saints Apôtres. Carlos Romero finit par se laisser convaincre et par devenir, malgré son pacifisme, l'un des propagandistes les plus actifs et les plus efficaces des Brigades internationales. « Après tout, disait-il, l'histoire est faite de telle façon que la fidélité à ses idées consiste le plus souvent à en changer. » Et il citait les membres de la Convention nationale qui avaient voté l'abolition de la peine de mort avant de voter la mort du roi.

Impossible à ceux qui se penchent aujourd'hui sur notre deuxième avant-guerre d'éviter la comparaison avec les années qui marquent, vers la fin du XVIIIe siècle, la préparation et l'attente de la Révolution française. Dès 1933, et avec un peu plus de certitude chaque année, tout le monde sait en Europe que la catastrophe d'une deuxième guerre mondiale est tapie dans l'avenir comme la fin des privilèges et de la douceur de vivre était déjà cachée dans les esprits des philosophes des Lumières et des bourgeois d'affaires depuis Voltaire et Rousseau, depuis Turgot et Necker, depuis l'indépendance des provinces rebelles d'Amérique. Il faut se boucher les yeux et les oreilles pour ignorer la rumeur de l'avenir qui s'annonce. Mais, de même qu'à la veille de la Révolution la société féodale déguisée en habits de cour se survit avec insouciance et renforce même parfois – sous les espèces, par exemple, de la réaction nobiliaire – ses structures et ses prétentions, de même ce qui reste encore debout de la société traditionnelle au sein de la démocratie triomphante s'en donne par-dessus la tête sous le Front populaire et pendant cette guerre civile où déjà, pour s'exercer, de l'autre côté des Pyrénées, par Espagnols interposés, s'affrontent Hitler et Staline. La bourgeoisie a peur des socialistes et de Léon Blum, des Brigades internationales, du communisme soviétique. Elle a peur aussi, mais autrement, avec un soupçon de fascination, du fascisme et du national-socialisme qui la tentent et l'épouvantent en même temps. En attendant que le Führer vienne tout mettre à feu et à sang – en attendant aussi la bonne piquette qu'il risque de flanquer au passage aux marxistes et aux bolcheviques – on se promène dans les îles grecques, on danse à perdre haleine dans les salons de Londres et de Paris, on profite à pleins poumons de la délicieuse décadence de l'Europe et du sursis précaire, à chaque printemps un peu plus fragile, accordé à la paix par des vaincus soudain vainqueurs. Jean Giraudoux écrit *Siegfried et le Limousin* et *La Guerre de Troie n'aura pas lieu*. Jean Giono rumine son pacifisme lyrique et son refus d'obéissance. Les Saints Apôtres s'engagent avec solennité à déserter les champs de bataille. Les intellectuels européens se divisent en fascistes de la virilité et du bonheur de vivre avec Mosley ou Brasillach et en antifascistes de la lucidité et de l'intelligence avec Gide ou Malraux ou les deux frères Huxley ou Thomas et Heinrich Mann. Les fascistes sont pour Hitler, les antifascistes sont pour la paix. La droite nationaliste est hostile à l'Allemagne, mais elle admire ses méthodes. La gauche déteste l'armée et se méfie de la force – même quand il s'agit des siennes pour résister aux autres. Sous les coups conjugués de l'Etat tout-puissant et du marxisme révolutionnaire, en proie surtout aux démons de ses propres contradictions, la vieille Europe agonise en brillant de mille feux. Et Jessica?

A la différence de Vanessa, leur troisième fille, ni Brian ni Hélène n'éprouvaient la moindre sympathie pour Hitler et le national- socialisme. Ils ne voyaient pas non plus pourquoi changer quoi que ce fût à leurs façons d'être et de vivre. Ils pensaient que l'Angleterre en avait vu beaucoup d'autres. Elle était venue à bout de Napoléon, de l'Invincible Armada, de l'Eglise catholique, de l'empereur Guillaume II qui était pourtant un cousin de feu la reine Victoria. Elle n'allait pas se laisser faire par un peintre parvenu qui n'était même pas un Allemand comme Frédéric II ou Bismarck, mais un Autrichien comme Johann Strauss. En l'absence surtout de Churchill dont il craignait les moqueries, Brian avait une réponse toute faite aux défaitistes de tout poil et aux amateurs de mauvaises nouvelles. Il leur tapait sur l'épaule, disait : « Allons ! allons ! Et la Navy ? » et se replongeait dans son *Times* comme dans ces temps évanouis dont on prétendait le priver en même temps que de ses terres, de sa Rolls-Royce, de la maîtrise des mers, du canal de Suez et de l'empire des Indes. Et Jessica ? Un peu de patience.

Les bals succédaient aux bals. Pandora mariée et partie pour l'Amérique, ses trois sœurs, tout à coup, s'étaient senties abandonnées. L'ordre du Royal Secret s'écroulait sans la fondatrice inspirée qui lui avait servi de pilier. Les Altesses du placard n'avaient plus d'autre issue que de se jeter dans le monde pour essayer d'imiter d'une façon ou d'une autre et de rattraper, si elles le pouvaient, celle qui les avait précédées sur les chemins de la vie. Soir après soir, pendant que le maréchal Badoglio et le maréchal Graziani, nommés l'un après l'autre vice-rois d'Ethiopie, faisaient régner à Addis-Abeba l'ordre de Mussolini et de la Rome antique ressuscitée, pendant que le Front populaire de Léon Blum – « charmant, disait Brian, charmant, très cultivé, j'ai été plusieurs fois au théâtre avec lui, en compagnie de Marcel Proust, de Robert de Montesquiou et de Bertrand de Salignac-Fénelon » – s'emparait du pouvoir en France avec le soutien – mais sans la participation – des communistes, pendant que la guerre civile se déclenchait en Espagne grâce, en grande partie, à Simon Finkelstein, et que les troupes d'Adolf Hitler pénétraient en Rhénanie, ce qui restait encore des Altesses du placard dansait dans des bras affolés pour oublier qu'elles avaient été quatre et qu'elles n'étaient plus que trois. Et voici Jessica.

Avec ou sans Pandora, elles eurent, comme bien vous pensez, un succès étourdissant. Jessica surtout, si jeune, si vive, si imprévue, si différente, fit tourner bien des têtes. Vous vous rappelez peut-être les jeunes ducs de Rutland et de Devonshire qui avaient tant fait rêver Hélène ? Jessica reprit à son compte le commerce de Pandora. Elle le rendit aussi florissant et aussi ambigu qu'au temps de sa sœur aînée : les deux jeunes gens, Hélène, Brian, Jessica peut-être elle-même s'imaginèrent successivement et parfois simultanément qu'on était à la veille d'engagements définitifs et d'une cérémonie dont la splendeur éventuelle suffisait à rendre tout son éclat à un ordre du Royal Secret réuni hâtivement en comité restreint autour des chocolats et des marmelades de l'enfance. Depuis le temps qu'elles durent et qu'elles se répètent dans des circonstances différentes et à des générations successives, nous commençons à savoir comment se passent les choses du côté des Wronski et des O'Shaughnessy : Jessica n'épousa ni le duc de Rutland ni le duc de Devonshire. Mais, un beau soir d'automne, après une chasse aux grouses et une promenade à cheval dans les moors d'un bleu tendre, elle se retrouva fiancée au jeune Geoffrey Lennon qui était à la fois un cousin très lointain des Landsdown et celui, très proche, des Rutland. Brian O'Shaughnessy trouva tout cela très normal. Le monde tourne, bien sûr. Mais d'abord sur lui-même. Outre ces alliances brillantes et profondément rassurantes dans notre monde bouleversé, Geoffrey Lennon était le plus jeune, le mieux né et probablement le plus riche des députés conservateurs. Oncle Winston l'aimait beaucoup et on parlait déjà de lui comme d'un membre possible d'un prochain gouvernement. Hélène était enchantée.

Et elle se disait que Rutland, peut-être, ou peut-être Devonshire, avait encore une chance d'épouser Atalanta. Ou peut-être Vanessa.

Pandora envoya à sa sœur une lettre qui fut l'objet d'une analyse attentive de la part du Royal Secret avant d'être livrée à l'ensemble de la famille qui la jugea fort bien écrite mais un peu inquiétante. *Ma chérie,* disait-elle, *je suis folle de ton bonheur comme si c'était le mien. Tu as plus de chance que moi. Tantôt je visais trop près avec Percy Bassett, et tantôt trop loin, avec Simon. Geoffrey est un ange. Je le connais. Tu es tombée dans le mille. C'est un grand bonheur pour moi de savoir que toi au moins, tu seras heureuse pour nous quatre.* Il n'y avait pas un mot sur Thomas et le « toi au moins » ne fit pas bonne impression sur le cercle de famille. Jessica, de son côté, se demanda en silence s'il était très flatteur et très excitant d'être tombée en plein dans le mille. Sous l'influence peut-être de Pandora elle-même, elle rêvait de plus de bavures et de moins de précision.

C'est Winston Churchill qui, bien involontairement, changea le cours des événements. Il aimait baucoup Jessica et il aimait beaucoup le jeune Lennon à qui il prédisait une grande carrière. Il les invita tous deux à déjeuner avec quelques hommes politiques, avec Nancy Mitford encore à ses débuts, avec Simone Simon ou Danielle Darrieux, je ne sais plus, de passage à Londres pour un film, et, afin d'éviter à Jessica l'excès de visages inconnus, il convia aussi le professeur Romero, dont il ne partageait pas les idées mais dont il appréciait l'intelligence. Ce n'est pas pour rien, après tout, que l'Angleterre est par excellence le pays de la tolérance et de la liberté de penser.

On parla de tout à table. Carlos Romero ne s'occupa que de Jessica. C'était comme si Winston

Churchill, une des personnalités les plus considérables de ce temps, avait été absent de son propre déjeuner. C'était comme si Geoffrey Lennon, le fiancé officiel de Jessica O'Shaughnessy, n'avait jamais existé. Carlos Romero était arrivé le dernier, très grand, très simple, d'une liberté et d'une aisance déconcertantes. Il s'était dirigé tout droit vers Jessica et, avant même de la saluer, d'un ton de tristesse inimitable, à la façon de Jules César en train de tomber sur Brutus, il lui avait dit, en la regardant dans les yeux :

– Alors..., vous aussi.

Jessica avait rougi violemment. « Jamais, me disait-elle un peu plus tard, dans des circonstances cruelles que nous ne découvrirons que trop tôt, jamais je n'avais eu aussi honte. Il me semblait tout à coup que j'avais trahi, sans le savoir, tout ce qu'il y avait de plus sacré et que je m'étais mal conduite. Il y avait à ce déjeuner pas mal de gens intéressants qui avaient beaucoup à dire. Je n'entendais que Carlos et je ne voyais que mon destin en train de se jouer. » A peine levés de table, Carlos et Jessica s'étaient installés dans un coin. Carlos avait parlé sans arrêt. Il disait que la vie était belle et qu'elle n'était pas faite seulement des plaisirs les plus vains. Jessica se croyait revenue aux matins enchantés dans les criques du Dodécanèse. Elle flottait bien au-dessus de cette vie quotidienne dont faisaient partie sa famille, et le cher Winston Churchill, et Geoffrey Lennon, son fiancé.

« On ne sait pas toujours ce qu'on fait, me disait Jessica. Il me semblait, tout à coup, que des liens indissolubles m'unissaient à Carlos. Comment avais-je pu les ignorer? Comment avais-je pu ne pas comprendre que, derrière les mots échangés, quelque chose d'indicible s'était passé à Rhodes, à Patmos, à Castellorizo, sur le pont du *Fairy Queen* et que je n'étais plus libre? A deux pas d'oncle

Winston qui me regardait avec tendresse et avec un rien d'inquiétude, je ne me disais pas que je trahissais Geoffrey avec Carlos Romero. Je me disais que j'avais trahi Carlos avec Geoffrey Lennon. »

Pendant que Jessica, éperdue, ne pensait qu'à Carlos qui était enfin devant elle, Carlos, enchanté d'avoir retrouvé Jessica, ne pensait qu'à Simon et à la révolution espagnole. Les hommes aiment le corps des femmes, les femmes aiment les projets des hommes. Mais les femmes, si rêveuses, aiment la présence des hommes. Et, malgré leur désir de faire l'amour sur-le-champ, les hommes sont toujours absents. Carlos était déjà ailleurs pendant qu'il parlait avec flamme, sous les yeux courroucés de Sir Winston et de Geoffrey, à Jessica O'Shaughnessy qui n'avait qu'un seul souci : ne plus le quitter. Lorsque les invités, députés et actrices, écrivains et journalistes, Anglais et étrangers, prirent congé, en le remerciant avec effusion, de Sir Winston Churchill, un peu préoccupé par la tournure de son déjeuner, le sort de plusieurs d'entre eux était déjà scellé : Jessica et Geoffrey avaient compris dès le porto qu'ils n'étaient pas faits l'un pour l'autre; et Carlos aussi avait senti bouger quelque chose dans sa vie. Mais il pensait à l'Espagne.

Il y pensait si fort que les trois semaines qui suivirent le déjeuner de Sir Winston furent affreuses pour Jessica. Non pas, comme vous pourriez le croire, parce qu'elle n'aimait plus Geoffrey Lennon qu'elle avait l'intention d'épouser. Mais parce qu'elle n'était pas tout à fait sûre de l'amour de Carlos. Elle se disait, et elle n'avait pas tort, qu'il préférait le Kid et les Saints Apôtres et les Brigades internationales et peut-être M. Negrin ou M. Gromyko ou Paco Rivera à Jessica O'Shaughnessy. Une idée terrible lui vint : elle alla trouver Carlos et, affolée de passion, elle lui dit en pleurant qu'elle était prête à tout quitter et à vivre avec lui à la seule condition qu'il lui promît solennellement de renoncer à la politique, à Karl Marx, aux Saints Apôtres, aux Brigades internationales, à Simon Finkelstein qu'elle détestait cordialement et à la République espagnole.

Carlos Romero fut d'une douceur exquise et plus tendre que jamais. Il la prit dans ses bras. Il l'embrassa avec passion. Il lui jura de l'aimer toujours et de ne jamais l'oublier. Et il refusa tout net de promettre quoi que ce fût à propos de Karl Marx et de Simon Finkelstein. Il s'engagea au contraire à unir dans la même passion la cause, à ses yeux sacrée, de la révolution universelle et l'image, ineffaçable et peut-être, hélas! déjà lointaine, de Jessica O'Shaughnessy. Vous commencez à connaître la dernière des quatre sœurs et sa détermination. Elle pleura beaucoup. Elle pleura énormément. Et, à la date fixée, elle épousa comme prévu Geoffrey Lennon, très dépassé par des événements qu'il avait renoncé à contrôler.

Ce qu'il y avait d'irrésistible chez les sœurs O'Shaughnessy, ce que j'aimais en elles à la folie, c'est que rien, jamais, n'était fini avec elles. On avait pu croire que Jessica avait choisi Geoffrey Lennon. On avait pu croire que Jessica allait rompre avec Lennon. On avait pu croire que Jessica s'était résignée à Lennon. Huit jours à peine après le mariage, elle partait avec Carlos. C'est à cette occasion que Brian, Anglo-Irlandais de vieille souche, descendant des rois d'Irlande, propriétaire en Ecosse, conservateur borné et honnête, loyal serviteur de la Couronne britannique, commença à s'interroger sur l'éducation qu'il avait donnée à ses filles. Les aventures de Pandora l'avaient déjà ébranlé. Les sentiments de sa troisième fille pour un haut dignitaire du national-socialisme l'avaient vaguement étonné. Les volte-face successives de Jessica, sa dernière-née, le laissèrent désemparé.

– Mais qu'est-ce que nous avons fait au Bon Dieu, dit-il à la pauvre Hélène, pour avoir des filles pareilles ?

Hélène ne répondit rien. Elle pensait à Marie Wronski, à Verdi, à Nicolas, à sa mère et elle se sentait vaguement coupable de toutes les folies de sa fille. Brian la vit avec émotion sur le point de fondre en larmes.

– Ça ne fait rien, dit-il en la prenant dans ses bras, ça ne fait rien : tu sais bien qu'elles sont merveilleuses et que nous les aimons comme elles sont.

Brian avait raison. Ses filles étaient merveilleuses. Un peu dangereuses, voilà tout. Mais tendres, généreuses, passionnées. Merveilleuses. Je ne pense pas que leur éducation fût responsable de quoi que ce soit. Ni que tout pût être mis sur le compte de leur redoutable ascendance. Ni même que cette sacrée époque que nous avons vécue, avec ses rêves et ses passions, avec ses bombes et ses convulsions, soit la clef de ce qui leur arrive. Tout au long de l'histoire, il y a eu des filles pour être belles et pour aimer des garçons et pour quitter leur famille et souvent leurs maris. Ce qu'il y avait simplement, ce qui m'avait rendu fou de bonheur et parfois de désespoir, ce qui m'avait enchanté en même temps que beaucoup d'autres, c'était – peut-être à cause du monde moderne et de la fameuse accélération de l'histoire – cette accumulation d'aventures et de charmes sur quatre têtes ravissantes qui avaient la chance d'être sœurs. Sur ma terrasse de San Miniato, je me rappelle le mot ambigu de Carlos pendant le bal de Glangowness où l'aînée des quatre sœurs avait annoncé ses fiançailles avec l'Américain : « Elles sont inouïes... Inouïes. » Il était payé maintenant pour savoir à quel point. Pandora était inouïe. De beauté, d'indifférence, de passion incertaine. Vanessa était inouïe de hardiesse et d'aveuglement. Jessica était inouïe de violence et de fragilité. Et ce qu'il y avait de plus inouï, c'était que tout cela tournât en rond et qu'après les aventures à travers le monde entier des McNeill et des Wronski, des Finkelstein et des Romero, le monde se réduisît, pour beaucoup comme pour moi, à quatre sœurs étourdissantes entre quatre frères audacieux.

Vous ne serez pas très surpris d'apprendre que j'assistai, une nouvelle fois, au mariage d'une O'Shaughnessy. Je n'étais plus, cette fois-ci, comme avec Pandora, le témoin de la mariée. Je n'étais pas non plus, j'en avais passé l'âge, le petit garçon d'honneur dont j'avais joué le rôle au mariage d'Hélène Wronski, leur mère, avec Brian, leur père. Mais j'étais présent, dans les tout premiers rangs du temple, parmi les membres de la famille, au mariage de la petite dernière avec le Très Honorable Geoffrey Lennon. Lorsque Carlos s'avança pour embrasser la mariée, le regard de Jessica ne pouvait pas m'échapper. Malgré toute ma méfiance pour la psychologie, maîtresse d'erreurs et d'illusions, je me dis que le grand poème des sœurs O'Shaughnessy, leur feuilleton, si vous voulez, leur saga, leur aventure, n'était pas près de s'achever. Quand la lettre de Javier m'apprit, à Plessis-lez-Vaudreuil où je m'étais empressé de rentrer, la fuite de Jessica avec Carlos Romero, ce fut un choc pour moi. Mais à peine une surprise. Vu de l'extérieur, le comportement de Jessica était tout à fait aberrant. Le public veut toujours expliquer ce qu'il ne comprend pas : les commentaires les plus insensés se mirent aussitôt à courir sur un des scandales les plus retentissants que la société britannique eût connus depuis longtemps. Les uns murmurèrent que le mariage n'avait pas pu se consommer, que Geoffrey était impuissant ou homosexuel, que Jessica avait les mêmes problèmes que Mme Récamier. Raymond Mortimer, un jeune critique très doué qui connaissait sur le bout des doigts la littérature française, pasticha un quatrain qui avait couru, un siècle plus tôt, de l'autre côté de la Manche, sur les amours de Juliette et de Chateaubriand :

Jessica et Geoffrey s'aimaient d'amour très tendre
L'amour ne dura pas. Mais Dieu dut pardonner :
L'un n'avait pas pu prendre
Ce que l'autre ne put donner.

Le poème était joli. Rien n'était plus absurde, l'avenir devait bien le montrer, que les ragots qu'il colportait. Je ne sais pas quel avait été le passé, à Oxford ou à Cambridge, de Geoffrey Lennon, mais il eut plus tard de beaux enfants que nous retrouverons, eux aussi, sur notre chemin. Et je crois savoir de source sûre qu'en matière d'amour physique Jessica, comme ses sœurs, très loin de connaître des problèmes, avait plutôt des dons et des dispositions.

D'autres prirent alors le relais en répétant mystérieusement et avec des airs entendus que des révélations politiques d'une extrême gravité avaient contraint Geoffrey à se séparer de Jessica. Rien n'illustre mieux l'à-peu-près de tant de gloses erronées, de tant d'explications chuchotées. Il est vrai qu'il y avait dans l'affaire des implications politiques. Mais, d'un bout à l'autre, dans la douleur, avec hésitation, ce fut Jessica, et non pas Geoffrey, qui prit les décisions et qui mena le jeu. On eût dit que Jessica avait à passer successivement par tous les stades d'une épreuve et d'une initiation et que le chemin vers Carlos exigeait un détour par le mariage et par Geoffrey.

Dès le lendemain du mariage, ou peut-être le surlendemain, Jessica comprit qu'elle avait fait une erreur monstrueuse et qu'elle aimait Carlos à en mourir. Jusque-là, elle avait été portée, non seulement, bien sûr, par ce que le mariage représente pour toute jeune fille de séduction et de tentation, mais par la conviction qu'elle allait pouvoir jouer de la menace de ce mariage pour agir sur Carlos et pour lui imposer sa volonté. Carlos n'ayant pas cédé, elle avait été prise à son propre piège et elle avait dû aller jusqu'au bout d'un mariage dont elle ne savait pas, jusqu'à la dernière minute, s'il représentait pour elle une espèce de refuge dont elle pourrait se contenter ou un simple atout dans un jeu autrement compliqué. Le mariage à peine célébré, la réponse était venue d'elle-même, toutes les brumes s'étaient déchirées, le paysage s'était éclairci – et, en même temps, obscurci : elle aimait Carlos à la folie et, à la seule fin de l'avoir enfin pour elle tout seule, elle avait commis la folie de le perdre à tout jamais.

Au moins savait-elle maintenant qu'elle aimait Carlos comme il était : embringué dans la politique, flanqué de Simon Finkelstein, préoccupé d'abord de la révolution espagnole, avant-garde obligée de la révolution universelle. Il avait fallu qu'elle se donnât, devant la société et devant Dieu, à ce pauvre Geoffrey Lennon pour pouvoir comprendre enfin qu'elle était prête à partager Carlos avec Simon Finkelstein, avec les Brigades internationales, avec la révolution universelle incarnée par Karl Marx. Que pouvait faire Jessica, devenue depuis vingt-quatre heures l'épouse légitime de Geoffrey Lennon, pilier héréditaire et plutôt agréable à regarder de l'*establishment* britannique ? Rien de plus simple : elle alla trouver Carlos et elle lui expliqua tout ce qu'elle venait de découvrir.

Sur un point au moins, le long détour et la

manœuvre n'avaient pas été inutiles : le mariage de Jessica avait bouleversé Carlos Romero. Pour la première fois, le petit-fils de Jérémie Finkelstein, le fils de l'ambassadeur humaniste et pompeux s'était interrogé sur la cause qu'il avait embrassée. Méritait-elle le sacrifice du bonheur qui lui était offert? Méritait-elle qu'il préférât les perspectives abstraites et lointaines de la révolution aux charmes présents et vifs de Jessica O'Shaughnessy? Carlos Romero, d'une façon différente, était pris dans la même logique passionnée et impitoyable qui animait Jessica : il ne pouvait pas se laisser aller sur la pente des compromis et des demi-mesures. Il avait choisi Karl Marx et Simon Finkelstein contre une Jessica petite-bourgeoise qui ne pensait qu'à un bonheur étriqué et égoïste. Mais quand Jessica, mariée, était venue lui dire qu'elle l'aimait comme il était, avec tout ce qu'il traînait derrière lui, un grand bonheur l'avait envahi et ils étaient tombés dans les bras l'un de l'autre. Il ne voulait pas d'une Jessica qui entendait l'arracher à la révolution, mais une Jessica mariée ne le gênait pas du tout : il l'arracha sans le moindre scrupule aux liens sacrés du mariage. Il faut dire que Jessica y avait mis du sien et qu'elle se laissa arracher, ou se fit arracher, sans la moindre résistance. Tout ce qu'elle n'avait pas donné ni accepté jeune fille, elle l'accepta et elle le donna dans l'élan d'un mariage – d'un mariage avec un autre – qui n'avait été qu'un défi et un révélateur.

Les choses à partir de là devaient aller très vite. Il n'est pas impossible que Carlos Romero, en intellectuel de gauche typique de notre deuxième avant-guerre, se fût contenté de partager son temps entre son amour et la révolution. Ce fut Jessica elle-même qui l'entraîna plus loin. On aurait juré qu'elle voulait effacer jusqu'à la moindre trace de ses réticences de jeune fille à l'égard de l'engagement politique de Carlos Romero. Elle le poussa à assumer jusqu'au bout tous les risques de la situation et elle insista pour les partager. Simon Finkelstein réclamait, au même moment, une aide toujours accrue et une participation plus directe des Saints Apôtres à la lutte. La décision fut prise en moins de temps qu'il n'en faut pour l'écrire. Un beau matin, Carlos et Jessica s'embarquaient tous les deux à destination de Bordeaux, puis de l'Espagne républicaine. Hélène était effondrée et versait toutes les larmes de son corps. Brian passait son temps à inviter Geoffrey à tous les week-ends de Glangowness et à tous les lunches de son club. Comme si les folies de la fille pouvaient être effacées, au moins aux yeux de la société, par les manières exquises et désolées du père. Sur le quai de Southampton, Atalanta et Vanessa agitaient leur mouchoir. Derrière elles, Agustin et Javier saluaient de la main. Le matin même, un télégramme destiné à Jessica était arrivé d'Amérique. Le voici, sous mes yeux, et maintenant sous les vôtres : *Je pense à toi, ma chérie, je t'admire et je t'aime. Embrasse Carlos pour moi. Soyez heureux pour tout le monde. Ne laissez pas les petites choses détruire en vous les grandes. Balayez tout. No pasarán.* C'était signé Pandora.

Geoffrey Lennon ne fut pas malheureux trop longtemps. Il était peut-être le plus solide d'entre nous. Le plus calme, le plus sérieux. Celui qui voyait le plus juste. Je me rappelle qu'à l'époque il me paraissait bien pâle à côté d'un Carlos, d'un Agustin, d'un Simon. Comment prévoir ce qu'il allait devenir, un héros de la bataille d'Angleterre, l'incarnation des idées pour lesquelles des millions d'hommes allaient se faire tuer? La jeunesse aime les extrêmes, la folie, les désordres. Il était un modéré qui ne varierait pas. Il était ferme comme le roc. Quel ennui pour nous autres, emportés par les passions! Quinze mois plus tard, il épousait Atalanta, qui avait demandé, bien entendu, l'autorisation de sa sœur et sa bénédiction. Jessica avait donné l'une et l'autre, en riant, dans une lettre très gaie, très belle et très touchante. Elle était expédiée de Barcelone, où le Grand Hôtel Colón servait de quartier général aux intellectuels de gauche des quatre coins de l'Europe, et datée d'un « vendredi, dans la sierra de Teruel ».

VI

PORTRAIT DE L'AUTEUR EN SAINT-BERNARD DES CŒURS

L'ENVIE s'empara de moi, un beau jour, dans les forêts de Plessis-lez-Vaudreuil, de revoir Pandora. Elle me manquait. Je lui envoyai une longue lettre. Elle me répondit par un télégramme. Il contenait un seul mot – mais qui valait toutes les phrases : *Viens*. Mon grand-père me demandait depuis longtemps d'aller étudier sur place les méthodes des forestiers américains et canadiens. Je retins une cabine à bord du *Normandie* qui luttait alors pour le ruban bleu avec le *Queen Mary* et j'arrivai à New York, fou d'impatience et de bonheur.

L'Amérique, en ce temps-là, n'était plus le pays d'expérimentation et de refuge qu'avaient connu Jérémie Finkelstein débarquant sans un sou de Pologne et de Berlin ou Pericles Augusto, dans son accoutrement invraisemblable, sur les talons de sa fille. New York était une ville immense, aussi étrange dans son genre que Venise dans le sien, et qui réduisait les capitales de notre vieille Europe, encore privilégiée pour un temps par une vocation impériale qui épatait et agaçait les Américains, à l'état de cités-musées au parfum désuet et de gros bourgs à usage régional. La statue de la Liberté introduisait à un monde gigantesque et nouveau, entièrement tourné vers l'avenir au lieu de l'être vers le passé comme la Bavière ou la Provence, la

Toscane ou l'Andalousie, plein de studios de cinéma, de gratte-ciel encore tout neufs, de dollars à peine écornés par l'alerte de 29 et d'automobiles par millions. Nous autres, Européens, nous éprouvions à l'égard de l'Amérique de cette époque des sentiments ambigus : elle était riche et enfantine, terriblement mal élevée, encore vaguement en friche, elle avait besoin de nos conseils et de notre expérience, elle était comme une grande fille de province, pleine de promesses et un peu godiche, qui aurait poussé trop vite. Beaucoup de choses nous stupéfiaient chez les Américains : leur façon de se nourrir et de se vêtir, sans aucun de ces raffinements dont nous faisions profession et qu'ils ignoraient complètement, leur goût pour la publicité et pour le grand banditisme, leur appétit de l'argent qui nous frappait encore en ce temps-là, l'absence presque systématique de concierges et de domestiques – comment pouvait-on vivre sans concierges, sans cuisinières, sans femmes de chambre? – de grands corps de l'Etat et de hauts fonctionnaires, et peut-être plus encore de ces liaisons établies entre amants et maîtresses, mariés chacun de leur côté, dont offraient tant d'exemples la société européenne et sa littérature. Nous nous imaginions volontiers que l'Amérique allait « se faire », comme on dit des vins et des chaussures, qu'elle allait mûrir, qu'elle allait, avec le temps, devenir peu à peu – pour éviter de passer directement, selon la formule de Gertrude Stein, de la barbarie primitive à la décadence – quelque chose de souple et d'usé à la façon de l'Europe. Nous n'avions pas encore compris qu'à beaucoup d'égards c'était plutôt l'Europe qui était sur le point de devenir, en plus étriqué, en moins libre, quelque chose comme l'Amérique.

Pandora m'attendait sur le quai. Quand j'aperçus parmi la foule son sourire, ses cheveux blonds, sa main levée qu'elle agitait pour attirer mon attention, je me demandai en un éclair comment j'avais bien pu faire pour me passer d'elle si longtemps. Elle n'avait pas changé. Elle se jeta dans mes bras. Je la serrai contre moi. Ses cheveux sentaient le sable, la mer, le printemps. Un instant, je fermai les yeux.

– Oh ! Jean ! me dit-elle. Oh ! Jean !

Je ne disais rien. Je la regardais. J'avais peur, je ne sais trop pourquoi, qu'elle ne se mît à pleurer. Elle ne pleurait pas. Elle s'accrochait à moi comme à une bouée venue de très loin dans l'espace et dans le temps.

– Alors, lui dis-je. Alors ?

Et pour la protéger de la foule des porteurs, des passagers, des curieux, pour la protéger des autres et peut-être aussi d'elle-même, je passai mon bras autour de ses épaules.

Serrés l'un contre l'autre, nous marchions tous les deux, qui n'étions ni père et fille, ni frère et sœur, ni amants, sur les quais de New York, vers les débuts du deuxième mandat du président Franklin Roosevelt. Il faisait plutôt frais, avec des nuages dans un ciel clair. Pandora portait une robe noire, toute simple, qu'on devinait par instants sous son léger manteau de laine blanc. Qu'est-ce que je pouvais lui dire ? Je n'ai jamais très bien compris ce que ressentent les gens. Je répétais un peu sottement :

– Alors, ma chérie ? Alors ?

Elle se taisait à côté de moi. Tantôt elle baissait la tête et tantôt elle la relevait pour me regarder rapidement. J'aurais voulu que cet instant où nous nous retrouvions et où rien encore n'était dit pût durer éternellement.

– J'ai besoin de toi, me dit-elle tout à coup.

– Sûrement moins que moi, répondis-je.

– Pas sûr. Merci d'être venu.

– Merci d'être là, lui dis-je.

Une immense Cadillac, ou peut-être une Oldsmobile, agrémentée d'un chauffeur, attendait Pandora.

– Tu y tiens? me demanda-t-elle.

– A quoi donc? répondis-je.

– A la voiture, au chauffeur.

– Je m'en fiche, répondis-je.

– Très bien. Prenons un taxi.

Elle s'avança vers le chauffeur et lui dit quelques mots. Il remonta dans sa machine interminable et brillante et disparut aussitôt. Nous fîmes encore quelques pas, échangeant deux ou trois phrases sur la santé d'Hélène et sur celle de mon grand-père, avant de héler un taxi que conduisait un Noir.

– Central Park, dit Pandora.

Et, se jetant dans la voiture, elle mit sa tête sur mon épaule. Que pouvais-je faire? J'avais mon bras autour d'elle et, à chaque virage, je sentais son souffle dans mon cou et sur mon visage.

– Est-ce que ça tourne beaucoup? demandai-je assez bas.

– C'est tout droit, me dit-elle en renversant la tête en arrière et en me regardant. Ça ne fait rien. Fais comme si.

Alors, je l'embrassai. Il n'y avait rien d'étonnant. J'avais traversé l'Atlantique pour embrasser Pandora. Nous entrâmes dans New York avec mes lèvres sur les siennes. J'aimais beaucoup l'Amérique. On avait bien fait de la découvrir par erreur, de la peupler d'aventuriers et de prostituées, de voler au secours de son indépendance pour embêter les Anglais. On avait raison de chanter ses louanges à la fin des banquets. On avait surtout raison de la visiter et de faire le tour de tous ses Etats.

Je savais bien qu'il y avait avantage à parler le moins possible. Dans les larges avenues encombrées de voitures qui mènent au cœur de New York, j'eus quelques instants délicieux. Chacun, bien entendu, a sa propre idée du bonheur. J'ai souvent surpris ceux qui m'interrogeaient après le dîner, ou le dimanche à la campagne, et qui ne me savaient pas si ardemment partisan de l'*american way of life*, en soutenant que le bonheur, pour moi, c'était de débarquer à New York et de rouler vers Central Park. Je devais à la vérité d'ajouter aussitôt que c'était un bonheur assez bref.

– Tu sais..., me disait-elle.

– Tu ne peux pas attendre encore une minute ? lui disais-je en l'embrassant.

– Il faut que je te parle..., me disait-elle en cachant sa tête dans mon épaule.

– Bien entendu, lui disais-je.

– Ne sois pas fâché, me disait-elle.

– Pas du tout, lui répondais-je. Je t'écoute, ma chérie. Il me semble depuis toujours que je ne fais jamais rien d'autre.

Elle se recula un peu, s'installa dans un coin de la voiture en train de rouler sur la Ve Avenue, croisa les bras, me regarda.

– Tu devrais me détester, me dit-elle.

– Je fais des efforts, lui dis-je. Je m'exerce. Malheureusement, je ne peux pas. Je voudrais bien. J'ai du mal.

Elle se mettait à parler assez vite, sur un ton un peu sec, comme si elle me donnait une leçon.

Il y avait une bonne nouvelle : elle attendait un enfant. Et une mauvaise nouvelle : elle ne savait pas très bien de qui.

– Peut-être de Thomas ? suggérai-je avec délicatesse.

Non, non, pour des raisons techniques sur lesquelles elle n'avait pas à s'étendre, l'enfant ne pouvait pas être de Thomas. Par des mécanismes obscurs et un peu compliqués, Thomas K. Gordon, son mari, que j'avais toujours pris pour un imbécile, m'apparut aussitôt comme un camarade, un allié, peut-être bientôt un ami.

– C'est curieux, dis-je avec un peu de mauvaise humeur que je me reprochai aussitôt, cette manie des Wronski de ne jamais faire le lien entre le mari et les enfants. Est-ce que ce serait, par hasard, une tradition de famille ?

Le moment était mal choisi pour essayer de faire des mots. Elle pleurait maintenant à gros bouillons. Elle s'était rejetée dans mes bras pour y sangloter plus à l'aise. Je lui demandai pardon à voix basse en caressant ses longs cheveux. Ses larmes coulaient le long de ses joues et tombaient sur les revers de mon manteau de voyage où elles laissaient de petites taches qui s'effaçaient assez vite. Tout rentrait dans l'ordre, tout retrouvait sa place. J'avais traversé les mers pour prendre Pandora dans mes bras. Eh bien, voilà, elle y était. Je la protégeais du monde sur lequel elle régnait. Je la serrais contre moi avec une tendresse inutile. Elle n'arrêtait pas de pleurer.

Le soir même, le décor changeait. Pandora habitait, sur le Park, à un coin de la Ve Avenue, un immense appartement où ma chambre était voisine de la sienne. Thomas était en train d'inspecter des usines du côté de Detroit. Elle riait, elle était gaie, elle avait envie de sortir. Après tout, il n'y avait pas le feu. Il y avait peut-être un enfant. Il attendrait un peu. On le mettait entre parenthèses. Javier prétendait depuis longtemps que Pandora illustrait avec une banalité affligeante les paroxysmes alternés du sang russe. Nous sortions. Des personnages inattendus surgissaient d'un peu partout. Tout ce que la côte est comptait d'épaves de génie et d'irréguliers semblait avoir rendez-vous avec la belle Mrs. Gordon dont parlaient les magazines et les rubriques de mode. Une espèce d'échange s'établissait : elle leur servait d'abreuvoir et ils l'étourdissaient. Dans une boîte tendue de rouge où, d'une voix éraillée, en s'accompagnant au piano, un nègre chantait avec des gestes très lents et soudain très rapides *Souvenir, souvenir* et un tas d'autres mélodies, plus déchirantes les unes que les autres, un peintre mexicain d'avant-garde, réfugié politique aux Etats-Unis, et un ancien officier balte de l'armée du tsar, complètement chauve, monocle à l'œil, se présentèrent à moi comme les amis les plus intimes de Pandora Gordon. Ils n'avaient pas connu sa famille, non, non, mais, depuis les premiers jours de son arrivée sur la terre américaine, ils ne la quittaient pas d'un pouce. Le premier me prit dans ses bras et m'appliqua dans le dos des tapes retentissantes. Le second claqua des talons. Gonzales – c'était le peintre : il peignait d'immenses fresques métaphysiques et naïves avec des vaporisateurs à moustiques et de ces lance-parfum, souvent remplis d'éther, dont se servent, tout au long du carnaval de Rio, les fanatiques des écoles de samba – voulut m'emmener à tout prix, au beau milieu de la nuit, voir quelques-unes de ses œuvres exposées dans une cave à Greenwich Village : de toute façon, jour ou nuit, on n'y voyait presque rien et il fallait une lampe pour distinguer quelque chose. Le colonel Petiakov insista avec une vigueur toute militaire, décuplée par l'alcool, pour m'accompagner sur-le-champ à une réunion de Cosaques où la libération de l'Ukraine serait sérieusement étudiée. Je me dis que Pandora risquait de vieillir assez vite.

Pour lutter contre ce péril, et sans doute pas mal d'autres, Pandora buvait. Elle buvait même beaucoup.

– Je déteste l'alcool, me dit-elle d'une voix hésitante. C'est pourquoi j'en change tout le temps.

Garçon! Enlevez ce whisky infect. Et essayons un peu de vodka.

Nous fîmes deux boîtes, ou peut-être trois. Il était déjà très tard, ou déjà très tôt, quand nous quittâmes la dernière. Très droit, de plus en plus droit, beaucoup trop droit, le colonel, qui avait remis à plus tard la libération de l'Ukraine, m'attrapa par la manche.

– Elle est si malheureuse! me dit-il. Si belle! Si malheureuse...

Les larmes lui venaient aux yeux. Nous le déposâmes devant un taxi en même temps que Gonzales. Pandora lui avait fourré, à peine de force, quelques dollars dans la poche. Il baisait les mains de sa bienfaitrice, et, par erreur ou par affection, je crains bien, les miennes aussi. Le peintre disait des mots sans suite sans qu'on pût très bien faire la part de l'exaltation naturelle et des effets du whisky. Le jour se levait sur New York. Pandora se taisait, les yeux dans le vide.

Nous passâmes ainsi, tous les deux, dans New York encore jeune, surpeuplé et désert puisque j'avais retrouvé Pandora, des journées et des nuits qui me laissent un souvenir mêlé de douleur et de douceur. Je n'ai pas l'intention de vous raconter ici ma vie. J'essaie de ressusciter Pandora et ses sœurs. Je joue un rôle dans leur existence, ou, peut-être, plutôt, elles jouent un rôle dans la mienne. Ne comptez pas trop sur moi pour en savoir davantage. J'ai donné à lire à Javier, à Luis Miguel, à quelques autres une partie de ces souvenirs rédigés à San Miniato. Javier m'a fait remarquer qu'ils n'apprenaient pas grand-chose sur mes relations avec Pandora : « On a un peu l'impression que vous n'avez pas de corps... » Eh bien, c'est comme ça. Je m'en voudrais de tomber dans le genre trop facile des révélations croustillantes et des descriptions à la mode. Je n'éprouve aucun goût pour ce type de littérature. Je le laisse aux jeunes filles qui font leurs débuts dans les lettres et aux amateurs de gros tirages. Il y a des choses que je ne dirai pas sur Pandora et sur moi. L'idée que Pandora pût ne pas avoir de corps avait tout de même quelque chose de comique. Dans la gaieté et dans le chagrin, elle ne cessait jamais d'exercer sur les hommes une fascination irrésistible. Vous avez peut-être deviné que j'étais très loin d'y échapper.

Toujours entourée d'innombrables figurants, Pandora présentait cette caractéristique assez frappante de sembler toujours solitaire. Je savais que Carlos, que Vanessa, qu'Atalanta connaissaient beaucoup de gens et entretenaient avec eux d'innombrables relations. Pandora était toute seule. Quand je lui parlais, quand je la prenais dans mes bras, j'avais le sentiment qu'elle m'attendait depuis toujours et qu'il n'y avait plus que nous deux. C'était, je le crains, une impression un peu trompeuse. Je me demandais même assez souvent si le talent de Pandora ne consistait pas d'abord à faire croire à chacun qu'il était seul avec elle.

N'allez surtout pas vous imaginer que Pandora passait son temps à jouer. Une des clefs de Pandora, c'est qu'elle ne jouait pas. Combien d'hommes, de Percy Bassett, son premier amour, à Thomas Gordon, son premier mari, de Simon Finkelstein, son premier amant, à l'un ou à l'autre des boscards invraisemblables dont elle aimait s'entourer, lui ont reproché, en termes parfois sanglants, d'avoir joué avec eux! Moi-même, plus d'une fois la tentation m'est venue de l'accuser de duplicité, de coquetterie, de manœuvres. Rien n'était plus faux. Elle faisait à chaque instant ce qu'elle avait envie de faire, et l'indifférence et la passion alternaient dans son cœur.

Je la prenais dans mes bras. Elle s'y jetait avec

violence, elle s'y abandonnait en silence, immobile, presque morte. Souvent des larmes coulaient de ses yeux. Le désespoir s'emparait de moi. Alors, c'était elle qui me consolait :

– Ce n'est rien, mon chéri, ce n'est rien.

Et, me caressant les cheveux, me couvrant de baisers désolés, elle se penchait sur moi à son tour, à la façon d'une mère qui apaise son enfant. Nous échangions ainsi nos caresses et nos chagrins, le mien venant d'elle, le sien ne venant pas de moi. Il arrivait à nos baisers de s'égarer sur nos lèvres, sur nos corps. Elle sortait de son rêve. Elle rentrait dans la vie. Elle s'animait peu à peu. Le bonheur s'emparait de moi. Rien ne ressemblait plus à la passion que ces instants où les larmes le cédaient au plaisir. Tout à coup, un sentiment nouveau me prenait dans ses filets, me roulait dans ses vagues : je me demandais si l'amour qu'il s'agissait d'oublier ne ressemblait pas assez fort à l'amour qui essayait – peut-être en vain? – de le faire oublier. Couché sur le dos, les bras en croix, les yeux grands ouverts, c'était à moi de me laisser aller à un sombre silence.

– Mon chéri, disait Pandora.

Je voyais au-dessus de moi son visage et son sourire. J'avais honte. J'étais le médecin qui abuse de sa patiente, le confesseur infidèle, l'ami sournois et inutile. Je pensais à moi et à elle avec la même pitié.

– C'est trop bête, lui disais-je. Est-ce que tu ne crois pas que nous pourrions...

Elle mettait un doigt sur mes lèvres.

Thomas ne se hâtait pas de revenir de Detroit. Il était trop clair qu'il ne restait plus grand-chose de ce mariage insensé. J'hésitais, je l'avoue, à parler de sa vie à Pandora. J'avais trop peur de ce qu'elle me dirait. Je me réfugiais dans le silence, dans les caresses, dans les baisers, dans tout ce qui pouvait entraîner et pour elle et pour moi consolation et oubli. J'essayais de remplir le présent d'un semblant de plaisir pour conjurer à la fois le passé et l'avenir.

Un beau jour, Pandora, lasse d'attendre Thomas, ou peut-être désireuse au contraire d'éviter son retour, décida soudain de partir pour la Californie. Elle me proposa de l'accompagner. Je n'hésitai pas beaucoup. J'envoyai un télégramme à Plessis-lez-Vaudreuil pour annoncer brièvement que mon absence serait plus longue que prévu, et nous nous installâmes tous les deux dans un de ces trains, si différents de notre vieil Orient-Express, qui traversent de part en part, de l'Atlantique familier jusqu'au Pacifique lumineux et étrange, les Etats-Unis d'Amérique.

Le voyage dura longtemps. Pendant tout le trajet, nous tournâmes obscurément, à mots couverts, sans jamais rien dire de définitif, autour de la situation de Pandora et de cet enfant qu'elle attendait. De temps en temps, je la regardais à la dérobée : est-ce qu'elle avait changé, est-ce que ça se voyait déjà? Mais non, après tant de nuits épuisantes, après tant d'incertitude et de flottement moral, elle restait, mince et fraîche, telle que je l'avais toujours connue. D'une pureté merveilleuse, d'une transparence incomparable. Derrière ces traits si nets et ce visage si lisse, il y avait tous ces secrets dont elle ne m'avait livré qu'une part infime et dont il faudrait bien finir, d'une façon ou d'une autre, par s'arranger un jour. Nous arrivâmes à Los Angeles par un soleil éclatant et nous descendîmes, à Beverly Hills – 8152 Sunset Boulevard, si mes souvenirs sont exacts – dans une espèce de club ou plutôt d'oasis au milieu du désert de béton. L'endroit portait le nom harmonieux et un peu ridicule de Jardin d'Allah. A deux pas d'un patio central entouré de palmiers, Thomas et Pandora y avaient loué un appartement à l'année dans un bungalow au bord d'une piscine dont les formes reproduisaient bizarrement les contours de la mer Noire. Une surprise m'y attendait.

Le Jardin d'Allah – qui devait en réalité son nom à un mauvais jeu de mots puisqu'il s'agissait de la propriété, vendue aux enchères et transformée en hôtel de luxe, d'une ancienne vedette du muet, Alla Nazimova, née à Yalta, en Crimée, et qu'on a pu voir encore aux côtés de Rita Hayworth dans *Arènes sanglantes* – était surtout peuplé de gens de cinéma qui travaillaient à Hollywood, alors au sommet de sa gloire et de son activité. Le soir même de notre arrivée, Pandora me présenta à un homme entre deux âges, pas très grand, en costume clair, les yeux bleus, qui paraissait accablé par la mélancolie et qui nous attendait. C'était Scott Fitzgerald.

Après les succès retentissants des années vingt et du début des années trente, l'auteur de *Gatsby le Magnifique* et de *Tendre est la nuit,* auréolé d'un prestige qui s'étendait jusqu'en Europe, était au bord de la ruine matérielle et morale. Il était venu chercher à Hollywood une carrière incertaine de scénariste et les quelques milliers de dollars nécessaires pour payer ses dettes et les frais d'internement de Zelda, sa femme et son unique grand amour, minée par l'alcool et la schizophrénie. Grâce à Etienne de Beaumont, qui était mon oncle, et à plusieurs autres, je connaissais depuis longtemps et j'admirais beaucoup *The Great Gatsby,* roman de l'argent, du mal du siècle et des grandes espérances en train de se dégrader en illusions perdues. *Tender is the Night* et un recueil de nouvelles – *Tales of the Jazz Age* – m'étaient seulement passés entre les mains, prêtés, j'imagine, par Javier Romero. Je me souvenais vaguement des personnages de ces livres et ils se confondaient pour moi avec leur auteur, entraîné, à mes yeux, dans un vertige de plaisir sombre, de mystères et de femmes.

Scott Fitzgerald, avec son nom éclatant de héros de roman, m'étonna par son allure incertaine, hésitante, presque gênée. Il buvait comme un trou. Il semblait sur le point de se changer en vieillard – ou plutôt en une sorte de vieil adolescent où un reste de frêle élégance se mêlait à l'amertume. Une réputation de séducteur flottait encore autour de l'épave. Pandora, devant moi, lui demanda des nouvelles, non seulement de la pauvre Zelda, mais de Nora, de Laura, de Beatrice, d'Eleanor, de Sheilah, et peut-être de quelques autres dont les noms m'ont échappé. Je m'interrogeais sur l'usage que ce vieillard de quarante ans pouvait bien faire de tous ces prénoms. De temps en temps, une sorte de grâce mélancolique venait illuminer son visage et fournir un début de réponse aux questions que je me posais. Il s'animait un peu en parlant de la Côte d'Azur du début des années trente et de la Grande Corniche qu'il sillonnait au crépuscule en voiture décapotable, aux côtés de Zelda encore brillante et déjà déchaînée.

– Ah! mon Dieu, mon Dieu, me dit-il avec une nostalgie déchirante dans la voix, mes plus belles années, je les ai gâchées en quête de l'éternel carnaval au bord de la mer. Et je ne le regrette fichtre pas : la vie alors était un rêve.

Un tourbillon se formait à nouveau autour de Pandora, plus entourée et plus seule que jamais. Nous dînions avec des acteurs, des humoristes, des exilés, des romanciers qui répétaient, après Gertrude Stein, que le XXe siècle se trouvait là où était Paris, qui ne pensaient qu'à l'Europe ou à la rigueur à la côte est, plus intellectuelle, moins languissante que la Californie, et qui se méprisaient, comme Fitzgerald, de gagner de l'argent à Hollywood – ou, pis encore, d'essayer en vain d'en gagner. Nous rencontrâmes, en quelques jours, Humphrey Bogart et Ernst Lubitsch, Darryl Zanuck et Robert Taylor, Maureen O'Sullivan, Spencer Tracy, Clark Gable, et encore Rosalind Russell et Melvyn Douglas, qui répétaient une comédie : *Cette chose qu'on appelle l'amour*.

Pandora était assez liée avec un metteur en scène qui se prenait volontiers pour Shakespeare et qui s'appelait Joseph Mankiewicz. Il devait se souvenir d'elle plus tard en suggérant le nom de Pandora pour l'héroïne – interprétée par Ava Gardner – du film *The Flying Dutchman* dont la version française s'appellerait précisément *Pandora*. Mankiewicz était assez dur pour Fitzgerald qui travaillait pour lui et tirait un scénario d'un roman d'Erich Maria Remarque. *A l'Ouest rien de nouveau* était devenu un classique et Mankiewicz espérait refaire le même coup et retrouver le même succès avec *Trois Camarades* qui racontait les aventures de trois anciens combattants dans l'Allemagne d'après-guerre.

Un jour, après le déjeuner, au café, au bord de la piscine du Jardin d'Allah, à ma stupeur, presque à mon indignation, j'entendis Mankiewicz dire à peu près à Pandora :

– Je compte bien peu sur Scott pour les dialogues. Après tout, il y a une grande différence entre le dialogue d'un roman et celui d'une pièce ou d'un film. Dans un roman, le dialogue s'adresse à l'imagination : le lecteur lui prête telle ou telle tonalité. D'une certaine façon, il le reconstitue. Il en est presque l'auteur. Sur la scène, au contraire, ou à l'écran, le dialogue s'adresse à l'oreille plus qu'à l'esprit. Il éveille directement des émotions. Les dialogues de Scott manquent de mordant, de couleur, de rythme.

L'étonnement s'emparait de moi, mêlé d'un peu de tristesse. L'admiration que j'avais pour les écrivains en général et pour Fitzgerald en particulier en prenait un vieux coup. Le soir même, Pandora, sans répéter à Fitzgerald le jugement sévère de Mankiewicz, évoquait les rapports du romancier avec le metteur en scène. Scott mordit à l'hameçon avec une violence et presque une agressivité dans la volonté de se justifier qui, au lieu de me rassurer sur son état moral, m'inquiétèrent un peu plus :

– Pendant dix-neuf ans, tout ce que j'ai écrit pour le grand public s'est vendu à des prix records et tout le monde s'accorde à reconnaître que mes dialogues sont parmi les meilleurs. Voilà que le jugement de quelqu'un qui n'a jamais écrit m'apprend qu'ils ne valent rien et qu'en quelques heures n'importe qui peut faire beaucoup mieux.

Et pour se consoler, pour se redonner du courage, il buvait coup sur coup toute une série de doubles Tom Collins. Je crois qu'il se sentait plus à l'aise avec nous qu'avec les autres parce que nous n'étions ni des écrivains, ni des artistes, ni des intellectuels, ni des gens de cinéma et qu'il nous imaginait assez peu au courant de sa déroute intérieure et de l'échec de sa vie. Pandora le traitait avec indulgence et tendresse et une sorte de complicité toute faite d'admiration et d'affection mutuelles semblait régner entre eux.

– Chez vous, disait-il avec un sourire charmant, chez vous, avec vous, je me sens toujours comme un passager de première classe.

A peine nous avait-il quittés que Groucho Marx, qui rôdait dans les parages du patio du Jardin d'Allah avec l'allure burlesque qui venait de le rendre célèbre dans *Une nuit à l'Opéra* et dans *Un jour aux courses,* un cigare à la bouche, la silhouette cassée comme par un lumbago, se précipitait sur Pandora qu'il connaissait naturellement :

– Comment ? Comment ? Qui est ce vieil homme malade et pas très drôle ? Je le croyais mort depuis longtemps. Peut-être n'est-ce que son fantôme ?

Notre séjour en Californie et au Jardin d'Allah ne dura que quelques jours – dix ou quinze tout au plus. Mais nous vîmes tant de gens, nous assistâmes à tant de scènes, nous entendîmes sur les uns et sur les autres tant de jugements amusants ou cruels que j'ai l'impression d'avoir vécu plusieurs mois à l'ombre de la Century Fox, de la Metro Goldwyn Mayer et de leurs monstres sacrés. L'apparition la plus tumultueuse fut celle d'Ernest Hemingway.

Hemingway était rentré d'Europe pour présenter au Congrès des écrivains américains, puis au président Roosevelt en personne son documentaire *Terre espagnole*. Il venait d'arriver en Californie où il se proposait d'animer une campagne de soutien aux républicains espagnols. Le film avait été projeté devant Ernst Lubitsch qui avait suggéré de le couper et de le refaire à la sauce de Hollywood. A l'émerveillement de Fitzgerald, Hemingway – son cadet de deux ans – avait refusé net. Je revois d'ici Pandora assise sous le patio aux palmiers ou au bord de la piscine, entre Fitzgerald et Hemingway – entre le charme fragile de l'échec et l'autorité du succès.

Dès qu'il avait appris l'arrivée de son ami Ernest, pour lequel il avait fait plus, naguère, qu'aucun écrivain américain, le recommandant aux critiques et chantant ses louanges, Scott avait manifesté une inquiétude qui allait jusqu'à la panique. Il avait avoué à Pandora qu'il lui faudrait beaucoup d'alcool pour avoir le courage de rencontrer Hemingway. Et il avait ajouté :

– Inutile d'essayer d'écrire tant qu'Ernest est dans les parages.

L'affaire, autant que je sache, remontait assez loin. Après l'intimité entre les deux écrivains, l'un au rythme simple et efficace jusqu'au dépouillement, l'autre plus musical, plus sensible, plus complexe, les choses, pour des raisons multiples et difficiles à cerner, avaient commencé à se gâter. Ernest était passé de l'obscurité à la gloire et Scott d'un succès immédiat et presque éclatant à une cruelle série d'échecs. Sur les bords de la piscine ridicule du Jardin d'Allah, j'avais entendu Fitzgerald, angoissé à l'idée de retrouver Hemingway, murmurer à Pandora :

– Ses nerfs sont aussi détraqués que les miens, mais la crise chez lui prend une forme différente : il incline à la mégalomanie et moi à la mélancolie.

J'avais lu avec admiration plusieurs livres d'Hemingway. *Le soleil se lève aussi* – dont l'héroïne, lady Brett, me rappelait souvent Pandora – m'avait transporté d'enthousiasme. J'avais aussi lu, en anglais, une longue et belle nouvelle qui s'appelait *les Neiges du Kilimandjaro.* Derrière une histoire de chasse se dissimulait le thème de la lente dégradation et de la destruction d'un écrivain et d'un homme. J'appris de la bouche de Pandora que Scott Fitzgerald avait servi de modèle à Hemingway dans sa description du romancier déchu.

– Quelqu'un qui aurait agi avec moi comme Ernest avec Scott, me dit Pandora avec une violence qui m'étonna, je ne l'aurais revu de ma vie.

Elle ajouta quelques mots assez durs aussi bien pour Scott que pour Ernest, opposant le masochisme sentimental du premier au sadisme soi-disant viril du second. Elle ajouta que Zelda, la femme de Scott, s'était toujours méfiée d'Hemingway et le considérait comme un « truqueur ».

Surtout aux côtés de Fitzgerald, Hemingway, avec sa haute taille, donnait une impression de force et de virilité un peu voulue. C'était le plus jeune maintenant qui parlait à Fitzgerald avec un ton de supériorité évidente et un peu gênante. La rencontre entre la brutalité, presque la vulgarité puissante de l'un et la distinction maladive de l'autre ne s'ouvrit pourtant pas trop mal. Hemingway commença par donner à Pandora des nouvelles de sa sœur Jessica qu'il avait aperçue au Grand Hôtel Colón, à Barcelone.

– C'est une fille épatante, dit-il avec conviction. Elle est belle, intelligente, courageuse. Je pense écrire quelque chose sur la guerre civile espagnole. Elle pourrait fournir beaucoup de traits à un personnage de femme que j'ai déjà en tête.

Il dit quelques mots de Carlos Romero et demanda qui était ce mulâtre du nom de Simon qui les accompagnait et qui semblait l'avoir impressionné. Je craignais un peu la réaction de Pandora. Mais elle répondit avec calme :

– Je l'aime beaucoup. C'est un ami à nous tous. Un type assez surprenant. Et une espèce d'oncle de Carlos Romero.

Et elle parla de Jessica, comme toujours, avec intelligence et tendresse. La solidarité des Altesses du placard et de l'ordre du Royal Secret ne se laissait entamer ni par la distance, ni par la politique, ni par les péripéties du cœur.

A la façon d'un numéro un peu trop bien réglé, Fitzgerald et Hemingway évoquèrent leur vie commune dans le Paris du cubisme, de l'Exposition des Arts décoratifs, de Jeanne Lanvin et de Coco Chanel en train de détrôner Paul Poiret qui avait détrôné Jacques Doucet, leur première rencontre au Dingo, un bar de la rue Delambre, leurs virées au champagne, au whisky et au gin et leurs bagarres au petit matin. La plus franche cordialité régnait entre les deux hommes. Il fallait prêter une oreille attentive et apercevoir de temps en temps une lueur d'inquiétude dans les yeux de Fitzgerald pour sentir tout ce que recouvrait de trouble et d'obscur cette apparente camaraderie. Je regardais Pandora : elle n'était pas dupe.

La conversation venait sur les tirages des écrivains et sur les succès d'Hemingway.

– Sans ironie, disait Fitzgerald, sans ironie, je t'envie à mort. J'envie tes loisirs et la liberté que tu as toujours eue de faire ce que tu veux.

– Si tu te sens vraiment des idées noires, répondit Hemingway en riant un peu trop fort et en donnant une grande claque dans le dos de Fitzgerald, prends une bonne assurance et je m'arrangerai pour te faire descendre.

– Mais tu l'as déjà fait, disait Fitzgerald d'une voix douce.

L'allusion transparente aux *Neiges du Kilimandjaro* tombait dans un grand silence. Quelques instants plus tard, comme un boxeur sonné qui repart à l'attaque, Hemingway remettait ça avec quelques verres en plus :

– Ton foutu romantisme, ta délectation irlandaise pour l'échec, j'espère que tu les mets un peu de côté, ici, au milieu de toutes ces beautés, de toutes ces femmes merveilleuses ?

Il buvait encore d'un seul coup un verre de whisky ou de vodka et il ajoutait avec un grand rire :

– Tu n'as plus peur qu'il ne fasse pas l'affaire, ton sacré petit oiseau – *your damned little birdie ?*

Fitzgerald blêmit d'un seul coup. Je le vis se lever comme s'il allait se jeter sur Ernest. Il se mit à tituber à la façon d'un homme ivre, se passa la main sur le front et finit par rester immobile, l'air égaré. Je crus qu'il allait tomber. Je me dis aussitôt – et je reste persuadé – que ce n'était pas l'alcool, mais la maladie qui, sous le coup de l'injure, l'avait mis dans cet état. Déjà Pandora était auprès de lui, l'entourait de ses bras sous prétexte de tendresse, mais surtout pour le soutenir, et se tournait vers Hemingway :

– Sur ce point, au moins, je vous rassure, mon cher Ernest. On a dû vous dire plus d'une fois que ce ne sont pas les plus grandes gueules qui sont les meilleurs amants. Et je peux vous assurer que Scott en est un excellent.

Je garde de cette journée au bord de l'invraisemblable piscine du Jardin d'Allah et surtout des mots prononcés par Pandora dans un mouvement de défi un souvenir de confusion. Je me rappelle un grand silence et quelques mots de Lubitsch :

– Bravo ! Ça, c'est tapé !

Je n'avais pas compris grand-chose au duel à fleurets mouchetés et plein de sous-entendus entre Fitzgerald et Hemingway. Je ne devais m'expliquer que bien des années plus tard ce qui s'était passé au Jardin d'Allah en présence de Pandora.

Hitler, Roosevelt, Churchill étaient morts depuis longtemps quand me parvint à San Miniato le petit livre d'Hemingway qui s'intitule en français : *Paris est une fête.* J'y tombai avec un étonnement mêlé de nostalgie sur l'épisode ahurissant où, près de dix ans avant les retrouvailles dans le Jardin d'Allah, Fitzgerald, inquiet de ses insuffisances physiques, descendait avec Hemingway dans les toilettes du restaurant Michaud, au coin de la rue Jacob et de la rue des Saints-pères, pour baisser son pantalon et solliciter d'un connaisseur un avis compétent et sans complaisance. Hemingway l'avait rassuré en lui expliquant que rien n'est plus trompeur et plus décourageant que l'angle de vue qu'un homme prend de son propre sexe. Et ils étaient allés au Louvre tous les deux pour examiner plus à loisir les proportions idéales et modestes du sexe masculin au repos dans les sculptures les plus célèbres. Pour se faire une idée plus exacte et pour comparer avec sa propre expérience, Scott Fitzgerald, profitant de l'absence momentanée du gardien en train de faire sa tournée, avait grimpé sur la tête des statues pour observer leur attribut sous l'angle qu'il utilisait lui-même quand il contemplait le sien avec mélancolie.

La discussion à demi-mot sur les dimensions de l'oiseau de Fitzgerald et sur l'usage qu'il en faisait m'avait sans doute intéressé. Mais ce qui m'avait surtout bouleversé dans l'attitude chevaleresque de Pandora volant au secours de son amant – si l'adjectif chevaleresque peut s'appliquer, pour une fois, à une femme en train de sauver un homme – c'était l'aveu sans fard de sa liaison avec Scott Fitzgerald.

Lorsque Hemingway et tout le joli monde qui nous entourait eurent enfin quitté le Jardin d'Allah, nous restâmes seuls tous les trois, Pandora, Scott et moi. Pendant toute la soirée, avant et même après l'accrochage avec Ernest, Scott Fitzgerald avait été particulièrement brillant. Comme s'il voulait remercier Pandora de son aide généreuse, dissiper la gêne qui était tombée sur l'assistance et l'emporter sur Hemingway, il avait raconté comment Zelda et lui, ivres morts, au moment de traverser un passage à niveau, s'étaient endormis dans leur Renault sur la voie de chemin de fer ou comment ils plongeaient tous les deux, la nuit, des hauts rochers du cap d'Antibes, manquant à chaque coup de s'écraser sur les pierres en contrebas. A Pandora qui lui faisait des reproches rétrospectifs il avait répondu :

– Ne le savez-vous pas ? Ce que je déteste le plus au monde, c'est l'instinct de conservation.

Dès que nous ne fûmes plus que nous trois, il s'écroula en sanglots. Ce fut une crise assez violente. Il se roulait par terre, sanglotait, criait qu'il avait honte, qu'il avait tout raté et qu'il voulait mourir. Pandora s'occupa de lui avec une douceur et une fermeté exemplaires, lui prenant la tête dans ses mains et le forçant à se calmer. Nous le ramenâmes tous les deux au bungalow qu'il occupait à quelques pas du nôtre. En cherchant un pyjama pour remplacer le costume de bonne coupe, mais usé et fripé, que portait Fitzgerald, Pandora ouvrit un tiroir : une douzaine de bouteilles de gin y étaient rangées avec soin. Dans un placard de la salle de bain étaient entassées des bouteilles vides. Entre deux sanglots, Fitzgerald murmura à Pandora :

– C'est ta faute ! C'est ta faute !

Et, me montrant du doigt avant de s'effondrer sur le lit où nous l'avions assis, il souffla :

– Et la sienne.

– Comme on se trompe ! murmurai-je.

Le lendemain même, Pandora et moi quittions la Californie pour rentrer à New York. Le voyage de retour fut pénible. Il fallait bien se mettre à regarder en face la situation autour de laquelle nous tournions depuis des semaines et que nous nous efforcions d'oublier dans l'alcool et l'agitation. Je me demandais si Pandora ne m'avait entraîné en Californie que pour rencontrer Fitzgerald. Elle avait naturellement eu beaucoup d'occasions, au Jardin d'Allah, de s'entretenir seule avec lui et j'ignorais tout à fait ce qu'ils avaient bien pu se dire. Ce que je savais, en revanche, ce que je constatais à chaque instant, c'est que le retour vers New York était bien différent de l'aller vers Hollywood. Autant, en venant, après la crise de New

York, elle était gaie et presque insouciante, autant elle semblait maintenant préoccupée et soucieuse. Elle était retombée dans ses longs silences, elle me lançait à nouveau ces regards affolés qui me faisaient mal. Je désirais l'aider, bien entendu, et en même temps je lui en voulais de m'avoir caché ses relations avec Fitzgerald.

– Mais enfin, Scott, qu'est-ce qu'il représente pour toi, ma chérie? Est-ce que tu tiens à lui?

Elle ne répondait pas. J'insistais :

– Tu sais, tes relations avec lui ne me sont pas vraiment agréables. Et j'ai été plutôt heureux de le voir, à tort malheureusement, un peu jaloux de moi. Mais il est beau et charmant. C'est un grand écrivain. Il a écrit des choses superbes. Précisément parce qu'il a du talent, ou peut-être du génie, il traverse une passe difficile. Je suis sûr que tu pourrais l'aider beaucoup. Mais il faut d'abord te reprendre toi-même et savoir ce que tu veux. Il ne s'agit pas d'ajouter ton propre désarroi à la faiblesse de Scott. Je ne voudrais pas, ajoutai-je en riant, te voir finir comme sa femme, qui me semble en mauvais état.

Je parlais de la sorte, beaucoup, prêchant le vrai et le faux, disant n'importe quoi pour meubler les silences, tâchant de deviner ce qui n'était pas exprimé et de rendre à Pandora un peu de son équilibre et de cette gaieté de vivre qui était si forte en elle et que les événements s'acharnaient à combattre. Tout à coup, dans le train qui nous menait vers New York, Pandora se tourna vers moi avec un sourire étourdissant :

– L'enfant est de Scott, me dit-elle.

Je n'ai jamais su, je ne sais toujours pas si c'était la vérité. Je ne sais pas non plus si elle croyait elle-même à ce qu'elle racontait. Souvent, plus tard, nous avons parlé ensemble, sur le ton le plus calme, de *Gatsby le Magnifique* ou de *Tendre est la nuit,* du Jardin d'Allah, de la virilité un peu affectée d'Ernest Hemingway et du charme fragile et si fort du pauvre et grand Fitzgerald. Jamais la moindre allusion ne fut faite entre nous au bref aveu dans le train. Pandora, jamais, ne revint sur le sujet. Pour rien au monde, bien entendu, je n'aurais voulu, de moi-même, l'obliger à se répéter. Il m'est arrivé de me demander si, bercé par les secousses régulières du wagon, je ne m'étais pas endormi et si je n'avais pas rêvé. Les quatre mots de Pandora : « L'enfant est de Scott », qui m'avaient bouleversé pour beaucoup de raisons, je les entends pourtant si distinctement qu'il me semble impossible de les avoir inventés. Dès le train qui nous menait de la Californie vers New York et, je peux bien le dire, pendant tout le reste de mon existence, d'innombrables hypothèses me sont venues à l'esprit. Qu'elle eût été, après bien d'autres et avant encore quelques-unes, la maîtresse de Fitzgerald, la chose était hors de doute. Mais que l'enfant fût de lui était loin d'être prouvé. Peut-être était-il de Gonzales, le peintre, ou du colonel ukrainien? Ou de n'importe qui d'autre dont j'ignorais jusqu'au nom? Je devais apprendre plus tard que, presque aussitôt après son arrivée à New York, Pandora avait mené une vie insensée, accumulant les scandales aussitôt étouffés par la tendresse ou l'aveuglement de Gordon et surtout par son argent, roulant de bar en bar et de lit en lit, alternant les provocations et les menaces de suicide. Un soir, complètement ivre, à l'issue d'un dîner où il y avait des écrivains et des journalistes, elle avait voulu se jeter d'un quarantième étage pour pouvoir ressentir, à défaut de les raconter, les impressions de quelqu'un en train de tomber dans le vide du haut du monde moderne. C'était Ernest Hemingway – comme on se retrouve! – qui l'avait rattrapée au dernier moment. Ç'avait été le début de leur amitié et c'était par lui, un beau jour, qu'elle avait rencontré Fitzgerald. Une autre fois, ivre également, à la fin d'une de ces virées qui s'achevaient au petit jour, elle avait appelé les pompiers. Quand ils étaient arrivés avec leurs voitures rouges et leurs sirènes et qu'ils avaient demandé où était l'incendie dont on ne voyait aucune trace, Pandora s'était avancée et s'était frappé la poitrine dans un geste théâtral :

– Ici, avait-elle dit.

Sa fortune considérable et toutes ses relations n'avaient pas pu empêcher Thomas Gordon de voir sa femme condamnée à une sérieuse amende et à trois jours de prison pour conduite immorale et insultes à la force publique.

N'importe quoi avait pu se produire dans cette vie sans règles, sans amour et sans le moindre but. Plusieurs fois, à New York ou à Hollywood, Pandora m'avait dit combien elle enviait ses sœurs – qui l'admiraient pourtant éperdument – et jusqu'à Vanessa dont la passion, pour absurde qu'elle fût, donnait un sens à l'existence.

– Elles savent ce qu'elles veulent. Je n'aimerais pas la vie si calme et sans la moindre surprise que mène Atalanta. Mais j'imagine qu'elle est heureuse. A sa façon. Jessica a trouvé sa voie. Et même Vanessa a quelqu'un à qui penser et qui inspire tout ce qu'elle fait. C'est peut-être idiot, ou même méprisable aux yeux de beaucoup de gens. Mais ça vaut mieux que rien.

Ces paroles amères n'étaient pas très agréables à entendre. J'aurais tout donné au monde pour servir de centre à l'univers de Pandora. J'aurais accepté avec ivresse d'être un peintre mexicain de troisième ordre à la façon de Gonzales, ou un colonel ukrainien dans les poubelles de l'histoire, ou encore, bien entendu, un écrivain de génie, malheureux et déchu comme il sied au génie, à la manière de Fitzgerald. A nous tous, le bonheur était refusé de jouer dans la vie de Pandora ce grand premier rôle qu'elle appelait elle-même de ses vœux. A partir de là, tout était possible. Et que l'enfant de Pandora fût du premier venu, d'une rencontre oubliée dans les petits matins blêmes, d'un inconnu sans nom et peut-être sans visage. On pouvait comprendre que Pandora préférât l'image de Scott Fitzgerald à ces fantômes sans consistance et sans réalité dont il était sans doute plus simple de nier jusqu'à l'existence. Et puis, peut-être, après tout, allez savoir, que l'enfant de Pandora était vraiment de Fitzgerald. A défaut d'être de moi, c'était la meilleure solution.

Il me fallut encore me battre, de retour à New York, pour une cause qui n'était pas la mienne. Un jour sur deux, Pandora voulait se débarrasser de l'enfant.

– Ce sera délicieux, me disait-elle. On ne parlera plus de rien. Le rideau sera tiré. Nous partirons. Tu m'emmèneras en Europe et nous nous promènerons tous les deux sur les lacs italiens.

Pourquoi les lacs italiens ? Je ne sais pas. Et surtout, pourquoi moi ? Je le sais moins encore.

– Mais est-ce que tu es sûre... ? lui disais-je.

– Ne me torture pas, disait-elle.

Et elle se remettait, en silence, à pleurer sur mon épaule.

Les choses se passèrent ainsi, sur le seuil très quotidien de l'enfer, jusqu'à mon retour en France. La santé de mon grand-père et différentes obligations me rappelaient à Plessis-lez-Vaudreuil. Il faut bien ajouter que je n'avais aucun motif réel de rester à New York. Même le métier de chien de garde a des limites à ne pas franchir. Au moment de mon départ, aucune décision n'avait été prise ni dans un sens ni dans l'autre. Mais, même quand il ne se passe rien, il y a quelque chose encore qui continue à passer : c'est le temps. A force de ne rien faire, il était devenu difficile à Pandora de cacher son état. Le comble est que je quittai New York avec un vague sentiment de culpabilité. Ce n'était tout de même pas ma faute si Pandora était enceinte. Elle m'accompagna jusqu'au quai et elle leva le bras pour le départ comme elle l'avait levé pour l'arrivée. Franchement, c'était une drôle de personne. J'aurais fait n'importe quoi pour lui venir en aide. Mais elle ne voulait pas. Et je n'étais pas le seul, je le crains, dans cette situation.

Quelques mois plus tard, à Plessis-lez-Vaudreuil, en rentrant d'un goûter de chasse où j'avais accompagné mon grand-père, j'appris comme tout le monde, avec une fausse surprise et une joie très convenable, que Pandora avait eu un fils. L'heureux événement s'était passé à Glangowness d'où me parvenait un télégramme qui me demandait naturellement d'être le parrain de l'enfant. J'acceptai avec empressement et je franchis, une fois de plus, avec ma valise pleine de vêtements appropriés aux circonstances, le seuil de la vieille chose victorienne et gothique.

Belle à son habitude, plus rayonnante que jamais, Pandora recevait. Il n'y eut pas un mot sur nos jours heureux et malheureux à New York. Je me renseignai seulement, avec une exquise discrétion et une feinte indifférence – alors que c'est, en général, dans de telles circonstances, l'intérêt qui est feint – sur le nom qu'elle avait donné à l'enfant. Je me demandais en moi-même si le prénom de Scott allait réapparaître.

– Il s'appelle Francis, me dit-elle.

– C'est un joli nom, répondis-je.

Je n'ignorais pas, bien entendu, que l'auteur de *Gatsby* s'appelait Francis Scott Fitzgerald.

On s'interrogea beaucoup en famille pour savoir si Francis – il n'y avait jamais eu de Francis chez les McNeill, ni chez les O'Shaughnessy, ni même chez les Wronski – était un nom des Gordon. Mais le détail était sans importance : quelques jours à peine après le baptême, Pandora, à la tristesse de Brian et à l'horreur d'Hélène, annonçait son divorce. Thomas, absent, avait été parfait. Il n'avait mis aucun obstacle et il accordait tout ce qu'on voulait. On voulait d'ailleurs assez peu de chose. Le mariage américain, d'un seul coup, était tombé dans l'oubli. Il n'en restait qu'un enfant.

Jessica n'était pas là. Elle était en Espagne. Nous parlâmes beaucoup d'elle et de ce qu'elle racontait dans ses lettres qui remplissaient Brian de fierté et d'une espèce de gêne. « Les républicains, disait-il, passe encore, mais Carlos, c'est trop fort. » L'absence de Jessica arrangeait bien tout le monde : Atalanta était venue au baptême avec Geoffrey Lennon, son mari.

Je me promenai plusieurs fois avec Atalanta dans les allées de Glangowness. Je jouais au croquet avec elle, vêtu d'une veste de tweed qui me paraissait s'imposer. Je me retrouvais souvent à ses côtés dans les grands dîners d'apparat présidés par Brian et Hélène aux deux bouts de la longue table surchargée d'argenterie, d'assiettes de Sèvres ou de Nymphenburg et de figurines en biscuit posées sur des surtouts. C'était celle des quatre sœurs que je connaissais le plus mal, celle aussi peut-être qui m'intéressait le moins. Je la découvrais peu à peu. Elle adorait ses sœurs, et surtout Pandora. Elle parlait avec tendresse, avec une compréhension sans bornes de Vanessa et de Jessica. Elle les admirait sans les envier. Il me semblait tout à coup que sa vie sans tempêtes, ou sans tempêtes apparentes, était aussi mystérieuse que les folies en tout genre de ses sœurs bien-aimées. J'avais du mal à deviner si elle avait choisi son existence – ou son inexistence – si elle l'avait acceptée, si des rêves inassouvis la traversaient parfois. Elle était douce et indulgente à toutes les passions des autres. De temps en temps, je retrouvais chez elle des traits de Pandora, de Jessica, de Vanessa. Mais, au lieu de laisser partir ses désirs en tous sens, elle les rassemblait en elle-même et elle les dominait.

– Je vous aime beaucoup, lui disais-je au moment d'envoyer sa boule de croquet à l'autre bout du terrain ou en me tenant à ses côtés pendant le goûter de baptême du jeune Francis Gordon.

– Moi aussi, me répondait-elle, moi aussi. J'ai pour vous quelque chose comme une tendre affection. Je crois que c'est une des plus anciennes et une des plus respectables de nos traditions de famille.

– Oui, oui... Je suis un cas unique et quasi désespéré : je suis amoureux en bloc des quatre sœurs O'Shaughnessy.

– Ne faites pas le détail, suppliait-elle en riant.

– Je sais, répondais-je. Interdit. C'est la règle du jeu. J'ai le droit de vous aimer toutes ensemble à la façon d'une mère, ou peut-être d'une gouvernante. Mais je n'ai pas le droit d'en choisir une, selon la mode des amants.

– Vous êtes notre chien de garde, notre saint-bernard des cœurs. Vous venez vers chacune de nous, une fiole de rhum autour du cou.

– Il me semble que certaines d'entre vous en boivent plus que les autres.

– Je crois que je n'abuse pas de vos alcools de secours ?

– Oh ! non. Il y en a de moins raisonnables.

Parmi les moins raisonnables se rangeait Vanessa. Elle était là, entourant de mille soins le fils de sa sœur aînée. Elle donnait l'image de ce qu'elle aurait sans doute aimé être, autant qu'Atalanta, beaucoup plus que Jessica ou que Pandora elle-même : une mère de famille irréprochable. Les circonstances s'opposaient à ce rêve si légitime. Elle passait à Glangowness, entre les fermiers et le pasteur qui la vénéraient comme une sainte, le plus clair de son temps. Et puis, tous les deux ou trois mois, elle partait pour l'Allemagne.

Nous ne savions pas grand-chose de ces disparitions qui étaient devenues un rite que Brian lui-même avait fini par accepter, mais qui n'avaient pas beaucoup tardé, par leur répétition, à inquiéter Winston Churchill. En qualité d'ami intime de la famille, il assistait à la cérémonie du baptême de Francis et il entreprit avec moi à peu près le même tour à travers les jardins que je faisais jadis avec Marie Wronski. Après quelques considérations générales qui ne manquaient pas d'intérêt sur les conditions météorologiques en Ecosse et sur le charme héréditaire à la fois des Wronski et des O'Shaughnessy, il attaqua le cœur du débat :

– Vous êtes très lié, n'est-ce pas, avec les quatre filles de Brian ?

– Très lié, répondis-je. De près ou de loin, par la présence ou par la pensée, je crois que je leur consacre une bonne partie de mon temps.

– Je vous félicite, me dit-il. Voilà du temps bien employé.

– Je le pense aussi. Je les aime plus que personne.

– J'imagine que tant de dons doivent créer quelques problèmes ?

– Certainement, répondis-je en prenant mon élan. Si elles en avaient moins...

– Moins de problèmes ? Ou moins de dons ?

– De dons et de problèmes, les uns entraînant les autres... Si elles en avaient moins, elles seraient plus rassurantes – et, du coup, moins fascinantes. C'est la médiocrité qui entraîne le moins de troubles. Une bonne partie des charmes que nous célébrons finit par se confondre avec les inquiétudes qu'elles suscitent.

– Oui... hum!... Enfin... Il est probable qu'elles n'apportent pas seulement, à elles quatre, des satisfactions à Brian. Voilà Pandora qui divorce en même temps qu'elle accouche... Vous avez une idée pourquoi – ou pour qui?

– Pas vraiment, dis-je très vite.

– Et Jessica! Je crains que tout ce gâchis ne soit un peu ma faute : vous avez entendu parler de ce déjeuner que j'avais organisé?...

– Bien sûr, répondis-je. Mais je suis persuadé que les choses se seraient passées de toute façon. Autrement. Mais de toute façon.

– Vous avez raison. Les événements nous échappent. Mais il faut toujours faire comme s'ils ne dépendaient que de nous. C'est la clef de toute action et de toute société.

Il s'avançait à petits pas, massif et lourd, un cigare à la bouche, le visage poupin déjà sillonné de rides, chassant de temps en temps, de la canne à ses armes sur laquelle il s'appuyait, un caillou ou une brindille.

– La plus étrange, pour moi, est encore Vanessa. Vous la connaissez bien?

– Moins bien que Pandora.

– Quelle idée d'aller s'amouracher de ce Rudolf Hess! Un dirigeant nazi, une espèce de chef de bande, l'âme damnée de Hitler... Savez-vous que cette histoire risque de tourner très mal? Je compte sur vous, mon garçon...

Il s'interrompit un instant, s'arrêta de marcher, me regarda dans les yeux comme s'il mesurait mon caractère et mes capacités, me mit la main sur l'épaule.

– ... Je compte sur vous, *my boy*, pour tâcher, si vous le pouvez, de limiter les dégâts.

Tout au long du baptême du jeune Francis

Gordon et de mon séjour à Glangowness, je n'échangeai que peu de mots avec Vanessa O'Shaughnessy. Toujours semblable à un cheval d'une extrême séduction, avec son long visage, sous les cheveux raides et blonds, et son allure un peu brusque qui contrastait étrangement avec la souplesse de Pandora ou le calme d'Atalanta, je crois qu'elle méprisait un peu ce qu'elle appelait drôlement « la haute aristocratie de la démocratie britannique ». Elle commençait à adopter avec de plus en plus d'intransigeance les idées à l'emporte-pièce de ses amis allemands.

– Est-ce qu'il n'est pas un peu gâteux ? me demanda-t-elle un jour où selon son habitude, l'éternel cigare à la main, le vieil oncle Winston venait de s'éclipser pour aller faire sa sieste.

– Je ne crois pas du tout, répondis-je.

– C'est une ruine de l'ancien monde.

– Je ne déteste pas les vieilles choses.

– Un nouveau monde viendra.

– Le tien me fait un peu peur.

– Tu as raison, me dit-elle. Il balaiera tout cela.

Et son regard candide se posait sur les murs chargés de portraits de famille, sur les meubles en tapisserie, sur les pelouses, au loin, où dormait le croquet.

Les quatre sœurs O'Shaughnessy avaient beau occuper une bonne partie de ma vie, elles ne prenaient pas tout mon temps. Je retrouvais Paris et Plessis-lez-Vaudreuil, je m'occupais de mon grand-père, je voyais beaucoup Javier Romero qui devenait peu à peu mon ami le plus intime. J'imagine qu'au regard de l'âge qui se retourne sur lui-même toutes les jeunesses, si insignifiantes, si traversées qu'elles aient pu être, sont toujours merveilleuses. *La jeunesse,* écrit quelque part Chateaubriand, *la jeunesse est une chose charmante;*

elle part, au commencement de la vie, couronnée de fleurs comme la flotte athénienne pour aller conquérir la Sicile et les délicieuses campagnes d'Enna. J'ai conquis, moi aussi, un certain nombre de Siciles et de délicieuses campagnes d'Enna. Pendant que je les parcourais, le souvenir de Pandora ne m'abandonnait jamais tout à fait. La neige sur les Alpes ou sur les Pyrénées, quelques petites villes toutes roses dans le soleil couchant, des routes de campagne poussiéreuses où nous défilions, à deux ou à quatre, dans des voitures décapotables que nous devions à Agustin, les petits matins sur une mer qui se confondait encore avec le ciel et que ne ridait aucun souffle suffisaient à me jeter dans un bonheur presque ineffable qui me faisait tout oublier. Tout – sauf peut-être Pandora. Je me suis promené en Toscane et dans les Pouilles, j'ai parcouru la Bavière et l'Autriche, je suis retourné en Grèce, j'ai visité Grenade et Tolède : j'étais content de ce monde et d'avoir été convié, je ne sais pas trop pourquoi ni par qui, à y passer quelque temps. Pandora, absente, n'était jamais très loin.

J'ai connu quelques jeunes femmes dont, fidèle à mes principes et à contre-courant des habitudes de notre époque, je ne dirai pas grand-chose. Plusieurs d'entre elles tournaient dans le même cercle infernal et enchanté que les Romero et les O'Shaughnessy : l'une d'entre elles avait été l'amie très intime de Carlos, l'autre était une cousine du mari d'Atalanta. J'ai souvent remarqué que notre existence tourne en rond et qu'elle s'organise volontiers autour de quelques points fixes qui deviennent le centre de notre vie. Mon centre à moi restait bien sûr Glangowness, avec ses annexes oxfordiennes et argentines, répandues à travers le monde.

Le monde achevait de s'unifier. Il rétrécissait

chaque année. Nous n'en étions pas encore à aller passer, grâce à l'avion, comme nous le ferions vingt ans plus tard, après la bombe et la fin de la Seconde Guerre mondiale, sous le moindre prétexte de colloque ou de reportage, un week-end à peine prolongé à Ispahan ou à Hong-Kong, à Mexico ou à Tahiti. Mais le règne de l'automobile nous ouvrait à deux battants les portes de la liberté. L'électricité, le téléphone, l'anesthésie, l'avion, la télévision, la pénicilline, l'informatique sont des découvertes formidables. S'il fallait pourtant désigner à tout prix les deux révolutions majeures qui ont bouleversé notre siècle et qui lui ont inoculé avec tant de violence le virus de la liberté, je n'hésiterais pas très longtemps : l'automobile d'abord, la pilule ensuite. Plus encore que les deux guerres, que la crise économique, que la montée du chômage et de l'inflation, que les progrès de la médecine et de la biologie, bien plus que le surréalisme ou que l'unanimisme qui traduisent à merveille de grands mouvements de notre temps mais qui restent limités à une élite minuscule, plus que le fascisme, plus peut-être que le marxisme, elles donnent à notre époque sa saveur inimitable.

Dans les cinq ou six années qui ont précédé la Seconde Guerre, entre la montée du nazisme et le pacte germano-soviétique, entre le 6 février et les discours de Pétain, entre le Front populaire et ce couloir de Dantzig dont personne ne se souvient plus et qui débouchait sur le massacre le plus accompli de l'histoire, nous avons sillonné l'Europe dans de longues voitures rouges, ou noires, ou blanches, ou parfois marron avec des filets plus sombres que je revois encore et qui passaient alors pour le comble du chic. Elles nous emmenaient à Florence, à Séville, à Salzbourg, au cœur des Grisons ou de la Forêt-Noire, au pied des Alpes bernoises. Les routes, en ce temps-là, étaient autrement plus étroites qu'aujourd'hui et il fallait plusieurs jours pour parvenir jusqu'en Autriche ou pour passer les Alpes. Mais il n'y avait presque personne. Les routes de campagne étaient vides. Les villes s'arrêtaient brusquement et laissaient la place aux champs, à la forêt, aux prairies. Il nous arrivait de crever, de nous perdre, de rester bloqués pendant des heures, sans apercevoir âme qui vive, par une panne de moteur. Il était encore possible d'imaginer, du haut de nos drôles de machines, ce qu'avaient pu être, cent ans plus tôt, au rythme bien plus lent des dormeuses et des diligences, les voyages d'un Goethe ou d'un Byron, d'un Chateaubriand, d'un Stendhal.

Je me souviens surtout d'un séjour à Rome en compagnie d'Agustin et de Javier Romero. J'imagine que ce devait être vers 1937. Peut-être encore 36. Peut-être déjà – mon Dieu! comme le temps passe! – au tout début de 38. Carlos devait traîner encore quelque part en Espagne. Je recevais de temps en temps quelques mots de Luis Miguel, toujours exilé en Argentine. Agustin était alors au sommet de sa gloire. Le nom d'Agustin Romero – bien oublié aujourd'hui – était aussi célèbre à cette époque que ceux de Malcolm Campbell, le pilote de l'*Oiseau bleu*, ou de Detroyat, l'aviateur. Des milliers de spectateurs le reprenaient en chœur quand la voiture d'Agustin passait devant les tribunes inondées de soleil ou battues par la pluie à 150 ou 180 kilomètres à l'heure, ou peut-être déjà 200. Dans toutes les trattorie de Rome, dans les magasins, dans la rue, Agustin Romero avait ses fanatiques qui le reconnaissaient. Nous avions un peu le sentiment, Javier et moi, d'accompagner un prince de la Renaissance ou un bienfaiteur de l'humanité souffrante, impatiente d'oublier dans la vitesse et dans le risque son ennui et ses maux.

A Rome, nous visitions le Forum, ressuscité par Mussolini et littéralement sorti de terre, nous courions du Vatican à Saint-Jean de Latran, nous découvrions San Saba et San Giovanni a Porta Latina avec son petit temple octogonal, édifié par un cardinal bourguignon et dont l'inscription française nous enchantait. Et Agustin nous entraînait à la recherche des amis de Sant'Archangelo.

Sant'Archangelo lui-même avait pris sa retraite, ou une espèce de retraite, et coulait des jours assez paisibles du côté de Gaète, où il possédait une grande maison et d'où il continuait, d'un peu loin, à surveiller ses intérêts. Nous lui rendîmes visite tous les trois. Il avait pris quelques années, il traînait un peu la jambe, sa voix commençait à se casser, mais il nous accueillit avec sa chaleur habituelle.

– Eh bien, lui dit Agustin après les courtoisies du seuil, comment vous en tirez-vous sous cet Empire romain en train de renaître de ses cendres ?

– Ah ! les affaires sont difficiles... Mais elles l'ont toujours été, elles le seront toujours. L'essentiel est de rester fidèle, de cultiver la vertu et de défendre le patrimoine et les institutions.

– Est-ce que le poids de l'Etat ne se fait pas un peu lourd ?

– On s'arrange... on s'arrange... L'Etat est une institution. Mais nous en sommes une aussi.

– Est-ce que, d'une institution à l'autre, il y a des ponts, des liens ?...

– Bien sûr ! bien sûr ! Nous avons beaucoup d'amis chez les fascistes et les fascistes aussi en ont beaucoup chez nous. Mais nous ne mettons pas tous nos œufs dans le même panier. Nous regardons plus loin...

– Plus loin ?...

– Je vous dirai, mon cher ami, que je m'occupe surtout de l'Amérique. Nous devenons puissants, là-bas. Si jamais vous aviez besoin, de l'autre côté de l'Atlantique, d'un concours ou d'un secours, faites appel à moi. Je n'ai pas fini de vous remercier et je n'oublierai jamais le portefeuille volé à Reggio de Calabre.

Je ne sais pas pourquoi, en écoutant Sant'Archangelo, je pensais à Pandora qui, en dépit ou à cause de son pouvoir sur les hommes, avait tant besoin d'être aidée.

Le lendemain de notre passage à Gaète et de la visite à notre grand homme inconnu, Agustin nous entraîna à une fête somptueuse et restreinte au palais de Venise. Le roi Victor-Emmanuel était là, et le Duce aussi. A côté de son ministre, satisfait et massif, le nouvel empereur paraissait tout petit. Au milieu d'une centaine de dignitaires fascistes auxquels se mêlaient quelques femmes, le couple des deux hommes avait quelque chose de théâtral et de vaguement comique.

– Regarde-les bien, me souffla Javier. On se demande quelquefois de quoi pouvait bien avoir l'air la cour de Napoléon. Tu pourras dire que tu as été au cœur d'une des forteresses du monde moderne.

– Une vraie forteresse ou une forteresse de cinéma, une forteresse de carton-pâte ?

– Difficile à dire. Il faudra attendre la fin.

– Est-ce que c'est le hasard qui a donné tant de pouvoir à ce prince minuscule et à ce lutteur de foire ?

– Pour le roi, c'est l'hérédité, qui est la forme noble du hasard. Pour l'autre, la réponse est un peu plus difficile. Je ne crois pas beaucoup au hasard dans le succès des grands hommes. Tout le monde a dans sa vie des occasions de puissance, d'aventure, de triomphe. Il y a des gens pour les saisir, c'est tout. Il est évident que Mussolini a eu beaucoup de chance. Il est tout aussi clair qu'il n'était pas homme à la laisser s'échapper.

Le Duce passait de groupe en groupe, salué, dans un style où la pompe romaine ne cessait de se mêler à la comédie italienne, par les maréchaux Graziani et Badoglio, par Farinacci, qui venait d'être nommé au Grand Conseil fasciste, par le vieux De Bono dont la barbe blanche était si exagérée qu'elle paraissait postiche, par le comte Volpi, avec sa belle figure de condottiere moderne qui aurait échangé le cheval et l'armure contre les finances et les chemins de fer. Le comte Ciano, très séduisant et très conscient de sa séduction, jouissait avec affectation d'une sorte de statut privilégié. Il s'entretenait avec son beau-père sur un ton d'aisance et de gaieté qui était lié à son rang et qui le soulignait. Un instant, je me demandai si cette tranquille assurance n'était pas feinte et si elle ne dissimulait pas de l'inquiétude et peut-être une sourde angoisse. Je m'étonnais de voir si près des hommes dont j'avais lu les noms dans les journaux et qui semblaient soudain descendre d'un Olympe où se rencontraient bizarrement la tragédie de l'histoire et l'opéra-comique.

Le Duce s'arrêta quelques instants pour serrer la main d'Agustin.

– Je vous admire beaucoup, signor Romero, lui dit-il en italien, vous êtes le plus dangereux rival de nos pilotes de la péninsule.

– C'est moi qui vous admire, répondit Agustin. Vous êtes le plus grand homme de notre siècle.

– Bah ! il y a moins de concurrence que sous César ou Sixte Quint...

Le comte Ciano rit très fort.

Agustin nous présenta rapidement, Javier et moi, à Mussolini et à Ciano. Et, toujours suivi de son gendre, le Duce nous entraîna tous les trois vers le fameux balcon de la place de Venise d'où il avait coutume de s'adresser à son peuple romain. La vue sur la place, sur la colonne Trajane, sur les contreforts du Forum était d'une douceur et d'une grandeur merveilleuses. Quelques passants s'arrêtaient, s'agglutinaient devant le palais, levaient la tête, découvraient avec ivresse le masque de Mussolini, se mettaient bruyamment, avec une chaleur toute latine, à acclamer le Duce.

– Vous pourrez leur dire, chez vous, à Paris et à Londres, nous déclara le Duce en se tournant vers Javier et moi avec un peu d'ironie teintée de solennité, vous pourrez leur dire que je n'ai pas besoin de police pour me faire applaudir. Expliquez-leur que le fascisme, avant même d'être puissant, est d'abord populaire. La vraie démocratie, c'est nous. Comment croyez-vous que Hitler et moi sommes parvenus au pouvoir ? Par la puissance de l'argent ? Vous savez bien que non. Par droit de naissance ? Encore moins. Contre le peuple ? Bien sûr que non. Par le peuple. Avec le peuple.

Mussolini nous quitta, pour aller échanger quelques mots, dans un coin, avec l'ambassadeur de Grande-Bretagne à qui nous devions notre présence au palais de Venise. Son passage nous avait laissés éberlués. Il y avait une puissance chez ce César de carnaval et je me demandais s'il ne tirait son prestige et la fascination qu'il exerçait que de l'éclat emprunté du pouvoir.

Le soir, sans le roi et sans le Duce, il y avait un film de propagande sur la guerre d'Ethiopie, suivi de ce qu'il est permis d'appeler, au sens militaire du mot, un buffet de campagne. Par une ironie de l'histoire, c'était à peu près le même film, mais retourné comme un gant, que celui que j'avais vu à Paris, quelques années plus tôt, en compagnie de Gide, du jeune Malraux et des intellectuels antifascistes. Dans le film de la salle Pleyel, Mussolini était odieux et le négus pathétique. Dans le film romain, le négus était ridicule et le Duce triomphait.

Il y avait encore Ciano, qui semblait sorti tout droit, dans son uniforme impeccable, d'une superproduction, un peu exagérée, de la Metro Goldwyn Mayer. Dans un coin, entourée et pourtant solitaire, se tenait une jeune femme assez éclatante. C'était Clara Petacci, la maîtresse du Duce. Il n'était pas besoin de penser à l'avenir pour être saisi de vertige devant tant de passions et de destins. Le passé et le présent suffisaient largement. Lorsque je me souviens pourtant, sur ma terrasse de San Miniato, en écrivant ces lignes sous un soleil qui lutte contre une bande de nuages, de cette soirée fasciste dans la Rome d'avant-guerre et que je pense de surcroît à tout ce qui allait souffler en tempête sur ces hommes et ces femmes – le séduisant comte Ciano fusillé par son beau-père, Clara et Benito pendus à un croc de boucher près des lacs italiens, Farinacci et De Bono exécutés l'un et l'autre... – quelque chose s'empare de moi qui ressemble à de la terreur : une sorte de terreur sacrée devant le temps qui passe et le vent de l'histoire.

Tout le monde était déjà assis devant l'écran encore sombre. On semblait attendre des retardataires pour plonger la salle dans l'obscurité et lancer la projection. Tout à coup, à ma stupeur, je vis Ciano se lever pour accueillir un invité qui se présentait, souriant, dans l'uniforme noir des *SS*. Une rumeur courut aussitôt : « Hess! c'est Rudolf Hess! » Je ne connaissais pas Rudolf Hess. Mais je sus aussitôt – et plutôt avant les autres – que c'était bien le compagnon et le favori d'Adolf Hitler. Il était accompagné d'une jeune femme que j'avais reconnue presque avant de l'apercevoir : c'était Vanessa O'Shaughnessy.

Elle nous fit signe aussitôt avec cette gentillesse

inconsciente qui accompagne souvent les désastres et les effondrements. Je lui répondis en levant la main de cet air contrit et presque contraint qu'on voit parfois aux grands dadais dans les films américains. Elle se mit à rire, comme si elle se moquait de moi – ou peut-être d'elle. Agustin s'était déjà levé et se dirigeait vers elle sans aucune gêne. Figé sur ma chaise, je le vis embrasser Vanessa. Elle lui dit quelques mots en souriant. Puis elle se tourna vers Hess. Et, agitant sa main d'un côté puis de l'autre, elle présenta Agustin au lieutenant du Führer. Ils se serrèrent la main. L'ombre de Winston Churchill, appuyé sur sa canne, me passa devant les yeux.

L'obscurité se fit et l'image de Mussolini haranguant une foule immense apparut sur l'écran. Pendant toute la projection, je ne pensai qu'à Vanessa. Je la voyais en transparence devant les murailles d'Adoua, aux côtés des colonnes de l'Ogaden, dans les collines de l'Erythrée. Ce n'était qu'un cauchemar éveillé. La réalité, comme souvent, était pire que le rêve. Les chemises noires autour d'elle n'étaient pas celles des fascistes : c'étaient celles des *SS*.

La lumière revint sur la chute pitoyable du négus en train de chercher refuge auprès de la SDN, sur le triomphe du roi transfiguré en empereur et toujours accompagné, dominé, tenu en laisse par son ministre et maître. Après les applaudissements et quelques cris « Duce ! Duce ! » lorsque apparurent sur l'écran, en lettres énormes, les trois impératifs de la propagande mussolinienne : *Credere, Obbedire, Combattere,* tout le monde se leva dans une grande rumeur d'élégance, de robes de soie froissées et d'exaltation virile.

– *Piccola la mia casa,* murmurait Javier, éberlué par le faste de la demeure et des hôtes, *numerosa la mia parole, ma ricca la mia fede in te, Duce!*

Je lui répondais sur le même ton, à mi-voix :

– *Dove e nato il Duce ? – Il Duce e nato a Forli da Romagna. Ma non importa. – Perché non importa ? – Perché e Italiano !*

Nous riions. Agustin étouffait sous un essaim d'admiratrices. Rudolf Hess s'entretenait dans une encoignure de fenêtre avec Farinacci. Vanessa, superbe, plus cavale folle que jamais, venait s'asseoir auprès de moi.

– Tu es très belle, lui dis-je. Une vraie O'Shaughnessy, une McNeill, une Wronski... Tout ce qu'on aime. Quelle chance !

– Je me sens bien, me dit-elle.

– C'est parfait, lui dis-je. Le monde va mal. Tu te sens bien. Bravo ! Champagne ? Whisky ? ou peut-être *una grappa* ?

– Non, non, merci. Mais si tu me trouvais une bière...

– Allons, bon !... est-ce qu'il n'y a pas un peu d'affectation à demander une bière à deux pas du Forum et de la Trinité-des-Monts ?

Elle haussa les épaules.

– Je meurs de soif et j'aime la bière.

Elle se tut un instant.

– Je l'aime aussi, tu sais.

– Qui ça ? Lui ?

Et d'un geste imperceptible de la tête je désignai le *SS*, toujours debout derrière nous.

– Oui... Je l'aime depuis si longtemps... Tu te souviens, à Rhodes ?...

Le *Fairy Queen*, le port de Rhodes, les auberges des chevaliers, la taverne Alexis et Vanessa encore presque enfant auprès de Jessica toute petite fille me revinrent d'un seul coup à l'esprit. Le vertige me reprenait. Rien ne s'arrête donc jamais de cette machine infernale à produire des projets qui se transforment en souvenirs et que nous appelons le monde? Je me revoyais soudain, accoudé sur la longue table de bois de la taverne, en train d'écouter Vanessa qui racontait les Tipnitz, le massacre des *SA* et un jeune hitlérien implacable, ami d'Adolf Hitler, et dont le nom ne nous disait rien. Elle parlait en rougissant, avec une timidité enfantine. Et Brian et Hélène, aux deux bouts de la table, écoutaient distraitement. Maintenant Adolf Hitler avait fini de s'emparer de l'Allemagne. Il s'alliait à Mussolini, au Japon des samouraïs et de la révolution industrielle. Il s'attaquait à l'Europe. Il menaçait la France de Daladier, l'Angleterre de Chamberlain. Il parlait d'égal à égal aux Etats-Unis d'Amérique et à l'URSS de Staline. Entre des chefs de bande chargés de la police ou de la propagande et un maréchal d'aviation sorti vivant de Shakespeare et descendant de Falstaff, bardé de toiles de maîtres et de décorations, Rudolf Hess était son second. Et la petite Vanessa, aux yeux si clairs, aux cheveux blonds, l'avant-dernière sœur de Pandora, la petite-fille de Nicolas, l'arrière-petite-fille de ma chère comtesse Wronski, était la maîtresse de Rudolf Hess.

Tout se mettait à tourner autour de moi. Chaque instant de notre vie est une boîte de Pandore d'où peut sortir n'importe quoi. J'aperçus en un éclair l'aînée des sœurs O'Shaughnessy, sur les hauteurs de Beverly Hills, dans les bras de Scott Fitzgerald, ivre de talent et d'amertume, la petite dernière en Espagne, du côté de Barcelone ou de la sierra de Teruel, auprès de Carlos Romero dont les deux frères côtoyaient, à quelques mètres de moi, à l'ombre des César, des Sixte Quint, des Caravage et des Michel-Ange, les dignitaires de l'empire fasciste et les compagnons nazis d'Adolf Hitler.

Plus tard, dans une autre Italie et dans une Toscane dont je ne pouvais encore rien savoir, la soirée de la place de Venise deviendrait, à son tour, dans le souvenir, l'origine de bouleversements incroyables dont les éléments imperceptibles étaient déjà rassemblés et un prétexte à rêveries. Je songerais à Vanessa, entourée de Rudolf Hess, d'Agustin, de Javier et de moi, dans le palais de la place de Venise. Je la reverrais, très blonde, un peu pâle, dans une robe vert foncé au décolleté audacieux, en train de me parler de son amour. Je me souviendrais de moi-même en train de me souvenir de Rhodes, de notre dîner à onze sur la longue table de bois de la taverne Alexis et des premiers aveux balbutiés par Vanessa. Je me souviendrais de moi-même en train de m'imaginer dans cet avenir encore mythique d'où je me souviens, en effet, assis sur une terrasse toscane en face de ma table de travail, de ma soirée avec Vanessa, amoureuse de Rudolf Hess, dans le palais fasciste de la place de Venise.

La tête me tournait. Je savais, depuis longtemps, les liens de Vanessa avec le dirigeant national-socialiste. C'était la première fois que je les voyais ensemble. Est-ce qu'elle avait rencontré Hitler lui-même, est-ce qu'elle connaissait Goering, Goebbels, Himmler ? Je revoyais devant moi la silhouette massive de l'oncle Winston, canne à la main, cigare aux lèvres, et les mots qu'il avait prononcés dans le parc de Glangowness n'en finissaient pas, dans le palais de la place de Venise, de résonner à mon oreille : « Je compte sur vous, *my boy,* pour limiter les dégâts... »

Vanessa me racontait sa vie avec Rudolf, heurtée et traversée par tout ce que l'histoire accumulait d'obstacles, vers les débuts du deuxième tiers de ce siècle, entre une jeune Anglaise de haut rang et un chef hitlérien. Après la nuit des longs couteaux et l'élimination des *SA*, ils s'étaient retrouvés à deux ou trois reprises, et toujours avec Heinrich von

Tipnitz, à Munich ou à Berlin. Pour prix de son ralliement – ou peut-être de sa trahison – Heinrich était devenu un personnage important dans les rangs des *SS* et dans l'entourage immédiat de Rudolf Hess. Ni Rudolf ni Vanessa n'avaient oublié leur première rencontre et leurs premiers baisers au bord du Tegernsee. Le chef *SS* parlait de Vanessa à Heinrich, et la jeune Anglaise lui parlait de Rudolf. Tipnitz, enchanté de ce rapprochement qu'il imaginait politique et idéologique, saisissait toutes les occasions de les réunir l'un à l'autre. Lorsqu'il comprit leurs sentiments, il eut une bouffée de jalousie. Il en voulut à Hess, il en voulut surtout à Vanessa : puisqu'elle pouvait tomber amoureuse d'un Allemand hitlérien, pourquoi diable ne pas l'avoir choisi lui-même ? Vanessa régla l'affaire avec beaucoup de franchise et d'habileté au cours d'une de ces longues balades autour des lacs de Bavière avec les Jeunesses hitlériennes. Les garçons étaient en uniforme ou en culottes de cuir – les fameux *Lederhosen* – les filles portaient des nattes, des foulards, des blouses blanches. Il faisait un temps exquis. On grimpait aux limites de la neige éternelle, on se baignait dans l'eau glacée des torrents et des lacs, on cueillait des edelweiss, on yodlait sur les sommets ou dans les prairies très vertes, semées de maisons en bois, on chantait en groupe, le soir, autour des feux de camp, des chansons d'amour et de guerre. Vanessa expliqua à Heinrich qu'il ne l'avait jamais aimée, qu'il ne l'aimait toujours pas, que l'entrée dans le jeu de Rudolf ne devait pas le troubler et qu'ils resteraient ainsi jusqu'à la mort. Hess acheva le travail en nommant Heinrich von Tipnitz Obersturmführer à Leipzig. C'était un poste relativement important pour son âge. Vanessa devint la maîtresse de Rudolf un soir d'automne à Berlin après une retraite aux flambeaux qui s'était poursuivie, pour eux du moins, dans un de ces cabarets aux guéridons couverts non seulement de champagne mais de téléphones intérieurs où le professeur Unrat, dans le roman de Thomas Mann, avait vu surgir soudain, pour ses délices et pour sa honte, la silhouette vénéneuse, les jambes interminables et le chapeau claque de l'héroïne de *l'Ange bleu*.

Pandora avait raison. Vanessa désormais avait un but dans la vie : elle était amoureuse. A ma connaissance au moins, Rudolf l'était aussi. Comme vous le savez déjà, ils s'écrivaient des lettres auxquelles il arrivait de passer entre les mains de Jessica. Le plus souvent possible, Vanessa partait pour l'Allemagne. Elle passait trois jours, ou cinq jours, parfois une semaine ou deux, avec l'adjoint de Hitler. Et puis elle rentrait en Angleterre où elle servait de son mieux les idées de son amant. Les services secrets britanniques – l'illustre Intelligence Service ou encore le M 5, cher aux auteurs de romans d'espionnage – étaient pleinement renseignés sur la passion de Vanessa et sur ses activités. Je ne crois pas qu'elle eût jamais joué si peu que ce fût un rôle d'agent de renseignement. Mais elle était devenue un personnage de feuilleton politique ou de roman-photos dans le style de l'époque, avec étreintes passionnées et collier de perles à triple rang et long fume-cigarette et gants noirs jusqu'au coude : elle s'était convertie au national-socialisme et elle servait sa propagande jusque dans les cercles restreints et même fermés de la Royal Performance et des bals de la cour.

Il y avait une chose, pourtant, qui tourmentait Vanessa. C'était ses relations avec ses parents. Brian et Hélène l'adoraient et elle les adorait. L'idée de les blesser ou simplement de les chagriner lui était très pénible. Deux ou trois fois, déjà, elle avait été jusqu'à envisager d'épouser, pour leur faire plaisir, un banquier ou un baronnet.

Chaque fois, à la dernière minute, elle s'était sentie incapable d'aller jusqu'au bout de son sacrifice. Et, à chaque coup, Brian et Hélène, qui n'étaient pas aveugles et qui voyaient les efforts consentis par leur fille pour répondre à leurs désirs, avaient été soulagés de l'échec d'une entreprise qui aurait comblé leurs vœux. Dans la grande salle du palais de Venise, sous les tableaux de bataille et les plafonds à caissons d'où nous lorgnaient dieux et déesses, je voyais Vanessa se débattre contre ses problèmes.

– Quelle tristesse, me disait-elle, de toujours me cacher ! Je ne suis pas folle de mondanités. Mais il y a des jours où je donnerais tout pour pouvoir sortir avec Rudi (elle l'appelait Rudi) et pour me montrer avec lui. Le pis est que nous n'avons, à l'exception de Heinrich, pas un seul ami en commun.

– Quand une foule exaltée l'acclame, sous tes yeux, à la fin d'un banquet ou d'un rassemblement, il me semble que vous ne manquez pas d'amis.

– Aucun ne me connaît. Ah ! si tu m'accompagnais à un de mes voyages en Allemagne, quelle joie ce serait pour moi ! Et je suis sûre que Rudi serait si heureux de t'accueillir ! Tu sais, il ne faut pas croire tout ce que les juifs et les communistes racontent sur les Allemands : ils aiment beaucoup les Anglais et ils admirent les Français.

L'ombre de Sir Winston envahit à nouveau le palais de Venise.

– Tu crois vraiment qu'un jour je pourrais venir avec toi en Allemagne ? Rien ne m'intéresserait davantage...

– Si tu peux venir en Allemagne ? Mais bien sûr ! Quelles idées vous vous faites tous ! Viens ! Je vais te présenter à Rudi. Il t'invitera lui-même et nous nous promènerons ensemble le long du Rhin et dans la Forêt-Noire. Oh ! Jean ! Je suis si contente ! Ce sera délicieux...

Vanessa me traîna derrière elle et poussa encore quelques Rudi de sa belle voix grave et chantante. Le second de Hitler m'accueillit avec courtoisie. Nous échangeâmes quelques mots qui ne mangeaient pas de pain sur la beauté de l'Italie et sur le charme des Anglaises. Nous bûmes un peu de valpolicella. Et il me pria, en effet, comme prévu, d'être son hôte en Allemagne. Vanessa battait des mains. Impossible de contrarier ni Sir Winston Churchill, ni l'âme damnée de Hitler, ni la moindre des O'Shaughnessy. J'acceptai.

En mars 1938, des photographies de presse montrent une jeune femme très blonde et un homme assez quelconque, assis à l'arrière d'une des dernières automobiles décapotables qui forment le cortège officiel des voitures nazies en train d'entrer dans Vienne : c'est Vanessa et c'est moi. Une lettre manuscrite et inédite de Sir Winston, dont l'enveloppe, adressée à Plessis-les-Vaudreuil, porte en travers les mots : *personal and confidential,* me lave à l'avance de tout soupçon de collaboration avec les hitlériens. Elle me remercie de veiller sur Vanessa et me recommande en même temps de tâcher de profiter des égarements de l'amour pour servir la liberté. *Peut-être vous assurerez-vous ainsi, mon cher garçon, une petite niche personnelle dans la grande galerie historique des passions et des rêves de ce temps.*

VII

LA NUIT DE BARCELONE

UNE vie peut être organisée autour d'un métier, autour d'un amour, autour d'un rêve avoué ou secret. L'histoire du monde peut être racontée en prenant pour pivot le Christ, ou Mahomet, ou le Bouddha, ou Karl Marx, ou peut-être l'homme tout court – s'il existe vraiment – et son itinéraire. Ce sera toujours le même monde, ce sera la même histoire, mais l'éclairage et le sens en seront si différents qu'il sera permis de se demander s'il s'agit bien de la même planète. Chacun peut choisir le centre de son histoire et de sa vie. Il me semble souvent que j'ai choisi une fois pour toutes Pandora et ses sœurs.

Flanquée de son fils Francis, plus séduisante et plus imprévisible que jamais, offrant – en plus jeune et au moins du dehors – à peu près la même image que Marie Wronski trente ans plus tôt avec la petite Hélène, Pandora était devenue une de ces femmes seules et libres dont le monde moderne donne tant d'exemples. Sa beauté compliquait sa vie. Sa fortune la simplifiait. Elle s'était établie sur plusieurs continents et ne tenait pas en place. On la voyait à Paris au Bal des petits lits blancs, à New York autour du ring de Madison Square Garden le soir de la chute d'une idole ou de la naissance d'un espoir, au Palace de Saint-Moritz vers le mois de février, au carnaval de Rio quand elle n'était pas à Saint-Moritz, à Treetops ou à Amboseli, au Kenya, aux alentours de Noël, à l'hôtel Raffles de Singapour ou dans les palais fabuleux des souverains de Mysore, de Jaipur ou d'Udaipur dont elle était devenue l'amie. De temps en temps, je l'accompagnais. Elle me téléphonait des bouts du monde, à la stupeur, à l'indignation de mon pauvre grand-père qui n'aimait déjà pas beaucoup recevoir des télégrammes ni répondre au téléphone quand on l'appelait du chef-lieu. Elle me disait : « J'arrive. » Je lui demandais, en criant un peu parce que les fritures de l'appareil sur son socle de bois orné d'une manivelle défiguraient sa voix et m'empêchaient de l'entendre : « Où es-tu ? » Elle me répondait en riant : « A Las Vegas » ou « A Séville » ou « A Punta del Este » ou parfois : « A Glangowness. » Souvent elle me disait : « Viens. » Je partais. Dans un monde où le sport commençait à jouer un grand rôle, nous avons fait ensemble du bateau et du ski. Les voiliers n'ont guère changé. Les skis étaient des lattes interminables en bois où la chaussure à lacets était fixée sans le moindre jeu par de longues lanières de cuir. Nous nous sommes promenés – comme promis, vous souvenez-vous ? – le long des lacs italiens, dans une Sicile encore primitive, à travers les îles grecques. Nous avons fait le tour de la Floride et du Colorado. Nous sommes retournés en Californie – mais, cette fois, sans Fitzgerald. Je crois que Pandora devait faire un effort pour tâcher de se rappeler qu'elle avait eu jadis un amant, un enfant – et d'ailleurs un mari. Gordon était retombé dans le néant doré d'où le caprice de Pandora – ou peut-être une passion inexplicable et passagère – l'avait tiré pour quelques mois. Nous avons visité des palais, des musées, des cathédrales à travers l'Europe entière qui nous devenait plus familière que la haute

Sarthe à mon grand-père. Parfois aussi, mystérieusement, Pandora disparaissait.

Elle traînait les hommes derrière elle. Les aimait-elle à ce point ? Je n'en sais rien. Eux étaient fous d'elle, c'est sûr. J'ai déjà parlé de ce mélange explosif de retenue et de violence qui la rendait si dangereuse. Il faut ajouter au bilan sa drôlerie, sa bonne humeur presque constante, et peut-être surtout la simplicité qu'elle avait héritée de son père et de sa mère : elle était, comme Brian, à peu près partout à sa place et elle avait l'air, comme Hélène, de toujours tout ignorer des privilèges qui l'entouraient. On l'apercevait le soir dans des robes époustouflantes dont parlait toute la presse. Le lendemain, au fond de quartiers improbables où des amis stupéfaits la rencontraient par hasard, elle portait un béret, des souliers plats, un vieil imperméable serré à la taille par une ceinture. Et ce n'était pas dans l'imperméable qu'elle était la moins belle. Un parfum d'étrangeté et parfois de mystère semblait flotter autour d'elle. L'ordre du Royal Secret n'était pas né par hasard de ses rêves d'enfance et de jeunesse. Le mystère qu'elle répandait l'attirait aussi chez les autres : elle était curieuse de tout, elle voulait tout savoir. C'est pour cette raison, j'imagine, qu'il lui fallait toujours apprendre du nouveau sur les hommes. Peut-être son premier amour, avec ses circonstances, sinon dramatiques, du moins romanesques, l'avait-il marquée plus profondément qu'elle ne le reconnaissait ? Je veux bien croire que Simon était sorti de son existence depuis de longues années. Elle n'en avait pas moins gardé de l'aventure de Venise et de Capri une sorte de besoin de savoir que des hommes s'étaient attachés à elle, qu'ils réclamaient sa présence, qu'elle tenait la première place dans leurs rêves d'avenir et dans leurs ambitions. Je me disais souvent que sa propre vie ne l'intéressait pas beaucoup et qu'elle comptait sur les autres pour la nourrir d'autre chose et lui donner un sens.

Pandora avait réussi au-delà de toute espérance à devenir pour une foule d'hommes à travers le monde entier une sorte d'objet du désir. Je finissais par me demander si l'ordre normal des choses n'était pas que tous les hommes ici-bas eussent été, fussent ou devinssent amoureux de Pandora. Autant que je pusse en juger par les échantillons à ma disposition, l'opération était en bonne voie. Sur les six hommes du clan Romero et de ses annexes – l'oncle Simon Finkelstein et l'auteur de ces lignes – quatre au moins avaient succombé, avec des bonheurs divers. Vingt fois, à travers le monde, j'ai rencontré des hommes qui ignoraient nos liens avec les O'Shaughnessy et qui parlaient d'elle avec un enthousiasme proche de l'exaltation : ils donnaient le sentiment d'être prêts à abandonner, en échange de Pandora, tout ce qui faisait leur vie, leur carrière, leur fortune. La presse, la photographie, le cinéma étaient venus à la rescousse de l'imagination. On voyait un peu partout la silhouette, les cheveux blonds, la fossette de Pandora. Aux bras de Gary Cooper ou de Gregory Peck dans les magazines américains, sous les frondaisons de Glangowness dans les revues anglaises de décoration ou de beauté, aux côtés de Carpentier ou de Maurice Chevalier aux actualités françaises, entre *Quai des brumes* ou *Hôtel du Nord* et la publicité de Jean Mineur – Balzac 00 01 et le pic au cœur de la cible. Tout cela devait finir presque inéluctablement par des bouts d'essai à Hollywood. Comme beaucoup de choses dans la vie paradoxale et comblée de Pandora, ce fut un échec retentissant.

– Au fond, me disait Pandora, je ne suis pas faite pour le succès.

– C'est amusant, ce que tu dis là, protestais-je avec fureur. C'est amusant et même stupide. Puisque tu es le succès même.

– Tu as raison. C'est pire. C'est pour le bonheur que je ne suis pas faite.

Je me taisais. Que pouvais-je faire ? Peut-être, en effet, par un ultime paradoxe chargé de rétablir une espèce d'équilibre, l'aînée des O'Shaughnessy, qui avait tout ce qu'on peut rêver, la beauté, le charme, la fortune, une certaine forme d'intelligence, un caractère délicieux, une santé à toute épreuve, capable de résister à l'alcool, aux nuits sans sommeil, à la drogue, à tous les excès et qui était totalement dénuée de tous les cancers du snobisme, de l'avarice, de l'ambition maladive, de la jalousie sans raison, n'était-elle pas faite pour être heureuse.

– Mais qu'est-ce qui me manque ? me demandait-elle sur un ton mi-plaintif, mi-comique, comme si elle m'interrogeait sur un objet égaré ou sur un détail de sa toilette.

– Une grande passion, peut-être ?

– Ah ! évidemment... Si personne ne m'aime...

– Allons ! lui disais-je, allons ! Tu sais bien qu'il faut prendre les choses exactement par l'autre bout. Ton seul drame, c'est que tu n'aimes personne.

Ceux qui l'avaient aimée ne l'oubliaient pas facilement. Quand je parlais d'elle à Javier, nous avancions l'un et l'autre sur la pointe des pieds. Luis Miguel avait fini par rentrer en Europe après son long exil en Argentine. Il était peut-être résigné. Je ne suis pas sûr qu'il fût guéri. Il me demanda des nouvelles de Pandora avec un air absent qui ne présageait rien de bon. J'ai toujours été persuadé qu'un vieux routier comme Simon avait été plus touché qu'on ne le disait autour de nous et qu'il ne le croyait lui-même par son aventure avec Pandora. Je finissais par me demander lequel des deux avait enlevé l'autre, à Venise, sous nos yeux. Et si ce n'étaient pas seulement les seize ans de Pandora et les quarante ans bien sonnés de Simon qui avaient fait passer l'une pour une victime et l'autre pour un séducteur.

Je parlais souvent de Pandora avec Atalanta. Atalanta s'était installée à Glangowness avec son mari et ses deux enfants et, peut-être simplement parce que je savais toujours où la trouver, j'avais fini par me lier avec elle autant qu'avec ses sœurs. Nous nous promenions à pas lents dans les allées que j'avais déjà parcourues avec la comtesse Wronski, avec Winston Churchill, avec Pandora ou Vanessa, et le long de la pièce d'eau. Atalanta donnait le sentiment d'un équilibre parfait et d'une vie acceptée. J'en venais à me demander si une pincée d'ennui n'entrait pas nécessairement dans la composition d'un bonheur si harmonieux. La routine et le conformisme ne sont peut-être que d'autres noms de la fidélité.

– Mais non, me disait Atalanta en poussant la voiture d'enfant et en traînant son aîné par la main, mais non, l'ennui est tout entier du côté de l'agitation. Je crois que c'est pour lutter contre lui que mes sœurs accumulent ce qu'elles appellent des expériences. On dirait qu'elles vivent dans le moment. Il faut, à chaque instant, qu'il se passe quelque chose qu'on oublie aussitôt. Vous qui aimez, m'avez-vous dit, la littérature et la paresse, voyez-vous la vraie vie dans cette cavalcade échevelée et dans ce tourbillon ? Je compte davantage avec le temps. Mes sœurs s'efforcent de le faire passer, aussi vite que possible, à coups de passions et d'aventures. J'essaie plutôt de le faire durer. Après tout, ces allées, cet étang, cette maison, le nom que je portais et celui que j'ai pris, tout cela sort d'un passé que je voudrais prolonger et transmettre à l'avenir. Ce n'est pas l'ennui qui rôde en ces jardins : c'est une volonté de bonheur.

– Jamais vous ne m'aviez parlé autant. Jamais aucune de vos sœurs ne m'a parlé autant. Il n'est pas impossible que vous ayez raison. Mais tant de sagesse et de rigueur ne sont-elles jamais traversées par des rêves d'imprévu ?

– Devinez !

– Sous vos dehors raisonnables, savez-vous que vous êtes la plus mystérieuse des sœurs O'Shaughnessy ? Il me semble que je vous découvre.

– Vous y avez mis le temps, me disait-elle.

Elle se penchait sur la voiture d'enfant où dormait son dernier-né et, tapotant les couvertures, redressant l'oreiller, elle me regardait en riant.

C'est en partie grâce à Atalanta O'Shaughnessy, devenue lady Lennon, que la fin de l'après-guerre qui, vers le début des années trente, avait basculé peu à peu en début de l'avant-guerre, garde, dans mon souvenir, une douceur d'automne. Nous savions tous, désormais, que nous profitions d'un répit, d'un sursis, d'une parenthèse dans l'horreur des massacres et des destructions. La ligne Maginot symbolisait sur la carte cet enfermement dans le calendrier. Dans l'espace comme dans le temps, nous nous étions retranchés contre la grande invasion qui finirait bien, un jour, par déferler sur nous. On aurait dit que Pandora avait deviné obscurément qu'il restait bien peu de temps pour le plaisir et l'insouciance. Et que Vanessa et Jessica s'efforçaient au contraire d'accélérer l'histoire pour qu'elle débouche enfin sur l'un ou l'autre des deux paradis d'Etat retrouvés et opposés auxquels elles croyaient dur comme fer. Mais c'était Atalanta qui donnait à ce monde en train de s'engloutir son parfum irremplaçable d'éternité menacée.

– Vous savez ce qu'il faudrait faire ? me disait Atalanta en poussant devant elle et en traînant derrière elle les petits-fils de la petite-fille de la comtesse Wronski.

– Tant de choses que nous ne faisons pas ! Il faudrait faire notre salut, sauver la liberté, écrire des chefs-d'œuvre, assurer l'avenir de l'humanité souffrante – et d'abord être heureux.

– C'est curieux, cette manie des hommes d'être toujours vagues et abstraits... Ce qu'il faut faire, et tout de suite, c'est d'organiser une réunion de l'ordre du Royal Secret. Il y a si longtemps que les quatre sœurs n'ont pas goûté ensemble ! Je me demande si tous les troubles que nous mettons sur le dos des Hitler, des Mussolini, des Staline, de la crise de l'art ou des valeurs, de l'instabilité économique et de la lutte des classes ne viennent pas de la dispersion des Altesses du placard. C'est à vous de vous occuper de les réunir à nouveau. Vous n'avez aucun droit à faire la cour à Pandora, à surveiller Vanessa, à suivre de loin Jessica, à vous promener avec moi dans les allées de Glangowness. N'avez-vous pas un peu honte de ces opérations de fractionnement ? Votre tâche ici-bas est de vous occuper en bloc des quatre sœurs O'Shaughnessy. Il serait grand temps de vous en souvenir et de les rassembler autour de vous qui n'avez rien de mieux à faire.

– Mais Jessica est communiste en Espagne, Vanessa est hitlérienne en Allemagne, Pandora fait Dieu sait quoi en Amérique ou en Asie. Et vous, vous avez un mari, deux enfants, des dîners, des bals de cour qui vous retiennent en Angleterre...

– Débrouillez-vous. Je croyais que vous aviez à vos ordres les services secrets britanniques, toute l'organisation des *SS*, qui passe pour redoutable, une bonne partie de la Mafia, les cadres de la révolution prolétarienne, l'intelligentsia cosmopolite – et ces quatre perles rares que sont les frères Romero. Si, avec tout ce petit monde à votre disposition, vous ne parvenez pas à inviter quatre jeunes femmes, dont on dit beaucoup de bien et dont le physique n'est pas positivement répugnant, autour d'une tasse de chocolat ou de thé et de quelques gâteaux – je vous dirai ceux que je préfère – c'est que nous sommes plus bas encore que ne le répète l'oncle Winston à longueur de journée.

– Mon grand-père me réclame à Plessis-lez-Vaudreuil...

– Oubliez un peu votre grand-père, voulez-vous? Je me demande quelquefois s'il n'est pas un peu encombrant et s'il ne vous sert pas d'alibi quand vous ne savez plus quoi dire ni à quel saint vous vouer. Et n'essayez pas de me faire croire que je suis prisonnière de mes devoirs. Je suis plus libre que vous : historien des Wronski, biographe de Nicolas, vous savez mieux que moi que je n'ai plus de grand-père.

Quinze jours plus tard, j'étais avec Pandora, qui venait de débarquer du *Normandie*, dans le train du Havre à Paris. Elle avait laissé derrière elle un pianiste illustre, un pétrolier du Texas, un acteur de second ordre qui avait beaucoup de mal, malgré un rôle minuscule dans *La Chevauchée fantastique*, à se tailler une place aux côtés des Errol Flynn, des Clark Gable et des Tyrone Power.

– Alors? me disait-elle en enlevant son béret et en secouant ses cheveux blonds, que se passe-t-il?

Je levais mon doigt en l'air et je déclarais d'un ton solennel :

– Réunion plénière de l'ordre du Royal Secret.

J'installai Pandora dans une chambre du Ritz qui donnait sur la place Vendôme et sur la fameuse colonne que Courbet avait renversée et redressée à ses frais. Nous allâmes une fois de plus dîner chez le vieux Larue et dans les bistrots de la rive gauche. Nous nous promenions à travers Paris sous la menace d'une catastrophe qui transformerait en ruines ce décor familier.

– Tu te rappelles le Forum, et l'Acropole, et Lindos?

– Bien sûr, répondait Pandora. Me prendrais-tu, par hasard, pour une racine d'estragon?

– Paris aussi ferait de belles ruines.

Pendant des années et des années, j'avais entendu mon grand-père parler de la douceur de vivre avant la grande Révolution, avant 1848, avant le Second Empire, avant l'impôt sur le revenu, avant le Front populaire, avant l'âge abominable du radical-socialisme. Maintenant, c'était le radical-socialisme qui était l'image même de la douceur de vivre. Et les barbares piétinaient de l'autre côté du fleuve et dans les grandes plaines de l'est. Le vent du soir soufflait sur Paris comme il avait soufflé sur Vienne et sur Prague, comme il soufflait sur Varsovie. Sur la passerelle des Arts entre la coupole de l'Institut et le palais du Louvre, la Seine sous nos pieds, le Pont-Neuf à deux pas, Pandora se serrait contre moi :

– Est-ce que tu crois que tout ça...

– Je ne sais pas... Peut-être... Rien n'est jamais pour toujours.

– Je suis contente avec toi. Mais je voudrais revoir Jessica. Je voudrais revoir Vanessa.

– Mais nous sommes là pour ça. Je suis chargé de mission. Coordinateur général. Rassemblement des Altesses du placard. Réunion plénière de l'ordre du Royal Secret.

– Où? Quand?

– Quand? Tout de suite. Télégraphe, téléphone, train, automobile. Où? Voilà le seul point à régler. A Berlin, chez Vanessa? En Espagne, chez Jessica?

– A Glangowness, chez Atalanta?

– Ou n'importe où, chez Pandora?

Elle riait. Elle était belle. Nous rentrions à l'hôtel. Une surprise nous y attendait. Prévenus mystérieusement de l'arrivée de Pandora, les deux jumeaux Romero avaient pris racine dans le bar et descendaient verre sur verre.

– Hourra! criait Pandora en absorbant cul sec, à la stupeur de trois Anglais qui buvaient en silence, les mélanges des deux frères. Hourra! Je vous invite tous les deux, et, si les autres le veulent, tous les quatre, à notre prochaine réunion.

Les jumeaux applaudirent. Les Anglais quittèrent le bar. Un journal traînait sur la table : il parlait de Hitler, de Daladier, de Chamberlain, de la dernière pièce d'Edouard Bourdet, des Japonais en Chine, de la lente agonie des républicains espagnols. Surgi on ne sait d'où, mais sûrement pas du bar où régnait le silence d'un tombeau de grand luxe, rompu seulement par nos cris et par le rire de Pandora, un disque de Rina Ketty égrenait ses notes grêles et ses paroles de sirop :

J'ai - ai vu toute l'Andalousie...i...e
... Des sombreros et des mantilles...

Je regardais les deux frères. Ils regardaient Pandora.

– Alors, disait Luis Miguel, au comble d'une excitation encouragée par ce qu'il buvait, nous nous retrouverons tous les huit, tous les neuf, comme sur le *Fairy Queen*?

– Le neuvième, c'est moi, disais-je avec fierté.

– Mais où? demandait Javier.

– Ah où? disait Luis Miguel. Pourquoi pas ici, à Paris?

– A Venise peut-être? suggérais-je sournoisement, me voyant déjà de retour dans la maison de la Giudecca.

– Jessica est en Espagne, disait Pandora.

– Allons en Espagne, disait Javier.

– Tous les dix, disait Pandora.

– Qui est le dixième? demandait Luis Miguel.

– Simon Finkelstein, disait Pandora. Est-ce qu'il ne traîne pas par là?

Très bien. Le monde se refermait dans ma main comme un grand éventail. Il n'y avait plus qu'à organiser la rencontre en Espagne. Et à y faire venir Vanessa – sans Rudi, si possible.

– Tu te charges de tout, n'est-ce pas? me susurra Pandora, avec son sourire meurtrier des grands soirs.

Bien sûr, bien sûr. Je n'aurais pas détesté relire Gide ou Valéry, découvrir *La Nausée* dont me parlait avec éloge et mystère un petit clan de privilégiés, aller voir *Le jour se lève* ou revoir *Drôle de drame,* profiter de cette fin de siècle qui traînait par erreur ses effluves enchantés en plein milieu de notre sacré XXe. Impossible. Ma vocation me réclamait. Elle me semblait fixée de toute éternité. La vieille Europe s'écroulait, entre le communisme, là-bas, et le fascisme, ici, à nos portes, tout près – entre les grosses moustaches rassurantes de Staline, bon vieux grand-père fouettard adulé par les masses, et la moustache pincée d'Adolf Hitler, sauveur parjure de l'Occident. Je rameutais mes brebis.

J'avais, bien entendu, réclamé l'aide des Romero. Javier et Luis Miguel, qui avaient déjà sérieusement arrosé, au bar du Ritz, le retour de Pandora, ne s'étaient pas privés d'achever le travail dans deux ou trois boîtes à la mode où ils nous avaient entraînés et d'où nous étions tous sortis – mais surtout eux – dans un grand état de gaieté et de mélancolie.

– Avoue, balbutiait Javier, avoue... euh... (il s'interrompait un instant et se rattrapait à mon bras) euh... avoue, mon salaud, que tu n'es pas mécontent... euh... d'avoir tout ton monde sous la main.

La vérité sort de la bouche des ivrognes. Que de fois mon grand-père – que me reprochait Atalanta – m'avait-il lui-même reproché de m'occuper de cette maudite famille !

– Tu te disperses, me disait-il. Au lieu de travailler sérieusement, tu cours en Ecosse, en Allemagne, à Venise. Personne, je t'assure, ne comprend rien à ce que tu fais. Ta tante Gabrielle m'a encore dit l'autre jour qu'elle s'embrouillait dans tes récits sur le rabbin de Pologne, sur la négresse de Bahia, sur le dictateur du Paraguay. Est-ce que tu ne ferais pas mieux de continuer à t'intéresser à Plessis-lez-Vaudreuil ou à poursuivre tes travaux sur Chateaubriand que tu aimes tant ?

L'idée de rassembler enfin les quatre sœurs que je n'avais plus vues ensemble depuis tant d'années me transportait d'une joie qui m'étonnait moi-même. Je me mis à la tâche avec fièvre.

La plus facile à joindre était Atalanta. Il fallait m'occuper d'abord de Jessica et de Vanessa. Comment prévenir ces deux folles de la prochaine réunion de l'ordre du Royal Secret ? Le moyen le plus sûr de dénicher Vanessa était de passer par Agustin. Peut-être à cause de leurs idées et de leur commune admiration pour les dictateurs, Agustin et Vanessa étaient assez proches l'un de l'autre. Ses succès professionnels faisaient courir Agustin – courir est le mot juste – à travers le monde entier et Vanessa était partagée entre l'Angleterre et l'Allemagne. Mais ils se retrouvaient régulièrement à La Baule ou à Nuremberg à l'occasion d'un grand prix automobile ou d'un congrès nazi.

– Sais-tu où est Agustin ? demandai-je à Javier.

– La dernière fois que je l'ai vu, c'était au

Tardet's de Deauville. Nous avons pris une fameuse cuite.

– Tâche de me le trouver si tu peux. Et assez vite. Ni Pandora ni Atalanta n'ont de nouvelles de Vanessa. Lui doit savoir où elle est.

Il le savait. Javier l'attrapa au vol, dans un hôpital de Floride, ou peut-être, j'ai oublié, de Minneapolis, où il venait encore, malgré son âge qui n'était plus si tendre, de battre tous ses concurrents et de gagner une course haut la main, au volant d'une voiture qui avait poussé l'élégance jusqu'à prendre feu à l'instant même où, sous les acclamations d'une foule transportée par la conjonction inespérée du triomphe et du drame, elle franchissait victorieusement la ligne d'arrivée. Agustin avait réussi à s'extirper de son bolide en flammes et s'en était tiré avec des brûlures assez sérieuses, mais qui ne mettaient pas sa vie en danger. Il indiqua à Javier que Vanessa, précisément, était aux Etats-Unis et qu'ils se proposaient de rentrer ensemble en Europe.

– Eh bien, disait Javier, tout s'arrange on ne peut mieux. Rendez-vous au bar du Ritz, dans trois semaines à peu près. Nous dorloterons Agustin. Nous boirons un verre ou deux à la santé de Francis et des marmots d'Atalanta. Et puis nous irons dîner chez Larue. Nous serons déjà sept. Il y aura les trois grandes sœurs, les trois petits frères et toi. Il ne manquera plus que l'aîné des frères et la dernière des sœurs.

– Et Simon Finkelstein.

– Et Simon Finkelstein. Nous partirons pour l'Espagne et nous irons les retrouver au fond de leurs tranchées, derrière leurs sacs de sable, entre leurs faucilles et leurs marteaux.

– Jessica et Vanessa tomberont dans les bras l'une de l'autre.

– Et la guerre d'Espagne prendra fin d'un seul coup.

Le passage de Vanessa en Amérique m'avait un peu surpris et vaguement inquiété. Je me souvenais de son zèle de militante néophyte pendant les chasses au renard, dans les bals de Londres et à la cour d'Angleterre. Je me demandais si elle était en train de porter la bonne parole hitlérienne chez les milliardaires américains et au Sénat de Washington. La tentation me vint, un instant, de prévenir Winston Churchill. Déchiré entre mon devoir et ma tendresse, entre deux fidélités, je me sentais un peu dans la peau d'un héros de Corneille. Je finis par décider de parler à la seule personne qui pouvait comprendre à la fois, sans trop d'explications, mon double attachement à Sir Winston et aux quatre sœurs O'Shaughnessy : c'était, bien sûr, Pandora.

– Je suis embêté, lui dis-je. Qu'est-ce qui a bien pu pousser Vanessa à se rendre aux Etats-Unis ?

Les énigmes, vous le savez, étaient le fort de Pandora. Elle n'hésita pas longtemps :

– Il n'y a que deux possibilités : ou bien elle fait de la propagande pour Hitler ou bien – et c'est le plus probable – elle a été là-bas pour retrouver quelqu'un.

– Pas Rudi, j'imagine ?

Elle se mit à rire.

– Je ne pense pas. Mais il y a pas mal de millions et de dizaines de millions d'Américains en Amérique. Sans compter les étrangers qui y habitent ou qui passent par là.

– Soupçonnerais-tu Agustin de l'avoir emmenée avec lui ?

– Pourquoi pas ? dit Pandora.

Ce qu'il y avait avec Pandora, c'est qu'elle ne décevait jamais. D'un seul coup, elle avait balayé tout le champ des hypothèses. A travers les méandres de la passion, de la politique et du cœur, elles se ramenaient d'ailleurs toutes à une seule : Vanessa était amoureuse. Nous avions tous cru jusqu'alors que c'était de Rudolf Hess. Pandora ouvrait, avec une savante naïveté, des perspectives d'autant plus vertigineuses qu'elles tiraient leur étrangeté de leur évidence et leur invraisemblance de leur simplicité.

J'avais longtemps pensé que Pandora était la plus mystérieuse et la plus imprévisible des quatre sœurs. Je venais d'avouer à Atalanta qu'elle était peut-être, sous ses dehors si convenables et presque conformistes, aussi impénétrable que sa sœur. Voici que Vanessa, si entière, si intransigeante, apparaissait soudain, à son tour, comme un abîme d'incertitude. Je passais mon temps aux côtés des quatre sœurs. Et je découvrais soudain que j'ignorais tout d'elles.

J'aurais dû, pourtant, être moins surpris que tout autre par les subtiles déductions de Pandora. Parce qu'elles ne m'apprenaient rien. Peut-être vous souvenez-vous de ma présence aux côtés de Vanessa, dans une voiture officielle, sur les boulevards de Vienne envahie par la Wehrmacht ? Je me rappelle chaque mot de ma conversation avec elle sous les *Sieg Heil!* de la foule, à l'endroit où le Ring coupe la place Schwarzenberg : nous parlions d'Agustin.

Six ou sept ans plus tard, au lendemain de la Libération, à la suite de diverses circonstances que je raconterai peut-être un jour, il m'arriva d'être interrogé sur ma présence à Vienne en 1938. Le témoignage de Winston Churchill et de quelques autres me lava de tout soupçon. A qui m'aurait demandé de quoi je m'entretenais avec Vanessa pendant cette promenade sinistre à travers la ville occupée, j'aurais eu le droit de répondre : « D'amour, tout simplement d'amour. » Non pas du mien, bien entendu. Mais de celui des autres. Les choses, cependant, sont si compliquées, que j'aurais hésité à répéter à qui que ce fût – sauf, précisément, à Sir Winston qui devait tout savoir – les termes exacts des confidences de Vanessa : elle se demandait par quels moyens Agustin, son cher Agustin, son Agustin bien-aimé, pourrait réussir à établir en Angleterre une dictature totalitaire sur le modèle hitlérien.

– Non seulement je te déconseille formellement de mettre tes projets à exécution, disais-je à Vanessa, mais je ne comprends plus rien. Je croyais que si tu étais ici, c'était parce que tu étais amoureuse de Rudolf ?

– Mais je le suis, disait Vanessa.

– Tu l'es !... tu l'es !... Tu passes ton temps à me parler de tes projets avec Agustin et du charme d'Agustin et de tes voyages avec Agustin... Est-ce que tu me prends pour un imbécile ?

Un air si malheureux se peignait sur son visage que je me radoucissais un peu.

– Après tout, j'aimerais mieux que tu sois amoureuse d'Agustin plutôt que de Rudolf Hess. Tâche de me répondre clairement, pour simplifier les choses. Es-tu amoureuse d'Agustin ?

– Je le suis aussi, disait Vanessa.

Je tombais des nues. Le cœur humain est si étrange que je n'ai jamais su – et peut-être Vanessa ne le savait-elle pas elle-même – si Rudolf Hess se servait d'Agustin ou si Agustin se servait de Rudolf Hess. Aucun des deux, bien entendu, n'ignorait l'existence de l'autre. Mais chacun des deux voyait-il dans l'autre un rival ou un simple instrument pour ses propres ambitions ? Je ne crois pas que Vanessa aurait pu répondre à cette question. Elle aimait Rudolf Hess. Elle s'était mise à aimer Agustin. Bizarrement, c'était l'ami d'enfance qui était entré en dernier dans son cœur – sans chasser tout à fait l'image victorieuse et brutale du compagnon d'Adolf Hitler.

– C'est effrayant, disais-je à Vanessa pendant que nous passions entre des haies de *SS* et de drapeaux à croix gammée. Alors, tu couches avec Agustin à New York et à Londres et puis tu viens en Allemagne coucher avec Rudolf Hess ?

– Ne me torture pas, disait Vanessa.

– Je ne te torture pas. J'essaie d'y voir clair. Et peut-être de t'aider. Et je t'assure que ce n'est pas facile. Il était déjà absurde et risqué et un peu... un peu... mettons un peu criminel d'être la maîtresse de Hess...

– Tais-toi ! disait Vanessa.

– Pourquoi me tairais-je ?

– Parce que c'est dangereux de parler, murmurait Vanessa.

– Alors, s'il est dangereux de parler et s'il y a des micros dans la voiture et si le type en noir qui nous conduit est un agent de la Gestapo, tu es dans une situation encore bien pire que je ne croyais. Mais ne nous occupons même pas de politique. Est-ce que tu peux être en même temps la maîtresse d'Agustin en Angleterre et la maîtresse de Hess en Allemagne ?

– Dis-moi..., disait Vanessa dans un souffle.

– Qu'est-ce qu'il y a ? disais-je avec brutalité.

– Est-ce que tu n'es pas plus dur avec moi que tu ne l'as jamais été avec Pandora ?

Je me taisais un instant.

– Pandora me fait souvent de la peine. Mais tu me fais plus peur que Pandora.

Il y eut une soirée à l'Opéra, avec du Mozart, du Beethoven et des extraits de Wagner – c'était, je crois, *Parsifal* – suivie d'un souper à Schönbrunn, avec Rudolf Hess, avec Franz von Papen, avec Baldur von Schirach et avec Ribbentrop, flanqué de sa femme, une grande blonde, amie de Vanessa, qui me parla de Paris et de sa passion pour le champagne avec des larmes dans la voix. Une épouvante m'envahissait. Il n'était pas besoin d'être grand clerc pour comprendre que, derrière ces débauches de musique et de culture, d'oriflammes et de discours, une vague d'intolérance et de brutalité était en train de s'abattre sur notre vieille Europe. Et Vanessa était au cœur de la tempête et dans l'œil du cyclone. Je ne regagnai Paris que pour prendre le premier train pour Londres. Sir Winston Churchill eut la bonté de me recevoir aussitôt. En me raccompagnant avec courtoisie jusqu'à la porte de son cabinet, encombré de souvenirs du Soudan et de l'Afrique du Sud, de casques, de fanions, de photographies de Leurs Gracieuses Majestés, et aussi de Brian et d'Hélène au jour de leur mariage, il eut quelques paroles qui m'allèrent jusqu'au cœur.

– *My boy*, mâchonna-t-il en me quittant, vous êtes le meilleur de mes agents français.

Est-ce que des mots comme ceux-là ne valent pas mieux que toutes les médailles, que le Distinguished Service Order, que cette sacrée vieille Jarretière ?

Ma vie s'accélérait, prenait un rythme haletant. Je repartais pour Paris. Je retrouvais Pandora. Je lui parlais de Hitler, de Churchill, de Rudolf Hess, d'Agustin et, bien entendu, de Vanessa. Elle savait tout. Peut-être, c'est possible, avait-elle toujours tout su.

– Et tu trouves ça normal ?

– Qu'est-ce que je trouve normal ?

– Que ta sœur couche avec Hess et qu'elle couche aussi avec Agustin ?

– Agustin est charmant.

– Et Hess ?

– Je suis personnellement hostile au national-socialisme.

– Et d'être la maîtresse en même temps d'Agustin et de Hess, qu'est-ce que tu en penses ?

– Que ça doit être bien compliqué.

C'était compliqué. Et d'une simplicité enfantine. Il me semblait, tout à coup, que la liaison de Vanessa et d'Agustin était inscrite depuis l'origine dans l'ordre normal des choses. A Venise, à Glangowness, ils étaient inséparables. Ils aimaient l'un et l'autre les aventures et les dictateurs. Ils étaient casse-cou et rebelles et conformistes tous les deux. On pouvait, comme toujours, trouver mille explications, plus convaincantes les unes que les autres, à tout ce qui s'était passé. Bien entendu, si, à Glangowness, Hélène O'Shaughnessy ou Aureliano Romero avaient parlé d'Agustin à Vanessa ou de Vanessa à Agustin, la seule réaction aurait été un fou rire ou un haussement d'épaules. Il avait fallu passer par le détour de Rudolf Hess pour que l'évidence, rendue enfin presque impossible, finisse par s'imposer. Par quels mécanismes mystérieux ? Est-ce que Rudolf Hess s'était dit que deux agents anglais liés intimement l'un à l'autre valaient mieux qu'un seul et qu'Agustin rendrait plus de services encore que Vanessa au Grand Reich hitlérien ? Est-ce qu'Agustin s'était convaincu que l'amitié de Rudolf Hess lui serait précieuse dans l'entreprise risquée de doter l'Angleterre libérale et démocratique d'un régime totalitaire ? Peut-être s'agissait-il au contraire, tout simplement, d'une double histoire d'amour sur fond de politique et de national-socialisme, mais sans aucun lien direct avec les convictions et les ambitions des uns et des autres ? Allez savoir.

Ce qui frappait dans la liaison entre Agustin et Vanessa, c'était le parallélisme avec l'enlèvement de Jessica par Carlos Romero. Je pensais à la malédiction qui avait frappé le père et la mère d'Hélène Wronski et à l'amour interdit entre Nicolas et Nadia, entre le frère et la sœur. Les petites-filles de Nicolas et de Nadia semblaient vouloir reconstituer, entre les Romero et les O'Shaughnessy, un décor et un climat aussi proches que possible de l'inceste originel et mimer à leur tour les rôles meurtriers qu'avaient joués jadis, jusqu'au désastre final, le fils et la fille de la comtesse Wronski. On aurait dit que les quatre sœurs avaient cherché en vain à fuir vers d'autres horizons et qu'elles revenaient toutes, l'une après l'autre, vers ces quatre frères Romero qui semblaient exercer sur elles une sorte d'attirance irrésistible et quasi interdite. Aucun lien de parenté n'unissait les Romero et les O'Shaughnessy. Mais, à ce point d'intimité et de relations inextricables, les rapports entre les deux clans en venaient à constituer une sorte de substitut à l'inceste et à se confondre avec lui.

Pandora avait été la maîtresse, successivement, de l'oncle Simon Finkelstein et des deux jumeaux Romero. Jessica était partie avec Carlos pour l'Espagne républicaine. Vanessa avait provoqué un scandale sans précédent en choisissant de s'afficher avec un chef hitlérien. Mais cette provocation n'était peut-être rien d'autre qu'un paravent un peu voyant pour abriter des amours – qui auraient pu être très classiques, mais qui finissaient par prendre des allures sulfureuses et paradoxalement scandaleuses – avec un ami d'enfance qui, encore et toujours, était un Romero. L'ombre des amours vénitiennes de Nadia et de Nicolas flottait sur les O'Shaughnessy. La boucle se bouclait, je me demandais seulement ce qu'allait bien pouvoir, si convenable, si raisonnable, inventer Atalanta.

Nous partions tous pour l'Espagne. C'était à peu près le temps où tout le monde en revenait. Les partisans des républicains se présentaient en masse à la frontière française. Salués à leur départ par le général Queipo de Llano, les légionnaires italiens, qui avaient pour la plupart dix-huit mois de campagne, s'embarquaient à Cadix et recevaient à Naples un accueil triomphal. Les troupes nationalistes en Aragon lançaient une attaque décisive, atteignaient la Méditerranée entre Valence et Barcelone, coupaient en deux le territoire, de plus en plus exigu, aux mains des républicains. La bataille de Teruel n'était plus qu'un souvenir. La chute de Barcelone était une question de mois, peut-être de semaines. L'ombre du général Franco s'allongeait sur l'Espagne. Simon, Carlos et Jessica se cramponnaient à ce qui restait de la Catalogne.

Carlos et Jessica n'avaient pas quitté le pays et menaient dans Barcelone bombardée et de plus en plus étroitement encerclée par les nationalistes une vie de combat et d'amour qui remplissait de stupeur et d'une espèce de malaise leur famille et leurs amis. Brian et Hélène m'avaient souvent supplié d'aller chercher Jessica et de la ramener chez elle, en Angleterre, où l'attendaient les bals, les chasses au renard, les flirts insignifiants, les partis brillants, tout ce que son père et sa mère appelaient avec un mélange de conviction et de désespoir « une existence normale ». J'avais écrit plusieurs lettres à Jessica et j'avais reçu quelques réponses, toujours très simples et très nettes. Elle était partie pour l'Espagne en guerre avec Carlos Romero. Elle y restait avec lui. Elle était heureuse sous les bombes. Elle ne croyait plus guère à la victoire. Mais elle ne voulait pas abandonner dans la défaite le camp qu'elle s'était choisi.

C'était surtout par Simon Finkelstein que nous avions des nouvelles de Jessica et de Carlos. Il avait quitté Barcelone à plusieurs reprises et il faisait le va-et-vient entre la France, la Russie et l'Espagne. Il avait même poussé jusqu'en Chine où, depuis les trois 7 – 7-VII-37 – et l'incident, ou plutôt le prétexte, du pont de Lou-Keou-K'iao, la guerre sino-japonaise faisait rage. Simon quittait Nankin à la veille de l'entrée des troupes japonaises et il jouait un rôle important et peut-être décisif dans le rapprochement – temporaire et au moins apparent – entre Tchang Kaï-chek et Mao Tsé-toung qui sortait à peine de la Longue Marche à laquelle l'avaient contraint les troupes du Kuomintang sous la direction de son adversaire passé et futur. Un soir de brume à Londres, un de ces soirs comme on en voit tant en Angleterre et dans les romans de Conan Doyle et dans les films de tout le monde, je sortais du White's ou du Saint James où je m'étais réfugié pendant quelques heures avant d'aller prendre mon train pour Glangowness ou pour Paris lorsque, à la lueur jaunâtre d'un bec de gaz, je reconnus soudain l'ex-Kid. Je ne l'avais plus revu depuis Capri et notre retour vers le nord. Il avait vieilli, comme nous tous. Dans un manteau très élégant, avec un col de velours, sous un chapeau melon qu'il agita en m'apercevant, il présentait l'aspect d'un gentleman britannique au teint foncé et aux cheveux crépus où, dans la lumière blafarde, brillaient déjà quelques cheveux blancs.

– *Hello!* me dit-il. *How are you since Capri?*

Et il se mit à rire aux éclats.

J'avais quelques minutes devant moi avant l'heure de mon train. Je lui proposai d'entrer quelque part prendre une bière ou une tasse de thé.

– Alors? lui dis-je. Donnez-moi des nouvelles de Jessica et racontez-moi ce que vous devenez.

Simon Finkelstein était extraordinairement distrayant. Il avait toujours l'air de jouer avec le monde. Il s'était promené partout, il avait tout compris, il avait rencontré une foule de gens, de Mikoyan à Tchang Kaï-chek et de Malraux à Charlie Chaplin.

– Tout va bien, me dit-il. La révolution avance.

– C'est drôle. J'ai l'impression que Franco est en train de gagner, qu'Adolf Hitler s'empare de l'Europe, que Mussolini lui sert de second et que les Japonais sont à la veille de conquérir la Chine et peut-être de pousser vers l'Asie du Sud-Est. Est-ce que tout ça ne ressemble pas beaucoup à une fin de partie ?

– Bien sûr. Mais pour qui ? L'impérialisme est le stade suprême du capitalisme. Les démocraties agonisent. Elles laissent la place aux dictatures. Le grand choc se prépare entre le fascisme et le communisme, entre les dictatures et le peuple qu'elles oppriment. Le peuple gagnera, tu verras.

– Et Jessica ? demandai-je.

– Elle va bien. C'est une fille formidable. Elle rend d'immenses services. Tout le monde l'aime à Barcelone. Et moi, je l'aime aussi.

– Nous l'aimons tous, dis-je un peu sèchement.

Il se mit à rire de nouveau et il mit sa main sur mon bras.

– Oui... Toi et moi, nous aimons en bloc toutes les O'Shaughnessy.

La moutarde me montait au nez.

– Peut-être pas exactement de la même façon.

– Tu m'en veux toujours de mon aventure avec Pandora ?

– Je ne vous en veux pas du tout. Chacun fait ce qu'il veut... Je pense seulement à celles que j'aime. Et je me méfie un peu de vous.

– Tu as raison. Je ne suis pas de tout repos. Je déteste le repos. Je veux que les choses changent et bougent. Toi, tu aimes le passé et que les choses restent comme elles sont. Moi, je n'ai pas peur de l'avenir et de tout renverser. Et Jessica non plus, je crois.

L'idée me venait qu'il se moquait de moi, qu'il

jouait avec moi comme le chat avec la souris. Une espèce de panique me prenait.

– Et Carlos? demandai-je comme on lance une bouée.

– Ah! tu ne sais pas?... Il a été blessé au bras. Oh! rien de très grave. Jessica a été épatante : elle s'est occupée de lui. Et moi aussi, j'ai été épatant : je me suis occupé d'elle.

Quelque chose s'emparait de moi qui ressemblait à une nausée. Voilà que le destin de ces quatre sœurs que j'avais connues toutes petites et presque avant leur naissance, dont le passé était si tumultueux et à qui tout était promis dans l'avenir me paraissait soudain obscurci. Atalanta était peut-être heureuse. Calme, mélancolique, heureuse. Mais ni Pandora ni Vanessa n'avaient trouvé ce qu'elles espéraient. Ou peut-être, pis encore, n'avaient-elles jamais rien espéré? Une allure de fin du monde se mêlait à leur beauté. C'est pour cette raison, j'imagine, que je les prenais si souvent pour des héroïnes de notre temps, si plein de délires et de troubles, et pour des personnages de roman. Jessica, plus que personne, avait aimé, avait cru, avait espéré de grandes choses. Fallait-il qu'elle aussi glissât vers ce qui finissait par m'apparaître comme la malédiction O'Shaughnessy : la confusion des sentiments, l'incertitude du cœur, le vertige et la passion de l'autodestruction?

– Nous partons tous pour Barcelone, dis-je très vite. Les quatre sœurs veulent se retrouver.

– Bonne idée! Plus on est de fous... Je retourne moi-même en Espagne – où les choses vont assez mal, il faut bien l'avouer. Je serai enchanté de revoir Pandora. Et les autres. Et toi. Vous pardonnerez l'accueil. L'existence à Barcelone n'est pas précisément confortable. Mais nous ferons de notre mieux. Vous verrez qu'on peut vivre, et même rire et s'amuser, sous les bombes de Franco.

Il me parla encore un peu de l'Espagne républicaine, de Staline, de la Chine surtout, de Mao Tsé-toung et des trois sœurs Song, dont la deuxième, Song King-ling, bientôt communiste, avait épousé Sun Yatsen et la troisième, Song Mei-ling, ardemment nationaliste, était la femme de Tchang Kaï-chek.

– Ça t'amuse, hein ! me dit-il en me poussant du coude avec une ombre de vulgarité qui ne lui était pas coutumière, ces trois sœurs du fond de la Chine qui auraient pu servir de modèles à nos quatre belles amies. Il y a de tout en Chine. C'est là-bas que se prépare l'avenir du monde – et le nôtre. Les agitations de Hitler et de Mussolini nous empêchent de le voir. Entre la Sibérie et Singapour, il y a une formidable réserve d'énergie prolétarienne.

– Mais il n'y a pas d'industrie, pas d'usines, presque pas d'ouvriers...

– Il y a des paysans. Ce qui monte en Chine, comme dans le Mexique de mon enfance, c'est un communisme paysan. Le pauvre vieux Karl Marx peut se retourner dans sa tombe. La révolution passe des pays riches et industriels aux pays pauvres et agricoles. Je crois que Paco Rivera – tu sais qui c'est, bien sûr ? – l'avait vaguement deviné, il y a déjà un quart de siècle. Malraux l'a compris mieux que personne et avant tous les autres. Mais je crains qu'on n'ait beaucoup exagéré sa participation et sa contribution aux événements de Canton en 26. Qu'en penses-tu ?

Je n'en pensais rien du tout. J'avais déjà du mal à suivre les événements qui bouleversaient l'Europe. Ce n'était pas pour tirer des plans sur la comète, pour filer le train à Karl Marx et pour prononcer des paroles définitives sur le destin des

Chinois et les vérités de Malraux. Je préférais me promener, l'esprit vide, entre Florence et Rome, suivre d'un œil attendri et parfois vaguement inquiet les aventures des quatre sœurs et me répéter à mi-voix les vers d'Hégésippe Moreau qui ne valaient rien du tout :

> A quoi je rêve ? A rien peut-être.
> Je regarde les vaches paître
> Et la rivière s'écouler.

Nous partions pour l'Espagne en guerre. A cause de l'impatience de Pandora, à cause des récits de Simon, à cause des succès de Franco, à cause de Hitler aussi, le temps nous semblait compté. Je rassemblais tout mon monde. Aucun bouton ne manquait à la panoplie de voyage de Pandora et d'Atalanta, qui avaient un peu l'air, je regrette de devoir le dire, de partir pour une partie de chasse aux fauves ou une croisière à peine risquée. Agustin et les deux jumeaux étaient à pied d'œuvre. Il n'y avait que Vanessa pour me préoccuper. J'avais raison : quelques jours à peine avant notre départ, elle m'annonça avec beaucoup de calme que Rudolf Hess était envoyé par le Führer en mission secrète à Burgos pour rencontrer Franco. Elle partait avec lui.

– Ne te tourmente pas, me dit Vanessa avec l'insouciance qui faisait une partie de son charme. Je vous rejoindrai.

– Nous rejoindre ! Mais comment ?

– J'imagine, me dit-elle, qu'il y a des trains en Espagne.

L'histoire contemporaine, à travers les sœurs O'Shaughnessy, ne cessait de prendre des allures improbables. Je tâchai d'expliquer avec douceur à la sœur de Pandora que les trains avaient du mal à franchir la ligne du front.

– Ça ne fait rien, dit Vanessa. Je me débrouillerai. Ce ne sont pas quelques exaltés qui vont empêcher l'ordre du Royal Secret de se réunir où il veut.

Elle se débrouilla, en effet. Et l'ordre du Royal Secret tint une session plénière dans Barcelone à l'agonie. Toute notre petite troupe – les deux aînées des O'Shaughnessy, les deux jumeaux Romero flanqués de leur champion de frère et le signataire de ces lignes – débarqua en Catalogne après un voyage mouvementé rendu possible, malgré la guerre, par une conjonction des Saints Apôtres et des amis de Sant'Archangelo. Je le raconterai peut-être un jour avec tous ses détails, si Dieu me prête vie. Notre embarquement à Banyuls sur un rafiot invraisemblable qui faisait contraste avec le Ritz et avec deux ou trois gueuletons formidables sur la Loire et en Périgord, notre partie de cache-cache avec les bâtiments italiens qui assuraient le blocus de la côte espagnole, notre débarquement sur une plage catalane, notre arrivée triomphale à Barcelone constituaient un mélange étonnant d'aventure et de mondanité, de grand luxe et de périls. Pandora et Atalanta avaient fait agir leurs relations pour faciliter une entreprise qui pouvait paraître insensée et que l'oncle Winston avait sévèrement condamnée. Elles s'étaient munies de lettres de recommandation de W.H. Auden, de Stephen Spender, de Cyril Connoly, dont elles ne se servirent pas une seule fois, et elles firent preuve d'un bout à l'autre, entre leurs sacs de voyage en cuir et les réflexes de leur classe, de sang-froid et de courage. Agustin fournissait le contrepoint de leur enthousiasme et de leur curiosité : du premier au dernier jour, tout ce qu'il vit et entendit le remplit de fureur et d'indignation.

Tout ce petit monde avait pensé descendre au Grand Hôtel Colón, mais la vie à Barcelone déjoua ces projets. Carlos et Jessica s'étaient installés dans un petit appartement du côté de la plaza Puerta de la Paz où, en bordure du port, la statue de Christophe Colomb domine, du haut de sa colonne, la Méditerranée. Ce fut notre quartier général. Nous ne pouvions pas tous loger dans les trois pièces exiguës dont il était composé. Carlos nous avait répartis dans plusieurs chambres voisines. Mais nous nous retrouvions le soir, pour d'interminables *tertulias*, qui représentaient la version espagnole et austère de l'ordre du Royal Secret, dans ce que nous appelions « la maison » ou « le palais ».

La première rencontre entre Jessica et ses sœurs se déroula dans un de ces cafés qui s'étendent sur les ramblas entre les arbres et les parterres de fleurs. Sans les camions de miliciens en armes qui défilaient devant nous, sans les ruines des édifices bombardés qui s'étendaient aux alentours, nous aurions pu nous prendre pour des touristes en train de visiter la grande ville avant de poursuivre des vacances sur la Costa Brava. Dans l'incertitude qui entourait notre voyage, nous nous étions donné rendez-vous tous les jours pendant une semaine, à six heures du soir, dans un café assez paisible et facile à trouver dont j'ai oublié le nom. La première nuit tomba sans nous. Dès le lendemain, nous étions là. Nous entrâmes tous les six. Carlos, Jessica et Simon Finkelstein étaient en train de discuter, les coudes sur la table, devant des verres de vin blanc. Jessica nous vit la première. Elle se leva, très pâle, et vint se jeter en pleurant dans les bras de Pandora.

– Ah! tu pleures! naturellement, tu pleures! disait Pandora en pleurant. Tu n'as jamais rien su faire d'autre que de pleurer. Quelle idiote! Tu me fais pleurer.

Et elle lui caressait les cheveux en la serrant contre elle.

Atalanta passait ses bras autour des épaules de ses sœurs et glissait son visage entre les deux visages. Et elles avaient l'air toutes les trois de lutteuses enchevêtrées ou de joueuses de rugby dans une mêlée.

Nous composions, à nous tous, dans ce café des ramblas, au cœur d'une des guerres civiles les plus cruelles de tous les temps, un tableau ou un ballet à qui ne manquait qu'un public. Au milieu, entre les tables, les trois sœurs, étroitement embrassées, se disaient, dans les larmes et les fous rires, ces choses insignifiantes qui jaillissent de l'émotion. Debout, au fond de la salle, Carlos et Simon Finkelstein regardaient le spectacle avec cet air de gêne et de recueillement qu'on voit, dans les toiles naïves, aux passants ou aux jardiniers qui contemplent une fête foraine ou des lions dans une cage, le regard un peu vide, les bras ballants le long du corps ou leur chapeau à la main. Près de la porte d'entrée, Agustin, les deux jumeaux et moi attendions d'entrer en scène à la façon d'une troupe de clowns rassemblée derrière le rideau et qui guette le signal pour bondir sur la piste. Quelques minutes plus tard, nous étions installés tous les neuf autour de deux tables accolées. Nous parlions tous à la fois. Nous nous racontions nos vies. Nous refaisions le monde : il en avait bien besoin.

Nous nous couchâmes très tard ce soir-là et chacun eut du mal à trouver le sommeil. Le lendemain et les jours suivants, nous entrâmes peu à peu dans la réalité de la Catalogne républicaine et révolutionnaire.

Je me souviens d'un jour où Simon Finkelstein nous avait emmenés, les deux jumeaux, Agustin et moi, à travers la ville en guerre. Nous étions partis de la plaza Puerta de la Paz et nous avions suivi les ramblas jusqu'à la plaza de Cataluña avant de nous enfoncer dans des quartiers où je ne m'orientais plus. Soudain un bruit de moteur se fit entendre au-dessus de nos têtes.

– Attention ! cria Simon.

Nous restions debout quelques secondes, immobiles, silencieux, frappés de stupeur et d'hébétude. Des projectiles tombaient à quelques mètres de nous. L'instinct de préservation nous précipitait soudain à terre. Nous étions en train de nous jeter à plat ventre sur le sol, la tête entre les bras, lorsque le rire de Luis Miguel nous tira de nos craintes et de notre position.

– Eh bien ! disait-il en tenant à la main un objet que je ne distinguai pas aussitôt, personne ne m'avait prévenu que c'était ici le palais de dame Tartine et la guerre des boulangers.

Il leva au-dessus de sa tête la bombe qu'il avait ramassée avec une audace inouïe et je m'aperçus que c'était une miche de pain.

– Drôle de pays, grommelait Agustin. Voilà qu'ils se bombardent à coups de baguettes. J'imagine, ajouta-t-il à l'intention de Simon, que la bataille de fleurs est pour demain.

La clef de l'énigme ne tarda pas. La situation du ravitaillement à Barcelone était effroyable. Pour souligner la différence entre la pénurie républicaine et l'abondance nationaliste, les avions de Franco déversaient du pain sur la ville affamée. Carlos ne fut pas fâché de nous annoncer quelques jours plus tard que les républicains, qui disposaient d'industries textiles et de produits manufacturés, avaient effectué en représailles des bombardements de chemises et de chaussettes en territoire franquiste.

Tout n'était pas aussi gai. Les enfants mouraient en masse. Les épidémies sévissaient. Jessica emmenait ses sœurs faire la tournée des hôpitaux et des garderies d'enfants. Pandora et Atalanta revenaient épouvantées. Quand nous nous retrouvions tous le soir pour de maigres soupers, la discussion s'engageait entre Carlos et Simon d'un côté et Agustin de l'autre. Chacun apportait ses exemples et développait ses arguments. Agustin racontait l'histoire des moines de Cervera, dont les tympans avaient été perforés par des grains de chapelet enfoncés de force dans les oreilles. Et celle de Liberio Gonzales Nonvela, curé de Torrijos, qui avait déclaré aux miliciens :

– Je veux souffrir pour le Christ.

– C'est vrai ? avaient-ils répondu. Eh bien, tu vas mourir comme lui.

Et ils l'avaient flagellé et couronné d'épines avant de l'abattre à coups de pistolet. Sa dernière volonté fut de mourir en leur faisant face pour pouvoir les bénir.

Il y avait aussi le crucifix enfoncé dans la bouche de la mère de deux jésuites à Ciudad Real. Et le jeune homme d'Alcazar San Juan, réputé pour sa piété, dont on arracha les deux yeux. Et Antonio Diaz del Moral, de Ciempozuelos, qui avait été enfermé dans un corral plein de taureaux de combat et éventré à coups de cornes. Après, on lui avait coupé l'oreille comme on fait au taureau en hommage à un matador qui a réussi une belle *faena.*

Carlos et Simon répliquaient avec le marchand de beignets qui avait installé son kiosque à *churros* sur le site où une « patrouille de l'aube », ce coup-ci phalangiste, exécutait, avec une régularité implacable, les dizaines de condamnés qu'elle allait chercher tous les matins dans la prison où ils purgeaient leur peine. Et, pour faire bonne mesure, Simon ajoutait l'histoire du maître d'école de Huesca, roué de coups par des phalangistes et qui tenta de se suicider en s'ouvrant les veines avec les dents. Et encore l'histoire des *requetés* qui avaient contraint un prisonnier, en Navarre, à mettre ses bras en croix et à crier « Vive le Christ-Roi ! » pendant qu'ils lui tranchaient les membres. Chacun assurait, bien entendu, que les récits de l'autre étaient pure affabulation. Mais tout était possible dans un pays et à une époque où les hommes du bataillon Thaelmann, en train de se battre maison par maison et étage par étage, déposaient des bombes dans l'ascenseur de l'hôpital de la Cité universitaire de Madrid et les envoyaient exploser au palier du dessous, tenu par les Marocains.

A défaut d'appartenir lui-même à l'une ou l'autre des organisations d'extrême gauche, Simon Finkelstein avait entretenu des liens successifs et étroits avec le POUM, la FAI et le SIM. Ces abréviations mystérieuses, et surtout le POUM, enchantaient Pandora. Elle s'imaginait le POUM comme une farce d'étudiants qui avaient choisi une onomatopée pour donner une idée ironique et plaisante de leurs activités. *Partido Obrero de Unificación Marxista*, le POUM était composé de communistes antistaliniens. Comme son nom l'indique, la *Federación Anarquista Ibérica* rassemblait des libertaires et des anarchistes. Le SIM ou *Servicio de Investigación Militar* était la plus sinistre de ces institutions : c'était une police politique à prédominance communiste. Simon nous parlait pendant des heures des sacrifices que la liberté doit consentir pour se défendre contre ses adversaires.

– Je vois ça, disait Agustin. C'est la mort dans l'âme que tes amis torturent.

– Et les tiens, répondait Carlos, sont les disciples de l'estimable évêque de Majorque qui déclare avec onction : « Dix pour cent seulement de nos chers enfants ont refusé les derniers sacrements avant d'être expédiés par nos bons militaires », ou du révérend père Martin Torrent, aumônier général des prisons nationalistes : « Heureux le condamné car il est le seul qui sache quand il doit mourir. Le seul à qui il soit permis de mettre de l'ordre dans son âme avant de s'en aller. »

Les noms d'El Campesino, de la Pasionaria, d'André Marty, de Mauriac, de Bernanos, de Malraux, de Maritain, de Claudel volaient, à l'ennui des trois sœurs, dans l'atmosphère confinée du « palais ».

– Vous avez bientôt fini ? demandait Pandora. Je préfère sortir avec Astorga.

Astorga Vayo était un ami de Carlos. Nous l'avions rencontré sur les ramblas de Barcelone et Carlos l'avait présenté à Pandora. A la façon, dans l'autre camp, d'un Queipo de Llano ou d'un Millan Astray – Millan Astray était l'homme avec un seul œil et un seul bras qui avait crié *Viva la muerte* en présence d'Unamuno dans le *paraninfo* de l'université de Salamanque – Vayo était un mélange de brutalité grossière et de force vitale, de grandeur et de bassesse. Il possédait en tout quatre chemises, deux pantalons, une paire de souliers de rechange et il menait une vie de prince et de seigneur de la guerre. Pandora ne l'avait pas trouvé déplaisant. Il lui avait parlé de « la discipline de l'indiscipline » et il lui avait déclaré :

– Je n'attends aucune aide d'aucun gouvernement au monde.

Ces paroles, très espagnoles, résonnaient dans l'esprit et dans le cœur de Pandora. Elles lui faisaient le même effet, je crois, que des déclarations d'amour et elle nous les rapportait d'un air rêveur, le soir, dans nos *tertulias* du « palais ». Elle lui avait dit :

– Même si vous êtes vainqueurs, vous vous retrouverez sur un monceau de ruines.

Il avait répondu, avec un peu d'emphase et de grandiloquence :

– Nous avons toujours vécu dans des taudis et

des trous : nous saurons bien nous en arranger pendant quelque temps. Mais nous sommes capables de construire aussi. C'est nous qui avons édifié les palais et les villes d'Espagne, d'Amérique et de partout. Nous, les travailleurs, nous pouvons bâtir des villes pour les remplacer. Et nous les construirons bien mieux. Aussi n'avons-nous pas peur des ruines. Nous allons recevoir le monde en héritage. La bourgeoisie peut bien sauter et démolir son monde à elle avant de quitter la scène de l'histoire. Nous portons un monde nouveau dans notre cœur.

Pandora n'avait jamais rien entendu de pareil et elle éprouvait pour Astorga une admiration moitié amusée et moitié effrayée. Lui s'était enflammé pour elle et il l'emmenait souvent se promener le long de la mer, en voiture, au clair de lune ou dans un de ces cinémas collectivisés de Barcelone qui passaient des films russes d'Eisenstein et de Pudovkine et même *Le Petit Colonel* avec Shirley Temple ou bien *La Soupe au canard* où Groucho Marx, dans le rôle d'un président d'opérette qui ressemblait étrangement à l'homme politique espagnol moyen, déclarait devant un document illustré par une carte qu'il retournait en tous sens : « Un enfant de quatre ans comprendrait ce rapport... Allez me chercher un enfant de quatre ans. » Quelques mois plus tard, de retour en Angleterre, dans les salons pleins de confort et de bon goût de Glangowness, Carlos devait raconter, à l'horreur de Pandora et à la satisfaction d'Agustin, la fin terrible d'Astorga.

A peu près vers l'époque de la chute de la ville, Astorga avait réussi à passer la frontière et les Français l'avaient envoyé au camp de réfugiés d'Argelès, dans les Pyrénées-Orientales. Astorga Vayo était membre du SIM et il avait été le commandant du grand camp d'internement républicain d'Omells de Nagaya, dans la province de

Lérida. Il y avait acquis une réputation de férocité.

– Féroce ? lui ? demandait Pandora en ouvrant de grands yeux.

Elle conservait visiblement des souvenirs différents de son compagnon dans les nuits catalanes.

La méthode d'Astorga Vayo pour maintenir la discipline même dans l'indiscipline était très simple : pour chaque prisonnier qui s'évadait, il en fusillait cinq autres. Son goût du sang et des tortures avait fini par indigner jusqu'aux siens. A Argelès, il retrouva des républicains, des socialistes, des anarchistes, des trotskistes, des membres du POUM et de la FAI, qui avaient combattu du même côté que lui et qui l'avaient vu à l'œuvre. Il se promenait avec eux en parlant du bon vieux temps lorsqu'il s'aperçut brusquement que ses compagnons l'avaient entraîné du côté le plus désert et le plus isolé de leur camp, qui était assez vaste puisqu'il contenait jusqu'à quinze mille détenus. Il regarda autour de lui. Ce qu'il vit l'épouvanta parce qu'il en avait l'expérience : à ses pieds, à l'ombre de quelques pins, s'ouvrait une tranchée profonde qui venait visiblement d'être creusée à la pelle. Il se retourna d'un seul coup. Les visages de ses camarades ne lui laissaient aucun espoir. Ils l'enterrèrent vivant.

Au milieu des horreurs de la famine et de la guerre, tout excitait et passionnait Pandora dans Barcelone assiégée. Elle était beaucoup plus heureuse sous les bombes espagnoles que sur les bords de la piscine et à l'ombre des palmiers du Jardin d'Allah à Hollywood. Aux côtés de Jessica, elle soignait les blessés sans croire le moins du monde à la cause qu'ils servaient. Elle me faisait penser à ce personnage des *Mémoires* de Dumas dont je lui parlais en riant et qui assiste avec une moue de mépris aux exercices incertains des insurgés de 1848.

– Hé! le bourgeois! lui crie un ouvrier, tu ferais mieux de nous aider plutôt que de bayer aux corneilles!

Et il lui lance un fusil.

L'homme attrape le fusil, le regarde, le soupèse. Il épaule. Il vise à peine. Il abat un capitaine qui s'écroule de son cheval à plus de trois cents mètres.

Une explosion de joie jaillit de la barricade. On acclame le héros.

– Restez avec nous! Restez avec nous! crient les hommes en casquette et en blouse à l'homme en chapeau haut de forme.

– Certainement non, répondit le bourgeois. Ce ne sont pas mes opinions.

Pandora se rendait au chevet des communistes et des anarchistes en sentant assez fort le nº 5 de Chanel. On aurait dit, comme toujours, que tout lui était permis. Les autres étaient plus prudents. Nous avions vite compris qu'il n'était pas question de porter une cravate : l'ancienne tenue bourgeoise était un passeport pour la prison. Elle était rejetée par la révolution comme l'était le mot *adios*, trop pénétré de Dieu et remplacé par *salud* dans toute l'Espagne républicaine. Pandora et Atalanta elles-mêmes avaient beau s'obstiner à répandre derrière elles les effluves les plus bourgeois, elles n'avaient pas perdu l'habitude de se plier sans discuter à la mode du temps et du lieu. Elles avaient quitté la France habillées par Mademoiselle ou par le capitaine Molyneux. Elles arrivèrent à Barcelone sans rien perdre de leur grâce ni de leur élégance, mais dans le même chandail à côtes – en plus chic – que portait Jessica. Pour un homme comme pour une femme, il était risqué de sortir avec un chapeau. *Solidaridad Obrera* – on disait plutôt *Soli* – un journal anarchiste dont s'occupait Simon et qui entendait « gagner la guerre et faire la révolution en même temps » alors que les communistes voulaient d'abord gagner la guerre et faire la révolution plus tard, allait jusqu'à accuser Litvinov, le ministre russe des Affaires étrangères, d'être un bourgeois parce qu'il portait un chapeau. Ce qui valut au journal une protestation du syndicat anarchiste des chapeliers, menacés de disparition. Agustin eut beaucoup plus de mal que Pandora ou Atalanta à abandonner ses traditions vestimentaires. Lui qui vivait si souvent en tenue de sport et en combinaison, il mettait son point d'honneur – le fameux *pundonor*, plus espagnol que nature – à se promener dans Barcelone avec une cravate, un chapeau et même des gants. Simon lui dénicha une canne et on vit Agustin déguisé en gravure de mode déambuler gravement sur les ramblas républicaines. Je crois que les miliciens le prirent pour un idiot ou pour une caricature engagée par on ne sait qui pour amuser les enfants.

Mais ce qui nous intéressait à Barcelone, ce n'était pas la guerre, ni le décor, ni les mœurs, ni l'histoire : c'était Jessica. Nous étions venus pour la voir. Elle avait beaucoup changé. Dès le premier jour, j'avais été frappé par le contraste nouveau entre ses sœurs et elle. Des mois et des mois de privations et d'angoisse l'avaient minée et émaciée. Son teint avait pris une nuance grise. Deux ou trois cheveux blancs apparaissaient dans sa tignasse noire et bouclée. Elle avait gardé ses yeux pétillants, mais il m'arrivait d'y lire de la lassitude et de la tristesse. Elle s'habillait sans aucune recherche, comme les ouvrières de Barcelone.

– Tu sais, lui disait Pandora sans ménagements inutiles, tu as l'air d'une pauvresse.

– Je préfère encore, répondait Jessica, ressembler à un pauvre qu'à un riche.

Je me demandais quelquefois si Jessica n'avait pas été tentée par la sainteté. Une sainteté laïque, bien entendu. Mais une espèce de sainteté. Elle ne pleurait plus. Elle passait son temps à aider les plus pauvres, elle soignait les blessés et les malades, elle distribuait tout ce qu'elle possédait, elle ne vivait que pour les autres et elle avait fini par acquérir à Barcelone, où, entre factions rivales et presque toujours opposées, les jugements n'étaient pas tendres, une réputation de charité. Et puis je me souvenais tout à coup des demi-confidences de Simon Finkelstein. Après tout, Jessica n'était pas partie pour l'Espagne dans l'exaltation politique : elle avait suivi un homme, elle était venue par amour. Qu'était devenue la passion de Jessica pour Carlos ?

Souvent, pendant que Pandora se promenait en voiture avec Astorga Vayo, que Carlos et Simon participaient à des réunions anarchistes ou trotskistes, et qu'Agustin et les jumeaux entraînaient Atalanta à la découverte de Barcelone, je restais à la maison bavarder avec Jessica.

– Et Carlos ? lui disais-je.

– Il est merveilleux, disait-elle.

– Et Simon ?

Elle se taisait.

J'imaginais ce que devait être cette vie de l'oncle et du neveu autour de la plus fragile des O'Shaughnessy dans Barcelone bombardée. Plus tard, beaucoup plus tard, Carlos Romero allait publier plusieurs livres – *The Fellow Travellers, Reason in Revolt* et *Spanish Fury : the Story of a Civil War* – qui connaîtraient un certain succès et où seraient largement commentées son expérience catalane et même ses relations avec Simon Finkelstein. Mais tout cela se déroulerait sur la seule scène politique.

Ce qui se passait dans les cœurs était autrement décisif et commandait tout le reste.

Je m'étais demandé si les allusions à peine déguisées de Simon Finkelstein à ses liens avec Jessica étaient autre chose que des vantardises ou des provocations. A écouter la dernière des quatre sœurs, et surtout ses silences, je me persuadai assez vite que Simon avait joué un rôle dans la vie de Jessica comme il en avait joué un dans la vie de Pandora. Mais un mystère subsistait – et je n'osais pas m'en ouvrir, une fois de plus, à Pandora, grande spécialiste des énigmes. Pour tout dire en deux mots, il me semblait que Simon plaisait à Jessica ou qu'il lui avait plu – et qu'elle s'en voulait à elle-même de sa propre faiblesse.

Quand Carlos Romero avait été touché à l'épaule dans un des engagements auxquels il avait pris part comme conseiller politique, Jessica avait pris l'habitude de rendre des visites régulières aux blessés de Barcelone. Après le rétablissement de Carlos, elle poursuivit son travail d'infirmière bénévole. Pendant notre court séjour, je l'accompagnais souvent jusqu'à l'hôpital, ou je venais la chercher, parfois tard dans la nuit. Un soir, elle me bouleversa.

– Je suis si malheureuse ! me dit-elle tout à coup.

– Mais pourquoi ? lui dis-je, un peu sottement, à mon habitude. Pourquoi ?

– Comment, pourquoi ? Est-ce que tu t'imagines, toi aussi, comme les autres, que tout cela va finir par un miracle soudain, que l'Angleterre et la France vont imposer la paix et que le cauchemar sera fini ? Barcelone va tomber. Et nous vivrons dans la honte.

Pendant des heures et des heures, autour de Carlos et de Simon, nous avions discuté de l'avenir de l'Espagne, sous les ricanements d'Agustin qui jouait parmi nous le rôle de représentant amical et toléré de la cinquième colonne. Ni Simon ni Carlos ne voyaient l'avenir en rose. Mais le désespoir de Jessica était souvent si profond que, par une sorte, peut-être, de déformation professionnelle et de futilité, par l'expérience aussi que j'avais acquise, au fil des ans, des réactions du clan Wronski, l'idée me vint brutalement que la politique ni même l'histoire ne suffisaient à l'expliquer.

– Ecoute, lui dis-je, tu as fait plus que personne pour une cause qui, au départ, n'était pas vraiment la tienne. Si les choses tournent mal, il faut que tu puisses survivre et retrouver un peu de bonheur. Si toi, Jessica, tu n'es plus capable d'être heureuse, qui pourra l'être en ce monde ?

– Il n'y a plus de bonheur pour moi. J'ai l'impression que tout s'écroule. Je me sens pour toujours du côté des vaincus.

– Carlos est beaucoup plus engagé que toi dans la lutte – et il est moins abattu. Tu aimes toujours Carlos ?

– Oh ! oui, me dit-elle, je l'aime. Et je l'admire. Je voudrais vivre pour lui...

Elle hésita un instant.

– ... Peut-être pourrais-je vivre pour lui...

– Et lui, il t'aime toujours ?

– J'espère que oui, me dit-elle. Mais la vie, tu sais, est plus difficile et plus compliquée que tu ne crois.

Je commençais à m'en douter. C'est vrai, longtemps, à Plessis-lez-Vaudreuil, je m'étais figuré que l'existence était toute simple, qu'on se mettait à aimer les gens et puis, tout à coup, qu'on cessait de les aimer. J'avais appris peu à peu, et en partie grâce aux quatre sœurs, que les pièges du cœur étaient au moins aussi nombreux et aussi redoutables que ceux de l'histoire et de la raison. Pandora n'aimait personne. Vanessa aimait deux hommes.

Qu'est-ce que Jessica avait bien pu inventer pour se sentir glisser jusqu'au fond d'un abîme dont elle ne parvenait plus à sortir ?

Je lui parlai longtemps, avec douceur, avec une tendre affection dont il ne lui était pas possible de douter. Elle avait besoin de dire des choses qu'elle ne pouvait confier à personne dans le cercle minuscule où elle se débattait, entre la guerre et la famine. Je crus comprendre, peu à peu, que la réalité, pour une fois, n'était pas trop éloignée de ce que j'avais imaginé. Est-ce que, par hasard, je faisais des progrès ? Simon l'avait fascinée et séduite – peut-être parce qu'il avait fasciné et séduit Pandora – et elle ne parvenait pas à se pardonner de lui avoir cédé. Le pire était que Carlos savait tout, naturellement. Mais, pour une raison ou pour une autre – et on pouvait rêver indéfiniment sur les motifs de Carlos – il n'attachait à l'aventure, ou il semblait n'y attacher, aucune espèce d'importance. Il était resté l'ami intime de Simon. Et, par la faute de son éducation, de son tempérament ou de sa passion, Jessica portait toute seule le poids de ce qui n'était même pas un secret.

– Je n'en peux plus, me disait-elle. Il faudrait qu'il me pardonne, ou qu'il me punisse, ou qu'il me renvoie. Je l'aime. Et je crois qu'il m'aime. Et il ne voit pas le moindre inconvénient à me partager avec Simon.

– Mais Simon..., Simon...

Un affolement me prenait.

– ... quels sont tes sentiments pour Simon ?

– Je le déteste. Je crois que je le hais. Mais...

– Mais peut-être que tu l'aimes ?

– Bien sûr que non. Quelle idée ! Non, je ne l'aime pas. Mais il me semble quelquefois que je couche avec lui pour ne pas déplaire à Carlos.

Le vertige O'Shaughnessy m'emportait à nouveau. Voilà que s'imposaient, pour y voir à peu près clair, une enquête auprès de Carlos, une autre encore – au-dessus de mes forces – auprès de Simon Finkelstein. Je n'ai jamais cru beaucoup à la psychologie et à cette analyse des sentiments qu'on découvre dans les livres. Ni Carlos ni Simon ne m'apprendraient grand-chose. Simon me dirait en riant que toutes les sœurs O'Shaughnessy se jetaient à sa tête et qu'il n'y pouvait rien. Carlos me dirait avec beaucoup de sérieux que Simon avait plu à Jessica et que ce n'était pas très grave et que son amour à lui, Carlos, était au-dessus de ces accidents et de ces anecdotes. Je ne cherchais pas, quelle horreur, à sonder les reins et les cœurs, à la façon d'un confesseur, d'un psychologue, d'un romancier. Je voyais seulement que Jessica – peut-être parce qu'elle le voulait, peut-être parce qu'elle l'avait cherché, peut-être parce que toute sa vie s'était faite dans ce sens-là – avait un poignard dans le cœur.

Je comprenais ce que les Grecs appelaient fatalité. Le sang de Nadia et de Nicolas ne coulait pas pour rien dans les veines de Jessica. Comme Vanessa, comme Pandora, elle tournait dans la cage qu'elle s'était construite elle-même avec les Romero, substituts et symboles de ces frères qu'elle n'avait pas. Toute une longue aventure dont j'avais saisi quelques bribes me semblait s'achever à Barcelone, au milieu des drapeaux rouges et des fracas d'explosion. Le vent du soir soufflait à la fois sur l'Europe déchirée par une guerre civile dont les événements d'Espagne n'étaient qu'un des symptômes et sur les dernières des Wronski. En voyant Pandora, Atalanta, Jessica partir, à l'aube, pour l'hôpital, je me demandais ce qui pouvait bien mener les habitants passagers, solitaires, accidentels – et pourtant solidaires et unis – de cette sacrée planète : l'argent, bien sûr – et les Wronski n'en manquaient pas, ni les O'Shaughnessy, ni les Romero – mais aussi, et bien davantage, les passions et les rêves, l'amour, la politique, cette histoire qui se fait toute seule et qui ne cesse de s'accumuler, la pitié, l'ambition et ce besoin d'autre chose qui ressemble à l'espoir et peut-être aussi au malheur. Le soir, en rentrant, quand nous nous retrouvions tous dans cette maison de Barcelone qu'aucun de nous, trois ans plus tôt, n'aurait pu imaginer dans ses songes les plus fous, nous mettions souvent sur un vieux gramophone à manivelle qui se remontait à la main l'un ou l'autre de ces disques de Verdi qui étaient devenus comme des versions alternées de notre hymne national : le fameux chœur de *Nabucco* que j'étais allé écouter à Londres – était-ce dans un autre monde? – avec la comtesse Wronski, l'air célèbre de *La Traviata* où Alfred et Violette – l'Armand Duval et la Marguerite Gautier de *La Dame aux camélias* d'Alexandre Dumas fils – boivent ensemble à la coupe, ou encore tel ou tel passage d'un opéra dont nous ne manquions jamais de déclamer le titre avec une solennité ironique : *La Force du destin.* Ce n'était pas seulement Verdi qui pénétrait avec nous dans la maison de Barcelone assiégée par la famine, menacée par les bombes, c'étaient les ombres mêlées de la Putiphar de Lublin et de Jérémie Finkelstein, de Florinda de Bahia et de Pericles Augusto, de Nicolas et de Nadia, de Piotr Vassilievitch Wronski et de tout son monde évanoui. Jusqu'aux émeraudes fabuleuses de la rani Prianti et à l'élégance déchiquetée du pauvre Indian Godolphin. Les fantômes de Glangowness, le père lointain de Simon, les arrière-grands-parents des quatre frères Romero, les amants maudits et séparés de Venise, le grand seigneur féodal et révolutionnaire qui avait crucifié sa jeune femme amoureuse de Verdi se glissaient parmi nous pour écouter en silence les cris de la passion aux prises avec le destin. Le passé et l'avenir se refermaient sur nous.

Un soir, à l'hôpital où j'étais venu la chercher après sa journée de travail, Jessica O'Shaughnessy m'annonça qu'un convoi de prisonniers républicains, tous grièvement blessés, était en train de descendre vers Barcelone en provenance de la ligne du front. Les nationalistes venaient de les échanger contre un certain nombre des leurs. Les négociations, dirigées du côté nationaliste par Millan Astray et du côté républicain par Astorga Vayo, avaient été menées sous les auspices de la Croix-Rouge anglaise et une espèce de cérémonie s'était déroulée, là-bas, dans la boue des tranchées, parmi les cratères d'obus, pendant une trêve d'une demi-heure.

– Il faut que je les attende, me dit Jessica.

– Attendons-les, lui dis-je.

L'attente dura si longtemps que nous vîmes arriver successivement Pandora et Atalanta, puis Agustin et Carlos, et enfin les deux jumeaux inquiets de notre retard. Un poker s'organisa dans la salle de garde. Les filles sortaient de temps en temps, à tour de rôle, pour les besoins du service ou pour assister un mourant. Elles revenaient en disant : « Il est mort », ou en pestant contre les médecins et elles reprenaient leurs cartes et leur place dans le jeu. Au bout de quatre ou cinq heures, une rumeur se mit à courir : la colonne arrivait. Nous descendions tous dans la cour où, au milieu de la nuit éclairée par des phares, se rangeaient les véhicules.

Le désordre s'organisait. Des brancardiers extrayaient les blessés des voitures de déménagement et des autobus transformés en ambulances. Des gens couraient dans tous les sens. On apercevait des ombres qui se traînaient parmi les cris des blessés. C'était le spectacle devenu classique, quotidien, presque banal, de la souffrance et de la guerre. Tout à coup, en train de sauter d'un camion, j'aperçus, parmi tant d'épaves, une infirmière toute vêtue de blanc, très blonde, presque pimpante. Je l'avais devinée même avant de la reconnaître. C'était Vanessa O'Shaughnessy.

– Vanessa ! criai-je, hors de moi, en me précipitant vers elle. Vanessa !

– Tiens ! me dit-elle de la voix la plus calme. Comme on se retrouve !

Jessica accourait. Puis Pandora.

– C'est vrai, dit Vanessa, il n'y a plus de trains. Mais, vous voyez, les moyens de transport ne manquent pas. Ça va ?

L'ordre du Royal Secret était reconstitué.

– Il était temps, murmura Agustin à l'oreille de Vanessa en la serrant dans ses bras (mais je l'entendis distinctement), il était temps. Je commençais à me sentir un peu seul parmi ces hordes de Rouges.

Ce fut la première nuit des Altesses du placard dans Barcelone à l'agonie. Vanessa et Agustin disaient n'importe quoi, parlaient de Franco et de Queipo de Llano et de Millan Astray, insultaient à haute voix la République espagnole, nous mettaient tous, à chaque instant, en péril d'arrestation et peut-être d'exécution. En quittant l'hôpital dans le petit matin, ils chantaient tous les deux à tue-tête, en allemand, une chanson de marche des aviateurs nazis en Espagne :

Wir werden marschieren
Wenn Alles in Scherben fällt.
Unsere Feinde sind die Roten,
Die Bolschevisten der Welt.

Nous avancerons
Tandis que tout s'effondrera autour de nous,
Nos ennemis sont les Rouges,
Les bolchevistes du monde.

Il fallut bourrer Agustin de coups de poing et expliquer à Vanessa, avec un peu de fermeté, ce qu'elle ne cessait d'oublier : que l'Espagne était en guerre et qu'elle avait débarqué dans le camp hostile à ses idées. Mieux valait les exprimer avec une sage réserve et ne pas les chanter dans la rue.

De retour à la maison, Vanessa nous raconta avec beaucoup de détails le plus souvent comiques son passage à Burgos, sa rencontre avec Franco – « Il avait l'air d'un médecin en train de dissimuler un secret et des ennuis de famille » – la vie chez ceux d'en face dont nous avions un peu oublié l'existence, les négociations pour l'échange des blessés, sa candidature au poste d'infirmière bénévole et de convoyeuse. Sa nationalité anglaise l'avait beaucoup aidée à être acceptée par les deux parties. La recommandation de Rudolf Hess avait été décisive auprès des nationalistes. Et lorsque Astorga Vayo avait appris, sur le front, de l'autre côté, que la grande fille blonde et anglaise qui proposait d'accompagner jusqu'à l'hôpital de Barcelone les soldats républicains était, non seulement une amie de Carlos Romero et de Simon Finkelstein, mais la sœur de Pandora, il avait donné sans la moindre hésitation, avec une espèce d'enthousiasme qui en surprit plus d'un, les autorisations nécessaires.

Je regardais les quatre sœurs dont la réunion, depuis si longtemps, avait été, je peux bien le dire, mon ambition unique et le seul but de mes efforts. Si je m'étais parfois laissé aller à m'interroger sur l'énergie et le temps que j'avais consacrés à cette entreprise qui pouvait paraître futile, le spectacle qu'elles offraient toutes les quatre suffisait à balayer les questions et les doutes. Pandora rayonnait, son petit monde sous la main. Atalanta et Vanessa mêlaient de rires et de pleurs des conversations interminables dont l'insignifiance et le décousu auraient eu de quoi surprendre tout observateur étranger à la planète Wronski. Jessica elle-même semblait sortir de son abattement, me prenait par les deux poignets, me regardait dans les yeux et me disait :

– Oh! Jean! je suis si heureuse!

de la même voix avec laquelle elle m'avait dit la veille qu'elle était si malheureuse.

Ce n'était pas de la cohérence ni d'une continuité raisonnable que naissait le charme O'Shaughnessy.

Avec ses injustices, ses partis pris, ses excès, Vanessa faisait souffler un vent parfois dévastateur sur l'air un peu confiné des séquestrés de Barcelone.

– Et Geoffrey, demandait-elle soudain à Atalanta, il va bien? Est-ce que tu as donné de ses nouvelles à Jessica?

Aucun d'entre nous, je crois, n'avait pensé si peu que ce soit, pendant tous ces jours écoulés, à l'ancien mari de Jessica devenu le mari d'Atalanta. Peut-être Atalanta et Jessica l'avaient-elles évoqué brièvement entre elles? Je n'en suis même pas certain. Jamais, en tout cas, le nom de Geoffrey Lennon, fumeur de pipe, époux modèle, député conservateur, n'avait été prononcé au cours de l'une ou de l'autre des réunions plénières de l'ordre du Royal Secret. C'est que, presque au même titre que Hess et bien moins encore que Sir Winston ou Brian, Geoffrey Lennon, malgré ses liens multiples avec les Altesses du placard, et peut-être à cause de ses innombrables vertus, ne faisait pas vraiment partie de notre cercle enchanté. En entendant le nom de Geoffrey, Jessica et Atalanta se mirent à rire toutes les deux.

Il y avait plus grave que les allusions à Geoffrey. Encouragé par les nouvelles que lui apportait Vanessa de Burgos et des nationalistes, Agustin se déchaînait contre les républicains qu'il avait supportés en silence tant qu'il était le seul à représenter dans le groupe les intérêts de Franco. Vanessa racontait que personne ne doutait plus, du côté nationaliste, de l'effondrement des républicains et de la victoire finale du Generalísimo. Agustin, du coup, se laissait aller à ses passions trop longtemps réprimées : il fallait fusiller les anarchistes, fusiller les trotskistes, fusiller les communistes. Et Vanessa et lui semblaient guetter le moment de soulever Barcelone contre ce qu'ils appelaient, sans faire le détail, la racaille rouge et marxiste.

– Patience, leur disait Simon. Il n'y a plus très longtemps à attendre.

– Tant mieux, répondait Agustin.

Dans la Catalogne à feu et à sang, l'ordre du Royal Secret avait un peu de mal, vous vous en doutez bien, à échapper à la politique qui frappait assez fort.

– J'en ai par-dessus le dos, de leur politique, me disait Atalanta.

– Bah! répondais-je, tous les hommes en sont fous.

Depuis l'arrivée de Vanessa, nous avions dormi assez peu. Les quatre sœurs passaient les nuits à se raconter des histoires que le clan des Romero et moi nous ne comprenions pas toujours. Y défilaient non seulement miss Prism, oncle Winston, Geoffrey Lennon ou Rudi, mais les ombres des sikhs, de Nicolas à Venise aux côtés de sa sœur ou de Percy Bassett. Nous nous éloignions peu à peu de Barcelone en guerre. La chambre de Jessica devenait une nef des fous, un huis clos, un paradis enfantin, une oasis dans le désert. Tous les délires irlandais, toutes les hallucinations slaves s'y donnaient rendez-vous. Autour d'un thé infect et de quelques haricots qui remplaçaient les muffins et les sandwiches aux concombres de la grande époque britannique et des goûters au Ritz ou au Claridge de Londres, les quatre sœurs riaient et rêvaient d'on ne sait quoi. Le matin, comme d'habitude, mue par une énergie mystérieuse, Jessica, suivie de Pandora, se rendait à l'hôpital où l'attendaient ses blessés. Vanessa appelait Agustin pour regarder ensemble, sur la carte, les progrès des franquistes. Atalanta et les deux jumeaux partaient se promener dans Barcelone comme ils l'auraient fait dans Hyde Park ou dans Central Park ou le long de l'allée du Bois, à Paris. Carlos et l'ancien Kid allaient rejoindre leurs sections, leurs centres de commandement, leurs feuilles de propagande et leurs querelles internes : elles faisaient souvent verser un sang qui venait grossir le flot qui coulait sur le front, face aux nationalistes ardemment espérés et attendus par la Walkyrie blonde et par le champion automobile en vacances – ou peut-être, depuis le temps, en rupture de contrat.

Les jours passaient. Les nuits aussi. Les nouvelles du front étaient mauvaises. Elles enchantaient Agustin et Vanessa qui les commentaient avec gourmandise. Un soir, Carlos, en rentrant à la maison, trouva Vanessa en train de coudre des morceaux d'étoffe rouge et jaune pour faire un drapeau monarchiste. Carlos, pour la première fois, car il était d'ordinaire très calme et très tolérant avec Agustin et Vanessa, entra dans une colère épouvantable et brûla le drapeau.

– Il a mis le feu aux moissons dorées de l'Espagne, se plaignit Vanessa, et à notre soleil levant.

– Une ordure de sang et de pus, oui, gronda Carlos Romero.

Il fallait songer au retour. Carlos et Simon insistaient beaucoup pour que Jessica quittât enfin Barcelone et repartît avec ses sœurs. Elle ne voulait pas. Elle s'obstinait :

– Je suis venue avec Carlos. Je resterai avec Carlos.

Carlos s'agaçait. Est-ce que Barcelone sur le point de tomber était une place pour une jeune fille qui n'avait pas vingt ans ? Il était grand temps pour elle de retourner à Glangowness et de retrouver les siens. Bien sûr. Je comprenais Carlos. Je le comprenais d'autant mieux que je voyais obscurément se dessiner quelque chose d'imprévu que j'attendais depuis longtemps : Carlos, comme tous les hommes, regardait Pandora et Pandora, incorrigible, levait les yeux sur Carlos.

Beaucoup des histoires que j'ai rapportées m'avaient été racontées par l'une ou l'autre des sœurs O'Shaughnessy. Jamais Pandora ne m'a dit un seul mot de ses sentiments pour Carlos. Je voyais simplement ce qui se passait autour de moi : Agustin s'occupait de Vanessa. Les deux jumeaux entouraient Atalanta. Carlos Romero regardait Pandora. Deux ou trois fois, je surpris non seulement les regards de Pandora et de Carlos en train de se croiser, mais le regard de Jessica en train d'apercevoir ce que j'avais déjà aperçu. Tout s'écroulait. La République espagnole et l'ordre du Royal Secret. Le vent du soir soufflait fort.

Simon Finkelstein s'amusait prodigieusement. Il

n'avait pas été le dernier à remarquer ce qui se passait. J'eus le sentiment très net – mais peut-être me trompais- je ? peut-être étais-je le jouet de mes propres fantasmes et de mes hallucinations ? – qu'il poussait Carlos dans les bras de Pandora. Jessica me faisait pitié. Elle ouvrait sur les désastres de l'histoire et de la vie ses grands yeux bleus étonnés sous ses cheveux très noirs.

Un télégramme arrivait, suivi bientôt d'un autre. Le premier était signé de Brian, le second de Sir Winston. Ils invitaient les quatre sœurs à rentrer d'urgence au bercail. Actionné par Churchill et par les O'Shaughnessy, le consul général d'Angleterre à Barcelone se mit en rapport avec nous. Il nous laissa à peine le choix et nous pria de déguerpir dans les délais les plus brefs.

– Je reste, lui dit Jessica, sur le ton le plus doux.

Le gouvernement, le Parlement et la Couronne britanniques ne pouvaient que s'incliner devant tant de résolution. Jessica restait. Mais les trois autres sœurs, qui étaient arrivées récemment, durent s'engager à quitter Barcelone dans les quarante-huit heures. Nous n'avions pas fait vœu, après tout, de mourir pour Negrin, pour Azaña, pour le légendaire et fascinant Buenaventura Durruti, cheminot de León, anarchiste, assassin de l'archevêque de Saragosse, instigateur de plusieurs attaques contre l'or de la Banque d'Espagne, condamné à mort dans quatre pays à la grande satisfaction des communistes et d'Ilya Ehrenburg – et qui n'était d'ailleurs déjà plus de ce monde. Nous étions venus voir Jessica et tenir avec elle une réunion flamboyante et quasi clandestine de l'ordre du Royal Secret. C'était un goûter de famille, peut-être un peu agité, et il avait eu lieu. Le temps était venu de prendre congé et de rentrer chacun chez soi.

Il y eut une dernière nuit après un dernier souper. Ce fut la nuit de Barcelone. Nous avions loué une petite salle dans un arrière-café, non loin du port. Elle ne rappelait que de loin les splendeurs de Glangowness et de la cour d'Angleterre. Mais, à la veille de nous séparer et de nous éparpiller de nouveau à travers le vaste monde, nous étions là tous les dix : c'était assez pour nous remplir de ce mélange de bonheur et de mélancolie, si propre à tous les Wronski.

Je revois la scène et les acteurs. Pandora était assise entre Carlos et Simon. Jessica s'était installée à la gauche de Carlos. J'étais moi-même, je me souviens, entre Jessica et Vanessa : à ma droite, le marxisme et la révolution; à ma gauche, le fascisme et le nationalisme. De l'autre côté de Vanessa, il y avait Agustin. Et puis les deux jumeaux qui encadraient Atalanta. Je regardais de tous mes yeux ce monde entier autour de moi. A une ou deux exceptions près, Pandora, je le crains, avait couché avec tous les hommes qui figuraient autour de notre table. Jessica souffrait le martyre parce que tout ce qui se passait autour d'elle résonnait dans son cœur qui était tendre et pur. Peut-être moins belle que ses sœurs avec ses gestes brusques et son visage allongé, Vanessa était la vie même. Il y avait en elle quelque chose de solaire, d'implacable et d'innocent. Atalanta régnait puisqu'elle était une des quatre sœurs – la plus calme, la plus sereine, la plus secrète, celle qui admirait les autres, mais qui les jugeait aussi. Je crois qu'aucun des six hommes réunis dans l'arrière-salle de ce café catalan vers la fin de la guerre civile ne pouvait rester indifférent à l'atmosphère de grâce, de beauté, presque de grandeur, que répandaient autour d'elles, par le seul éclat de leur présence, les quatre sœurs O'Shaughnessy.

Les six hommes de l'arrière-salle étaient aussi divisés entre eux que les quatre femmes étaient unies. Ils étaient d'abord séparés par quelque chose de plus fort encore que l'amour ou que l'intérêt : la passion politique. Trois d'entre eux surtout – Carlos, Simon, Agustin – se faisaient une idée de la société à laquelle ils tenaient avec tant d'obstination que chacun d'entre eux aurait accepté de mourir, sans le moindre murmure, pour la voir triompher. Agustin croyait à l'ordre, à la patrie, à une certaine hiérarchie des sentiments et des êtres. Il aimait le succès et la force. Il haïssait le désordre, la veulerie, la confusion des valeurs et des catégories. Le fascisme lui avait paru balayer tout ce qu'il y avait de mou et d'incertain dans une démocratie et un libéralisme où il ne voyait que des symptômes de lâcheté, d'incohérence, de ralliement à toutes les bassesses des intérêts divergents. Il ne doutait pas un seul instant de la victoire finale de Hitler, de Mussolini, de Franco, de Salazar et de ces militaires japonais, descendants des samouraïs, qu'il admirait plus que personne.

Carlos et Simon avaient quelque chose de plus abstrait. Ils étaient plus intelligents qu'Agustin. Ils jouaient avec les idées et le monde était leur aventure. Ils savaient l'un et l'autre qu'il n'y a rien d'immuable sous le soleil et que tout change constamment. Ils détestaient la force dont ils ne cessaient de se servir. Je ne sais pas avec certitude s'ils pensaient que le peuple a toujours raison. Mais ils croyaient, à la façon de Paco Rivera, que le bien allait sortir du mal et la liberté de la servitude.

Ce qu'il y avait de plus étrange, ce soir-là, dans la petite salle où se tenait notre dernière réunion, c'était le désaccord, non plus seulement, bien sûr, entre Agustin et les autres, mais entre Carlos et

Simon. J'avais mis du temps à comprendre ce qui les séparait. Après tout, ils étaient tous les deux dans le même camp, celui des ennemis d'Agustin et de Vanessa. Tout à coup, l'hostilité qui les opposait l'un à l'autre me frappa avec évidence. Peut-être, obscurément, était-elle due d'abord à Jessica et aux liens inextricables qui s'étaient noués entre eux trois. Elle s'exprimait en tout cas sous des espèces politiques. Pour dire les choses très en gros et ne pas entrer dans des détails qui nous entraîneraient bien trop loin de l'ordre du Royal Secret et des Altesses du placard, Carlos était communiste et Simon se situait quelque part entre le POUM et les anarchistes. Je comprenais soudain qu'ils étaient prêts à se haïr.

Tous les amis *poumistas* de Simon Finkelstein – le principal s'appelait Andrés Nin – avaient été arrêtés et exécutés par les communistes. Pour compliquer un peu plus une situation déjà presque insaisissable, les relations étaient médiocres entre le POUM et les anarchistes. Communistes, *poumistas*, anarchistes s'accusaient mutuellement de trahison et de défaitisme. Carlos voyait dans le POUM et dans les anarchistes des alliés conscients ou inconscients de Franco. Simon en était venu à mettre dans le même sac le totalitarisme nationaliste et le totalitarisme stalinien. Chacun reprochait à l'autre de faire le jeu de l'ennemi. « Vaincre ou mourir », disait Simon. Et Carlos ricanait : « Les anarchistes n'ont pas su vaincre et ils n'en sont pas morts. »

Je sentais Jessica, à côté de moi, crucifiée et déchirée par tout ce qui se passait autour d'elle d'incompréhensible et de trouble. La République tombait. Les vaincus se déchiraient. L'amour s'obscurcissait. C'en était trop. Elle était une petite âme assoiffée d'absolu qui s'était donnée tout entière à un mélange de passion et de révolution.

Tout explosait. Carlos la partageait avec Simon Finkelstein et se séparait de lui dans l'action et dans la lutte. C'est le contraire, précisément, qu'elle avait tant espéré. Pendant tout le dîner, je la sentis au bord des larmes.

Les toasts se succédaient. Agustin buvait à l'Espagne unie, grande, libre et debout. Simon Finkelstein levait son verre à la révolution. Carlos se dressait tout à coup et disait d'une voix blanche que la guerre l'emportait en urgence sur la révolution et qu'il s'agissait d'abord de vaincre. Pandora faisait le tour de la table et embrassait ses trois sœurs avec des larmes dans les yeux. Elle se tournait vers moi :

– Il faudra que tu racontes un jour que nous avons été les victimes de nos passions et de nos rêves et que le vent qui soufflait sur nous tous ne nous a pas fait plier.

– Je te le promets, dis-je en buvant d'un coup tout ce qui restait dans mon verre.

Le dîner des Altesses s'achevait dans la tristesse, dans la gaieté, dans une extrême confusion.

– Le monde est trop compliqué, me disait Vanessa qui était ivre morte. Je veux du soleil et des hommes qui sachent mourir proprement.

Atalanta, suprême, menait avec les deux jumeaux une conversation souriante. Elle avait, elle aussi, bu un peu plus que de raison. Elle n'en laissait rien paraître et discutait de Verdi avec Javier et Luis Miguel qui lui baisait la main. Je laissai tomber une fourchette. En me baissant pour la ramasser, j'aperçus, sous la table, la jambe de Carlos contre la jambe de Pandora.

Je me levai à mon tour.

– Je bois, dis-je très lentement, à la mémoire de Marie Wronski et de son fils Nicolas, disparu dans les neiges du côté de Moukden. La vie est une merde. Vive la vie !

Tout le monde se leva.

– Vive la vie!

– Et vive la mort! dit Vanessa.

– Vive la mort! dit Agustin.

– Vive la mort! répéta Simon.

– Imbéciles! dit Carlos en haussant les épaules.

– *Wie es auch sei,* dis-je avec un peu de grandiloquence et d'affectation pédante, *wie es auch sei, das Leben ist gut.*

– Qu'est-ce que ça veut dire? demanda Jessica.

– Que tout est bien, dis-je d'un air sinistre.

– Tout est bien, dit Jessica.

Nous bûmes encore beaucoup. Pas mal de choses manquaient dans Barcelone assiégée : le pain, la viande, la paix, la concorde, l'espérance. Le vin ne manquait pas.

– Ce qu'il y a, dit Pandora, c'est que nous nous aimons encore quand nous ne nous aimons plus.

Je me tournai vers Jessica.

– Es-tu heureuse, lui demandai-je, ou plutôt malheureuse?

– Très heureuse, me dit-elle, puisque nous nous aimons.

Je me surpris à penser qu'il était parfois pire d'être heureux.

Nous nous levions.

Le café de Barcelone se mettait à ressembler à une espèce de hall de gare. Tout le monde faisait ses adieux. Agustin serrait la main à Carlos et à Simon. Pandora, une nouvelle fois, embrassait Jessica.

– La vie est une fête en larmes, dis-je aux deux sœurs enlacées.

Nous sortions dans la nuit. Barcelone était vide. On entendait au loin des rumeurs de moteurs et des détonations. Agustin et Vanessa entonnèrent en sourdine l'hymne de la Phalange :

Cara al sol con la camisa nueva
Que tu bordaste de rojo ayer...

Carlos et Simon, pour une rare fois d'accord, répondirent, le poing levé, par le fameux *Hijos del Pueblo* :

Fils du Peuple, secoue tes chaînes,
Ton sort injuste ne peut se prolonger !
Si la vie est un monde de souffrances inhumaines,
Mieux vaut mourir que vivre prisonnier !

Carlos Romero prit le bras de Pandora, Luis Miguel celui d'Atalanta et tout le cortège de l'ordre du Royal Secret se dirigea, du pas le plus bourgeois, vers la maison où, pour la dernière nuit, nous devions tous dormir.

Jessica était restée un peu en arrière avec moi. Je l'entendis murmurer à mi-voix un petit poème de Toulet que je lui avais appris :

Et grave ces mots sur le sable :
Le rêve de l'homme est semblable
Aux illusions de la mer.

C'est cette nuit-là que Jessica, qui n'avait jamais été raisonnable, absorba des somnifères en nombre exagéré. Vanessa dormait avec elle et comprit la première que Jessica était en train de mourir dans le petit matin. Aux cris poussés par Vanessa, nous étions tous accourus. Pandora et ses deux sœurs nous firent sortir aussitôt. Simon alla chercher un médecin, qui arriva trop tard. Quand tout fut fini, Pandora me raconta que Jessica était morte très vite – et sans doute d'autre chose. Elle avait toujours eu le cœur très fragile : il avait fini par céder. Elle ne reprit vaguement connaissance que pour murmurer deux pauvres phrases. La première était déchirante – pour Pandora surtout : « J'étais si heureuse avec vous. » La deuxième, à peine audible, était peut-être encore pire : « Vous aurez pour moi les enfants que je n'ai pas pu avoir. »

Le visage de Jessica resta très pur jusqu'au bout. Peut-être, en effet, était-elle morte heureuse. Peut-être était-elle morte parce que, pour quelques instants, avec ses sœurs retrouvées, elle avait été heureuse. Il n'est pas impossible que sa mort ait été plus calme que sa vie. Pandora, en tout cas, ne put jamais me rapporter les dernières paroles de sa sœur sans être secouée de torrents de larmes qui me brisaient deux fois le cœur. Pour Jessica d'abord. Pour Pandora ensuite.

Nous nous réunissions tous une dernière fois autour du lit où Jessica venait de mourir. Je regardais ses cheveux très noirs où brillaient deux fils blancs, son visage si fin et si doux, cette beauté du diable qui avait quelque chose d'angélique. Mais je ne vis plus ses yeux bleus. On ne regarde jamais assez ceux qu'on aime. Et on ne les aime jamais assez. Carlos, très pâle, ne disait pas un mot. Vanessa pleurait à chaudes larmes. Atalanta s'était agenouillée pour prier devant le corps de sa sœur. Pandora me demanda de sortir un instant avec elle. Elle s'écroula dans mes bras. Il me semblait que mon sort avait toujours été, et serait sans doute toujours, de la serrer contre moi quand elle était malheureuse.

Le consul général d'Angleterre à Barcelone a tenu une place modeste dans l'histoire de la guerre civile. Il a joué un rôle dans la chronique de l'ordre du Royal Secret. Quelques jours à peine avant la chute de la ville, il s'arrangea pour que le corps de Jessica O'Shaughnessy pût partir avec nous. Carlos et Simon restèrent sur place avant de disparaître :

la révolution s'en allait. Facilité par les autorités britanniques, espagnoles et françaises, notre voyage de retour fut plus calme que notre voyage d'aller. Brian et Hélène nous attendaient à Paris. L'enterrement de Jessica se déroula à Glangowness. Le chagrin de miss Prism faisait peine à voir. Geoffrey Lennon fut parfait comme toujours. Thomas K. Gordon avait réapparu aussi mystérieusement qu'il avait disparu. Aureliano Romero, qui se débattait contre la mort dans une clinique de Buenos Aires, avait envoyé un télégramme. Mon grand-père était là. Winston Churchill aussi. Il me dit qu'il était beau et triste de voir une enfant de vingt ans mourir pour ses idées.

Je me promenai à nouveau dans les allées de Glangowness. Avec les quatre sœurs O'Shaughnessy qui n'étaient plus que trois. Avec la pauvre miss Prism dont elles avaient été les idoles et qui avait été leur victime. Avec leur père, effondré. Avec leur mère qui, d'un seul coup, était devenue une vieille dame, plus âgée peut-être que le souvenir que je gardais dans mon cœur de la comtesse Wronski.

– J'avais quatre filles..., me disait-elle avant de fondre en larmes.

Je la consolais de mon mieux. Je l'assurais que Jessica était morte heureuse. Je n'ajoutais pas que sa vie avait été cruelle.

– Et maintenant..., murmurait Hélène.

Les sanglots l'empêchaient de poursuivre. Elle s'appuyait sur mon bras.

Elles avaient été quatre. Et je les avais aimées toutes les quatre. Mais le monde est ainsi fait que nous n'arrêtons pas de mourir. Et que, pour un moment au moins, nous continuons à vivre avant de mourir à notre tour et de refiler à d'autres nos passions et nos rêves. La mort passe son temps à l'emporter sur la vie. Et la vie, sur la mort. Il restait encore trois sœurs, trois élèves de miss Prism, trois petites-filles de Nicolas, trois arrière-petites-filles de la comtesse Wronski. Je prévoyais que leurs aventures n'avaient pas fini de m'occuper.

Le troisième et dernier volume du *Vent du soir*
est paru sous le titre :
Le Bonheur à San Miniato.

Notes biographiques sur les principaux personnages

AUDEN (W.H.) : Poète anglais. Donne à Pandora des lettres de recommandation pour des amis espagnols.

AURIC (Georges) : Musicien français. S'entretient au Bœuf sur le toit avec Pandora, Agustin et le narrateur.

BADOGLIO (Pietro) : Maréchal italien. Vice-roi d'Ethiopie. Son état-major est mitraillé par Carlos Romero et Simon Finkelstein à bord de la *Reine-de-Saba*. Assiste, avec Agustin, Javier et le narrateur, à une réception donnée, place de Venise, par Benito Mussolini.

BALDWIN (Stanley) : Homme politique anglais. Premier ministre conservateur. Assiste à une représentation du *Nabucco* de Verdi.

BARTHOU (Louis) : Homme politique français. Ministre des Affaires étrangères. Reçu par les Romero à l'ambassade d'Argentine à Londres. Assassiné à Marseille.

BASSETT (Percy) : Fils d'une sœur cadette de Sean O'Shaughnessy. Cousin de Brian. Riche. Bien physiquement. Eton. Oxford (Corpus Christi College).

Fiancé de Pandora. Rupture. Assiste à Glangowness au mariage de Pandora avec Thomas K. Gordon.

BEAUMONT (Etienne de) : Oncle du narrateur. Très élégant. Au courant des arts et de la littérature. Invite le narrateur à lire *Gatbsy le Magnifique.*

BERGMAN (Ingrid) : Actrice suédoise. A des traits de Jessica dans *Pour qui sonne le glas.*

BLUM (Léon) : Homme politique français. Socialiste. Brian O'Shaughnessy le connaît et l'apprécie. Ressemble en même temps à un prince et à un lévrier afghan au cours d'une manifestation des intellectuels antifascistes à laquelle assistent Carlos et le narrateur.

BOGART (Humphrey) : Acteur américain. Ami de Pandora.

BORGES (José Luis) : Ecrivain argentin. Auteur de *La Loterie de Babylone.*

BRASILLACH (Robert) : Ecrivain français. Fasciste. Auteur de *Comme le temps passe* et de *Poèmes de Fresnes.* Fusillé.

BROOKS (W. C.) : Célèbre helléniste et mythologue. Disciple de Renan et de Marx. Partisan de Dreyfus et d'Oscar Wilde. Enseigne à Oxford (Corpus Christi) et à Cambridge (Trinity). Exerce, entre autres, une influence décisive sur Burgess, Philby, Anthony Blunt et Carlos Romero.

CALVO SOTELO (José) : Homme politique espagnol. Monarchiste. Son assassinat par Simon Finkelstein déclenche le soulèvement nationaliste.

CAMPBELL (Malcolm) : Coureur automobile. Ami d'Agustin Romero. Bat des records de vitesse sur l'*Oiseau bleu.*

CAMPESINO (El) : Communiste espagnol. Fait fusiller à

Barcelone des miliciennes soupçonnées de contaminer ses hommes.

CARPACCIO (Vittore) : Peintre vénitien de génie. Auteur de la *Légende de sainte Ursule* et de *Saint Georges et le dragon.* Admiré par Marie Wronski. N'intéresse pas vraiment Simon Finkelstein.

CHAMBERLAIN (Arthur Neville) : Homme politique anglais. Porte un parapluie. Premier ministre.

CHANEL (Coco) : Couturière française. Reçue par les Romero à l'ambassade d'Argentine à Londres. Habille Pandora et Atalanta.

CHAPLIN (Charles) : Acteur de cinéma. Salue la foule du haut du balcon de l'hôtel Crillon à Paris.

CHEVALIER (Maurice) : Chanteur français. Reçu par les Romero à l'ambassade d'Argentine à Londres.

CHIRON (Louis) : Coureur automobile français. Ami d'Agustin et de Pandora.

CHURCHILL (Sir Winston) : Ami de Brian et de tous les O'Shaughnessy. Enchanté par les quatre sœurs. Réclame un dictionnaire anglais-Wronski et Wronski-anglais. Assiste au mariage de Pandora. Fait pleurer Jessica. La console avec élégance. L'invite à déjeuner avec Geoffrey Lennon et Carlos Romero. S'intéresse à la carrière de Geoffrey Lennon. Navré de la rupture entre Geoffrey et Jessica. Assiste au baptême du jeune Francis. S'inquiète auprès du narrateur des amours de Vanessa. Le charge de la surveiller. Réprouve la réunion des quatre sœurs à Barcelone. Agit sur le consul général d'Angleterre à Barcelone. Assiste à Glangowness à l'enterrement de Jessica. Libéral, puis conservateur. Premier lord de l'Amirauté. Ministre de la Guerre. Chancelier de l'Echiquier. Premier ministre. Le plus grand homme de son temps.

COCTEAU (Jean) : Ecrivain français. Auteur du *Grand*

Ecart et de *Thomas l'Imposteur*. Lu et admiré à Glangowness par Javier Romero.

CONEJEDO (le père) : Installe un poste de TSF devant le tabernacle de l'église du Sacré-Cœur à New York.

COOPER (Gary) : Acteur américain. Sort avec Pandora.

COSSIGNY (Marie de) : Voir WRONSKI (comtesse).

CRISTINA ISABEL : Fille de Pericles Augusto et de Florinda. Epouse Jérémie Finkelstein. Mère de Rosita Romero et de Simon Finkelstein.

CONNOLY (Cyril) : Ecrivain anglais. Donne à Pandora des lettres de recommandation pour l'Espagne.

D'ACOSTA ou DA COSTA : Commendatore (ou avvocato ?) marron. Transmet à Agustin un message obscur et transparent de Sant'Archangelo.

DALADIER (Edouard) : Homme politique français. Radical. Le taureau du Vaucluse. Signe l'accord de Munich.

DE BONO (Emilio) : Maréchal et homme politique italien. Ministre d'Etat. Membre du Grand Conseil fasciste. Assiste à une réception donnée par Mussolini au palais de Venise. Exécuté.

DIEU : Permet tout ça. Mais ne dort que d'un œil.

DOLLFUSS (Engelbert) : Homme d'Etat autrichien. Assassiné par les nazis.

DOS PASSOS (John) : Ecrivain américain. Se lie avec Carlos Romero et Simon Finkelstein en Ethiopie.

DOSTOÏEVSKI (Fiodor Mikhaïlovitch). : Ecrivain russe. Agace Pandora pour des raisons de concurrence.

DOUCET (Jacques) : Couturier et mécène français. Détrôné par Paul Poiret. Le narrateur s'imagine, à tort, l'avoir rencontré au Bœuf sur le toit.

DURRUTI (Buenaventura) : Anarchiste espagnol. Cheminot. Participe à l'assassinat de l'archevêque de Saragosse. Attaque la Banque d'Espagne. Entre dans la légende.

EINSTEIN (Albert) : Physicien. Transforme l'image de l'univers. Reçu par les Romero à l'ambassade d'Argentine à Londres.

FARINACCI (Roberto) : Secrétaire général du parti fasciste. Membre du Grand Conseil fasciste. Assiste à une réception donnée par Mussolini au palais de Venise à Rome. Exécuté.

FINKELSTEIN (Jérémie) : Fils d'un rabbin polonais. Entretient une liaison avec la femme du chef de la police de Lublin. Part pour Varsovie, Berlin, Paris, Londres et New York. Brillante carrière de syndicaliste marxiste et de capitaliste. Epouse à Bahia Cristina Isabel. Père de Rosita et de Simon. Désespéré par l'enlèvement de Simon. Echange une correspondance avec l'aîné de ses petits-fils. Le reçoit en Virginie. Apprend de la bouche d'Edgar Hoover que son fils Simon est vivant. Tombe dans les bras de son fils en Angleterre. Impressionné par Pandora O'Shaughnessy qui lui trouve une ressemblance avec Disraeli. Lié avec Winston Churchill qui l'appelle Benjamin. Meurt dans les bras de sa fille Rosita et de son petit-fils Carlos en évoquant le chapeau aux plumes verte et bleue de la Putiphar de Lublin.

FINKELSTEIN (Cristina Isabel) : Voir CRISTINA ISABEL.

FINKELSTEIN (Simon) : Fils des précédents. Enlevé. Reparaît au Mexique aux côtés de Paco Rivera. Appelé *le Kid*. Participe, dans le camp d'Emiliano Zapata et de Pancho Villa, à des opérations à mi-chemin de la révolution sociale et du grand banditisme. Se réfugie aux Etats-Unis après la victoire de Madero. Se bat sur la Somme aux côtés de Brian O'Shaughnessy. Invité à Glangowness. Recommandé par Brian à Agustin Romero. Visite Naples et la Sicile en compagnie d'Agustin. Rencontre Zero Sant'Archangelo à Reggio de Calabre. Présenté par Agustin à Carlos Romero. Découvre avec amusement sa parenté avec les Finkelstein et avec les Romero. Fait la connaissance de son père. Entretient plusieurs liaisons. Visite Venise avec Ingrid. Tombe sur le *gruppetto.* Invité à la Giudecca par la comtesse Wronski à qui il plaît beaucoup. Enlève Pandora. Retrouvé à Capri par Agustin et le narrateur. Visite Rome et Florence avec Pandora accablée. La quitte à Paris. Conseiller militaire du négus pendant la guerre d'Ethiopie. Pilote la *Reine-de-Saba* avec Carlos Romero. Mitraille l'état-major du maréchal Badoglio. Garde des liens avec Rivera. Reçu à Moscou par Vychinski et par Gromyko. Suspecté de participation à l'assassinat de Calvo Sotelo et au sabotage de l'avion du général Sanjurjo. Prend part à la guerre d'Espagne du côté républicain. Noue des relations étroites avec le POUM et avec les anarchistes. Agent de Moscou ? Dîne à l'hôtel Cólon, à Barcelone, avec Malraux, Hemingway et Kessel. Travaille au rapprochement entre Tchang Kaï-chek et Mao Tsé-toung. Rencontre le narrateur à Londres et lui parle à mots couverts de ses liens avec Jessica. Accueille à Barcelone l'ordre du Royal Secret. Sa responsabilité indirecte dans la mort de Jessica.

FITZGERALD (Francis Scott) : Ecrivain américain. Auteur de *Gatsby le Magnifique* et de *Tendre est la nuit.* Mari de Zelda. Amant de Pandora. Père présumé de Francis T. Gordon. Retrouve Pandora à Beverly Hills. Ses relations avec Hemingway. Souvenirs de la vie à Paris et sur la Côte d'Azur au début des années trente. La scène du Jardin d'Allah.

FITZGERALD (Zelda) : Femme du précédent. Mène une vie brillante avec lui en Amérique et en Europe. Alcoolique. Schizophrène. Internée. Brûlée vive.

FLORINDA : Ancienne esclave noire de Bahia. Epouse Pericles Augusto. Mère de Cristina Isabel.

FRANCO BAHAMONDE (Francisco) : Général et homme d'Etat espagnol. Chef des nationalistes pendant la guerre civile. *Caudillo.* Reçoit Vanessa à Burgos.

FREUD (docteur Sigmund) : Médecin viennois. Transforme, avec Darwin, Marx, Einstein, Picasso et quelques autres, l'image du monde moderne.

GABRIELLA : Fille du consul général d'Italie à Pékin à l'époque de la guerre des Boxers. Dernier amour de Nicolas. Se fait tuer pour lui par un grand Chinois vêtu de noir.

GALLIMARD (Gaston) : Editeur français. Fréquente le Bœuf sur le toit.

GAULLE (général Charles de) : Admirateur de Pandora. Libérateur de la France.

GIDE (André) : Ecrivain français. Prend part à la réunion d'intellectuels antifascistes à laquelle assistent Carlos Romero et le narrateur.

GIONO (Jean) : Ecrivain français. Pacifiste. Auteur de *Que ma joie demeure,* du *Hussard sur le toit* et du *Refus d'obéissance.*

GIRAUDOUX (Jean) : Ecrivain français de la douceur précieuse de vivre. Auteur de *Siegfried et le Limousin* et de *La guerre de Troie n'aura pas lieu.*

GOEBBELS (Joseph-Paul) : Homme politique allemand. Ministre de la Propagande et de l'Information. Successeur désigné de Hitler. Suicide.

GOERING (Hermann) : Maréchal et homme politique allemand. Successeur désigné de Hitler. Suicide.

GONZALES : Peintre mexicain. Ami de Pandora à New York.

GORDON (Thomas K.) : Apparenté aux Mellon et aux Vanderbilt. Arrive dans le port de Castellorizo avec un bateau époustouflant. Néglige Pandora. L'épouse. Divorce. Assiste à Glangowness à l'enterrement de Jessica.

GORDON (Francis T.) Fils de Pandora et (peut-être ?) de Scott Fitzgerald.

GRAZIANI (Rodolfo) : Maréchal italien. Vice-roi d'Ethiopie. Assiste avec Agustin, Javier et le narrateur, à la réception donnée, place de Venise, par Benito Mussolini.

GROMYKO (Andrei Andreievitch) : Homme politique soviétique. Ministre des Affaires étrangères. Reçoit Simon Finkelstein.

HAILÉ SÉLASSIÉ Ier : Empereur d'Ethiopie. Compte Simon Finkelstein et Carlos Romero parmi ses conseillers. Battu par les Italiens. Assassiné par des partisans du colonel Mengistu.

HEMINGWAY (Ernest) : Ecrivain américain. Auteur notamment de : *Le soleil se lève aussi, Les Neiges du Kilimandjaro, Pour qui sonne le glas*. Protégé à ses débuts par Scott Fitzgerald. Première rencontre avec lui au Dingo, rue Delambre. Relations ambiguës entre les deux écrivains. Examen du membre viril de Fitzgerald dans les toilettes du restaurant Michaud. Expédition au Louvre. Rattrape Pandora en train de se jeter dans le vide. Dîne avec Malraux et Kessel au Grand Hôtel Colón à Barcelone. Est frappé par Jessica. Déclare à Pandora qu'il fera figurer Jessica dans un de ses romans. Scène déplaisante avec Fitzgerald au bord de la piscine du Jardin d'Allah.

HERBIGNAC (Hortense) : Maîtresse de Piotr Vassilievitch

Wronski à Vienne. Sa dernière lettre à Marie de Cossigny est jetée au feu par Pandora.

HESS (Rudolf) : Né à Alexandrie, en Egypte. Lieutenant de Hitler. Présenté à Vanessa O'Shaughnessy par Heinrich von Tipnitz. Déjeune avec elle au *Vier Jahreszeiten* à Munich. Se promène avec elle sur les bords du Tegernsee. L'embrasse. Lui écrit une lettre confidentielle. Fait passer le jeune Tipnitz du camp des *SA* à celui des *SS*. Devient l'amant de Vanessa à Berlin. Soupe avec elle à Vienne le soir de l'Anschluss. L'emmène à Rome et à Burgos.

HILDITCH AND KEY : Chemisier à Londres et à Paris. Fréquenté par le narrateur.

HIMMLER (Heinrich) : Homme politique allemand. Chef de la Gestapo. Ministre de l'Intérieur. Suicide.

HINDENBURG (Paul VON BENECKENDORFF und VON) : Maréchal allemand. Vainqueur à Tannenberg. Président du Reich. Appelle Adolf Hitler à la Chancellerie.

HITLER (Adolf) : Homme d'Etat allemand. Chef du parti national-socialiste. Chancelier du Reich. *Führer*. Admiré par Vanessa. Suicide.

HORE-BELISHA (Leslie, baron) : Homme politique anglais. Consomme des harengs à une table voisine de celle du narrateur.

HOOVER (Edgar) : Chef du Federal Bureau of Investigation (FBI). Annonce à Jérémie Finkelstein que son fils est vivant.

INGRID : Maîtresse allemande de Simon Finkelstein. Plaquée à Venise pour Pandora.

KESSEL (Jef) : Ecrivain français. Dîne au Grand Hôtel Colón, à Barcelone, avec Malraux et Hemingway. Brise quelques verres en l'honneur de Jessica.

KETTY (Rina) : Chante *Sombreros et mantilles* et *J'attendrai.*

KID (le) : Voir FINKELSTEIN (Simon).

KITCHENER (Herbert, lord) : Maréchal britannique. Ami de Brian O'Shaughnessy. Vainqueur du Mahdi à Omdurman (Khartoum). Vainqueur des Boers. Armée des Indes. Résident général en Egypte. Ministre de la Guerre. Son navire est torpillé au large des Orcades. Soupçonné d'homosexualité par Pandora, à la stupeur de Winston Churchill.

LANDSDOWN : Titre des McNeill. Le VIIIe lord Landsdown épouse en secondes noces la rani Prianti. Habite le château de Glangowness. A la mort de son fils, son arrière-petit-fils, Brian O'Shaughnessy, est autorisé par George V à relever le titre des Landsdown. Voir O'SHAUGHNESSY (Brian).

LANVIN (Jeanne) : Couturière française. Habille Pandora.

LENNON (Geoffrey) : Député conservateur. Amoureux de Jessica. Va déjeuner avec elle chez Winston Churchill. L'épouse. Divorce. Epouse sa sœur, Atalanta. Se prépare à une grande carrière avec l'aide de Winston Churchill.

LUBITSCH (Ernst) : Cinéaste américain. D'origine allemande. Auteur de plusieurs chefs-d'œuvre. Epaté par Pandora à Hollywood.

LYAUTEY (Louis-Hubert) : Maréchal de France. Ministre de la Guerre. Aussi étrange que cela puisse paraître, fréquente le Bœuf sur le toit.

MAGINOT (André) : Homme politique français. Ministre de la Guerre. Auteur d'une ligne. Symbole d'une époque.

MALRAUX (André) : Ecrivain français. Ministre. Parle

très vite, très brillamment et avec quelques tics à la réunion des intellectuels antifascistes à laquelle assistent Carlos Romero et le narrateur. Dîne au Grand Hôtel Colón à Barcelone avec Hemingway et Kessel. Parle à Jessica du film qu'il est en train de tirer de *L'Espoir*.

MANKIEWICZ (Joseph) : Metteur en scène américain. Se prend volontiers pour Shakespeare. A des mots durs pour Fitzgerald. Donne le nom de Pandora à l'héroïne de son film *The Flying Dutchman*.

MAO TSÉ-TOUNG : Homme d'Etat chinois. Chef du parti communiste. Contraint à la Longue Marche par Tchang Kaï-chek. Se réconcilie temporairement avec lui sur les conseils de Simon Finkelstein.

MARX (Karl) : Philosophe et économiste allemand. Auteur du *Capital* et du *Manifeste du parti communiste*. Lu et admiré par Paco Rivera, par Simon Finkelstein, par W.C. Brooks, par Carlos Romero. Son ombre s'étend sur l'URSS, sur la Chine, sur Oxford et Cambridge, sur Glangowness, sur l'Espagne républicaine et sur le siècle.

MARX (Groucho) : Sans parenté avec le précédent. Acteur comique américain. Vedette d'*Un jour aux courses*, d'*Une nuit à l'Opéra*, de *La Soupe au canard*. S'entretient avec Pandora au Jardin d'Allah.

MAUREEN : Fille naturelle de Brenton O'Shaughnessy. Maîtresse et meurtrière de son demi-frère Kevin.

MILLAN ASTRAY Y TERREROS (José) : Général espagnol. Nationaliste. Manchot. Borgne. Scandalise Unamuno en criant : *Viva la muerte!* dans le *paraninfo* de l'université de Salamanque. Aide Vanessa à se rendre de Burgos à Saragosse.

MONTHERLANT (Henry de) : Ecrivain français. Parle de la morale de midinette.

MORTIMER (Raymond) : Ecrivain et critique anglais. Auteur d'un quatrain satirique sur Geoffrey Lennon et Jessica O'Shaughnessy.

MURPHY (Jimmy) : Coureur automobile américain. Remporte, au lendemain de la Première Guerre, le Grand Prix du Mans devant Agustin Romero.

MUSSOLINI (Benito) : Homme d'Etat italien. Socialiste. Fondateur du parti fasciste. S'empare du pouvoir après la Marche sur Rome. *Duce.* Conquiert l'Ethiopie. Envoie des volontaires à Franco. Apprécie Agustin Romero. S'entretient avec lui et avec le narrateur au palais de Venise. Renversé et arrêté. Délivré par Skorzeny. Exécuté à Dongo. Pendu à un croc de boucher.

NADIA : Fille de Marie de Cossigny et d'un jardinier russe. Tombe amoureuse de son demi-frère Nicolas. Mère d'Hélène O'Shaughnessy. Meurt de chagrin.

NARRATEUR (le) : Appartient à la famille des Plessis-Vaudreuil. Quelconque. Invité à Glangowness. Amoureux en bloc des quatre sœurs O'Shaughnessy. Nourrit une préférence pour Pandora. Invité à Venise par la comtesse Wronski. Accompagne Agustin dans la chasse à Pandora. Les emmène chez Larue et au Bœuf sur le toit. Ramène Pandora à Glangowness. Prend part à la croisière en Grèce. Retrouve Pandora à New York. L'accompagne en Californie. Joue un rôle de saint-bernard. Organise à Barcelone une réunion plénière de l'ordre du Royal Secret. Rédige ses souvenirs sur la terrasse de sa maison, à San Miniato, en Toscane.

NAZIMOVA (Alla) : Vedette du muet. Apparaît encore dans *Arènes sanglantes* aux côtés de Rita Hayworth. Ancienne propriétaire de l'hôtel de Beverly Hills où séjournent Pandora et le narrateur : le Jardin d'Allah.

NICOLAS : fils de Marie Wronski et de Verdi. Enlevé à sa

naissance. Tombe amoureux de Nadia. La quitte. Participe à Pékin à la guerre des Boxers. Echappe au siège de Port-Arthur. Tué à la bataille de Moukden. Père d'Hélène. Hante à titre posthume l'imagination de Pandora.

O'SHAUGHNESSY (Brian) : Compagnon de Kitchener au Soudan, en Afrique du Sud, en Inde, en Egypte. Ami de Winston Churchill. Epouse Hélène Wronski, fille de Nicolas et de Nadia. Autorisé par le roi George V à relever le titre des Landsdown. Emerveillé et épouvanté par les aventures de ses quatre filles.

O'SHAUGHNESSY (Hélène) : Fille de Nicolas et de Nadia. Petite-fille de Marie Wronski. Rencontre à Paris Brian O'Shaughnessy. L'épouse. Quatre filles.

O'SHAUGHNESSY (Pandora) : Fille aînée des précédents. Réunit l'ordre du Royal Secret dans le placard à balais. Découvre peu à peu les aventures de la rani, le suicide du comte Wronski, le terrorisme anti-anglais de l'oncle Edmund O'Shaughnessy, l'existence du lieutenant Turnbull. Impressionnée par la Chambre des lords. Fascinée par les sikhs. Epate successivement Jérémie Finkelstein et Winston Churchill. Se sert, avec ses sœurs, d'un vocabulaire particulier. Le dictionnaire anglais-Wronski et Wronski-anglais. Fiancée à Percy Bassett. Révélations de Brian. Découverte de Nicolas. Rupture avec Percy Bassett. Venise. Part avec Simon Finkelstein. Retrouvée à Capri par Agustin et le narrateur. Promenades dans Rome et dans Florence avec Simon Finkelstein. Le train vers Paris. Le dîner chez Larue. La soirée au Bœuf sur le toit. Le retour à Glangowness. Ses relations avec Luis Miguel et avec Javier Romero. Croisière en Grèce. Rencontre Thomas K. Gordon à Castellorizo. L'épouse. Mène une vie déréglée à New York. Rencontre avec Ernest Hemingway, avec Scott Fitzgerald. Envoie un télégramme au narrateur. Part avec lui pour Hollywood. Le Jardin d'Allah. Naissance et baptême de Francis. Est attendue au Havre par le narrateur. Le bar du Ritz. Part avec ses sœurs pour Barcelone. Retrouve Jessica. Fait la connaissance d'Astorga Vayo. Le trouve charmant. Soigne des blessés républicains à l'hôpital de Barcelone. Retrouve Vanessa. Peut-être à cause de la présence de Simon Finkelstein, ne semble pas insensible au charme de Carlos Romero. Désespérée par la mort de Jessica.

O'SHAUGHNESSY (Atalanta) : Deuxième fille de Brian et d'Hélène. Calme, sérieuse, équilibrée. Admire ses sœurs. Epouse Geoffrey Lennon, mari pendant huit jours de sa sœur Jessica. Deux enfants. S'installe à Glangowness. Se promène dans les allées du parc avec le narrateur. L'invite à organiser une réunion plénière de l'ordre du Royal Secret. Part pour Barcelone avec Pandora et le narrateur.

O'SHAUGHNESSY (Vanessa) : Troisième fille de Brian et d'Hélène. Très grande. Très blonde. A l'air d'un cheval échappé. Amie de Renate et de Heinrich von Tipnitz. Invitée dans leur maison de Tutzing, près de Munich. Apparition de Rudolf Hess. Déjeune avec lui au *Vier Jahreszeiten* à Munich. Se promène avec lui sur les bords du Tegernsee. L'embrasse. Prend part avec ses sœurs à la croisière en Grèce. Dîne avec tous les siens dans la taverne Alexis, à Rhodes. Les surprend par le récit de son séjour en Bavière. Entretient une correspondance avec Rudolf Hess. Est amoureuse de lui. Devient sa maîtresse à Berlin. Passe de longs séjours en Allemagne. Inquiète Winston Churchill qui la confie au narrateur au cours d'une promenade à Glangowness. Retrouve le narrateur à la réception donnée par Mussolini au palais de Venise à Rome. Le fait inviter en Allemagne par Rudolf Hess. Participe, en compagnie du narrateur, à l'entrée des troupes allemandes dans Vienne. Avoue au narrateur qu'elle est amoureuse en même temps d'Agustin Romero et de Rudolf Hess. Part pour l'Amérique avec Agustin. Part pour Burgos avec Rudolph Hess. Accompagne un convoi de blessés républicains. Débarque à Barcelone. Ses imprudences de conduite et de langage en compagnie d'Agustin. Comprend la première que sa sœur Jessica est en train de mourir.

O'SHAUGHNESSY (Jessica) : La dernière, la plus fragile, la seule brune des filles de Brian et Hélène. Très douée pour les larmes. S'interroge sur ses privilèges. Participe toute jeune à la croisière en Grèce. S'entend bien avec Carlos. Monte avec lui au sommet de la citadelle de Lindos, à Rhodes. Désapprouve avec violence les sentiments de Vanessa. Manifeste avec la même violence sa solidarité avec ses sœurs. Peinée, puis consolée par Sir Winston Churchill. Fiancée à Geoffrey Lennon. Va déjeuner avec lui chez Winston Churchill. Retrouve Carlos Romero. Comprend qu'elle n'a jamais cessé de l'aimer. Essaie de le garder pour elle seule. Echoue. Epouse Geoffrey Lennon. Le quitte aussitôt pour Carlos. Part avec Carlos pour l'Espagne républicaine. Autorise Atalanta à épouser Geoffrey. Dîne au Grand Hôtel Colón avec Malraux, Hemingway et Kessel. Plaît beaucoup à Hemingway qui se promet de l'introduire dans son prochain roman sur l'Espagne. Nourrit des sentiments ambigus pour Simon Finkelstein. A l'impression que Carlos la jette dans les bras de Simon. Accueille ses sœurs avec joie. S'entretient avec le narrateur. Se sent trahie par l'histoire. Se sent trahie par l'amour. Préfère disparaître. Son cœur cède. Winston Churchill la loue d'avoir voulu mourir pour ses idées.

PECK (Gregory) : Acteur américain. Sort avec Pandora.

PERICLES AUGUSTO : Marchand ambulant d'origine italo-portugaise. Epouse Florinda. Grimpe dans l'échelle sociale. Porte des gilets invraisemblables. Père de Cristina Isabel.

PETACCI (Clara) : Maîtresse de Mussolini. Assiste à la réception du palais de Venise. Exécutée avec le Duce. Pendue à un croc de boucher.

PETIAKOV (colonel) : Russe blanc émigré à New York. A la tête d'un comité pour la libération de l'Ukraine. Familier de Pandora.

PIE XI : Pape. Fait inscrire au Bureau international de Berne la station de radio du Vatican sous le sigle HVJ.

PLESSIS-VAUDREUIL (Sosthène, duc de) : Grand-père du narrateur. Occupe, d'après Atalanta, une place trop importante dans les souvenirs de son petit-fils.

POIRET (Paul) : Couturier et décorateur français.

PRIANTI (rani) : Possède des émeraudes fabuleuses. Fait assassiner par des sikhs la première femme de lord Landsdown. L'épouse. Restaure le château de Glangowness.

PRISM (miss Evangeline) : Gouvernante rousse et anglaise. Passe du service des Romero à celui des O'Shaughnessy. Epouvantée de ce qu'elle apprend. Bousculée par ses filles. Reste fidèle à ses garçons. Assiste à Glangowness à l'enterrement de Jessica.

PROUST (Marcel) : Ecrivain français. Lu et admiré par Javier Romero.

RIBBENTROP (Joachim VON) : Homme politique allemand. Ministre des Affaires étrangères. Soupe à Vienne, après l'Anschluss, avec Vanessa et le narrateur. Exécuté.

RIBBENTROP (Mme VON) : Femme du précédent. Parle au narrateur de son amour pour la France et pour le champagne.

RIMBAUD (Arthur) : Poète français. Irrite Pandora pour cause de concurrence.

RIVERA (Paco) : Révolutionnaire mexicain. Alias *le Professeur,* alias *le Petit Curé,* alias *El Sombrero*. Ami du Kid. Combat aux côtés de Pancho Villa et d'Emiliano Zapata. Se réfugie aux Etats-Unis après la victoire de Madero. Passe en Europe. Rencontre Lénine à Zurich. Nombreux séjours à Moscou. Fréquente Vychinski et

Gromyko. Reçoit Carlos Romero à Berlin. Lui donne de vagues indications sur le Kid.

ROEHM (capitaine Ernst) : Chef des *SA*. Abattu par les *SS* lors de la nuit des longs couteaux.

ROMERO (Conchita) : Veuve d'un colonel. Mère d'Aureliano. Echappe de peu aux assiduités d'un dictateur. S'installe en Argentine. Fait une fortune considérable dans le ciment et la bière. Surveille la carrière et la vie privée de son fils. Vient le voir en Angleterre avant de mourir.

ROMERO (Aureliano) : Fils de la précédente. Etudes à Cambridge. Se bagarre et se réconcilie avec Brian O'Shaughnessy un soir de régates sur les bords de la Tamise. Attaché à Londres. Secrétaire à Washington. Epouse Rosita. Conseiller à Paris. Emmène sa femme et ses deux aînés déjeuner chez Larue à la veille de la Première Guerre. Ambassadeur d'Argentine à Londres. Humaniste et pompeux.

ROMERO (Rosita) : Fille de Jérémie Finkelstein et de Cristina Isabel. Bouleversée par la mort de son grand-père Pericles Augusto et par l'enlèvement de son frère Simon. Epouse Aureliano Romero. Accueillie avec réserve par sa belle-mère Conchita. Finit par se lier avec elle et par lui ressembler. Reçoit beaucoup et bien. Se laisse mourir de chagrin après l'enlèvement de Pandora par son frère Simon.

ROMERO (Carlos) : Fils aîné des précédents. Va déjeuner chez Larue avec ses parents à la veille de la Première Guerre. Etudes à Janson-de-Sailly, à Eton, à Cambridge. Elève de W.C. Brooks à Trinity College. Historien des religions. Mythologue. Marxiste. Fondateur et directeur de la revue *Heretick*. Animateur des *Apostles*. Ses activités clandestines. Intéressé par la Mafia. Mène une enquête sur le Kid. Rencontre Paco Rivera à Berlin. Découvre que le Kid et Simon Finkelstein ne font qu'un. Croisière en Grèce. S'entend bien avec Jessica. Se promène avec elle à Lindos. Indigné par les quatre sœurs. Participe avec Simon à la guerre d'Ethiopie. Retrouve Jessica fiancée à un déjeuner chez Winston Churchill. Enlève Jessica. Part avec elle pour l'Espagne. Sa vie à Barcelone avec Jessica et Simon. Ses relations ambiguës avec Simon. Séduit par Pandora. Se sent responsable de la mort de Jessica. Principales publications : l'*Histoire des religions à la lumière du marxisme* (thèse de doctorat. Edition française : Gallimard, Bibliothèque des Idées). *The Fellow Travellers. Reason in Revolt. Spanish Fury : the Story of a Civil War.*

ROMERO (Agustin) : Deuxième fils d'Aureliano et de Rosita. Va déjeuner chez Larue avec ses parents à la veille de la Première Guerre. Coureur automobile. Se lie avec le Kid sur la recommandation de Brian. Visite Naples et la Sicile en compagnie du Kid. Rencontre Zero Sant'Archangelo à Reggio de Calabre. Part avec le narrateur à la poursuite de Pandora. La ramène à Rome, à Florence, à Paris. Tenté par le fascisme. Croisière en Grèce. Retrouve Vanessa en compagnie de Rudolf Hess au palais de Venise. Tombe amoureux de Vanessa. Devient son amant. L'emmène aux Etats-Unis. La retrouve avec joie à Barcelone. La soutient et l'entoure à la mort de Jessica.

ROMERO (Javier) : Frère jumeau de Luis Miguel. Paresseux. Grand lecteur. Admire Proust et Cocteau. Poète. Ami intime du narrateur. Déjeune avec lui à Paris à la veille ou au lendemain du 6 février. Agacé par les amours de Pandora et de Luis Miguel. Croisière en Grèce. Tombe amoureux de Pandora. Au bar du Ritz, à Paris, avec Pandora, Luis Miguel et le narrateur. Participe à la réunion de l'ordre du Royal Secret à Barcelone. Assiste à la mort de Jessica et à son enterrement à Glangowness.

ROMERO (Luis Miguel) : Frère jumeau de Javier. Mondain. Aime les femmes. Manœuvré par Simon. Tombe amoureux de Pandora. Raconte ses malheurs au narrateur dans un restaurant de Londres. Irrité des conseils que lui donne le narrateur. Croisière en

Grèce. Se considère plus ou moins comme fiancé à Pandora. Désespéré par le mariage de Pandora avec Thomas Gordon. Prend en grippe les îles grecques. Part pour l'Argentine. Retrouve Pandora au bar du Ritz. Boit plus que de raison. Accompagne à Barcelone Pandora et Atalanta.

SANJURJO SACANELL (José) : Général espagnol. Prépare avec Franco le soulèvement nationaliste. Se tue au Portugal dans un avion saboté par Simon Finkelstein.

SANT'ARCHANGELO (Zero) : Se fait voler son portefeuille à Reggio de Calabre. Rencontre Agustin et Simon et se lie avec eux. Fait visiter à Agustin son siège social à Naples. Sait où se trouvent Simon et Pandora. Indique leur retraite à Agustin et au narrateur. Les reçoit à Gaète. Développe la Mafia aux Etats-Unis.

SERVEUR DE LA TAVERNE ALEXIS À RHODES (un) : Laisse tomber son plat d'admiration à l'entrée de Pandora suivie de ses trois sœurs.

SOMBRERO (El) : Voir RIVERA (Paco).

SONG (King-ling) : Deuxième fille d'un banquier chinois. Epouse Sun Yat-sen. Communiste.

SONG (Mei-ling) : Sœur cadette de la précédente. Epouse Tchang Kaï-chek. Nationaliste.

SOUVARINE (Boris) : Intellectuel et écrivain russe. Secrétaire de Staline. Passe à l'Ouest. Voit en Simon Finkelstein un agent stalinien camouflé en anarchiste.

SPENDER (Stephen) : Poète anglais. Donne à Pandora des lettres de recommandation pour l'Espagne.

STALINE (Joseph Vissarionovitch DJOUGATCHVILI, dit) : Séminariste géorgien. Rédacteur en chef de *La Pravda*.

Secrétaire général du parti communiste. Successeur de Lénine. Dictateur. Maréchal. Admiré par Carlos et Jessica. Et, dans une certaine mesure, par Simon Finkelstein.

STURGEES (John) : Journaliste et écrivain américain. Correspondant du *New York Times* en Ethiopie. Auteur du *Lion de Juda.* Soulève l'indignation de Brian en présentant Carlos Romero comme un neveu de lord Landsdown.

TCHANG KAÏ-CHEK : Général et homme d'Etat chinois. Chef du Kuomintang. Contraint les communistes à la Longue Marche. Se réconcilie temporairement avec Mao Tsé-toung sur les conseils de Simon Finkelstein.

TEMPS (le) : Personnage principal du *Vent du soir,* de *Tous les hommes en sont fous* et de la vie en général.

THIRION (André) : Auteur de *Révolutionnaires sans révolution.* Voit en Simon Finkelstein un stalinien camouflé.

TIPNITZ (Heinrich VON) : Dirigeant *SA*. Passe aux *SS* grâce à la protection de Rudolf Hess et sur l'insistance de Vanessa. Echappe à la nuit des longs couteaux. Eprouve un sentiment pour Vanessa. S'incline devant Rudolf Hess. *Obersturmfürher* des *SS.*

TIPNITZ (Renate VON) : Sœur du précédent. Amie de Vanessa. L'invite à passer quelques semaines dans la propriété de ses parents à Tutzing, sur le lac de Starnberg.

TOULET (Paul-Jean) : Poète français. Auteur des *Contre-rimes* et de *Mon amie Nane.* Fournit des vers à Jessica sur le point de mourir.

TURNBULL (James) : Lieutenant de l'armée des Indes. Ami très intime de Brian O'Shaughnessy. Capitaine, major, général. Président de plusieurs conseils d'administration. Invité à Glangowness où il suscite la curiosité et, à l'indignation de miss Prism, les moqueries des quatre sœurs.

VAYO (Astorga) : Membre du SIM. Commandant du camp d'Omells de Nagaya. Présenté à Pandora par Carlos Romero. Lui plaît beaucoup. L'emmène au cinéma et se promène avec elle au clair de lune. Enterré vivant au camp d'Argelès par des trotskistes et des anarchistes.

VERDI (Giuseppe) : Musicien italien de génie. Auteur de *Nabucco,* de *La Traviata,* d'*Aïda.* Amant de Marie Wronski. Père de Nicolas.

VICTOR-EMMANUEL III : Roi d'Italie. Empereur d'Ethiopie. Accepte et appuie Mussolini. Reçoit Agustin, Javier, le narrateur et quelques autres au palais de Venise.

VYCHINSKI (Andreï Ianouarievitch) : Homme politique soviétique. Ministre des Affaires étrangères. Reçoit Simon Finkelstein à Moscou.

WRONSKI (Piotr Vassilievitch, comte) : Russe. Aristocrate. Libéral. Epouse Marie de Cossigny dont il reconnaît la fille. Enlève le fils de Marie et de Verdi. Le fait passer pour mort. Se suicide en Bavière.

WRONSKI (Marie de Cossigny, comtesse) : Femme du précédent. Lectrice de français à Saint-Pétersbourg. Enceinte d'un jardinier. Rencontre Piotr Vassilievitch Wronski à Vienne. L'épouse. S'installe à Venise. Liaison avec Verdi. Attend un enfant de lui. Apprend de Piotr Vassilievitch que l'enfant est mort. Retrouve son fils. Le perd à nouveau. Perd sa fille. Reporte son affection sur sa petite-fille Hélène, fille de Nicolas et de Nadia. Vit entre Paris, Londres, Venise et Glangowness. Se lie avec le narrateur. L'invite à Venise. Désespérée par la liaison de Pandora avec Simon

Finkelstein. Se promène avec le narrateur dans les allées de Glangowness. L'invite à une représentation de *Nabucco* à Londres. Au moment de mourir, ordonne à Pandora de jeter au feu la dernière lettre d'Hortense Herbignac.

TABLE

ŒUVRES DE JEAN D'ORMESSON

L'AMOUR EST UN PLAISIR, Le Livre de Poche.
DU CÔTÉ DE CHEZ JEAN, Folio.
UN AMOUR POUR RIEN, Folio.
AU REVOIR ET MERCI, N.R.F.
LES ILLUSIONS DE LA MER, Le Livre de Poche.
LA GLOIRE DE L'EMPIRE, N.R.F.
AU PLAISIR DE DIEU, N.R.F.
LE VAGABOND QUI PASSE SOUS UNE OMBRELLE TROUÉE, N.R.F.
DIEU, SA VIE, SON ŒUVRE, N.R.F.
MON DERNIER RÊVE SERA POUR VOUS, Jean-Claude Lattès.
JEAN QUI GROGNE ET JEAN QUI RIT, Jean-Claude Lattès.
LE VENT DU SOIR, Jean-Claude Lattès.
LE BONHEUR À SAN MINIATO, Jean-Claude Lattès.

Dans Le Livre de Poche

(Extrait du catalogue)

Jean d'Ormesson

Mon dernier rêve sera pour vous 5872

Une biographie sentimentale de Chateaubriand.

La gloire plaît aux femmes et les fascine comme le pouvoir. Chateaubriand — sans doute le plus grand écrivain français — lia plus que personne sa vie sentimentale à la vie politique et littéraire. L'indifférence et la passion qui flottaient autour de lui faisaient se lever sur ses pas des bataillons de jeunes femmes, armées et casquées pour les combats de l'amour. A chacune il fut tenté de murmurer *Mon dernier rêve sera pour vous.* A une seule, avant sa mort, il dira ces quelques mots qui unissent aux yeux de l'histoire deux destins d'exception.

La première biographie de Jean d'Ormesson : le portrait d'un séducteur par un écrivain — et peut-être aussi l'inverse.

Jean d'Ormesson

Le Vent du soir 6467

Le Vent du soir est le premier tome d'une trilogie dont le deuxième volume est : *Tous les hommes en sont fous* et le troisième : *Le Bonheur à San Miniato.*

Ce que raconte *Le Vent du soir,* c'est une histoire dans l'Histoire. L'action commence vers le milieu du siècle passé; la scène, le monde : du Brésil à Venise, de la Russie aux Indes, en Afrique du Sud, en Ecosse, à Vienne... Les personnages, dont un grand seigneur russe, une négresse de Bahia, un jeune juif polonais, un dictateur d'Amérique du Sud, une Française égarée à Saint-Pétersbourg, Verdi... vivent des passions dévorantes, des aventures en cascade, des coups de tête, des coups de cœur, des coups du sort et même des coups de théâtre.

Le Livre de Poche Biblio

(Extrait du catalogue)

Sherwood Anderson
Pauvre Blanc

Guillaume Apollinaire
L'Hérésiarque et Cie

Miguel Angel Asturias
Le Pape vert

Adolfo Bioy Casares
Journal de la guerre au cochon

Karen Blixen
Sept contes gothiques

Mikhaïl Boulgakov
La Garde blanche
Le Maître et Marguerite

André Breton
Anthologie de l'humour noir

Erskine Caldwell
Les Braves Gens du Tennessee

Italo Calvino
Le Vicomte pourfendu

Elias Canetti
Histoire d'une jeunesse - *La langue sauvée*
Histoire d'une vie - *Le flambeau dans l'oreille*
Les Voix de Marrakech
Le Témoin auriculaire

Blaise Cendrars
Rhum

Jacques Chardonne
Les Destinées sentimentales
L'Amour c'est beaucoup plus que l'amour

Joseph Conrad et Ford Madox Ford
L'Aventure

René Crevel
La Mort difficile

Iouri Dombrovski
La Faculté de l'inutile

Lawrence Durrell
Cefalù

Friedrich Dürrenmatt
La Panne
La Visite de la vieille dame

Jean Giono
Mort d'un personnage
Le Serpent d'étoiles

Jean Guéhenno
Carnets du vieil écrivain

Henry James
Roderick Hudson
La Coupe d'Or
Le Tour d'écrou

Ernst Jünger
Jardins et routes
(Journal I, 1939-1940)
Premier journal parisien
(Journal II, 1941-1943)
Second journal parisien
(Journal III, 1943-1945)
La Cabane dans la vigne
(Journal IV, 1945-1948)
Héliopolis
Abeilles de verre

Ismaïl Kadaré
Avril brisé
Qui a ramené Doruntine ?

Franz Kafka
Journal

Yasunari Kawabata
Les Belles Endormies
Pays de neige
La Danseuse d'Izu
Le Lac
Kyôto
Le Grondement de la montagne
Tristesse et Beauté
Le Maître ou le tournoi de Go

Andrzeij Kusniewicz
L'État d'apesanteur

Pär Lagerkvist
Barabbas

D. H. Lawrence
L'Amazone fugitive
Le Serpent à plumes

Sinclair Lewis
Babbitt

Carson McCullers
Le Cœur est un chasseur solitaire
Reflets dans un œil d'or
La Ballade du café triste
L'Horloge sans aiguilles

Thomas Mann
Le Docteur Faustus

Henry Miller
Un Diable au paradis
Le Colosse de Maroussi
Max et les phagocytes

Vladimir Nabokov
Ada ou l'ardeur

Anaïs Nin
Journal 1 - *1931-1934*
Journal 2 - *1934-1939*

Joyce Carol Oates
Le Pays des merveilles

Edna O'Brien
Un cœur fanatique
Une rose dans le cœur

Liam O'Flaherty
Famine

Mervyn Peake
Titus d'Enfer

Augusto Roa Bastos
Moi, le Suprême

Raymond Roussel
Impressions d'Afrique

Arthur Schnitzler
Vienne au crépuscule
Une jeunesse viennoise

Isaac Bashevis Singer
Shosha
Le Blasphémateur
Le Manoir
Le Domaine

Robert Penn Warren
Les Fous du roi

Virginia Woolf
Orlando
Les Vagues
Mrs. Dalloway
La Promenade au phare
La Chambre de Jacob
Années
Entre les actes
Flush
Instants de vie

IMPRIMÉ EN FRANCE PAR BRODARD ET TAUPIN
Usine de La Flèche (Sarthe).
LIBRAIRIE GÉNÉRALE FRANÇAISE - 6, rue Pierre-Sarrazin - 75006 Paris.

ISBN : 2 - 253 - 04913 - 1

30/6600/8